Una cruel Bendición

DANIELLE STEEL

UNA CRUEL BENDICIÓN

Traducción de José Manuel Pomares

grijalbo
grupo grijalbo - mondadori

Título original
MIXED BLESSINGS
Traducido de la edición de Delacorte Press,
Bantam Doubleday dell Publishing Group, Inc., Nueva York, 1992
Cubierta: SDD, Serveis de Disseny, S.A.
© 1992, DANIELLE STEEL
© 1993, EDICIONES GRIJALBO, S.A.
          Aragó, 385, Barcelona
Primera edición
ISBN: 84-253-2504-8 (tela)
ISBN: 84-253-2609-5 (rústica)
Depósito legal: B. 32.937-1993
Impreso en Novagrafik, S.L., Puigcerdà, Barcelona

A los milagros de mi vida:
Beatrix, Trevor, Todd, Nick,
Samantha, Victoria, Vanessa,
Maxx y Zara,
por todas las alegrías
y bendiciones inagotables
que me han proporcionado.

y para el mayor milagro
de todos..., mi solo y único
amor: Popeye,

con todo mi corazón y mi cariño,

d. s.

querido milagro

Diminuto milagro de esperanza,
extraordinaria bendición,
sueño más pequeño,
qué grande es que el amor
inicie
el golpeteo
de tu reloj,
qué grande la conmoción
cuando te has ido,
qué extraño el pesar,
el rugido de dolor,
y entonces,
con suerte,
verse bendecida de nuevo,
tener, contener,
dar, compartir,
atreverse otra vez
a sortear las rocas
y las olas,
a nadar hasta que
ya no puedas seguir
llorando en la oscuridad,
con un anhelo
más grande que el cielo,
susurrando suavemente,
acercándolo

con la esperanza
     de que lo escuchen
          espíritus benévolos,
     larga espera,
          oscura noche,
          sin atreverse a respirar,
hasta que unos dedos diminutos
          te tiran de la manga,
     y tocan tu corazón
          con oro,
     nunca demasiado tarde,
          demasiado oscuro
               para tener un niño
                    que arrullar,
     milagro de la vida,
          precioso momento
               entre todos,
     anhelando susurros,
          una llamada angustiosa,

hasta que por fin estés aquí,
     para luego tenerte
          en mis brazos,
     siempre amado,
          instantáneamente nuestro,
     querido milagro,
          oh, tan querido.

1

El cielo era de un azul brillante y el día se presentaba caluroso y despejado, cuando Diana Goode salió de la limusina en compañía de su padre. Los ángulos de su cara estaban más relajados de lo habitual bajo el toque del cremoso velo marfileño; el pesado vestido de satén produjo como un leve soplo de viento cuando el conductor la ayudó a componérselo tras abrir la puerta del coche. Sonrió a su padre, que la esperaba fuera de la iglesia, y a continuación cerró los ojos intentando recordar todos y cada uno de los detalles de aquel momento. Jamás se había sentido tan feliz en su vida. Todo era perfecto.

—Estás preciosa —dijo su padre en voz baja.

La iglesia episcopal de Todos los Santos, en Pasadena, se elevaba majestuosa detrás de ella.

Su madre se había adelantado en el otro coche, junto con sus hermanas, los maridos y los hijos de éstas. Diana, que era la mediana, siempre se esforzaba para ser la mejor, la más responsable, la más afortunada. Profesaba un profundo cariño a sus hermanas, pero, aun así, siempre había tenido la sensación de que debía hacer más de lo que ellas hacían. Y no es que ellas fueran nada del otro mundo. Gayle, la mayor, había decidido estudiar medicina hasta que conoció a su marido en el primer curso. Se casaron en junio de ese mismo año y casi inmediatamente se quedó embarazada. Ahora, a los veintinueve años, ya tenía tres niñas adorables. Gayle era dos años mayor que Diana y, aunque se llevaban bien, las dos mujeres eran increíblemente distintas y siempre había existido entre ellas un sentimiento de rivalidad. Gayle nunca volvió a considerar la posibilidad de estudiar medicina. Estaba felizmente casada y la idea de quedarse en casa y de atender a sus hijas y a su marido la satisfacía plenamente. Era la esposa ideal para un médico: inteligente, culta y mostraba una absoluta comprensión hacia su trabajo como tocólogo. Tal y como Gayle había confesado a Diana semanas atrás, planeaban tener al menos otro hijo. Jack ansiaba ahora un chico. Toda la vida de Gayle giraba en torno a su marido, sus hijos y el hogar. A diferencia de sus dos hermanas menores, el mundo de los estudios no le llamaba en absoluto la atención.

En algunos aspectos, Diana tenía muchas más cosas en común con su hermana menor, Sam. Samantha era ambiciosa, competidora y se mostraba entusiasmada por el solo hecho de estar en el mundo. Durante sus dos primeros años de casada había intentado desesperadamente compaginar casa y trabajo. Sin embargo, al nacer su segundo hijo, trece meses después del primero y apenas dos años después de la boda, tuvo que admitir que no podía con todo ello. Dejó su empleo en una galería de arte de Los Ángeles y decidió quedarse en casa, con la aprobación de su marido; no obstante, el hecho de dejar de trabajar supuso para Sam una cierta decepción durante los primeros meses. En los dos años que llevaban casados, el trabajo de Seamus había empezado a reconocerse y a valorarse, y poco a poco se iba convirtiendo en uno de los jóvenes artistas contemporáneos de mayor proyección.

Sam diseñaba por libre en casa, pero le costaba lo indecible llevar a cabo dicha tarea, que se veía dificultada por la carencia de ayuda y la presencia de sus hijos pequeños. Le encantaba estar en casa con Seamus y los niños; formaban un matrimonio feliz y tanto el niño como la niña eran dos gorditos angelicales. Todo aquel que los veía se quedaba prendado de ellos al instante. Con todo, en ocasiones envidiaba el lugar que ocupaba Diana en el mundo del trabajo, entre «los mayores», como solía decir.

Sin embargo, a Diana le daba la sensación de que sus hermanas habían encarrilado perfectamente sus vidas. Por lo que podía ver, con veinticinco y veintinueve años, parecían tener todo lo que querían. Sam se encontraba muy a gusto en el mundo del arte moderno, y Gayle era igualmente feliz en su papel de esposa de un médico. Sin embargo, Diana siempre había deseado muchas más cosas de las que ellas disfrutaban. Había estudiado en Stanford, y había pasado el tercer año de carrera en el extranjero, en La Sorbona de París. No contenta con ello, había vuelto a la capital francesa para permanecer allí otro año después de la graduación. Encontró un pequeño apartamento que le pareció fabuloso, en la calle Grenelle, en la orilla izquierda del Sena, y durante una temporada estuvo plenamente convencida de que aquél era su lugar. Sin embargo, después de un año y medio trabajando para *Paris-Match*, empezó a sentir nostalgia de Estados Unidos, de su familia y, sobre todo, lo que le pareció más sorprendente, de sus hermanas. Por aquel entonces, Gayle había tenido su tercer hijo y Sam estaba esperando el primero; de alguna manera, Diana sentía necesidad de estar con ellas.

Pero tras su vuelta se sintió confusa y atormentada, y durante los primeros meses se torturó con la duda de si la decisión de volver había sido correcta o no. Tal vez no se había esforzado lo suficiente por establecerse en París.

París había sido una experiencia maravillosa, pero Los Ángeles también resultaba interesante; nada más llegar, consiguió un empleo estupendo como directora de *Today's Home*. Por entonces, hacía poco que había aparecido la revista y las perspectivas que ofrecía eran tremendamente alentadoras. El salario era muy bueno, el ambiente agradable, las condiciones de trabajo excelentes y, además, le dieron un despacho fabuloso. En cuestión de meses se encontró dirigiendo artículos, contratando fotógrafos, reescribiendo historias y viajando a los lugares más exóticos para hacer reportajes sobre lujosas mansiones. De vez en cuando regresaba a París o se daba una vuelta por Londres. Realizó un reportaje en el sur de Francia y otro en Gstaad, sin olvidar, por supuesto, lugares como Nueva York, Palm Beach, Houston, Dallas, San Francisco y otras muchas ciudades estadounidenses. Era el empleo ideal para ella, además de ser la envidia no sólo de sus amigos sino también de sus hermanas. Para todos los que no se daban cuenta de sus dificultades, aquel trabajo podía resultar extremadamente atractivo; para Diana lo era, y mucho.

Poco después de hacerse cargo de la revista, conoció a Andy en una fiesta a la que asistieron representantes de los medios de comunicación. Aquella misma noche charlaron durante seis horas seguidas en un acogedor restaurante italiano, después de lo cual se sintió desbordada cuando él le propuso irse a vivir juntos a su apartamento. De hecho, esperó seis meses antes de decidirse, pues la idea de perder su independencia la inquietaba bastante. Sin embargo, estaba loca por él y Andy, consciente de ello, la correspondía plenamente, por lo que la situación parecía ir encaminada a un engranaje perfecto. La verdad es que parecían hechos el uno para el otro: él era alto, rubio y bien parecido; había sido una estrella del tenis en Yale, procedía de una familia respetable y con solera de Nueva York y había estudiado derecho en la Universidad de California, en Los Ángeles. Una vez terminados sus estudios, se había incorporado al departamento de leyes de una importante cadena de empresas. Adoraba su trabajo y a Diana le fascinaba tanto lo que hacía como su círculo de amistades. Andy era asesor de varias empresas y la compañía estaba muy contenta con su manera de llevar los más complejos contratos.

A Diana le entusiasmaba asistir con él a reuniones de negocios, en las que conocía a personajes importantes y hablaba con otros abogados, grandes empresarios e importantes intermediarios. Todo ello podía acarrear quebraderos de cabeza, pero Andy sabía estar a la altura de las circunstancias, ya que tenía talento e inteligencia y rara vez se mostraba impresionado por el encanto del mundillo en el que trabajaba. Le gustaba lo que hacía y entre sus planes a largo plazo figuraba el de abrir su propio bufete, en el que asesoraría jurídicamente a empresas relacionadas con el mundo del espectáculo. Sin embargo, consciente de que todavía era demasiado pronto para eso, reconocía la valiosa experiencia que estaba adquiriendo en la empresa. Sabía perfectamente cuál era su camino y lo que ambicionaba en la vida. Ya hacía tiempo que había proyectado su carrera con todo detalle y, cuando Diana apareció en su vida, supo en cuestión de días que ella era la mujer que deseaba como esposa y madre de sus hijos. La risa se apoderó de ellos cuando descubrieron que coincidían en su deseo de tener cuatro hijos; él era uno de cuatro hermanos, entre los que también había gemelos, y Diana fantaseaba con la posibilidad de tenerlos también. Hablaban con frecuencia de tener niños, y Diana se dio cuenta de que de vez en cuando las pocas precauciones que tomaban nacían de su deseo compartido de tentar al destino y quedarse embarazada. La idea de un embarazo que les llevara a una boda forzosa no habría sido motivo de inquietud. Poco tiempo después de conocerse ya hablaban abiertamente de planes de boda y de proyectos a largo plazo.

Vivían juntos en un pequeño pero acogedor apartamento de Beverly Hills. Compartían los mismos gustos y hasta llegaron a comprar dos cuadros de Seamus. Podían vivir con bastante comodidad juntando sus ingresos; decoraron su vivienda al más puro estilo moderno y dedicaron el dinero sobrante a la compra de objetos artísticos. Pensaron empezar una colección de categoría, pero en esos momentos no estaban en condiciones de permitírselo, de modo que compraron lo que pudieron y lo disfrutaron enormemente.

Diana estaba encantadísima con la buena relación que Andy mantenía con sus padres, hermanas y cuñados. Parecía encontrarse muy a gusto con Jack y Seamus, a pesar de que ambos eran completamente distintos, y solía comer con ellos cuando no tenía programada ninguna comida de negocios en la empresa. Daba la sensación de sentirse igual de cómodo tanto en el mundo artístico de Seamus como en el de Jack, ya fuera hablando de investigaciones médicas o de inversiones financieras. Andrew Douglas era un tipo simpático y natural, y la idea de pasar la vida juntos emocionaba a Diana. Al cabo de un año viajaron a Europa, ella le mostró sus lugares predilectos en París y siguieron la ruta del valle del Loira. Finalmente fueron a Escocia, donde visitaron a Nick, el hermano menor de Andy, que estaba pasando un año allí. Fue un viaje perfecto y cuando volvieron a casa empezaron a planear cuidadosamente su boda para el verano siguiente. Se comprometieron dieciocho meses después de conocerse y fijaron la fecha de la boda en junio, ocho meses más tarde; decidieron ir de nuevo a Europa de luna de miel, esta vez al sur de Francia, Italia y España. Diana consiguió tres semanas de vacaciones en la revista y Andy se las arregló en la empresa para obtener el mismo número de días.

Buscaron una casa en Brentwood, en Westwood y en Santa Mónica, e incluso pensaron en la posibilidad de viajar desde Malibú cuando vieron allí algo que les gustó mucho. Sin embargo, en marzo encontraron la casa perfecta, en la costa del Pacífico. Pertenecía a una familia numerosa que la había cuidado durante muchos años; ahora los chicos habían crecido y se habían marchado, y el matrimonio propietario, con cierta desgana, se veía forzado a venderla. Andy y Diana se enamoraron de ella a primera vista. Era enorme, cálida y algo laberíntica; tenía un artesonado de madera y un jardín inmenso con preciosos árboles donde los niños podrían jugar. La habitación principal del segundo piso era encantadora y disponían de un despacho para cada uno, además de un salón de invitados ciertamente elegante. Tenía también cuatro habitaciones grandísimas en el piso superior.

Andy se trasladó a la casa justo tres semanas antes de la boda. La noche en que los padres de Diana ofrecieron una cena para celebrarlo, todavía podían verse cajas por doquier; Diana dejó en el salón principal las maletas que se llevaría en su luna de miel. No quería pasar la noche antes de la boda con Andy, y prefirió quedarse en casa de sus padres, en la habitación que había ocupado de niña. Cuando se despertó, permaneció tumbada durante un buen rato, mirando el papel pintado de la habitación, con sus flores rosas y azules descoloridas, que le era tan familiar. Resultaba algo extraño pensar que en pocas horas sería otra persona, se convertiría en la esposa de alguien. ¿Qué significaba eso? ¿Quién sería a partir de entonces? ¿Variaría en algo la convivencia que habían mantenido hasta aquel momento? ¿Cambiaría él? ¿O tal vez ella? De repente, todo le parecía motivo de preocupación. Entonces pensó en sus hermanas, en los hombres con los que se habían casado, en sus hijos, y en cómo eso las había cambiado, de manera sutil al principio, para luego, con el paso de los años, pasar a convertirse en una especie de unidad, con sus hijos y maridos. Todavía guardaba una relación íntima con ellas, pero, de alguna manera, algo había cambiado. También resultaba extraño pensar que tal vez en el plazo de un año ya tendría un hijo. Esta idea le produjo una ligera contracción en el estómago. Hacer el amor con Andy era algo extraordinario, pero todavía era más apasionante la perspectiva de que cualquier día esa relación pudiera dar su fruto y tener un hijo. Amaba muchísimo a Andy y le encantaba la idea de ser la madre de sus hijos.

Todavía estaba sonriendo cuando se levantó, en el día de su boda, pensando en Andy y en la vida que se disponían a compartir. Antes de que todos se despertaran, bajó a tomarse un café; su madre apareció poco después, y media hora más tarde sus hermanas y los niños llegaron para vestirse y ayudar a Diana a prepararse para la ceremonia. Sus maridos se habían quedado en casa, y ambos iban a actuar de acompañantes en la boda. Las tres hijas de Gayle y la de Sam llevarían las flores, y el hijo de esta última los anillos. Sólo tenía dos años y estaba tan guapo con el vestido blanco de seda que Diana había escogido para él, que unas lágrimas aparecieron en los ojos de ella y sus hermanas.

La madre de Diana reunió a todos los niños poco después de que llegaran; había empleado a una chica para que cuidara de ellos mientras sus hijas se vestían.

—Era de esperar —aclaró Gayle con una sonrisa más bien resignada.

Su madre solía pensar en todo; planeaba cualquier eventualidad y era tan organizada que podía despertar las quejas de todos cuando empezaba a ponerse en contacto con ellos en junio para averiguar sus planes para el día de Acción de Gracias. Sin embargo, su presencia había sido para Diana como un regalo llovido del cielo a la hora de preparar la boda. Había estado tan ocupada con la revista que apenas había tenido tiempo de probarse el vestido, pero su madre se había ocupado de todo. Por eso Diana sabía que las cosas iban como la seda y, en efecto, así fue. Sus hermanas estaban preciosas con sus vestidos de seda de color melocotón pálido, con las rosas del mismo color. Las niñas también estaban guapísimas, con sus vestiditos blancos y el fajín de color melocotón, llevando unas cestas con pétalos de rosa en las manitas enguantadas, mientras se dirigían a la iglesia en compañía de su abuela y sus respectivas madres. Diana miró a su padre y habló con él durante aquellos últimos momentos de nerviosismo.

—Estás absolutamente arrebatadora, tesoro —le dijo él con una sonrisa.

Siempre se había sentido muy orgulloso de ella y Diana había disfrutado de su apoyo y su cariño en todo momento. No tenía ninguna queja de sus padres; por lo que podía recordar, no existieron nunca secretos ni exigencias desmesuradas ni animadversión de ningún tipo, ni siquiera en su adolescencia. Gayle lo pasó peor con ellos, pues ella y su madre habían mantenido discusiones violentas. No en vano Gayle era la hija mayor y, como siempre diría después: «Los estaba acostumbrando». No obstante, Diana siempre pensó que sus padres habían sido bastante razonables; Samantha coincidía con ella la mayoría de las veces, aunque en un primer momento el señor Goode se puso un poco nervioso ante el hecho de que se casara con un artista. Finalmente, acabaron por admirarle y respetarle. Por otro lado, Seamus era todo un carácter, aunque se hacía difícil no quererle.

Sobre Andrew Douglas no tenían ningún tipo de reservas. Era un hombre encantador y sabían que Diana, con él, iba a ser muy feliz.

—¿Asustada? —preguntó despacio su padre mientras ella se relajaba un poco en la sala de estar, consumiendo los últimos instantes antes de dirigirse a la limusina que la llevaría al altar.

Todavía les quedaba algo de tiempo; de repente, Diana deseó que todo se hubiera acabado y que ya estuvieran en el vuelo de Bel Air o en el de París, a la mañana siguiente.

—Un poco —musitó, como si fuera una niña.

Llevaba el pelo castañorrojizo recogido en un moño detrás del velo; tenía un aspecto notablemente sofisticado y al mismo tiempo muy joven, mientras miraba a su padre. Siempre había podido acudir a él, decirle lo que sentía y compartir sus dudas y temores. Ahora, sin embargo, no padecía seriamente por nada, y sólo tenía unas cuantas preguntas a las que encontrar respuesta.

—No ceso de preguntarme si todo será diferente ahora... casándome, quiero decir... en lugar de vivir juntos... —Suspiró y sonrió de nuevo—. Todo parece tan de personas adultas, ¿verdad?

A sus veintisiete años se sentía muy joven y a la vez muy vieja. Sin embargo, no parecía haber nada malo en casarse, especialmente con un hombre al que amaba tanto como a Andrew William Douglas.

—Lo es —respondió su padre con una sonrisa, besándole tiernamente la frente.

Era un hombre alto y de porte distinguido, con el pelo blanco y los ojos de un azul intenso. La conocía muy bien y le gustaba la mujer que veía ante él y el hombre con el que se iba a casar. Sabía que saldrían adelante. Su corazón no albergaba ninguna duda respecto a Andrew y a Diana. Si la vida les sonreía, podrían llegar lejos; él les deseaba lo mejor en su camino.

—Estás preparada. Sabes lo que haces y él es un hombre bueno. No te equivocarás, cielo. Además, siempre estaremos contigo. Y con Andy. Supongo que ya lo sabéis.

—Claro.

Apartó la mirada y los ojos se le llenaron de lágrimas. De repente, sintió una honda emoción por abandonar a su padre y dejar la casa, aunque ya no viviera en ella. De alguna manera, era más difícil dejar a su padre que a su madre, pues ella era mucho más activa y práctica, completamente entregada a la tarea de arreglar el velo de Diana y de vigilar que los niños no pisaran la cola del vestido antes de llegar a la iglesia. Ahora, sin embargo, no había lugar para la confusión, sólo amor, esperanza y un torrente de sentimientos mientras permanecía en el salón, en compañía de su padre.

—Vamos, jovencita —dijo finalmente él, con voz seria pero cariñosa—. Tenemos que ir a una boda.

La miró, sonrió y le ofreció el brazo. Junto con el conductor la ayudaron a entrar en la limusina, componiendo también el velo completo y la cola; unos instantes más tarde se encontraba acomodada en el asiento trasero llevando un enorme ramo de rosas blancas. La inmensidad del vestido se extendía por todo el coche; de repente, se sintió sorprendida cuando oyó a unos niños saludarla y señalarla, desde la calle, gritando:

—¡Mirad! ¡Mirad! ¡Una novia!

Resultaba extraño pensar que ella era la novia y la emoción la desbordó mientras el vehículo avanzaba. Sintió una súbita aceleración de los latidos de su corazón al tiempo que se ajustaba el velo, el corpiño y las enormes mangas de satén que tantas veces se había probado. Llevaba un vestido extremadamente formal y muy al estilo victoriano.

Habían invitado a trescientas personas al banquete que se celebraría en el Oakmont Country Club. No faltaría nadie: allí estarían sus antiguos compañeros de clase, amigos de los padres de la novia, familiares lejanos, conocidos de la revista, amigos de Andy y una multitud de gente de la empresa que él mismo había convidado.

William Bennington, su mejor amigo en el trabajo, también estaría presente, así como algunos de los famosos con los que Andy había negociado determinados contratos. También habían venido sus padres y sus tres hermanos: Nick, que había estudiado en Escocia y trabajaba ahora en Londres, y Greg y Alex, los gemelos, que estudiaban en la Facultad de Económicas de Harvard. Todos ellos se encontraban presentes. Los gemelos, seis años menores que Andy, que contaba treinta y dos, siempre habían tenido a su hermano por un héroe. También estaban entusiasmados con Diana, quien a su vez deseaba verlos más a menudo, estar con ellos durante las vacaciones de verano y, tal vez, intentar convencerlos de que se trasladaran a vivir a California. Sin embargo, a diferencia de Andy, los otros hermanos Douglas preferían el este, y Greg y Alex estaban casi convencidos de que acabarían por establecerse en Nueva York o en Boston, o quizás en Londres, como Nick.

—Nosotros no tenemos la buena estrella de nuestro hermano —bromeó Nick la noche de la cena de celebración.

No obstante, era evidente que admiraban su éxito y la novia elegida. Los tres muchachos estaban ciertamente muy orgullosos de su hermano mayor.

Diana oyó la música del órgano mientras permanecía fuera de la iglesia. Al tomar el brazo de su padre, un leve temblor de emoción le recorrió el cuerpo. Le apretó la mano cuando empezaron a subir la escalera de la iglesia y le miró con los mismos ojos de él, azules y eléctricos.

—Allá vamos, papá —susurró.

—Todo irá bien —la animó, tal y como había hecho la noche del ensayo, y aquella vez que se cayó de la bicicleta y se rompió el brazo cuando tenía nueve años; la llevó al hospital, explicándole historias divertidas, haciéndola reír, y luego la abrazó con fuerza cuando todo acabó—. Eres una chica maravillosa y vas a ser una esposa perfecta —le dijo, mientras se detenían ante la entrada, esperando la señal de uno de los acompañantes.

—Te quiero, papá —musitó.

—Yo también, Diana.

Se acercó y besó el velo; el intenso olor de las rosas parecía rodearlos. Eran conscientes de que recordarían aquel momento durante toda la vida.

—Que Dios te bendiga —susurró su padre cuando recibieron la señal.

Sus hermanas empezaron a avanzar lentamente por la nave, seguidas por las tres mejores amigas de Diana, ataviadas también con vestidos de color melocotón y enormes sombreros de organdí; la procesión finalizaba con un desfile de niños adorables. Hubo una larga pausa en la que la música se tornó más majestuosa y luego, muy despacio, regia y elegante, apareció la novia, como una joven reina que acudiera al encuentro de su príncipe consorte, con su vestido de satén blanco, de corpiño ceñido, y los preciosos complementos de satén marfil. A través del velo, que parecía rodearla con un halo de suavidad, los presentes adivinaron el cabello oscuro, la piel tersa, los brillantes ojos azules, la media sonrisa nerviosa y los labios entreabiertos. Entonces alzó la mirada y le vio, alto, atractivo y rubio, esperándola. La promesa de toda una vida.

Unas lágrimas brotaron de los ojos de Andrew cuando la miró. Verla deslizarse tan despacio por la nave alfombrada de satén blanco era algo de ensueño. Y por fin, sujetando el ramo en sus manos temblorosas, estuvo allí, a su lado.

Andy le apretó la mano con suavidad. El oficiante se dirigió en tono solemne a la congregación, al tiempo que recordaba la razón de su presencia y su absoluta responsabilidad, como familia y amigos que eran, de apoyar a la joven pareja en su juramento, en la suerte y en la desgracia, en la salud y en la enfermedad, en la riqueza y en la pobreza, hasta que la muerte los separase. Recordó a Andrew y a Diana que el camino sería a veces espinoso, que la fortuna no siempre resultaría favorable, pero que deberían estar el uno junto al otro, dando fe de su promesa, guardando fidelidad y siendo fuertes y constantes en su amor y en el del Señor.

Se prometieron fidelidad eterna con voz potente y clara; en ese momento, a Diana ya no le temblaban las manos. Ya no tenía miedo. Estaba con Andy, donde debía estar. Nunca se había sentido tan feliz. Sonrió cuando el pastor les declaró marido y mujer. El anillo que Andy había deslizado en su dedo relucía entre tanta claridad; cuando se acercó para besarla, la ternura en sus ojos era tal que hasta la madre de Diana rompió a llorar. Su padre ya lo había hecho cuando la dejó en el altar al lado del hombre al que amaba. Era consciente de que ya nada sería lo mismo para ellos. Ahora pertenecía a otro.

Avanzaron por la nave radiantes y orgullosos, y todavía sonreían cuando se metieron en el coche para ir al banquete en el club. Después, el baile continuó hasta las seis. A Diana le parecía haber invitado a todas las personas que había conocido en algún momento de su vida, y tal vez a algunas que no conocía. Al final de la tarde creía haber bailado con todos los invitados; junto con sus hermanas, Andy y sus hermanos, había bailado frenéticamente. Los dos gemelos habían tenido que bailar con Sam, puesto que había cuatro hermanos Douglas y sólo tres hermanas Goode. No obstante, daba la sensación de que ésta se lo pasaba muy bien. Sólo era un año menor que los gemelos, y al final del banquete se habían convertido en grandes amigos. A Diana le emocionó ver la cantidad de personas que habían venido de la empresa de Andy. Hasta el presidente acudió con su esposa, aunque sólo se quedó un rato, pero su presencia había sido todo un detalle. También acudió el editor de *Today's Home*, quien bailó repetidas veces con Diana y su madre.

Era una tarde preciosa, el día perfecto para el comienzo de una vida que siempre había soñado. Hasta entonces, todo en su vida había discurrido perfectamente. Andy había llegado a ella en el momento justo y habían sido felices durante los últimos dos años y medio; a Diana le había encantado vivir con él y ahora parecía el momento justo de casarse. Tenían confianza en sí mismos y en lo que ambicionaban. Deseaban estar juntos, compartir sus vidas y formar una familia como las que habían tenido oportunidad de disfrutar hasta entonces. Tenían mucho que compartir y que ofrecer. Mientras miraba a Andy, momentos antes de cambiarse el vestido de novia, Diana sintió por unos instantes que todo era demasiado perfecto. Odiaba tener que quitárselo y no ponérselo ya nunca más, odiaba convertir aquella realidad en un recuerdo. Miraba al marido recién estrenado y deseaba que aquel momento no terminase nunca.

—Estás increíble —le susurró Andy mientras la sacaba a bailar el último vals antes de abandonar la fiesta para empezar una nueva vida juntos.

—Me gustaría que el día de hoy no acabara nunca —dijo ella cerrando los ojos y pensando en lo maravilloso que había sido.

—No acabará nunca —le aseguró Andy tranquilo, acercándola aún más—. No lo permitiré. Siempre será así, Diana. Recordemos que, si alguna vez las cosas se tuercen...

—¿Es una advertencia? —preguntó ella, apartándose un poco y sonriéndole—. ¿Ya vas a empezar a molestarme?

—Ya lo creo —sonrió él.

Diana comprendió el significado de sus palabras y se echó a reír.

—Eres un sinvergüenza —le dijo, riéndose de él mientras seguían bailando el vals.

—¿Sinvergüenza yo? ¿Quién me dejó solo y volvió con sus padres para ser virgen?

—¡Andy! ¡Una noche!

—No fue una noche. Fue mucho más que eso..., lo sé.

Se acercó a Diana de nuevo y dejó reposar la mejilla sobre su velo, mientras ella le acariciaba suavemente el cuello.

—Sólo fue una noche...

—Tendrás que congraciarte conmigo durante semanas, a partir de... —miró su reloj— dentro de media hora.

Paulatinamente, la música llegó a su fin y entonces él la miró tiernamente.

—¿Lista para salir?

Diana asintió, triste por abandonar su boda; pero ya era tarde, eran más de las seis y los dos estaban cansados.

Las damas de honor subieron a ayudarla a cambiarse y Diana se quitó muy lentamente el precioso vestido y el velo. Su madre colgó el atuendo con sumo cuidado en unas perchas especiales acolchadas y, a una cierta distancia, observó con una leve sonrisa la

23

emoción de las mujeres más jóvenes. Amaba a sus hijas como a nada en el mundo. Le habían dado muchas satisfacciones y ahora se sentía contenta de verlas definitivamente instaladas y felizmente casadas.

Diana se puso el vestido de seda color marfil que, con su madre, había escogido en Chanel. Estaba bordado en azul marino, complementado con un bolso a juego y con unos grandes botones color perla. Se había comprado también un sombrero color crema y estaba tremendamente elegante cuando, llevando consigo el enorme ramo de rosas blancas, bajó la escalera para reencontrarse con su marido.

De camino hacia el salón se le encendieron de nuevo los ojos. Instantes más tarde, lanzó el ramo de rosas y su liga. En medio de una tormenta de arroz y pétalos, corrieron hacia el coche, después de despedirse de sus respectivos hermanos y padres. Prometieron llamar durante el viaje; Diana dio las gracias a sus padres por una ceremonia tan espléndida e inmediatamente después se fueron en una limusina larga y blanca en dirección al hotel Bel Air, a pasar la noche de bodas en una enorme suite que daba a la cuidada arquitectura de los jardines del hotel.

Cuando el coche se alejaba, Andy la rodeó con un brazo y ambos suspiraron de alivio y cansancio.

—¡Uau! ¡Vaya día! —exclamó él, apoyándose en el asiento trasero y después de mirarla con silencioso aprecio—. ¡Has sido una novia encantadora!

¡Se hacía tan extraño pensar que todo había acabado!

—Tú también estabas muy guapo —le sonrió ella—. ¡Ha sido una boda tan bonita!

—Tú y mamá hicisteis un trabajo fantástico. Cada vez que hablaba con alguien de la empresa, me decía que era mucho mejor que cualquier película.

Había sido todo muy bonito y entrañable, con toda la familia y los amigos, pero, aun así, no había resultado demasiado ostentoso.

—Y tus hermanas han estado divertidísimas. ¡Mira que os desmadráis cuando os juntáis! —bromeó él.

Ella reaccionó con una indignación fingida.

—¿Que nosotras nos desmadramos? ¡Pues yo diría que los hermanos Douglas no os habéis quedado atrás! ¡Lo vuestro ha sido escandaloso!

—No seas tonta —respondió Andy, con tono remilgado, mientras reía y hacía ver que apartaba la vista hacia la ventana, y su esposa le empujaba casi hasta hacerle caer al suelo.

—¿Bromeas? ¿Es que ya no te acuerdas de que los cuatro habéis bailado la conga con mi madre?

—No lo recuerdo —aseguró, todo él inocencia, y los dos se rieron abiertamente.

—Estás borracho.

—Seguramente.

Se volvió, la abrazó y la besó. Después de permanecer unos minutos así, casi se quedaron sin aliento.

—Dios mío... Me moría de ganas de hacer esto. Estoy impaciente por llegar al hotel y arrancarte la ropa.

—¿Mi vestido nuevo? —preguntó ella horrorizada, anticipándole luego una sonrisa.

—Y el sombrero a juego también. Aunque, a decir verdad, son muy bonitos.

—Gracias.

Se cogieron de la mano y charlaron, sintiéndose otra vez muy enamorados. De alguna manera, era como empezar de nuevo, menos en el hecho de que ya eran viejos amigos y en todo lo que hacían se encontraban a gusto y confortados por el amor que se profesaban.

Cuando llegaron al hotel, un empleado de recepción los acompañó hacia el edificio principal, y una sonrisa de complicidad se les escapó al pasar por un discreto anuncio que señalaba el camino al banquete de bodas Mason-Winwood.

—Debe de ser un gran día para ellos —musitó Andy, y ella le correspondió con una sonrisa.

Miraron los jardines y los cisnes, y la emoción los embargó cuando vieron su habitación. Se hallaba en el segundo piso y tenía un salón enorme, una pequeña cocina y un dormitorio fabuloso. Todo estaba decorado con un delicado papel estampado y con satén de color rosado. Parecía el lugar perfecto para la noche de bodas; en la sala de estar había una chimenea y Andy deseó que la noche fuese lo suficientemente fría como para encenderla.

—Es preciosa —dijo Diana cuando salió el empleado y la puerta se cerró.

—Tú también estás preciosa.

Le quitó el sombrero con suavidad, lo lanzó al aire y fue a parar sobre una mesa. Entonces le soltó el pelo con cuidado y lo acarició con los dedos hasta llegar a los hombros.

—Eres la mujer más bella que he visto en mi vida. Y eres mía... para siempre.

Sus palabras sonaron como las de un niño contando un cuento de hadas, pero en el fondo era lo que ellos habían prometido. Y la novia y el novio vivieron muy felices a partir de entonces...

—Y tú también eres mío —le recordó ella.

Él no necesitaba que se lo recordaran, pero no puso ninguna objeción. Mientras se besaban, el nuevo traje de Chanel, tan elegante, fue rápidamente desabrochado y la chaqueta cayó al suelo. Luego, Diana se tumbó en el sofá. Unos instantes después la ropa de Andy también estaba en el suelo. Junto al montón de ropa, sus cuerpos yacían inclinados y tensos al descubrirse por primera vez como marido y mujer. Toda su pasión y sus promesas parecían converger en un solo momento de abandono, y Diana se aferró a él como si no quisiera dejarle marchar, ni un instante ni una vida entera. Cuando llegaron al éxtasis vibraron de placer; después permanecieron callados y abrazados durante un buen rato. En aquel momento, el sol empezó a ponerse y unos halos de luz rosada y naranja irrumpieron en la habitación. Permanecieron acostados, juntos, pensando en la nueva vida que iban a compartir.

—Nunca he sido tan feliz en mi vida —dijo él en voz baja.

—Espero que siempre lo seas —susurró ella—. Deseo hacerte muy feliz.

—Ojalá lo seamos siempre —añadió él.

Separó entonces sus largas piernas de ella y le dedicó una sonrisa antes de dirigirse lentamente hacia la ventana. Los cisnes blancos y negros se deslizaban por un estanque rodeado por unos jardines perfectamente cuidados. Unos jóvenes elegantemente vestidos corrían hacia una zona que escapaba de su vista, mientras llegaba hasta ellos el sonido de una melodía, transportado por el aire de la noche.

—Eso debe de ser el enlace Mason-Winwood.

Diana, todavía en el sofá, le sonrió y de repente deseó que hubieran engendrado ya un niño. Últimamente, no tomaban ningún tipo de precauciones, pues no había razón para ello. Habían determinado hacerlo así y esperar acontecimientos en cuanto se casaran. Sus dos hermanas se habían quedado embarazadas en sus respectivas lunas de miel y ella sospechaba que lo mismo podía ocurrirles a ellos, posibilidad que verdaderamente le agradaba.

Diana se levantó tras unos minutos y se acercó a él. En aquel preciso instante vio correr por el camino a una mujer joven que llevaba un vestido de novia blanco y corto y sujetaba un velo de similares características, en compañía de una chica vestida de rojo, probablemente su dama de honor. La novia debía de tener, más o menos, la misma edad que Diana; era una rubia algo «artificial», bastante atractiva, de una forma muy sensual. Su vestido parecía sofisticado, pero no caro. Sin embargo, hubo algo en su apariencia y en el nerviosismo de su carrera que los conmovió al observarla. Era una situación muy familiar para ellos; le desearon suerte cuando la vieron alejarse hacia su boda...

—¡Vamos, Barbie!

Judi, la chica del vestido rojo, apremiaba a Barbara, que tropezó con los zapatos blancos de tacón alto recién comprados en Payless aquella misma mañana.

—Ven aquí..., tranquila, pequeña —dijo Judi, extendiendo una mano para ayudarla.

Barbara se detuvo para respirar y esconderse de los invitados. En aquel momento Judi hizo una señal al padrino de bodas:

—¿Ya es la hora?

Él negó con la cabeza y le indicó por señas que todavía faltaban cinco minutos, a lo que ella hizo un gesto de asentimiento. Las dos mujeres eran amigas, aunque bastante recientes. Eran actrices y se habían desplazado hacía un año de Los Ángeles a Las Vegas, donde trabajaban como bailarinas. Las dos chicas habían decidido compartir piso para ahorrar sus exiguos ingresos.

Desde su llegada a Los Ángeles, Judi había conseguido dos pequeños papeles y algunos trabajos como modelo, y había estado a punto de aparecer en un anuncio de televisión. Barbie había obtenido un papel en el coro de ¡*Oklahoma!*, durante una reposición en la ciudad, y había intentado participar en todos y cada uno de los culebrones de televisión; al igual que Judi, había pasado el resto del tiempo trabajando como camarera. Consiguió un empleo estupendo en el Hard Rock Cafe, poco después de llegar a la ciudad, y pudo colocar a Judi en el mismo lugar. Fue precisamente en el Hard Rock donde las dos habían conocido a Charlie.

Al principio, fue Judi la que salió con él, pero llegaron a odiarse y al final ya no tenían nada que decirse, por lo que Charlie decidió dirigirse a Barbie. Durante una temporada, solía comer cada día con ella, hasta que tuvo el valor suficiente para pedirle que salieran juntos. Le había resultado más fácil pedírselo a Judi, porque su relación era mucho más natural y práctica; con Barbie, sin embargo, era diferente, porque veía en ella algo realmente especial.

Salieron juntos varias veces y, a la cuarta, Charlie estaba ya perdidamente enamorado de ella, aunque tenía demasiado miedo para confesárselo. Llegó a dejar de verla durante unos días, pero no podía aguantarlo. Así que llamó a Judi y quedó con ella. Quería su consejo, deseaba saber lo que Barbie pensaba de él.

—Está loca por ti, tonto.

Le sorprendió ver cómo un hombre de veintinueve años podía ser tan ingenuo con las mujeres. Ni ella ni Barbie habían conocido a nadie como él. No es que fuera atractivo, pero, como se suele decir, era «mono», inocente y bueno.

—¿Qué te hace pensar que le gusto? ¿Te ha comentado algo? —le preguntó, receloso, a Judi.

—La conozco mejor que tú.

Judi sabía que a Barbie le gustaban su dulzura y su generosidad, y recordó que la había llevado a algunos sitios encantadores. Se ganaba muy bien la vida trabajando a comisión como representante de una empresa textil; le gustaba llevar a las chicas a buenos restaurantes y vivía bastante bien para ser un joven soltero. Las cosas agradables de la vida eran importantes para él, pues había nacido en el seno de una familia muy pobre en Nueva Jersey, y para él tenía una gran importancia disfrutar de un buen nivel de vida. Trabajaba mucho y obtenía su recompensa.

—Ella piensa que eres un tipo fenomenal —añadió Judi, preguntándose si no hubiera debido esforzarse con él un poco más, a pesar de que, bien mirado, no era su tipo.

A Judi le atraían las emociones fuertes y Charlie era demasiado aburrido. Era un hombre agradable, pero a ella le gustaba que fueran más atrevidos. Quería pasárselo en grande y con él se aburría. Sin embargo, la historia de Barbara era distinta. Judi sabía que se había criado en una ciudad pequeña, donde había ganado el título de «Miss Todo» al acabar el instituto; al parecer, rompió entonces con su familia y se marchó a Las Vegas. Había pensado ir a Nueva York durante una buena temporada, pero estaba demasiado lejos de Salt Lake City y Las Vegas quedaba más cerca. A pesar de todos los hombres que había conocido allí y de lo mal que lo había pasado, todavía quedaba un rescoldo de inocencia e ingenuidad en Barbie que hacía que Charlie la amara. A ella también le gustaba él. Le recordaba a algunos muchachos de su ciudad natal y encontraba en su ingenuidad algo refrescante. Era un cambio positivo respecto a los hombres que había conocido en Las Vegas y en Los Ángeles, que parecían esperarlo absolutamente todo de una mujer, desde dinero hasta sexo, y luego incluso más. Charlie no deseaba otra cosa que estar con ella y mimarla, lo que no era nada difícil. Y, aunque no tenía mal aspecto, la verdad era que no resultaba muy excitante. Era pelirrojo, tenía los ojos azules y cada centímetro de su piel estaba cubierto de pecas. Tenía una sencillez que hacía que muchas mujeres le encontraran simpático y atractivo, y esas características también conmovían a Barbie. En ocasiones pensaba que él podía ser la solución a muchos de sus problemas.

—¿Por qué no le dices lo que piensas de ella? —le animó Judi.

A las tres semanas de empezar a salir juntos, ya se habían comprometido. Y, seis meses más tarde, Barbara esperaba detrás de un árbol, en el hotel Bel Air, la señal que le indicaría el comienzo de su boda.

—¿Estás bien? —inquirió Judi.

Barbara parecía muy nerviosa y daba saltitos, como un caballo de carreras atemorizado.

—Creo que voy a vomitar.

—¡Ni se te ocurra! ¡Me he pasado dos horas arreglándote el pelo debajo del velo! ¡Te mato si lo haces!

—De acuerdo, está bien... Dios mío, Judi, soy demasiado vieja para esto.

Tenía treinta años, sólo uno más que Charlie, pero a veces se sentía muchísimo mayor. Sin embargo, cuando iba menos maquillada y se recogía el pelo en una trenza, parecía más joven que él. Ella, no obstante, estaba más curtida y también más cansada. Sólo Charlie era capaz de ver pureza y dulzura bajo su apariencia, sólo él podía llegar a una parte de sí misma que ella creía perdida para siempre. La invitaba a su apartamento y le preparaba él mismo la comida, daban largos paseos y él hablaba de conocer a su familia; ella negaba con la cabeza y nunca respondía a esa clase de preguntas. No le gustaba hablar de ellos y decía que jamás volvería a Salt Lake City para verlos, aunque no explicaba las razones. Se puso furiosa una noche en que dos mormones aparecieron en el apartamento que compartía con Judi e intentaron convencerla de que volviera a la iglesia y se trasladara de nuevo a Salt Lake City. Todo lo que Charlie sabía era que tenía ocho hermanos y alrededor de veinte sobrinos, pero era evidente que allí le había ocurrido algo, aparte de una profunda sensación de aburrimiento. Ella, sin embargo, se negaba en redondo a explicárselo.

Él se mostraba mucho más abierto a la hora de hablar de su pasado. Le habían abandonado en una estación de ferrocarril poco después de nacer y se había criado en una serie de orfanatos estatales de Nueva Jersey. Había pasado por varias casas de adopción, pero era un niño nervioso, dado a las alergias y a problemas en la piel; además, a los cinco años tuvo severos ataques de asma. Acabó por superarlo todo, e incluso logró controlar los accesos de asma, pero para entonces ya era demasiado mayor para que alguien le adoptara. Abandonó el orfanato cuando cumplió los dieciocho, tomó el primer autobús en dirección a Los Ángeles y allí llevaba ya once años. Se matriculó en un instituto y estudió por las noches, con la ilusión de cursar estudios en la Facultad de Económicas, lo que le permitiría conseguir un mejor empleo y mantener a la familia que tanto anhelaba tener. Para él, encontrar a Barbie era un sueño convertido en realidad. Todo lo que deseaba en esos momentos era casarse con ella, ofrecerle un buen hogar y llenarlo de hijos que se parecieran a ella. Se lo había comentado una vez y Barbie se había echado a reír.

—¡Viviríamos mucho mejor si se parecieran a ti!

Era una chica hermosa, con una figura estupenda, pero que no se había preocupado mucho de su imagen ni de sí misma hasta que conoció a Charlie. Era muy atento con ella y la protegía mucho, a diferencia de los hombres que había conocido hasta entonces, pero, aun así, a veces deseaba que fuera más animado. Había llegado a Los Ángeles con la intención de salir con un actor, o tal vez, por qué no, con alguien famoso. En su lugar, se había enamorado de Charlie. No obstante, todavía se preguntaba a veces si no debería esperar a encontrar al príncipe azul, o, por lo menos, a un actor conocido. Había acompañado a Charlie a comprar ropa nueva y había intentado familiarizarle con los estilos modernos para animarle un poco, pero finalmente tuvo que admitir que le quedaban fatal. Era un hombre de gustos muy sencillos. Se le erizaba el cabello cuando se lo dejaba crecer, por lo que tenía que cortárselo con frecuencia, y nunca se bronceaba, sino que, por el contrario, se le quemaba la piel y más tarde le salían ampollas.

—No soy precisamente un tipo con un atractivo especial —le había dicho él una noche, muy serio, después de una cena que él mismo había preparado para ella.

Había cocinado su especialidad: canelones y *osso buco*, así como un gran plato de ensalada bien aliñada. En realidad, lo había aprendido en uno de sus hogares de adopción, tal como le explicara a Barbie, y, al decírselo, su corazón le dio un vuelco. Había momentos en que ella realmente le amaba, y otros momentos en que no estaba segura de ello.

«¿Es el hombre de mi vida? —se preguntaba—. ¿Es realmente el hombre que me interesa? O acaso es simplemente generoso, agradable y adecuado para mí.»

Sabía perfectamente que, estando con él, nunca le ocurriría nada malo, pero quizás tampoco tendrían una vida estimulante y atractiva.

Ella nunca había tenido límites; las opciones a elegir habían sido siempre terriblemente difíciles, los precios a pagar muy altos, y los riesgos demasiado elevados..., excepto con Charlie. Él le ofrecía todo lo que necesitaba y había soñado o deseado durante años e, incluso, lo que ahora mismo anhelaba. Le ofrecía seguridad, un hogar acogedor, una agradable personalidad que cuidara de ella, sin preocupaciones, sin dolores de cabeza, sin el temor de no poder pagar el alquiler, sin miedo a que las cosas tomaran un giro desagradable, empeoraran y se viera en la necesidad de trabajar de nuevo en el mundillo del espectáculo. Lo que realmente deseaba era ser actriz y los agentes con los que había hablado le auguraban un excelente porvenir. Necesitaba únicamente un cambio de aires. Pero ¿podría trabajar estando casada? ¿Se opondría Charlie a su carrera? Él le había prometido que no lo haría, pero no dejaba de hablar de otras personas, y de que eso no le sería posible, no por el momento, no con él, aún no, quizás nunca. Ella nunca sacaba a relucir ese tema, por supuesto, pero ¿qué pasaría si por fin se decidiera? ¿Qué ocurriría si le dieran un papel fijo en un espectáculo semanal o, incluso, el papel principal de una película importante? ¿Qué pasaría entonces con la intimidad de su vida en común? Pero, si ese gran cambio no llegaba..., al menos así no se le subirían los humos. Quizás no fuera ésa la forma adecuada de mirar las cosas.

A veces, se sentía culpable por ello, pero también tenía que pensar en sí misma. Había aprendido esa lección hacía mucho tiempo, en el seno de su propia familia, donde había comprendido tantas cosas, cosas que no necesitaba volver a revisar y que incluso ya no recordaba.

Era difícil no verse arrastrada por la constancia de Charlie, por su adoración, por su devoción, por su decencia, y, finalmente, Barbie comprendió que realmente le amaba. Pero ahora, aquí de pie, era todo nuevamente terrible. ¿Y si no estaba actuando correctamente? ¿Qué pasaría si al cabo de dos años llegaban a odiarse? ¿Y si su matrimonio no llegaba siquiera a durar tanto?

—¿Qué haré entonces? —preguntó a Judi en un murmullo.

—Ahora ya es demasiado tarde para preocuparse por eso, ¿no crees? —le respondió aquélla, sin dejar de alisarse el vestido rojo de encaje.

Tenía unas piernas largas y los pechos parecían salírsele del escote. Se los había hecho operar en Las Vegas por un experto cirujano, y a todos los hombres que conocía les gustaban. Excepto a Barbie, quien opinaba que era una tontería operarse los pechos, puesto que los suyos eran grandes, turgentes y bien suyos. «Pero ¡qué demonios! —se dijo Judi a sí misma—. ¿Quién va a darse cuenta de la diferencia a cierta distancia?»

Barbie tenía una figura sensacional, con unos pechos henchidos, en claro contraste con su estrecha cintura, tan fina que Charlie podía rodearla con las manos y llegar a tocarse los dedos. No era una mujer alta, pero tenía unas piernas bien formadas. Su apariencia era impactante y siempre se las arreglaba para parecer sexy, incluso con un vestido mal cortado. Resultaba muy atractiva, sin importar lo que llevara puesto. Y ahora, con su corto y ceñido traje de bodas de color blanco satén, se percibía en ella un acentuado contraste entre inocencia y erotismo.

—¿Crees que mi traje es demasiado ajustado? —le preguntó a Judi, mirándola otra vez con nerviosismo.

Tenía la impresión de que ya llevaban mucho tiempo esperando. No entendía por qué no habían podido ir directamente a City Hall, pero Charlie había insistido en que fuera una auténtica boda.

Esta boda lo significaba todo para él y Barbie no había querido contradecirle en nada, aunque hubiera sido mucho más feliz de haber podido pasar el fin de semana en Reno. Sin embargo, Charlie ya lo tenía todo planeado y había invitado a todos sus amigos. Iban a ser sesenta invitados, y ella sabía que era el hotel más exquisito de Los Ángeles, dejando a un lado, acaso, el Beverly Hills. Así se lo había dicho a Charlie, pero éste insistió en que el Bel Air era todavía mejor. Habían elegido el menú menos caro y una ceremonia de lo más sencilla, pero él deseaba que se celebrara allí, aunque con ello se fuera la mayor parte de sus ahorros.

—Tú te lo mereces —le había dicho a Barbie.

—Tu traje es muy bonito —asintió Judi, intentando transmitirle confianza. En verdad creía que su amiga estaba encantadora. Algo asustada, pero verdaderamente preciosa—. Todo saldrá bien, no te preocupes.

Empezaba a preguntarse a qué se debía el retraso, cuando de

pronto apareció el padrino de Charlie y la marcha nupcial empezó a sonar. Habían contratado para la ocasión a un bajo, un violinista y un piano eléctrico.

Tocaron *Aquí viene la novia* y Judi se encaminó lentamente y con el rostro serio hacia el pequeño pabellón que se había instalado para la ocasión. Charlie había encontrado en algún sitio a un capellán que no le había planteado demasiados problemas a Barbie a causa de su origen mormón, por lo que la boda podría por fin celebrarse.

Ahora Mark, el padrino, ofreció su brazo a Barbie y la miró con una sonrisa paternal. Doblaba en edad a Charlie y era más grueso que él. Había sido su supervisor en el trabajo durante dos años y, en cierta manera, era para él como un padre. Aún era un hombre atractivo, aunque le sobraba peso y transpiraba gotitas de sudor a ambos lados de la frente, que le caían por la sien desde el pelo, de color gris y muy bien peinado.

Su actitud fue casi solemne al inclinarse ante Barbie, justo antes de comenzar a caminar hacia el altar.

—Buena suerte, Barbara..., todo va a salir a la perfección —le dijo, acariciándole la mano mientras ella intentaba no pensar en su padre.

—Gracias, Mark.

Él se había empeñado en pagar la boda y en ser el padrino. También les había surtido de todo el champán, puesto que su cuñado conocía a un mayorista que disponía de una fuente inagotable, en Napa Valley. Deseaba que todo resultara bien para ellos, ya que el mismo Mark estaba divorciado y tenía dos hijas, una de ellas casada, mientras que la otra estudiaba en la universidad.

Caminaron por el pasillo, hacia el pabellón, y Barbara intentó no pensar en lo que le esperaba: la ceremonia, los años de compromiso. Y, de repente, allí estaba él, Charlie..., con una mirada dulce e inocente como la de un adolescente, con sus ojos azules, su pelo rojo y una melosa sonrisa. Llevaba una chaqueta blanca, con un clavel blanco en la solapa, y parecía un crío que hubiera tomado prestada la chaqueta de su padre para parecer mayor.

Resultaba difícil tenerle miedo o comprometerse con él de por vida y, cuando Mark le apretó la mano intentando transmitirle confianza, se dio cuenta rápidamente de que ninguno de los temores que la atenazaban tenía fundamento. Nada malo le ocurriría por ser la mujer de Charlie. Estaba haciendo lo que creía más correcto y, de repente, cobró conciencia de ello.

—Te amo —murmuró Charlie al llegar a su lado.

Ella le contempló y se convenció a sí misma de que le amaba con todo su corazón. Él estaba haciendo algo que para Barbie era maravilloso. Le estaba ofreciendo una nueva y agradable vida y comprometiéndose a protegerla para siempre. Nunca nadie había hecho algo así por ella y, al tiempo que le observaba, comprendió que él nunca le fallaría.

De repente, se sintió apenada por las dudas que había tenido, por el miedo, por haber pensado en secreto que encontraría un hombre mejor. Charlie era el hombre adecuado, un buen amigo, un buen hombre, y sería un buen marido. Había sido una tonta por haber deseado algo más. Tenía treinta años y el príncipe de sus sueños estaría con toda seguridad comprometido con otra mujer, en algún lugar de lo que sin duda alguna sería otro planeta. Charlie Winwood tenía mucho del príncipe que deseaba y ella no necesitaba mucho más de lo que él tenía para ofrecerle.

—Te amo, Charlie —le dijo con un suspiro en el momento en que él le ponía el anillo en el dedo.

Después, al besarla, él emitió un suspiro, y Barbie se le aproximó, intentando ofrecerle todo aquello que nunca había tenido en su solitaria y penosa vida.

—Te amo tanto, Barbie...

No había palabras que pudieran expresar el vehemente amor que sentía por ella.

—Prometo que seré una buena esposa..., te prometo que lo seré.

—Ya lo sé, cariño —le sonrió Charlie.

Más tarde brindaron con el champán de Mark y él la condujo a la pista de baile que se había instalado provisionalmente, en un pequeño entarimado, sobre el césped, donde también se había preparado un bufé, cercano al bar, más allá del lugar ocupado por la orquesta.

Fue una fiesta espléndida y todo el mundo disfrutó de ella, en especial los novios, que bebieron con agrado el champán de Mark, al igual que el resto de invitados. Mark también parecía estar pasándolo muy bien y no dejó de bailar con Judi. Todo el mundo disfrutó de la alegría del momento y la banda empezó a interpretar melodías populares y modernas.

Más tarde volvieron a tocar música lenta para que la gente calmara un poco los ánimos y se relajara. Tocaron *Moon River* y Mark sacó a bailar a la novia, mientras Charlie lo hacía con Judi.

—Eres una novia preciosa, Barb —le dijo, bailando lentamente, los dos estrechamente enlazados sobre la pista. Había millones de estrellas en el cielo y hacía calor. Era una noche mágica—. Vuestra vida, juntos, será maravillosa —le dijo con gran convicción—, y tendréis un montón de hijos preciosos —anunció con una seguridad especial.

—¿Cómo puedes estar tan seguro? —le preguntó Barbie, sonriéndole.

Mark era un buen hombre y un excelente amigo.

—Porque soy muy viejo y sé mucho de estas cosas y, además, sé a ciencia cierta que a Charlie le gustan mucho los niños.

Ella también lo creía así, pero le había dicho a él que deseaba esperar unos años antes de tener hijos, para poder abrirse camino en su carrera como actriz. A Charlie no le entusiasmaba la idea de que se dedicara al mundo del espectáculo, pero habían decidido hablar de ello más adelante, con más calma. Él aún no lo sabía, pero a Barbie le asustaba pensar en la posibilidad de tener hijos. Y sólo oír a Mark hablar de ello hizo que sintiera un escalofrío.

—¿Puedo interrumpiros? —preguntó Charlie interponiéndose con delicadeza entre ambos al tiempo que le entregaba a Judi.

Bailó con la novia las últimas piezas de la noche. Los dos habían bebido bastante y Barbie creía estar en una especie de sueño y sentía la alegría del resto de los invitados a la fiesta.

—¿Te lo has pasado bien? —le preguntó Charlie, acariciándole el cuello y sintiendo aquellos pechos que se oprimían contra él.

Sólo sentir su cuerpo le volvía loco de placer. Ella estaba disfrutando de la noche. Nunca le decía que no a nada, nunca le ponía ninguna objeción a lo que él deseara. Era una buena deportista y una mujer muy sexy. Mientras giraban sobre la pista, el uno en brazos del otro, Charlie se sintió el hombre más afortunado del mundo.

—Ha sido divino —contestó Barbie, sonriéndole—. Y tú, ¿cómo lo has pasado?

—Para mí, ha sido la mejor boda en la que he estado —respondió, devolviéndole la sonrisa.

Eran de una estatura similar y él la miró a los ojos, experimentando la sensación de ser el dueño del mundo.

—Eso no es decir mucho —replicó ella fingiendo un mohín de disgusto. Charlie la apretó contra sí.

—Ya sabes lo feliz que me siento, Barb..., y espero que tú también lo seas. Para mí, éste es el sueño de toda mi vida.

Era el principio de todo lo que él nunca había tenido: el amor, el calor de un hogar, una familia, todo aquello que había deseado con tanto anhelo.

—Lo sé —susurró Barbie, sintiendo vértigo por los besos que le prodigaba su esposo.

Pero lo único en que podía pensar ahora era en tumbarse en la playa de Waikiki, a su lado. Se disponían a viajar a Hawai a la mañana siguiente, en un viaje organizado por ellos, pero antes pasarían la noche de bodas en el apartamento de Charlie. Ella sabía a ciencia cierta que nunca olvidaría aquella noche, ni siquiera aquel instante.

En aquella ocasión, en Santa Bárbara, la noche era también estrellada y veinticinco amigos contemplaban, en pie y en silencio, cómo se besaban, bajo la luz de la luna, Pilar Graham y Bradford Coleman. Se produjo un largo silencio, que sólo se vio interrumpido cuando los novios se giraron para observar a sus amigos con una mirada algo perpleja, pero alegre. Todo el mundo rió, aplaudió y dio muestras de alegría.

Marina Goletti, la juez que había llevado a cabo la ceremonia, los declaró marido y mujer, y fueron immediatamente rodeados por los amigos que querían felicitarlos.

—¿Por qué tardaste tanto en decidirte? —preguntó un amigo de Brad con tono jocoso.

—Estábamos practicando —le respondió Pilar con una voz muy digna, como lo era el griego atuendo de seda blanca que moldeaba su larga y ágil figura.

Nadaba y hacía ejercicio cada día, y a Bradford le gustaba decirle que tenía el cuerpo de una jovencita. Era una mujer hermosa y se sentía orgullosa de su cabello, grueso, sedoso y de un color grisáceo, que le caía sobre los hombros. Desde que tenía veinte años su pelo tenía aquella tonalidad blanquecina, y así se había mantenido durante aquellos veinte años más, hasta el momento presente.

—¡Treinta años es mucho practicar!

Uno de los padrinos, Alice Jackson, le susurró:

—Nos sentimos contentos de que por fin te hayas dado cuenta de eso.

—Sí —el otro padrino, Bruce Hemmings, añadió—: ya lo sé, no deseáis ningún escándalo ahora que Brad se ha convertido en juez.

—Exactamente —asintió la voz profunda de Brad, que sonó junto a ella, al tiempo que le apretaba los hombros a Pilar—. No quería que nadie la acusara de dormir con un juez para obtener favores especiales.

—¡Como que me los ibas a conceder! —replicó Pilar burlonamente, apretándose contra él.

Todo lo que los rodeaba sugería bienestar, intimidad y familiaridad.

Pero lo realmente curioso era que, durante tres años, habían sido enemigos acérrimos, después de que Pilar se graduara en la Facultad de Derecho y se trasladara a Santa Bárbara. Le habían ofrecido un trabajo como abogado de oficio, en una época en que él era fiscal y parecía que cualquier caso de cierta importancia iba a enzarzarlos en una pelea a muerte. Estaba en desacuerdo con las ideas políticas de Brad, con su modo de proceder, con su estilo de vida y con la inexorable insistencia que empleaba hasta ganar el caso o aburrir al jurado. En más de una ocasión, en cuanto salían de la sala del tribunal, afloraban sus temperamentos respectivos y se enzarzaban en furiosas batallas dialécticas. El juez les había llamado la atención más de una vez y en cierta ocasión Pilar había estado a punto de dar con sus huesos en la cárcel por desacato a la autoridad, cuando llamó bastardo a Brad delante del tribunal. Pero Brad había disfrutado tanto con aquella disputa, que arregló el asunto invitándola a cenar tan pronto como se suspendió la sesión.

—¿Está usted loco? ¿No ha oído lo que le he dicho? —le preguntó al salir de la sala.

Todavía temblaba por la rabia que había sentido por la forma en que Brad había tratado un asunto de violación.

—Pero tú aún tienes que cenar y sabes perfectamente que tu cliente es culpable.

Ella lo sabía y por ese mismo motivo no se sentía bien, pero alguien tenía que defenderle, y hacerlo con la mayor dedicación, y ése era su trabajo, tanto si a Brad Coleman le gustaba como si no.

—No estoy dispuesta a discutir con usted la inocencia o culpabilidad de mi cliente, señor Coleman. Sería impropio. ¿Es ése el motivo por el que desea cenar conmigo? ¿Para poder sacarme una información que luego utilizará contra mí?

Se sentía realmente furiosa con él y le importaba un comino que fuera un hombre atractivo. Era el «Cary Grant» de los fiscales. Tenía casi cincuenta años y el pelo blanco como la nieve, y todas las mujeres de su bufete no cesaban de comentar lo guapo y sexy que era. Pero Pilar Graham no estaba interesada en aquel aspecto, al menos no con él. Por lo que a ella respectaba, sólo los unía una estricta cuestión de trabajo.

—Nunca me rebajaría hasta ese punto —le respondió pausadamente Bradford Coleman—. Y creo que eres consciente de que no lo haría. Me gustaría que trabajaras en nuestra oficina, en lugar de ser abogado defensor de oficio. Que los dos estuviéramos del mismo lado de vez en cuando. Podríamos infligir un daño terrible al bando contrario.

Pilar no pudo evitar sonreír ante aquellas palabras, que no dejaron de halagarla, pero, de todos modos, no aceptó la invitación a cenar. Sabía que él era viudo y que tenía hijos. Además, gustaba a demasiadas mujeres. Todo lo que podía ver cuando le miraba era a su oponente y nunca deseó ver nada más en él, hasta que fueron adversarios en un caso famoso que fue seguido con atención por todos los periódicos. Se trataba de un macabro asesinato, y desafortunadamente, encontró un gran eco en la prensa, que le sacó el máximo partido. Un asunto muy feo. En él se hallaba envuelta una joven acusada de matar al amante de su madre. Alegó que el hombre había intentado violarla, pero no se halló ninguna prueba de ello y, además, su madre declaró contra ella. Los testimonios del juicio fueron largos y apasionados; las tácticas utilizadas por los magistrados llegaron a ser brutales y, a mitad del proceso, Bradford 'Coleman se acercó a ella, con una gran calma y serenidad, y le espetó que, la manifiesta evidencia de los hechos, había llegado a la conclusión de que su cliente no era culpable. Solicitó un receso y se convirtió en el máximo valedor de la causa de la jovencita. Pilar siempre creyó que fue su habilidad y la investigación exhaustiva que realizó lo que salvó a la muchacha, y no su propia actuación. Ella no hubiera llegado a ninguna parte. En aquella ocasión cenaron juntos por primera vez, después de tres largos años. Entre ellos, no ocurrió nada de manera rápida o fácil.

Los hijos de Brad tenían por aquel entonces trece y diez años. Nancy era la mayor, Todd el pequeño, y, desde el momento en que conocieron a Pilar, se resistieron a aceptar la idea de que su padre estuviera saliendo con ella. Hacía ya cinco años que su madre había muerto y, desde entonces, habían tenido a su padre exclusivamente para ellos solos, por lo que no estaban dispuestos a compartirle con uina mujjer, aunque fuera sólo unas horas al día. Al principio, los muchachos les hicieron la vida algo difícil y aun cuando Pilar y Brad eran únicamente buenos amigos, los chicos imaginaban que de esa relación podría surgir algo más y deseaban cortarlo de raíz. A Brad le entristeció mucho esa actitud y Pilar sintió pena por él. Tanto si era con ella como con cualquier otra mujer, Brad, aparte de su trabajo y de sus hijos, necesitaba algo más en la vida. Cuanto más le conocía, más le respetaba. Le impresionaban su mente, sus habilidades como jurista y su alma; su honrado sentido de la justicia y su integridad. Era un hombre con una personalidad más notable de lo que la gente le había comentado.

Antes de que pudiera darse cuenta, se enamoró perdidamente de él, así como él de ella, a pesar de los críos, con los que no sabían muy bien qué hacer.

—No te preocupes por ellos. ¿Y qué hay de mi trabajo? No puedo seguir por más tiempo defendiendo casos contra ti, Brad. No sería ético..., ni bueno para nuestra relación.

Finalmente, él le dio la razón y cuando les asignaban un trabajo en el que debían enfrentarse, pedían simplemente la baja. Al cabo de un año, ella se dedicó al ejercicio privado de la profesión cosa que le encantó. Bradford también dejó la tarea pública y el trabajo los absorbió por completo. Los hijos acabaron finalmente por adaptarse a la situación. Poco a poco, le fueron tomando cariño y terminaron por aceptarla. Ganárselos fue una lucha difcil y enconada, pero finalmente, cuando Nancy tenía dieciséis años y Todd trece, Pilar Graham acabó por trasladarse a vivir con Bradford Coleman.

Compraron una casa nueva en Montecino, donde los hijos siguieron haciéndose mayores. Nance ingresó en la universidad, interna en un pensionado, y por entonces, los amigos ya habían dejado de preguntarles sobre la fecha de la boda. No veían la necesidad. Tenían ya dos hijos y Pilar nunca había querido tenerhijos propios. No sentía la necesidad de disponer de un trozo de papel que demostrara nada, explicaba cuando la presionaban. Por lo que a ella se refería, en su corazón ya estaba casada con Brad y eso era lo que realmente importaba.

Así transcurrieron trece agradables años. Cuando él tenía sesenta y uno y Pilar cuarenta y dos, Brad aprobó las oposiciones de juez para el Tribunal Supremo de Santa Bárbara, y eso les hizo darse cuenta de que no era adecuado que él viviera con una mujer sin estar casado con ella. Además la prensa se podría aprovechar de ello. En realidad, ya se habían hecho algunos comentarios al respecto.

Pilar le miró alicaída cuando, por la mañana, tomando el desayuno, discutieron el asunto.

—¿Crees que debería irme a vivir a otro sitio? —le preguntó.

Él se reclinó sobre el asiento, con el *New York Times* en las manos, y la miró, divertido. A los cuarenta y dos años le seguía pareciendo tan bonita como cuando tenía veintiséis y la conoció en la sala del tribunal, como oponente suyo.

—¿No crees que estás sacando las cosas de quicio?

—Bueno, no deseo causarte ningún problema —dijo ella, con una expresión un tanto disgustada, mientras llenaba otra vez dos tazas de café.

—¿No puedes pensar en otra solución, como consejera delegada que eres? Yo sí puedo.

—¿Qué?

Le observó con los ojos en blanco. En realidad, no podía imaginarse una alternativa diferente.

—Estoy contento de no ser cliente suyo, señora Graham. ¿Se te ha ocurrido alguna vez que podríamos casarnos? Y si lo que tienes es fobia al matrimonio, no sé por qué no podemos seguir como estamos; en realidad, los jueces somos gente normal, seres humanos como los demás, y supungo que se nos puede permitir el convivir con otra persona sin estar casados.

—No creo que sea una buena idea tratándose de ti.

Tenía una reputación tan limpia e inmaculada que le parecía una locura mancillada.

—¿Y qué me dices del matrimonio?

Ella se quedó callada durante un rato, sin dejar de contemplar el mar, en el exterior.

—No lo sé. En realidad, no me he parado a pensar nunca en ello..., al menos no durante todos estos años. ¿Lo has hecho tú?

—No, porque tú nunca lo has querido, pero podría haberlo hecho.

Brad siempre había deseado casarse con ella, pero Pilar era una persona muy decidida a mantener su independencia, a que los dos fueran entidades diferentes, aunque estuvieran juntos y entrelazados, sin que ninguno de ellos «se tragara al otro», como solía decir ella. Posiblemente, los hijos de él se opondrían al principio, aunque no demasiado. Nancy tenía ya veintiséis años y se había casado el año anterior, y Todd, con veintitrés, era una persona adulta y trabajaba en Chicago.

—¿Sería tan terrible que nos casáramos ahora? —preguntó él.

—¿A nuestra edad?

Le miró sorprendida, como si le hubiera sugerido una cosa realmente extraña, como saltar de un avión en paracaídas. Era algo en lo que nunca se había detenido a pensar.

—¿Acaso hay una edad límite para hacerlo? Pues no lo sabía —replicó él en son de broma, arrancándole una sonrisa.

—Está bien, está bien... —Pilar suspiró y se reclinó nuevamente sobre la silla—. No sé..., simplemente me asusta la idea. ¡Todo ha sido tan maravilloso durante estos años! ¿por qué habríamos de cambiarlo ahora? ¿Qué pasaría si eso echara a perder nuestra relación?

—Siempre dices lo mismo, pero ¿crees de veras que eso puede suponer un cambio? ¿Acaso cambiarías tú? ¿Lo haría yo?

—No lo sé —contestó ella mirándole con seriedad—. ¿Cambiarías?

—¿Por qué habría de hacerlo, Pilar? Yo te amo y no puedo desear nada mejor que casarme contigo, y quizás sea ésta la excusa que necesitamos para hacerlo.

—Pero ¿por qué? Necesitamos una razón de mayor peso que tu nombramiento como juez. ¿A qué viene esto? ¿Qué le importará a la gente lo que hagamos? ¿Qué diferenciua puede representar para ellos?

—Si, no debería importarles. Es asunto nuestro. Pero es que yo deseo que seas mi mujer. —Se inclinó hacia ella, le cogió las manos entre las suyas y la besó—. Te amo, Pilar Graham. Te amaré hasta el día que me muera. Deseo que seas mi mujer, tanto si me nombran para ese cargo como si no. ¿Qué te parece la idea?

—Creo que estás completamente chiflado —le sonrió, para luego besarle de nuevo—. Hay demasiado ajetreo en el despacho y, además, a mí no me gusta lo convencional. Ya me agradaba tener el pelo gris cuando sólo tenía veinticinco años. No me ha importado no tener hios cuando todas las demás mujeres ya tenían uno en la cuna y otro en el cochecito. Me gusta tener que trabajar para ganarme la vida y no me importa no estar casada.

—¡Cómo que no! Debieras avergonzarte de vivir así, en pecado. ¿Es que no tienes conciencia?

—Ninguna, en absoluto. Me obligaron a renunciar a ella en cuanto empecé a trabajar ante los tribunales.

—Eso es algo que siempre he sabido. Bueno, piénsatelo un poco mejor —le sugirió distraídamente.

Eso ocurrió antes de Navidad y, durante los seis siguientes, discutieron, hablaron y se pelearon por el tema, hasta que Brad juró que nunca se casaría con ella, aunque se lo pidiera de rodillas. Una tarde de mayo, Pilar le dejó completamente atónito.

—He estado pensando sobre ese asunto —le dijo, al tiempo que le preparaba un café exprés, después de cenar.

—¿Sobre qué asunto? —replicó él sin saber de qué le estaba hablando.

—Sobre nosotros.

Bradford esperó un nuevo golpe, repentinamente preocupado. Era una mujer muy independiente, capaz de cualquier cosa, de tomar cualquier decisión insensata que le hubiera podido ocurrir y que le pareciera suficientemente importante.

—Creo que deberíamos casarnos —dijo Pilar con cara de circunstancias, pasándole la taza de café.

Él se quedó tan perplejo que ni siquiera extendió la mano para tomar la taza.

—¿Qué has dicho? ¡Después de todas las discusiones que tuvimos en Navidad...¡ ¿Qué demonios te ha hecho cambiar de opinión?

—Nada. Simplemente he pensado que podrías tener razón y que ya es hora de que lo hagamos.

Lo había pensado muy a fondo y, para él resultaba difícil creer que muy dentro de ella se produjera un anhelo por ser..., por ser suya, por formar parte de él... para siempre.

—¿Qué te ha hecho adoptar esa decisión?

—No lo sé. —Le miró con ojos esquivos y él se echó a reír—. Estás loca y lo sabes. Completamente loca, pero te quiero. —Dio la vuelta al mostrador de la cocina y la cogió en sus brazos, besándola—. Te quiero, te quiero mucho, tanto si te casas conmigo como si no. ¿Quieres disponer de más tiempo para meditarlo a fondo?

—Creo que es mejor para ti que no me concedas este tiempo —rió Pilar—. Podría cambiar de opinión y es mejor que acabemos con esto de una vez.

Sonaba como si para ella fuera algo difícil y doloroso.

—Te prometo que lo haré de la manera más fácil que pueda —aseguró Bradford, que se sentía como extasiado.

Eligieron una fecha del mes de junio y llamaron a los hijos de Brad, que también se mostraron entusiasmados con la idea y prometieron acudir a la boda, fuera cuando fuese.

Como invitados a la ceremonia, eligieron a diez parejas, así como a varios amigos solteros, a compañeros de trabajo de Pilar, a dos de los colegas de Brad entre los que estaba Marina Golleti, la mejor amiga de ella, y, por supuesto, a su madre. Hacía años que los padres de Brad habían muerto y la madre de Pilar era viuda. Vivía y trabajaba en Nueva York, pero prometió asistir a la boda, «si es que deseas seguir adelante con eso», según dijo con escepticismo, molestando en cierto modo a su hija.

Fiel a su palabra, Brad se encargó de todo e hizo que su secretaria enviara las invitaciones. Todo lo que Pilar tuvo que hacer fue elegir el vestido, y su hijastra Nancy, acompañada por Marina Goletti, lo fue a busar. Pilar se mostró tan despreocupada por todo el asunto, que las otras dos casi se probaron el traje de novia en su lugar. Pero, finalmente, se decidió por un hermoso modelo Mary McFadden con pliegues y de seda color marfil. Cuando se lo probó, parecía una diosa griega.

Cuando por fin llegó el gran día, se peinó el cabello hacia arriba, formando unos bucles delicados que le caían sobre el rostro, y lo adornó con unas pequeñas flores blancas. Tenía un aspecto exquisito y, al volverse a mirar a los invitados, después de la ceremonia, parecía hallarse en éxtasis.

—Mira, no era tan malo —le susurró Brad al oído, ligeramente separados, mientras observaban a sus amigos pasárselo bien.

Como siempre, existía entre ellos un vínculo silencioso y pacífico que los unía. Habían llegado a un grado de comprensión mutua aún mayor del que habían tenido durante los últimos trece años. Atrás quedaban la oposición, la tensión, el miedo, la soledad y el odio. Era un lazo de amor que los unía y mantenía juntos, contra los golpes de la vida, a salvo, en los brazos del otro.

—¿Lo has hecho por mí, o por ellos? —preguntó Brad, apaciblemente.

—Es gracioso —contestó ella con tranquilidad—. Al fin y al cabo, no lo he hecho por nadie más que por mí misma. —No había querido decirle eso, pero ahora parecía el momento adecuado para hacerlo—. De repente comprendí que necesitaba casarme contigo.

—Lo que dices es muy bonito. —Dio un paso hacia Pilar y la atrajo hacia sí—. Yo también necesitaba casarme contigo. No disponía de mucho tiempo, pero no deseaba presionarte.

—Siempre has sido muy bueno conmigo sobre este asunto, que tanto significa para mí. Supongo que sólo necesitaba algo de tiempo —añadió ella, mirándole con una expresión soñadora en los ojos.

Brad se echó a reír. Si hubieran tenido que esperar trece años más, hubiera sido un problema.

—Éste era el momento adecuado —dijo con suavidad—. Lo hemos hecho cuando lo teníamos que hacer. Te adoro. —Al pronunciar estas palabras, la observó, perplejo—. Por cierto ¿quién eres tú? ¿La señora Coleman o la señorita Graham?

—Nunca había pensado en ello y estoy muy segura de que a mi edad aún se pueda cambiar. Llevo cuarenta y dos años llamándome Graham, demasiados para poder borrarlos de un plumazo, en una tarde. Sin embargo, por otro lado..., quizás después de otros trece años... ¿Sabes lo que te digo? ¿Por qué no cambiarlo de una vez por todas?

—¿Coleman? —preguntó Brad, mirándola algo atónito y conmovido.

Aquél había sido un día extraordinario con su nueva familia.

—Señora Coleman —asintió ella con suavidad—. Pilar Coleman.

Le sonrió, con una mirada que parecía la de una muchacha, y él la besó de nuevo. Luego la condujo hacia donde estaban sus amigos, en plena celebración.

—Felicidades, Pilar —le dijo su madre.

Ella le dirigió una sonrisa por encima de la copa de champán, que sostenía graciosamente con la mano. Elizabeth Graham era todavía bella a sus sesenta y siete años. Había ejercido de neuróloga en Nueva York durante casi cuarenta años y no tenía ningún otro hijo. El padre de Pilar había sido magistrado del Tribunal de Apelación de Nueva York y había muerto en un accidente de aviación cuando estaba en lo más alto de su carrera; por aquel entonces, Pilar todavía estudiaba en la Facultad de Derecho.

—Hoy nos has sorprendido a todos —le dijo su madre fríamente y Pilar le sonrió.

Tenía la suficiente madurez, después de tantos años, como para no morder el anzuelo y perder los nervios cuando su madre la provocaba.

—La vida está llena de sorpresas maravillosas —dijo Pilar sonriéndole a Brad y, por encima del hombro de éste, a Marina.

Desde el momento en que la conoció, después de su llegada a Santa Bárbara, Marina Goletti había sido para ella como una madre, y era muy significativo que precisamente ella les declarara marido y mujer. Había sido una de las colegas de Brad, pero antes, mucho antes que eso, ya era amigo suya. Ambas habían trabajado como defensoras de oficio durante seis meses y, más tarde, Marina se había convertido en juez. Por entonces ya eran íntimas amigas, y para ella era como un sustituto de la madre que nunca había estado a su lado.

La relación de Pilar con su madre siempre había sido tensa y no era un secreto para nadie que Pilar casi nunca había visto a sus padres. Estaban demasiado ocupados con sus propias carreras y la habían enviado, a la edad de siete años, a un pensionado. La llevaban a casa durante las vacaciones y la interrogaban sin piedad (éstas fueron las palabras que ella misma utilizó al explicárselo a Brad), sobre lo que había aprendido, sobre lo fluido que era su francés y sobre las razones que habían motivado la última nota que había obtenido en matemáticas.

Para ella eran como unos extraños, aunque, por los menos, su padre hacía un pequeño esfuerzo durante las vacaciones. Pero incluso él tenía muy poco que decirle, estaba demasiado atareado con su propio trabajo, al igual que lo estaba su madre, que le había dicho, a una edad muy temprana, que lo que hacía con sus pacientes era de mucha mayor importancia que cualquier aproximación que pudiera tener con su única hija.

—¡Nunca pude comprender por qué me tuvieron! —le había explicado a Brad desde el principio de su relación—. No estoy muy segura de si se debió a un error o si fue un experimento que no acabó de funcionarles bien. Pero, fuera lo que fuese, estaba claro que yo no era precisamente lo que habían deseado. Mi padre se sintió aliviado cuando ingresé de Derecho. Creo que ésa fue la primera vez que se convenció de que no habían cometido un terrible error al tenerme. Hasta entonces, ni siquiera se habían dignado estar presentes en la entrega de diplomas y, por supuesto, mi madre se enfureció al comprobar que la medicina no me interesaba en absoluto aunque no puedo afirmar que ella hiciera esfuerzo alguno por presentármela como algo atractivo.

En efecto, Pilar había crecido en los internados y una vez, en broma, le había dicho a uno de sus compañeros de trabajo que ella también era el producto de una institución, como los clientes que defendía y que se habían pasado la vida en la cárcel.

Por algún motivo, la fría relación que tenía con sus padres, la indiferencia con que la trataban, así como el comportamiento de la gente en aquella época, habían hecho que el matrimonio para ella no tuviera ningún atractivo y, en cuanto a tener hijos, era algo que ni siquiera se había llegado a plantear. No le deseaba a nadie una vida como la que le había tocado llevar y, además, no tenía ni la más remota idea de cómo criar un hijo, puesto que no había tenido un ejemplo adecuado en su hogar. De hecho, se sorprendió la primera vez que vio a Brad con sus hijos. Se mostraba muy natural con ellos, sin temor alguno, y les hablaba de cualquier cosa, mostrándose como una persona abierta, muy dado a manifestar sus emociones. Pilar no se podía imaginar una relación así con ninguna persona y mucho menos con un niño. Sin embargo, poco a poco, Brad la ayudó a abrirse y a expresar sus sentimientos, a compartirlos con las personas que la querían. Con el tiempo, se acostumbró bien a tener que convivir con los hijos de Brad y con él mismo. Sin embargo, aún no deseaba tener sus propios hijos y ahora, al ver a su madre de nuevo, aunque fuera en el día de su boda, recordó con amargura cuánto le habían fallado sus padres.

—¡Estás espléndida hoy, Pilar! —exclamó su madre en un tono de voz forzado, como si hablara con una amiga suya, o con una desconocido. Era una persona completamente incapaz de permitir que alguien accediera al incógnito misterio de sus pensamientos, si es que los tenía—. Es una pena que tú y Brad seáis demasiado viejos para tener hijos.

Pilar la miró atónita, negándose a dar crédito a lo que había oído.

—No puedo creer lo que acabas de decir —le dijo Pilar en un tono de voz tan bajo que ni siquiera Brad lo oyó—. ¿Cómo te atreves a hacer afirmaciones sobre nuestra vida o nuestro futuro?

Marina, desde cierta distancia, pudo ver cómo le refulgía la mirada.

—Lo sabes tan bien como yo. Desde el punto de vista médico no estás en la mejor edad para comenzar a tener criaturas —replicó su madre, mirándola de un modo frío y profesional, al comprobar que Pilar perdía el control de sus emociones.

—Mujeres de mi edad tienen hijos cada día —contenstó Pilar, encendida y molesta consigo misma por haber mordido el anzuelo.

Lo último que deseaba en el mundo era tener un hijo pero, por otro lado, su madre no tenía ningún derecho a dar por sentado que no lo iba a tener. Después de lo poco que se había ocupado de ella durante todos aquellos años, lo mínimo que podía hacer ahora era respetar su intimidad y el derecho que tenía a tomar sus propias decisiones y a manifestar sus opiniones.

—Quizás lo hagan en California, Pilar, pero yo veo a esos bebés cada día, malformados, retrasados, con síndrome de Down, con graves defectos y deformaciones. Créeme, estoy segura de que no querrás nada de eso.

Estás en lo cierto —replicó mirándola directamente a los ojos—. No lo deseo, nunca he querido tener hijos..., gracias a ti y a papá...

Y, tras decir esas palabras, Pilar desapareció por entre el grupo de invitados, sintiéndose desfallecer, al tiempo que buscaba a Brad, que se había alejado para hablar con alguna otra persona, dejándolas conversar a solas.

—¿Estás bien? —le susurró Marina. Llevaba el pelo gris, rizado y algo revuelto.

Era la madre que nunca había tenido y la amiga que siempre había soñado. En muchos aspectos era sabia y había tenido que tomar decisiones parecidas a las de Pilar, aunque por diferentes motivos. Era la mayor de once hermanos y al morir su madre se había hecho cargo de todos. Nunca se había casado o tenido hijos propios.

—Ya he tenido bastante... —explicaba.

Por otra parte, siempre había sido muy comprensiva con las angustias de Pilar respecto a sus padres. En los últimos años, el dolor que sentía la joven se había ido mitigando, excepto en las raras ocasiones en que veía a su madre. La «Doctora», según la llamaba ella misma, sólo venía a California cada dos o tres años y la verdad era que, entre visita y visita, Pilar nunca la echaba de menos. La llamaba por teléfono por considerarlo un deber y la hija no dejaba de sorprenderse de que nada hubiera cambiado desde la niñez, y de que las llamadas no dejaran de ser más que puros «interrogatorios».

—Tengo la impresión de que la Doctora te está haciendo pasarlo mal —le dijo Marina, mirándola con una expresión comprensiva.

El solo hecho de estar con Marina siempre le permitía tener una mejor opinión sobre la raza humana. Era una de esas personas que se encuentran en ocasiones contadas, con una gran alma, que enriquecen la vida de aquellos que las conocen.

—No, simplemente se quería asegurar de que Brad y yo comprendiéramos que somos demasiado viejos para tener hijo —le confesó Pilar con una sonrisa, aunque con un tono de voz sorprendetemente amargo.

No era precisamente la necesidad de tener hijos lo que la molestaba, sino la falta de comprensión y afecto que le mostraba su madre.

—¿Que dice qué? —La juez Goletti la miró enfadada, como si se sintiera también molesta en nombre de ella—. Mi madre tenía cincuenta y dos años cuando tuvo su último hijo.

—Ahora tengo algo a lo que aspirar —sonrió Pilar con malicia—. Prométeme que eso no me ocurrirá a mí, o me suicido aquí mismo.

—¿En el día de tu boda? No seas ridícula. —Entonces, sorprendió a Pilar haciéndole una pregunta—. ¿Estáis pensando en tener hijos?

Conocía a mucha gente mayor que ellos que habían tenido hijos recientemente, pero le picaba la curiosidad y se sentía lo suficientemente próxima a Pilar como para hacerle esa pregunta. La había sorprendido tanto el anuncio de la boda, después de la firme decisión de Pilar de permanecer soltera durante toda la vida, que ahora parecía como si todas sus decisiones previas no tuvieran ningún valor.

Pilar se echó a reír abiertamente antes de responderle:

—No creo que debas preocuparte por eso. Lo último que puede haber en mi lista de deseos es precisamente tener hijos. En realidad, ocupa un lugar tan bajo en ella, que ni siquiera lo he llegado a anotar, y no es mi intención hacerlo ahora.

Quería mucho a Brad, pero una cosa de la que estaba muy segura era de que no deseaba tener hijos.

—¿Que no deseas qué? —Brad se unió a ellos y deslizó un brazo alrededor del talle de la novia, con expresión alegre.

—Que no deseo retirarme del ejercicio de la abogacía —le respondió Pilar, con una mirada ya más calmada.

La presencia de Brad tuvo un efecto relajante y le hizo olvidar la irritación que sentía por su madre.

—¿Quién se ha atrevido a pensar que ibas a hacerlo? —le preguntó, sorprendido de que a alguien se le hubiera ocurrido plantearle esa pregunta.

Pilar era una abogada excelente y se dedicaba de lleno a su carrera profesional. Lo último que él podía imaginar era que abandonara su trabajo.

—Creo que deberías unirte a nuestra judicatura —le dijo Marina Goletti con voz solemne, sintiendo que sus palabras eran sinceras.

Tras decir esto, alguien distrajo a Marina y ésta se alejó. Pilar y Brad se quedaron a solas un momento, mirándose a los ojos, rodeados por los amigos, que en ese momento no se fijaban en ellos.

—Te quiero, señora Coleman, y sólo quisiera poder encontrar las palabras para decirte cuánto.

—Tienes toda una vida por delante para decírmelo..., y yo también te amo a ti, Brad —le susurró ella.

—Ha valido la pena esperar, soportar cada minuto de esa espera. Aguantaría incluso cincuenta años más si tuviera que hacerlo.

—Si tal fuera el caso, pondrías a mi madre nerviosa de verdad —dijo Pilar echándose a reír y mostrando una mirada adolescente y maliciosa.

—¡Oh! ¿Acaso está tu madre preocupada porque yo sea demasiado viejo para ti?

Al fin y al cabo, sólo tenía unos pocos años menos que la propia madre de Pilar.

—No... Cree que yo soy demasiado vieja. Teme que me venga un arrebato y decida tener hijos deformes que luego se convertirían en sus pacientes.

—Muy amable por su parte. ¿Y qué te ha dicho?

La miró algo preocupado, aunque sin dejarse arrastrar por la melancolía en un día tan especial, que había esperado durante tanto tiempo.

—Sí ha sido realmente muy amable. La buena Doctora creyó que era su deber advertirme.

—Ya veremos si la invitamos a nuestro vigesimoquinto aniversario —le dijo Brad con suavidad, al tiempo que la besaba.

Bailaron juntos y luego lo hicieron con sus amigos. A medianoche se alejaron a hurtadillas, dirigiéndose a la suite que habían reservado en el Biltmore.

—¿Contenta? –le preguntó Brad, mientras ella se recostaba contra él en la limusina que habían alquilado.

—Extasiada —contestó sonriéndole alegremente. Luego bostezó, descansó la cabeza sobre su hombro y colocó los pies, enfundados en unos calcetines de blanco satén, sobre el asiento reclinable que tenía delante. De pronto, frunció el ceño—. ¡Oh, Dios mío! Se me ha olvidado despedirme de mi madre y se va mañana.

Tenía que ir a Los Ángeles para asistir a una convención de medicina. Estaba contenta de que la fecha de la boda de Pilar no afectara para nada sus obligaciones.

—En esta ocasión estás más que disculpada. Es el día de tu boda y tenía que haber sido ella la que viniera a besarte y a desearte felicidad —le dijo Brad. Pilar se encogió de hombros. Ahora ya no le importaba. Había durado mucho, pero la guerra, por lo que a ella respectaba, había terminado—. Soy yo el que te deseo felicidad —añadió Brad suavemente, besándola de nuevo, sabiendo que había vivido toda la vida en espera de aquel momento.

Brad era todo lo que ella había deseado, incluso más que eso, y se sintió apesadumbrada por no haberse casado antes con él.

Pero el pasado ya no le preocupaba, no le importaban sus padres y todo aquello en que le habían fallado. Lo único que le importaba era Brad y la vida que a partir de ahora iba a compartir con él. Y esa noche, mientras se dirigían al Biltmore, no pudo pensar en otra cosa que no fuera su futuro común.

2

La semana que siguió al día de Acción de Gracias, Diana estuvomuy atareada, enfrascada en coordinar las fotografías que se publicarían ene l número de abril. Estaban tomando numerosas instantáneas de dos mansiones, una en Newport Beach y la otra en La Jolla. Ella misma se había dirigido a San Diego para supervisar personalmente uno de los reportajes y, ya entrada la tarde, se sentía exhausta. Era gente de un trato difícil. La propietaria de la mansión se mostraba disconforme con todo lo que habían hecho y la joven encargada, a la que habían asignado el trabajo, se había pasado casi todo el tiempo llorando en los hombros de Diana.

—Tómatelo con calma —le dijo ésta, con voz serena, aunque también ella se sentía algo perturbada—. Si esa mujer advierte que estás alterada, todavía se pondrá peor. Trátala como a una niña pequeña. Si quiere salir en la revista tendráa que colaborar un poco.

Sin embargo, la fotógrafa perdió los estribos, amenazó con irse y al final de la jornada todos tenían los nervios a flor de piel, en especial Diana.

Cuando todo hubo terminado, regresó al hotel Valencia, entró en su habitación y se tumbó sobre la cama, sin encender la luz. Se sentía demasiado cansada para moverse, hablar o comer algo. Ni siquiera tenía fuerzas para llamar a Andy. Sabía que acabaría por hacerlo, pero primero decidió tomarse un baño de agua caliente y pidió al servicio de habitaciones que le trajeran una sopa. Después regresó al cuarto de baño y llenó la bañera. Fue entonces cuando lo vio. Allí volvía a estar el terrible hilillo de sangre que ella rogaba no encontrar, pero que siempre encontraba, a pesar de todas sus oraciones y de sus esfuerzos por realizar sus relaciones sexuales en los momentos más adecuados para quedarse embarazada. A pesar de todo, no había funcionado. Una vez más no lo habían conseguido, y ya llevaban seis meses intentándolo.

Al verlo allí, cerró los ojos y, minutos después, al meterse en la bañera, las lágrimas le rodaron por las mejillas. ¿Por qué había de ser todo tan difícil? ¿Por qué tenía que pasarle eso a ella? ¡Había sido tan fácil para sus hermanas!

Después del baño, llamó a Andy a su casa. Acababa de llegar de una reunión prolongada en los estudios de televisión.

—¡Hola, cariño! ¿Cómo te ha ido hoy? —También tenía la voz cansada y Diana decidió, en un principio, no decirle nada hasta volver a casa, pero él notó la aflicción de su voz y le preguntó qué había sucedido—. ¿Te ha pasado algo malo?

—No..., simplemente que ha sido un día muy ajetreado.

Intentó imprimir a su voz un tono de normalidad, pero sentía dolor en el corazón, como si cada mes se le muriera alguien y ella lo tuviera que llorar.

—Me parece que hay algo más de lo que me dices. ¿Problemas con tu equipo o con la gente de la casa?

—No, no, todo va bien. La mujer es como un pescado con raspas y la fotógrafa ha amenazado un par de veces con largarse, pero así son las cosas —sonrió, apesadumbrada.

—¿Entonces? ¿Hay algo que te callas?

—Nada..., yo..., nada. Es simplemente que me ha venido la regla, eso es todo. Es deprimente.

Tenía los ojos hinchados por las lágrimas, pero él no pareció inmutarse por su apesadumbrado tono de voz.

—No pasa nada, amor. Lo único que significa es que debemos volver a intentarlo. ¡Qué demonios! Sólo han transcurrido seis meses, cuando mucha gente tarda uno o dos años. Descansa y no le des más vueltas. Intenta pasértelo bien. Te amo, tontuela. —Le afectaban las preocupaciones de Diana, aunque sabía que no ocurría nada malo. Además, los dos se hallaban sometidos a una tensión constante a causa de sus respectivos trabajos, y eso tampoco ayudaba en nada—. ¿Por qué no hacemos un viaje de dos días la semana que viene? Te lo piensas y me lo dices.

—Te quiero, Andrew Douglas —dijo ella sonriendo a través de las lágrimas, sosteniendo el teléfono. Era un hombre tan bueno y tan razonable en lo que se refería a sus ansias por quedar embarazada...—. Desearía poder relajarme como tú, pero sigo pensando que debiera ir a un especialista, o visitar al menos a Jack, ver lo que parece.

—No seas ridícula. —Por primera vez, Andy se mostró algo enfadado. No deseaba tener que discutir su vida sexual con su cuñado—. Por el amor de Dios, no nos pasa nada malo a ninguno de los dos.

—¿Y cómo estás tan seguro de ello?

—Simplemente, lo sé. Ahora, confía en mí.

—Está bien, está bien, lo siento... Es sólo que me molesta tanto..., cada mes. Me pongo a interpretar cada dolor, cada señal... cada vez que me siento cansada hasta para estornudar, o que tengo indigestión. Llego a creer que estoy realmente embarazada, y luego, ¡zas!, todo ha terminado de nuevo.

Resultaba difícil explicarle la decepción que experimentaba cada mes, la angustia, el miedo, el dolor, la sensación de vacío, el terrible anhelo. Estaban juntos desde hacía ya casi tres años, llevaban seis meses de casados, y ahora ella deseaba tener un bebé. Incluso percibía como una acusación el hecho de que continuara vacía la habitación del tercer piso de su hogar. Habían comprado la casa para tener en ella a los niños y aún no había sucedido nada.

—Olvídate de ello durante una temporada, cariño. Ya ocurrirá. Démonos un poco de tiempo. ¿Cuándo vas a volver a casa?

—Mañana por la noche. Al menos, eso espero, si no hay problemas con esa gente.

Suspiró. De repente, la idea de volver a tener que tratar con ellos al día siguiente la deprimió aún más. El haber tenido la regla hacía que se sintiera abatida por cualquier cosa. Cada mes la misma terrible pérdida y una sensación de vacío que no podía explicar con palabras, ni siquiera a Andy. Parecía absurdo, pero era increíble lo mucho que eso la afectaba, para luego tener que intentar superarlo otra vez, volver a ilusionarse con nuevas esperanzas..., sólo para verlas frustadas al mes siguiente.

—Te estaré esperando cuando regreses a casa. Duerme bien esta noche y mañana te sentirás mejor. —Para él, todo era así de sencillo. Siempre encontraba la respuesta adecuada, siempre le ofrecía el apoyo que necesitaba. De alguna manera, Diana deseaba que él también se sintiera preocupado, que compartiera sus dolores y aflicciones, pero quizás fuera mejor que no lo hiciera—. Te quiero, Di.

—Yo también te quiero, amor. Te echo mucho de menos.

—Y yo a ti. Nos veremos mañana por la noche.

Después de colgar el teléfono le trajeron el caldo, pero ni siquiera se molestó en tomárselo. Finalmente, apagó las luces y se tumbó sobre la cama, en la oscuridad, pensando en el niño que tanto deseaba y en la mancha de sangre roja que había vuelto a frustrar todas sus esperanzas. Sin embargo, antes de quedarse dormida, volvió a renacer en ella la esperanza de que todo sería diferente al mes siguiente.

Pilar Graham, tal y como seguía presentándose profesionalmente, estaba sentada en su despacho, contemplado con interés el archivo que tenía sobre el escritorio, tomando notas, cuando su secretaria hizo sonar el zumbido del interfono y ella contestó inmediatamente.

—Los Robinson están aquí.

—Gracias. Hazlos entrar.

Pilar se puso de pie, esperándolos, mientras la secretaria hacía pasar a una pareja de mirada seria. La mujer no llegaba a los cuarenta y tenía un cabello oscuro no demasiado largo. El hombre era alto y delgado, vestía con sencillez y era algo más viejo que su esposa. Los había enviado otro abogado y Pilar se había pasado toda la mañana estudiando su caso.

—¡Hola!, soy Pilar Graham. —Les dio la mano y los invitó a sentarse. Ninguno de los dos quiso tomar té o café. Parecían nerviosos y ansiosos por ponerse a discutir su caso—. Esta mañana he estado leyendo su expediente —les dijo con voz serena.

Ofrecía el aspecto de una mujer seria, madura e inteligente; era el tipo de persona en quien podían confiar. Pero también conocían su reputación, y era precisamente por ello por lo que habían venido a verla. Tenía fama de ser muy dura en los juicios.

—¿Cree usted que se puede hacer algo? —preguntó Emily Robinson mirando a Pilar con expresión preocupada.

La abogada comprendió toda la angustia que sentía aquella mujer y se preguntó si podría ayudarla.

—Confío en poder ayudarlos, pero, si quieren que les sea sincera, todavía no estoy muy segura. Tengo que estudiarlo con mayor detenimiento. Quiero discutirlo primero con algunos colegas, confidencialmente, por supuesto. Mucho me temo que sea ésta la primera vez que trato con una situación de madres de alquiler. Las leyes son algo oscuras en algún aspecto y varían mucho de un estado a otro. Ciertamente, no es una situación fácil, como muy bien saben, y yo no tengo todas las respuestas.

Lloyd Robinson había hecho un trato con una muchacha de diecisiete años que vivía en las montañas, junto a Riverside, para que tuviera un hijo suyo. La joven ya había tenido dos hijos ilegítimos y estaba más que deseosa de tener un tercero. Lloyd la había conocido en el colegio donde él había trabajado, aunque ya no lo hacía. Era un asunto de inseminación artificial, dirigida por un médico del pueblo. A la joven le había pagado por ello cinco mil dólares, lo suficiente para que se pudiera trasladar a Riverside al año siguiente, llevar una vida decente e ir a la universidad, que era lo que les había dicho que deseaba hacer. Sin el dinero que él le había pagado, no tenía ninguna esperanza de conseguirlo y se pudriría para siempre en las montañas.

Todo había sido una locura, ahora lo sabían. La muchacha era demasiado joven e inestable y sus padres, al enterarse del asunto, habían armado un gran revuelo con las autoridades locales. A Lloyd se le achacaban cargos criminales que, sin embargo, fueron desestimados. De todas formas, el tribunal se cuestionaba el por qué de la elección de aquella madre.

Durante un tiempo, existió la posibilidad de que le inculparan de una acusación de violación legal, aunque Lloyd se las arregló para probar que no había ningún tipo de contacto carnal entre ellos. De todos modos, al final, la muchacha, que se llamaba Michelle, no quiso renunciar al bebé y, cuando éste nació, se casó con un joven del pueblo, que también se mostró inflexible sobre el asunto.

En aquel momento, Michelle estaba nuevamente embarazada, esta vez de su marido. La hija de Lloyd Robinson tenía ya un año y el tribunal ni siquiera le había permitido visitarla por considerar que podía tener una influencia negativa sobre la menor, y habían decretado una orden restrictiva, para no tener que tomar una actitud ulterior. Los Robinson habían quedado muy apesadumbrados por aquel asunto. Actuaban como si conocieran y amaran a la pequeña y alguien se la hubiera robado. Cuando hablaban de ella, seguían llamándola Jeanne Marie, aunque Michelle le había puesto otro nombre. Sin dejar de mirarlos, Pilar tuvo la sensación de que los Robinson vivían en un mundo de fantasía.

—¿No hubiera sido mucho más fácil adoptar a un niño, aunque fuera por un canal privado?

—Es posible —asintió Emily, con amargura—, pero nosotros queríamos un hijo de mi marido. Yo soy la que no puede tener hijos, señorita Graham.

Lo confesó como si fuera un crimen terrible y eso hizo que Pilar sintiera pena por ella, aunque tuvo que admitir que aquel caso era para ella fascinante y extraño. Pero lo que no dejaba de cruzar por su pensamiento era el deseo compulsivo que parecía experimentar los Robinson por tener un hijo.

—Somos demasiado viejos para conseguir una adopción legal —explicó Emily—. Yo tengo cuarenta y un años y Lloyd pronto llegará a los cincuenta. Lo intentamos durante años, pero nuestros ingresos eran demasiado bajos. Lloyd tuvo una lesión en la espalda y estuvo de baja durante bastante tiempo. Ahora, las cosas funcionan mejor. Hemos vendido el coche, y hace un año que los dos estamos pluriempleados para poder pagar el dinero que acordamos con Michelle por tener un bebé. El resto de lo que hemos ido ganando ha servido para pagar los honorarios de los abogados. Ya no nos queda mucho —le dijo a Pilar, con toda sinceridad, aunque la abogada no reparó demasiado en lo que le decía, pues lo que realmente la intrigaba era el caso.

El tribunal había encargado a un asistente social que hiciera un informe sobre ellos y, aunque sin duda alguna se trataba de personar inusuales, no tenían ningún vicio aparente y, por los testimonios de quienes los conocían, parecían ser muy decentes. Simplemente, no podían tener hijos, y estaban desesperados por tener uno. La desesperación hace que la gente haga cosas extrañas y eso era lo que les había pasado.

—¿Quieren solicitar el derecho a visitar a la niña? —les preguntó Pilar con un tono de voz sereno.

Emily suspiró y asintió con un gesto de la cabeza.

—Podríamos hacerlo si supiéramos que hay posibilidades de conseguirlo. Pero no es justo. Michelle renunció ya a dos bebés cuando no era más que una niña y ahora va a tener otro de su marido. Si va a tener otro hijo, ¿por qué tiene que quedarse con el de Lloyd? —preguntó Emily con voz quejosa, aunque en aquel asunto había implicadas muchas más cosas y todos lo sabían.

—También es hija de ella —apuntó Pilar educadamente.

—¿Cree usted que lo único que podremos conseguir será el derecho a visitarla? —preguntó finalmente Lloyd.

Pilar dudó un momento antes de contestar.

—Es posible. Dada la posición actual del tribunal, eso podría ser el primer logro. Con el tiempo, si Michelle no se porta con la niña de la forma adecuada, o si tiene problemas con su marido, entonces podrían ustedes conseguir la custodia, pero eso es algo que no les puedo prometer. Además, podría llevar mucho tiempo conseguirlo, quizás años.

Pilar siempre hablaba con sus clientes con una total sinceridad.

—El último abogado al que acudimos nos dijo que podríamos tener de nuevo a Jeanne Marie en seis meses —espetó Emily acusadoramente, y Pilar evitó decirles que no era cuestión de volver a tenerla, puesto que, en primer lugar, la niña nunca había estado con ellos.

—No creo que fuera honrado con usted, señora Robinson.

Por lo visto, ellos tampoco lo habían sido con el abogado, puesto que, en caso contrario, todavía estarían con él.

La pareja movió la cabeza y se miraron el uno al otro, apesadumbrados. Era como una especie de hambre desesperada y miedo a la soledad que desgarraba el corazón con sólo mirarlos.

Pilar y Brad habían tenido amigos totalmente desesperados por adoptar un niño, y alguno de ellos había ido a Honduras, Corea o Rumanía, pero ninguno había hecho una locura como aquélla, ni se sentían tan desesperados como aquella gente. Los Robinson se lo habían jugado todo a una sola carta, habían perdido y lo sabían.

Pilar siguió hablando con ellos durante un rato y les dijo que estaba dispuesta a trabajar por su causa si así lo deseaban. Podía dedicarse a investigar los precedentes que se habían producido en su estado e informarles al respecto. Ellos le dijeron que preferirían esperar un poco y que ya la llamarían. Deseaban pensárselo antes de tomar una decisión. Sin embargo, cuando abandonaron el despacho, Pilar tenía la convicción de que no la volverían a llamar. Buscaban a alguien que les prometiera todo lo que deseaban conseguir y ella no estaba dispuesta a hacerlo.

Una vez que se hubieron marchado, permaneció sentada durante unos minutos, pensando en aquella pareja. ¡Parecían tan perdidos y desesperados, tan ávidos de aquel bebé que era para ellos un desconocido! Antes de su nacimiento ni siquiera se habían preocupado por él, y, sin embargo, para ellos era Jeanne Marie, alguien a quien creían conocer y amar. El caso la tenía intrigada y se quedó mirando pensativamente a través de la ventana, hasta que su colega, Alice Jackson, asomó la cabeza por la puerta del despacho, con una sonrisa en los labios y una expresión de curiosidad.

—Qué..., parece un caso difícil. No te había visto así desde los casos del despacho de P. D., cuando tenías a un cliente acusado de asesinato. ¿A quién han matado estos dos?

—A nadie.

Pilar recordó la época en que ejercía como abogada de oficio. Su otro compañero, Bruce Hemmings, también había trabajado en el despacho como abogado de oficio. Alice y él se habían casado hacía varios años y tenían dos hijos. Ellas dos siempre habían sido dos buenas amigas, aunque Pilar no tenía tanta confianza en ella como en Marina. Sin embargo, trabajar con ella durante los diez últimos años había sido fantástico.

—No es un asunto de asesinato —contestó Pilar con una sonrisa pensativa en los labios, haciéndole un gesto para que pasara y tomara asiento—. Es todo tan extraño...

Y procedió a explicarle el caso a Alice, que escuchó moviendo la cabeza.

—Ni siquiera se te ocurra tratar de conseguir una nueva jurisprudencia al respecto. Te lo puedo anticipar con toda claridad: lo máximo que conseguirás de un juez será permiso para poder visitar a la niña. ¿No recuerdas? Ted Murphy tuvo un caso similar a éste el año pasado. La madre de alquiler se negó a entregar al niño en el último momento. Llevaron el caso hasta el Tribunal Supremo del Estado y el padre sólo consiguió una custodia conjunta técnica y el permiso para visitar al niño, mientras que la madre obtuvo la custodia física.

—Sí, lo recuerdo, pero esa gente era tan... —odiaba tener que decirlo, pero le habían parecido verdaderamente patéticos.

—El único caso que conozco en que el juez no se decantó por las aspiraciones de la madre de alquiler, fue aquel en el que se le implantó el óvulo de la que tenía que ser la madre adoptiva. Ahora no recuerdo con exactitud dónde se dio el caso, pero te lo puedo mirar, si quieres —expuso muy seria—. El juez consideró que el niño no tenía la sangre de la madre de alquiler y que el esperma y el óvulo habían sido donados por los padres adoptivos y, por tanto, les dio a ellos la custodia del bebé. Sin embargo, en este caso, las circunstancias son diferentes y el tipo ha actuado como un estúpido por establecer tratos con una menor.

—Lo sé, pero la gente es capaz de hacer cualquier locura cuando se siente tan desesperada por tener un hijo.

—Explícame eso a mí. —Alice se reclinó en el asiento y emitió un gruñido—. Durante dos años estuve tomando hormonas, que creí que iban a acabar conmigo. Me ponían realmente enferma, tanto, que me sentía como si me trataran con quimioterapia. —Sonrió a su colega, y al encoger los hombros, casi pareció una adolescente—. Pero de ese tratamiento saqué dos hijos y, por lo tanto, valió la pena hacer el sacrificio. Los Robinson aún no han obtenido nada. Un bebé al que pretenden llamar Jeanne Marie, al que nunca han visto y al que probablemente nunca verán.

—¿Por qué llega la gente hasta estos límites, Ali? A veces no puedes evitar hacerte esta clase de preguntas. Sí, ya sé, tus hijos son fantásticos..., pero, si no los hubieras tenido, ¿hubiera sido tan terrible?

—Pues sí —contestó Alice, con suavidad—, para mí lo hubiera sido..., y para Bruce también. Nosotros éramos conscientes de que queríamos formar una familia. —Colocó la pierna encima del brazo de la silla y miró con seriedad a la que era su amiga desde hacía tantos años—. No todo el mundo es tan valiente como tú —añadió Alice, con calma.

Simpre había admirado a Pilar por su determinación y sus convicciones.

—Yo no soy valiente..., ¿cómo puedes decir algo así?

—Sí, sí lo eres. Sabías que no deseabas tener ningún niño, has construido tu vida sobre esa base y nunca tendrás uno. A mucha gente le asustaría la idea de que eso no fuera lo más correcto y tendrían los hijos, aunque en secreto los odiaran. No tienes ni idea de cuántas madres me he encontrado, en los boy-scouts o en las clases de kárate, a las que no les gustaban sus hijos y para las que hubiera sido mejor no tenerlos.

—Mis padres fueron así. Supongo que eso es lo que hace que tenga una mayor convicción. Yo nunca he querido tener una hija que tenga que pasar por lo que yo he pasado. Siempre me he sentido como una alienígena, como una intrusa; fue una terrible imposición de dos personas que tenían cosas más importantes que hacer que hablar con una niña, o incluso que amarla.

Era un asunto espinoso, pero anteriormente ya había hablado de él. No fue una revelación sorprendente pero, de todos modos, entristeció a Alice. También la apenó saber que Pilar se había impuesto a sí misma no tener nunca un hijo, pues consideraba que un niño era de las pocas cosas en la vida que realmente importaban.

—Si no hubieras tenido unos padres así, Pilar, posiblemente reconsiderarías la cuestión, ahora que te has casado con Brad.

—Oh, por favor..., ¡a mi edad!

Pilar la miró, algo divertida. ¿Por qué estaría todo el mundo tan ansioso por saber si ella y Brad iban a tener un niño?

—El mundo de las hormonas también podría beneficiarse a ti —dijo Alice, atormentándola un poco al tiempo que se levantaba y le dirigía una mirada por encima de la mesa del despacho. Eran buenas amigas y ambas sabían que nunca dejarían de serlo—. De hecho, con la suerte que tienes, seguro que te quedas embarazada la primera vez que lo intentes. Yo no me trago toda esa basura sobre la edad. Sólo tienes cuarenta y dos años. No me impresionas con eso, abuela Coleman.

—Gracias, pero creo que, por el momento, prefiero ahorrarme todos esos quebraderos de cabeza. Pobre Brad, se quedaría pasmado..., como yo.

Dirigió a su colega una mueca burlona y se puso en pie, mirando el reloj. Tenía una cita para almorzar con su ahijada y, si no se daba prisa, iba a llegar tarde.

—¿Quieres que recabe información sobre madres de alquiler? —Alice era siempre muy buena en tareas de investigación—. Esta tarde y mañana por la mañana dispongo de un rato.

—Gracias, pero yo, en tu lugar, no malgastaría el tiempo en ello. No creo que vuelvan a venir. Ni siquiera creo que estén dispuestos a pedir el permiso de visitas. Me parece que lo quieren o todo o nada. Podría estar equivocada, pero pienso que encontrarán a alguien que se lo haga más barato y les ofrezca la luna. Acabarán consiguiendo únicamente el permiso de visitas, y eso si tienen suerte.

—Muy bien, si llaman, házmelo saber.

—Lo haré..., y gracias por la oferta.

Las dos mujeres se despidieron con una sonrisa y Alice atravesó el pasillo para volver a su despacho. No estaba tan ocupada como Pilar, y era menos vehemente, menos dada a los litigios. Prefería aquellos interesantes casos en que la ley se prestaba a diferentes interpretaciones. Si hubiera sido un médico, se hubiera dedicado a la investigación. Ahora no hacía jornada completa, sino que se quedaba en casa dos días a la semana, con sus hijos, lo cual no molestaba a Pilar. Cada una tenía su propio estilo y Bruce trabajaba más de lo que le correspondía. Le gustaban los casos de derecho civil, los de corporaciones que acudían al tribunal. Le encantaba tratar con las instituciones, mientras que a Pilar le atraía más la gente. Formaban un buen equipo, discutían los casos realmente espinosos y, cuando era necesario, se ayudaban mutuamente. Ésa era la manera como a Pilar le había gustado enfocar siempre los temas jurídicos. Se sentía capaz, independiente y libre de elegir los casos que deseaba, y le gustaban los clientes con los que trataba. Le gustaban los colegas de Brad, de la magistratura. Disponía de un buen círculo de amigos aunque, de vez en cuando, se quejaba de que no trataba más que con jueces y abogados. Pero la verdad es que disfrutaba con eso.

No podía llegar a imaginarse una vida sin trabajo, o sin relación alguna con la ley. Mientras se dirigía hacia la ciudad para encontrarse con Nancy, se preguntó, como siempre hacía, cómo podía soportar su hijastra una vida tan ociosa, sin un empleo. No había desempeñado ningún trabajo desde que se había casado, hacía un año. Pilar era de la opinión de que debía trabajar, pero no deseaba contradecir a su marido o interferir en sus vidas. Sin embargo, no siempre era fácil, puesto que ella también tenía sus propias opiniones, su lista de prioridades, en las que creía, y el trabajo ocupaba en esa lista un lugar prioritario, cosa que, aparentemente, no le ocurría a Nancy.

Al llegar al «Paradise», advirtió que llegaba con diez minutos de retraso. Nancy estaba aún esperándola, con un vestido de punto color negro, unas botas, un abrigo rojo y la larga y rubia melena peinada hacia atrás, sostenida por un lazo de terciopelo. Como siempre, estaba muy bonita.

—Hola, cariño, ¡estás preciosa!

Pilar se sentó, miró el menú y pidió tan pronto como se acercó el camarero. Luego volvió su atención a Nancy. Tenía el vago presentimiento de que había algo que la preocupaba, pero no quiso entrometerse y decidió esperar y ver qué era lo que afloraba durante el almuerzo. Pero no estaba en absoluto preparada para las noticias que Nancy tenía que darle. No dejó traslucir nada hasta los postres, compuestos por una gran tarta de chocolate con crema batida y salsa de chocolate. Pilar se sorprendió por el postre que había pedido, y más aún cuando lo vio. Nancy parecía ciertamente sana y no había perdido el apetito, aunque estaba tan delgada como siempre.

—Tengo algo que decirte —dijo Nancy, sonriéndole con una mueca mientras comía grandes trozos de pastel bañados en crema y Pilar no dejaba de mirarla.

—Yo también tengo que decirte algo. Si sigues comiendo los postres como hoy, vas a ganar varios kilos antes de Navidad.

Se sentía horrorizada y divertida a un tiempo; en algunos sentidos, Nancy no era más que una chiquilla. Y así se lo pareció ahora, al sonreírle malévolamente, devorando otro enorme trozo de pastel cubierto de crema, y luego otro.

—De todos modos, voy a engordar —dijo con malicia mientras Pilar tomaba un sorbo de café.

—¿Ah, sí? ¿Y cómo es eso? ¿Demasiados bombones y televisión? Te lo he dicho muchas veces, aunque tu padre me dice que me meta en mis asuntos. Deberías buscarte un trabajo, hacer algo, aunque sean obras sociales. Cualquier cosa con tal de salir de casa, de ocuparte en algo...

—Voy a tener un bebé —la interrumpió Nancy, sin alterar el tono de voz, sonriendo con una expresión de victoria.

Pilar la contempló atónita. Parecía como si hubiera descifrado un gran misterio o desvelado un secreto que guardara para ella sola.

—¿De veras? —Pilar nunca lo hubiera imaginado. Era como una criatura y aún no parecía preparada para tener hijos, aunque ya contaba con veintiséis años de edad, la misma que tenía ella cuando conoció a Bradford, dieciséis años atrás. Parecía una eternidad—. ¿Estás embarazada?

Se preguntó entonces por qué le parecía algo tan increíble, pero lo cierto era que le parecía absurdo e imposible de imaginar.

—El bebé llegará en junio. Queríamos estar seguros de que todo iba bien antes de decírtelo. Ahora estoy embarazada de tres meses.

—¡Vaya! —Pilar se reclinó en el asiento y la contempló—. Me he quedado sin habla. —Tener hijos era algo que le parecía tan alejado de su vida, que ni siquiera pensaba en ello o, al menos, no lo había hecho hasta aquella mañana—. ¿Estás contenta, cariño?

¿O acaso estaba asustada, o loca? ¿Qué notaría en esos momentos? Ni se lo podía imaginar. Por otra parte, tampoco había querido imaginárselo nunca, incapaz de comprender aquel anhelo tan particular por la maternidad. Antes al contrario, su deseo había sido siempre no tener hijos.

—Me siento muy feliz, y Tommy se ha portado estupendamente. —Su marido tenía veintiocho años y trabajaba en la IBM. Tenía un buen trabajo y sería con toda seguridad un buen padre. Pero, para Pilar y Brad, no eran más que unos chiquillos. En cierta forma, incluso Todd, el hermano más pequeño de Nancy, parecía más maduro que ellos—. Es realmente maravilloso. Excepto al principio, cuando me mareaba. Pero ahora ya estoy bien —dijo sencillamente, acabándose el último trozo de chocolate, mientras Pilar no dejaba de mirarla, fascinada.

—¿Quieres comerte otro? —le preguntó, en tono jocoso.

—Desde luego —asintió Nancy.

—¡Ni se te ocurra, Nancy Coleman! A ese paso vas a pesar cien kilos cuando tengas al niño.

—Estoy ansiosa por tenerlo —dijo la joven sonriendo.

Pilar se echó a reír, la tomó por la mejilla y se inclinó para besarla.

—Me alegro por ti, cariño. Estoy contenta por los dos. Tu padre se va a quedar de piedra. Será su primer nieto.

—Lo sé. Pensamos reunirnos y decírselo este mismo fin de semana. No le digas nada hasta entonces, ¿vale?

—Por supuesto. No quiero estropear vuestra sorpresa.

Si embargo, le extrañaba que la joven, que tan vehementemente se había opuesto a ella al principio, le confiara ahora uno de sus secretos más íntimos. Había en ello algo simetría o, por lo menos, de ironía. Ahora era casi su confidente.

Se separaron a la salida del restaurante y Pilar volvió a su despacho, sonriendo para sus adentros. Había mucha gente que deseaba saber si Brad y ella querían tener hijos y, en su lugar, iban a tener un nieto. Por fin, se olvidó de las noticias que le había transmitido Nancy y se concentró en el trabajo.

Fue un día largo y cansado, y se sintió aliviada cuando Brad la fue a buscar y la invitó a cenar. Dejó el coche en el garaje, agradecida a su marido por no tener que ir a casa y cocinar. Por el contrario, cenaron tranquilamente en el restaurante Louie. Brad, de un humor excelente, pidió la comida.

—¿Qué te ha pasado hoy? —le preguntó ella con una sonrisa maliciosa, al tiempo que se reclinaba sobre el asiento, relajándose.

Había sido un día muy ajetreado, con mucho trabajo e innumerables consultas de clientes, algunos momentos extraños y sentimientos hasta ahora desconocidos para ella. Aún no se podía hacer a la idea de la noticia que le había dado Nancy y a la perspectiva de que su hijastra fuera a tener un hijo.

—Por fin he acabado el caso más largo de la historia reciente. Me siento descansado.

A su juzgado le había tocado un caso que había durado más de dos meses y había sido muy aburrido y, a veces, infinitamente tedioso.

—¿Cómo ha acabado?

—Pues el jurado ha reconocido los argumentos del defensor y creo que han estado en lo cierto.

—El acusado será esta noche una persona feliz.

Acudieron a su memoria recuerdos de sus clientes, cuando era abogada de oficio.

—Yo también soy un hombre feliz —dijo Brad sonriéndole y con aspecto de sentirse inmensamente aliviado—. Hoy no tengo deberes que hacer en casa. ¿Y qué me dices de ti? Da la impresión de que has tenido un día muy largo.

—Y lo ha sido. Largo y extraño. Esta mañana me ha visitado en la oficina una pareja por un asunto de adopciones y de madres de alquiler. El marido, como un estúpido, pagó a una menor para quedarse con su hijo, y ella renunció finalmente a entregárselo. El Estado inició un proceso criminal contra él, a causa de la minoría de edad de la muchacha. Finalmente, retiraron los cargos, aunque no le concedieron el derecho a ver a la niña. Es una pareja extraña. Tenían una especie de triste y resignada desesperación. Se sienten unidos a la niña por unos lazos muy poco razonables, porque ni siquiera la han visto una sola vez, a pesar de lo cual la llaman Jeanne Marie. Era todo tan extraño y deprimente, que no he podido dejar de pensar en ellos durante todo el día, y creo que nadie será capaz de hacer mucho por su causa. Quizás les lleguen a conceder los derechos de visita, pero nada más, a menos que a la madre natural se la acuse de malos tratos. No sé..., me resulta difícil imaginar lo que realmente sentían. Parecían tan desesperados por quedarse con el bebé... Durante años lo han intentado todo para concebir un niño, luego con las agencias de adopción y finalmente esto. Es una desgracia que tuvieran que recurrir a una menor.

—De todos modos, hubieran tenido problemas. Ya sabes el giro inesperado que suelen tomar estas cosas. Mira lo que le pasó a Baby M., y así podría citarte una docena de casos. No creo que las madres de alquiler sean la solución ideal.

—Para alguna gente lo son.

—¿Por qué? ¿Por qué no la adopción?

Le encantaba hablar con ella, discutir, explorar nuevas ideas y comentar los casos. Siempre eran extremadamente discretos, pero discutir sobre sus trabajos respectivos le recordaba los años en que habían sido contrincantes en la sala del juzgado y lo estupenda adversaria que ella era.

—Hay gente que no puede adoptar. Son demasiado pobres, o demasiado viejos, y, a veces, es difícil encontrar con facilidad un bebé. Además, este tipo de gente quiere que el niño sea hijo suyo. La mujer casi me pedía disculpas por no poder concebir un hijo.

Observar a aquella mujer había sido tan extraño y hasta patético, que todo lo referente a ella parecía desprender una idea de pena y fracaso.

—¿Crees que volverás a tener noticias de ellos?

—No, no lo creo. Yo les dije lo que sinceramente pensaba sobre el caso y creo que no les gustó. Les advertí que probablemente llevaría mucho tiempo y que, de todas maneras, no podría hacer mucho. No quería darles falsas esperanzas, hubiera sido cruel.

—Eso es muy propio de ti, asustarlos a la primera.

Brad se echó a reír, mientras terminaban el primer plato, pero ella negó con un gesto de la cabeza. En el fondo, a él le gustaba que su esposa fuera siempre sincera.

—Tenía que hablarles con claridad —explicó, aunque sabía que no tenía que dar ningún tipo de explicaciones. Brad la conocía muy bien—. ¡Querían a ese bebé con tanto afán! A veces eso es difícil de comprender.

Muchas cosas resultaban difíciles de comprender, incluso la gran y manifiesta satisfacción que mostraba Nancy por estar embarazada. Pilar lo podía apreciar, aunque fuera incapaz de imaginarse cómo se sentía. Al verla, había tenido la sensación de ser una extraña que fisgoneaba por una ventana iluminada. Le gustaba lo que percibía al otro lado, pero no tenía ni la más remota idea de cómo llegar hasta allí. Todos aquellos sentimientos de alegría por estar embarazada le resultaban completamente ajenos.

—¿Por qué estás tan pensativa?

Brad la contempló y ella sonrió. Su marido alargó el brazo y le cogió una mano por encima de la mesa.

—No sé..., quizás sea porque me estoy volviendo vieja y filosófica. A veces creo que estoy cambiando y eso me asusta un poco.

—Debe de ser la conmoción de haberte casado —dijo él en broma—. También yo he cambiado. Me siento como unos cincuenta años más joven. —Recientemente había cumplido los sesenta y dos y era todavía la envidia del juzgado. Al mirarla, sin embargo, se puso serio—. ¿Qué te hace pensar que has cambiado?

—No lo sé. —Aún no podía hablarle de lo del futuro hijo de Nancy, hasta que se lo dijera ella misma—. He comido con una amiga. Está embarazada y se siente muy contenta. Parecía una niña.

—¿Es el primer hijo que tiene? —Pilar asintió y él siguió hablando—. Eso es fantástico. Tener hijos es algo hermoso y, aunque tengas diez, siempre parece que haya sitio para otro más. El hecho de que vengan al mundo es muy excitante, aunque quizás no se sienta uno tan contento al saberlo, en un primer momento. ¿Quién es esa amiga?

—Oh, alguien que trabaja para nosotros en la oficina. La vi después de atender a la pareja que había perdido al hijo a causa de la madre de alquiler. Parecen todos tan obstinadamente ansiosos por tener un hijo... ¿Cómo pueden estar seguros de querer tanto a ese niño? ¿Cómo pueden estar seguros de que, cuando crezca, le seguirán queriendo? ¿O que serán amigos? Por Dios, Brad, es un compromiso para toda la vida. No es posible dar marcha atrás. ¿Cómo puede estar tan convencida la gente?

—Supongo que es por la naturaleza de cada uno. No puedes plantearte demasiadas preguntas. Quizás sea mejor que hayas escapado a eso.

En todos aquellos años, desde que la conocía, ella nunca había deseado tener un hijo y a Brad no le importaba, puesto que él ya tenía los suyos. Tenían su trabajo, sus vidas, los hijos de Brad, que veían de vez en cuando. Sus propios intereses, sus actividades, sus amigos y, siempre que disponían de tiempo, viajaban a Los Ángeles, a Nueva York o a Europa. Todo eso hubiera sido más difícil si hubieran tenido un hijo juntos; no imposible, pero sí más difícil. Pero Brad sabía muy bien que ella no tenía ningún deseo que apuntara en esa dirección.

—¿Cómo sabes que ha escapado de eso? —le preguntó con delicadeza, mirándole desde el otro lado de la mesa.

—¿Estás intentando decirme algo, Pilar? —preguntó él, sorprendido por la expresión de sus ojos.

Observó en ellos un atisbo de infelicidad, un deseo no realizado que hasta entonces nunca había visto, pero que desapareció de repente. Fue una expresión efímera y fugaz. Luego volvió a recuperar su mirada habitual y Brad pensó que, sencillamente, estaba cansada.

—Simplemente te digo que no lo entiendo, que no entiendo lo que sienten y por qué. Y tampoco entiendo por qué yo nunca he sentido lo mismo.

—Quizás algún día lo sientas —le dijo con delicadeza, pero esta vez fue ella la que se echó a reír.

—Sí, cuando tenga cincuenta años. ¡Ya creo que es un poco tarde, incluso ahora! —exclamó, recordando la advertencia de su madre el día de la boda.

—No del todo. No, si realmente lo deseas. En cuanto a mí, eso es harina de otro costal. Si algún día tuvieras un hijo, como regalo tendrías que comprarme una silla de ruedas y un aparato para la sordera.

—No lo creo, amor mío.

Pero tampoco era muy probable que fuera a tener un hijo. No lo deseaba. Sólo le había sorprendido la noticia que le había dado Nancy. Por primera vez en su vida experimentó el más leve de los anhelos, el más pequeño de los vacíos, la más fugaz de las dudas. Luego pensó en todo lo que tenía y se dijo a sí misma que estaba loca por pensar así.

3

Pasar la Navidad en casa de los Goode era siempre algo muy intenso. Gayle y Jack iban cada año con sus tres hijas, ya que los padres de Jack eran mayores y ahora ya habían muerto. Sam y Seamus iban casi cada año con sus dos hijos, pues la familia vivía en Irlanda y sólo en muy pocas ocasiones habían decidido viajar allí para verlos. Estaba muy contento de quedarse en casa el día de Nochebuena y pasar el de Navidad en Pasadena, con su familia política. Además, las tres hijas se lo pasaban siempre muy bien. Este año, como siempre, Diana y Andy estaban también allí. En la Nochebuena, mientras las tres hermanas se dedicaban a poner la mesa, Gayle le dio un codazo a Diana y le dirigió una mirada que ella odiaba. Era la misma mirada que le dirigía de pequeña, cuando sacaba malas notas o se tragaba las galletas que tenía que llevar a los boy-scouts. Era una mirada que le decía: «Has fracasado..., lo has hecho mal, ¿verdad?». Era algo entre ellas dos. Diana hizo como si no lo hubiera comprendido y, con gran esmero, se dedicó a doblar las servilletas.

—¿Y bien? —preguntó Gayle enfáticamente, mientras ponía los platos sobre la mesa—. Vamos... —No podía creer que su hermana menor fuera tan estúpida. Tenía que saber lo que ella le había querido decir, pero, cuando volvió a presionarla, Sam las miró preocupada. No deseaba que se pelearan en Navidad—. ¿Todavía no estás embarazada? —le preguntó directamente.

Volvía a suceder lo mismo que con las malas notas. Esta vez lo había hecho realmente mal. Las manos de Diana temblaron al colocar la última servilleta bordada junto a un plato sobre la mesa de Navidad. Ponían los mismos platos de Navidad que su madre usaba cada año para la ocasión. En el centro de la mesa había un gran jarrón de tulipanes rojos que daban al mueble un aspecto realmente precioso.

—No, todavía no estoy embarazada. No hemos tenido tiempo para eso. —«Por supuesto que no. Sólo hemos hecho el amor a la hora adecuada una vez al mes durante un semestre», pensó. Pero que la condenaran si lo admitía ante su hermana—. Los dos hemos estado muy ocupados.

—¿Con qué? ¿Con tu trabajo? —le preguntó Gayle como si Diana debiera avergonzarse de su trabajo. En su opinión, una mujer de verdad debía quedarse en casa y ocuparse de los hijos—. De esa manera nunca podrás llenar esa gran casa que tienes, y lo sabes perfectamente. Será mejor que te ocupes de eso, muchacha. Estáis malgastando el tiempo.

«¿De veras? —pensó Diana—. ¿El tiempo de quién? ¿A qué vienen tantas prisas? ¿Por qué me viene con esas cosas?» Aquel año había estado un poco preocupada. Incluso había sugerido a Andy que esta vez podrían ir a ver a los Douglas, pero él no había podido escaparse del trabajo, y ellos no pudieron acudir a visitarlos en Los Ángeles. Sus padres se lo hubieron tomado muy mal, y no lo hubieran entendido.

—No es tan importante —intervino Sam, como solía hacer, poniendo paz en las aguas revueltas—. Tenéis mucho tiempo por delante. Aún sois jóvenes. Casi seguro que te quedas embarazada el año que viene.

—¿Quién está embarazada? ¡No, otra vez no! —exclamó Seamus, que en ese momento atravesaba el comedor, camino de la cocina—. Vosotras, muchachas, os quedáis embarazadas cada vez que un hombre os mira. —Hizo girar los ojos en las órbitas y se estremeció. Todas se echaron a reír. Seamus se marchó y en seguida asomó de nuevo la cabeza por la puerta de la cocina, preguntando—: ¿Está embarazada la novia?

Se le acababa de ocurrir y Diana se apresuró a negarlo con un movimiento de cabeza, deseando no haber acudido a la fiesta familiar. Sus preguntas eran como un cuchillo que se le clavara en el corazón, y ahora, por primera vez en su vida, los odió a todos, y especialmente a sus hermanas.

—No, no lo estoy, Seamus. Lo siento.

—Bueno, pues inténtalo de nuevo, querida. Inténtalo y..., y vuélvelo a intentar, una y otra vez. Te lo pasarás muy bien. ¡Qué afortunado será Andy!

Desapareció de nuevo en la cocina y Sam y Gayle se echaron a reír. Diana se quedó muy seria y, sin mediar palabra, se dirigió a la cocina para ayudar a su madre.

Después de la cena, el tema salió a relucir de nuevo, aunque esta vez fue Diana la que hizo las preguntas. Estaba sentada a solas con Jack, en el estudio, junto a la chimenea, mientas los demás bromeaban en la sala de estar. Hubiera deseado quedarse a solas un rato con su padre, junto al fuego, pero finalmente él se había ido a dormir y ella se hallaba meciéndose tranquilamente en la mecedora, el asiento favorito de su padre, cuando Jack entró en el despacho y se sentó a su lado.

—¿Todo va bien? —le preguntó con voz serena, mientras encendía la pipa.

La había estado observando durante la cena y no le había parecido una mujer feliz.

—Estoy muy bien. —Después, volvió la cabeza hacia él con una mirada apesadumbrada y decidió preguntarle—: No le digas nada a Gayle, pero yo deseaba..., me preguntaba si podría ir un día a hablar contigo... ¿Cuánto crees que se tarda normalmente en quedar embarazada?

Él no pudo evitar una sonrisa ante la pregunta.

—Dos semanas..., cinco segundos..., dos años..., es diferente en cada persona; los dos estáis muy ocupados, lleváis una vida con mucha tensión. Yo creo que hasta dentro de un año no tenéis ni por qué plantearoslo. Hay quienes dicen que, si pasas dos años sin utilizar medios anticonceptivos y sin poder concebir, significa que hay algún problema; hay quienes dicen que en tal caso se debiera buscar la ayuda de un especialista. Lo normal en la mayoría de las parejas es que, en condiciones óptimas, tarden un año en concebir.

74

Si fueras más vieja, sería normal comenzar a preocuparse a partir de los seis meses. Pero, a tu edad, yo me daría un año de margen, e incluso más, antes de empezar a preocuparme.

Ella se sintió inmensamente aliviada por sus palabras y le dio las gracias antes de que Andy entrara en el despacho y se uniera a ellos. Se quedaron allí sentados, haciendo tertulia, hablando de la economía mundial, de los problemas de Oriente Medio, de sus trabajos, de su futuro. Por primera vez desde hacía meses, Diana se sintió a gusto y contenta. Quizás, después de todo, aún quedaba esperanza, pensó para sus adentros cuando ya se marchaban. Le dio las gracias a su madre y especialmente a Jack, a quien abrazó efusivamente; él comprendió lo que ella quería decirle y le sonrió.

—Cuídate —le dijo con voz serena antes de que se retiraran.

Los demás se quedaban a dormir en la casa, para que los niños pudieran pasar la mañana de Navidad con sus abuelos, pero Diana no había querido quedarse aquel año. Deseaba desesperadamente regresar a su hogar, con Andy.

—¿Te encuentras bien, cariño? —le preguntó él, mientras conducía de regreso a casa por la autopista desierta.

—Estoy bien —le sonrió ella.

Por primera vez desde hacía meses, lo decía de corazón. Se acurrucó junto a él y siguieron el camino en un plácido silencio. Había sido un día muy largo, aunque productivo, y al llegar a casa se fueron a dormir y permanecieron despiertos durante largo rato, hablando dulcemente sobre los sueños que ambos compartían. Diana se sentía contenta y relajada y, cuando aquella noche hicieron el amor, por primera vez desde hacía meses, no se preocupó ante la idea de tener que quedar embarazada. De todas formas, no era el mejor momento del mes para hacerlo. Para ella fue un verdadero alivio hacer el amor porque lo deseaban, sin detenerse a pensar en la fecha o el momento, en sus sueños o intenciones.

—¡Oh, Dios mío, te amo...! —le susurró Charlie a Barb, con voz ronca, al tiempo que la depositaba sobre el sofá y volvían a hacer el amor. Las pequeñas luces del árbol de Navidad los iluminaban con sus parpadeos.

—¿Qué te pasa? —le preguntó ella en broma—. ¿Te excitan los árboles de Navidad?

Era la tercera vez que hacían el amor aquella noche y parecía que él no podía quitarle las manos de encima. Barb acostumbraba ir de un lado a otro desnuda, provocándole con su hermosa figura hasta volverle loco de deseo.

—Lo que me ocurre es que estoy trastornado por ti —le susurró sobre el cabello, tumbados en el sofá, una vez que hubieron terminado de hacer el amor.

Ya le había entregado su regalo de Navidad. Un collar de oro, con una amatista en el centro. Sabía que le gustaría, era la piedra que simbolizaba las influencias astrológicas de la fecha en que había nacido. Ella le había regalado una camisa y una corbata, una botella de champán francés y un almohadón especial para la espalda, para que lo colocara en el respaldo del coche en los largos trayectos que tenía que hacer para ir al trabajo. A él le gustaron los regalos, pero no tanto como le gustaron a ella los suyos. También le había comprado a Barb una falda de cuero, de color negro, y un suéter negro muy incitante.

—¿Qué te parece si bebemos algo de champán? —le preguntó Barbie, apoyándose sobre un codo y mirándole desde arriba, con una agradable expresión de cansancio.

—Uh, uh. —La atrajo de nuevo hacia así, apretándola por la espalda—. Nos ahorraremos eso.

—¿Para qué? —preguntó ella, desilusionada.

Le encantaba el champán y por eso se había encargado ella misma de comprarlo.

—Quisiera reservarlo para una ocasión más importante.

—¿Como qué? Por la forma en que has actuado durante toda la noche, diría que la Navidad parece bastante importante.

Él se echó a reír de nuevo y movió la cabeza.

—No, me refiero a algo realmente importante, como cuando obtienes un premio de la Academia, o por lo menos un papel en una película de Steven Spielberg, o en una telenovela, o quizás, para nuestro décimo aniversario de bodas..., o... —saboreó esta última palabra antes de continuar—, como cuando vayamos a tener un hijo.

Ella se sentó con expresión de estar molesta.

—Bueno, me alegro de no tener que contener la respiración hasta que ocurra algo de lo que has hecho. A este paso, me parece que nunca lo beberemos.

—Claro que sí.

—¿De veras? ¿Cuándo? Espero que no estés reservando la botella para cuando tengamos un hijo.

Se enfurecía cada vez que él sacaba a relucir el tema. No quería sentirse presionada.

—¿Por qué no, Barb?

Sentía tantos deseos de tener un hijo, de convertirse en una verdadera familia... Pero ella no acababa de comprenderlo.

—Porque yo no quiero tener un hijo. Créeme, yo crecí rodeada de niños y son un verdadero tormento. Tú no has visto un niño en tu vida.

—Sí que lo he visto. Yo mismo he sido un niño.

Intentó bromear con ella, pero a Barb no le hacía ninguna gracia. Los niños no la entusiasmaban.

—Además, es posible que ni siquiera podamos tenerlos —dijo, intentando cruelmente asustarle o, por lo menos, distraerle durante un tiempo y hacerle olvidar la idea.

—¿Por qué no? —preguntó él, perplejo. Era la primera vez que oía algo así. Ella nunca le había dicho aquello, y mucho menos de aquella manera—. ¿Acaso pasa algo malo? ¿Por qué no me lo explicas?

—No sé si pasa algo malo o no. Lo único que sé es que nunca he sido tan partidaria como ahora del control de la natalidad. Tú siempre estás encima mío, sin darme siquiera tiempo de ocuparme de mis cosas..., y además, después de un año de esa actitud tuya, aún no me he quedado embarazada.

Él sintió deseos de preguntarle si alguna vez se había quedado embarazada de otro, pero en realidad no quería saberlo y, por tanto, no se lo preguntó.

—Eso no significa nada. Probablemente no estaremos haciéndolo en el momento más adecuado. No se pueden hacer las cosas como por accidente y luego esperar quedarte embarazada.

Pero aquello ya le había ocurrido a ella tres veces antes de abandonar Salt Lake City y otras dos veces en Las Vegas. En aquel

77

aspecto, nunca había tenido mucha suerte. Excepto con Charlie, y ello la asombraba a veces. Podía ser consecuencia de la combinación de los dos, o de él sólo, aunque, conociendo su historial, tendía a creer que se trataba de esto último, algo que, de todos modos, no le preocupaba en absoluto. Al contrario, estaba encantada. Ahora, al mirarle, comprendió que no debía haber dicho nada, y mucho menos en Nochebuena. La expresión de Charlie era de profunda preocupación.

—¿Has dejado alguna vez a alguien embarazada? —le preguntó mientras servía vino en dos copas y le entregaba una.

Estaba todavía desnuda y, sólo de verla, tuvo una erección. Desde luego, había que admitir que sus reacciones eran de lo más sanas.

—No, que yo sepa —respondió pensativamente, tomando un sorbo de vino, sin dejar de observarla.

—Eso no significa nada —dijo ella, amablemente. Ya había dicho bastante como para dejarle preocupado durante toda la noche—. Las mujeres no siempre lo dicen.

—¿No lo hacen?

Charlie tomó otro vaso de vino, y luego otro, y, después de un tercero, volvió a mostrarse muy cariñoso, pero para entonces ya había bebido demasiado y Barbara le condujo hasta la cama y se acostó a su lado.

—Te amo —le dijo él, acercándose a ella hasta sentir aquellos senos turgentes oprimirse contra su pecho, de aquella forma que tanto le gustaba.

Era tan sensual, tan maravillosa y atractiva... Era la mujer ideal para él, lo sabía, y por eso la amaba.

—Yo también te amo.

Le alisó el cabello, como si fuera un niño, mientras él se iba quedando amodorrado, y le sostuvo la cabeza, sin dejar de preguntarse por qué deseaba tanto tener un hijo. Sabía que había pasado la niñez en un orfanato. Ella también había tenido sus propios problemas, pero lo último que deseaba en la vida era tener otra vez una familia, o soportar los dolores de cabeza que implicarían tener un hijo.

—Felices sueños —le deseó en un susurro, besándole.

Pero él ya se había quedado dormido, en sus brazos, soñando con el día de Navidad.

4

Aquel mes de mayo, Pilar invitó a Nancy a comer en su casa. Brad estaba jugando al golf y el marido de Nancy pasaba unos días fuera de la ciudad. Era una buena ocasión para que las dos mujeres se reunieran un rato.

Preparó el almuerzo mientras su hijastra se sentaba a tomar el sol en la terraza. Su embarazo era ya más que aparente; en realidad, sólo le quedaban unas cuatro semanas para dar a luz y a Pilar le parecía que estaba absolutamente enorme. Cuando regresó a la terraza, Nancy, que se bronceaba plácidamente bajo el sol, abrió un ojo y vio a su madrastra portando una bandeja. A pesar del tamaño de su vientre, se incorporó de un salto para ayudarla. Llevaba unos pantalones blancos de premamá y una camisa de color rosa muy ancha. Hasta hacía sólo una semana, su marido y ella aún habían estado jugando al tenis.

—Lo siento, Pilar, aquí..., déjame ayudarte...

Le tomó la bandeja y la depositó sobre la mesa de cristal. Pilar había preparado una gran ensalada verde y algo de pasta.

—Vaya, esto sí que tiene buen aspecto.

Durante los últimos ocho meses había tenido un gran apetito, aunque no había ganado ni un gramo de peso indebido, por lo que aún estaba hermosa. De hecho, la misma Pilar le había comentado a Brad que estaba más guapa con el embarazo. Había algo más suave y menos anguloso en su rostro, además de una mirada más apacible. Era como si se hallara envuelta por un aura, lo cual no dejaba de intrigar a Pilar. Lo había visto antes en otras mujeres, aunque no tenía ni la más remota idea de cómo se sentirían.

El solo hecho de mirar a Nancy la intrigaba y la asustaba a un tiempo. Pero, aún más que eso, a Pilar le horrorizaban sus propios sentimientos. De repente, parecía tan diferente... Todo lo referente a Nancy le fascinaba. Era más dulce, menos mordaz, más «madura», como le gustaba decir a su esposo. De manera sorprendente, durante los últimos ocho meses se había producido en ella un gran cambio, y no parecía ya la niña mimada de antaño.

Se sentaron a almorzar y Pilar, sin dejar de mirarla, le sonrió. Parecía que Nancy llevara escondida una gran pelota de playa bajo su camisa roja. Apenas podía alcanzar a coger algo de lo que había sobre la mesa.

—¿Qué se siente? —le preguntó Pilar, con un brillo místico en la mirada.

Todo aquello le resultaba extraño. Algunas de sus amigas ya habían estado embarazadas, pero nadie tan cercano a ella, y en realidad, nunca les había prestado demasiada atención. La mayoría de sus amigas pertenecían a una generación que se había dedicado casi exclusivamente a sus carreras en lugar de a la maternidad. Y aquellas que se habían dejado llevar por el instinto maternal lo habían hecho muy tarde en la vida, y por aquel entonces ya casi habían desaparecido de su círculo de amistades.

—¿Sientes algo raro, o simplemente es maravilloso? —le preguntó sin dejar de comer la ensalada y mirándola a los ojos, como si allí se encontrara el misterio de la vida.

—No lo sé —sonrió Nancy—. Supongo que a veces es algo extraño, pero llegas a acostumbrarte. En realidad, ya casi me he olvidado de ello. A veces me siento como si siempre hubiera estado así. Llevo semanas sin poder atarme los cordones de los zapatos y Tommy tiene que hacerlo por mí. Pero lo más extraño de todo es saber que dentro de mí llevo a un ser vivo, una persona de carne y hueso que va a salir de ahí y convivir con nosotros durante los próximos veinte años. Va a depender y a esperar de nosotros determinadas cosas durante el resto de su vida. No puedo ni llegar a imaginar lo que se debe sentir.

—Ni yo —asintió Pilar, ensimismada, aunque de algún modo sí lo sabía, pues Nancy y Todd habían esperado cosas de ella durante los últimos trece años.

Pero, de algún modo, aquello había sido una elección que ella misma había tomado. No eran sus hijos, y si Brad y ella hubieran decidido separarse, podía haber elegido no volver a verlos más, aunque, por supuesto, nunca lo habría hecho. Pero no tenía ninguna obligación. No eran sus hijos. Este bebé, en cambio, iba a ser para siempre el hijo de Nancy. Iba a ser parte de ella, y de Tom, al mismo tiempo que una persona independiente. Iba a ser alguien importante todo el resto de sus vidas. Esa idea siempre la había aterrorizado y ahora, de repente, le resultó conmovedora.

—Me parece algo maravilloso. Será una vida completamente nueva, un mundo enteramente nuevo, una relación con alguien muy próximo a ti, que forma parte de ti, con quien puedes tener un millón de cosas en común, o ninguna en absoluto. ¿No es algo fascinante?

La intrigaba todo aquello, aunque tenía que admitir que era una terrible responsabilidad con la que tendría que cargar, y a ella no le agradaba la idea de tener que pasar por el parto para llegar a eso. Esa idea nunca le había atraído y, viendo el tamaño que había adquirido el vientre de su hijastra, no la envidiaba por lo que iba a pasar. Una vez vio una película sobre una mujer que daba a luz y lo que experimentó mientras la contemplaba fue una sensación de alivio al pensar que ella nunca tendría que vivir algo así; estaba completamente decidida a no tener nunca un hijo propio.

—Es curioso —dijo Nancy, reclinándose en el asiento, sin dejar de mirar el océano Pacífico—, casi nunca pienso en la relación que vamos a tener o en cuánto se parecerá el bebé a nosotros. Pienso más en lo cariñoso que será, en lo pequeñito que nacerá, en que sentirá una gran dependencia de nosotros..., y Tommy está tan ilusionado...

Para ella, era lo más hermoso que le había ocurrido en la vida y se sentía nerviosa por la proximidad del parto, aunque centraba casi todos sus pensamientos en el niño que iba a nacer. Miró a su madrastra y le preguntó algo que siempre había deseado preguntarle y no se había atrevido.

—¿Por qué tú y papá...? Quiero decir que..., ¿por qué tú y papá no habéis tenido un hijo?

Tan pronto como dijo aquellas palabras deseó no haberlas pronunciado. ¿Y si Pilar no podía tener hijos?

Pero su madrastra no dio a aquellas palabras la misma trascendencia que Nancy. Se echó a reír y encogió los hombros.

—Nunca he querido tener hijos. Mi niñez fue una cosa extraña y nunca he deseado hacer pasar a otros lo que pasé yo. Además, nosotros te tenemos a ti y a Todd. Cuando era más joven, nunca quise tener un niño. Supongo que es debido a que siento una ausencia de algo, por mi bagaje psicológico. Veía que las muchachas a las que conocía se casaban nada más salir del instituto. Estaban agobiadas de responsabilidades y con dos o tres hijos que mantener. Llevaban unas vidas y vivían en unas casas que odiaban. A mí me daba la impresión de que estaban atrapadas de por vida. Nunca hacían nada interesante. Sus vidas me parecían una de las alternativas que no debía elegir nunca. Lo que deseaba en la vida no incluía tener hijos. Después de acabar la carrera de derecho, ni siquiera me planteé el asunto. Tenía mi carrera y, desde que conocí a tu padre, nunca he vuelto la vista atrás. Las mujeres que tuvieron a sus hijos hace veinte años están ahora sentadas en casa, con sus hijos ya mayores e independientes, y se preguntan en qué se les ha ido la vida. Estoy contenta de que eso no me haya pasado a mí. Hubiera llegado a odiar cada minuto de mi vida, me hubiera odiado a mí misma y al hombre que me hubiera condenado a eso.

—Pero no tiene por qué ser de esa manera —le dijo Nancy con serenidad. Había adquirido una mayor madurez y su visión de la vida era ahora más amplia que hacía unos meses; su mundo, al igual que su vientre, había ido creciendo poco a poco—. Yo misma tengo amigas que hacen las dos cosas, que tienen carreras y son también madres. Muchas de ellas son doctoras, abogadas, psicólogas o escritoras. No tienes necesariamente por qué elegir entre una cosa o la otra.

—Tu generación es en ese aspecto mucho mejor que la mía. Nosotras teníamos que elegir entre una cosa o la otra. Encontrabas el trabajo de tu vida y te dejabas llevar hasta la cumbre o, por el contrario, te instalabas en un barrio de la ciudad y te dedicabas a la vida familiar, llena de críos. Normalmente, las cosas eran tan simples como te las estoy contando. Ahora, las mujeres son capaces de hacer malabarismos y combinar ambas actividades, aunque eso depende de la ayuda que reciban de sus maridos, del grado de flexibilidad de éstos, así como de su carácter. Si deseas tener a la vez una familia y una carrera, tienes que renunciar a muchas cosas. Quizás sea también que yo no he tenido que tomar esa decisión, aunque creo que tu padre se hubiera portado muy bien si hubiera tenido un hijo con él. Se ha portado muy bien con vosotros dos. Pero supongo que es que yo no he tenido nunca esa necesidad. Nunca he sentido ese deseo o anhelo que tienen muchas mujeres, esa ansia que no pueden saciar hasta que por fin tienen hijos. He oído a muchas mujeres hablar de eso como si fuera una enfermedad, pero, gracias a Dios, yo nunca he experimentado esa necesidad.

Sin embargo, después de decir estas palabras sintió una especie de punzada, como el principio de un dolor de muelas.

—¿No te sientes algo arrepentida de tu decisión? ¿No crees que un día serás demasiado mayor y te arrepentirás de no haber tenido hijos? Aún no es demasiado tarde, y tú lo sabes. Conozco a dos mujeres que han tenido hijos siendo mayores que tú.

—¿Ah, sí? ¿Quienes? Sara, en la Biblia, ¿y quién es la otra?

Se echó a reír y Nancy insistió en que todavía no era demasiado vieja. Pero había algo que le decía a Pilar que sí lo era, que ya era demasiado tarde para ella. Había tomado sus decisiones hacía mucho tiempo y ahora no le quedaba tiempo para arrepentirse, aunque tenía que admitir que desde el embarazo de Nancy había pensado en ello en dos o tres ocasiones. Sin embargo, era de la opinión de que ello se debía a cosas del correr de la edad, de que su reloj biológico se estaba acabando. No se iba a dejar impresionar por todo aquello, por más emotivo que le resultara el tema o lo dulce que le pareciera el hinchado vientre de Nancy. Con la edad, se estaba volviendo demasiado tierna, pero eso no significaba necesariamente que deseara tener un hijo. Se hizo aquellas reflexiones mientras quitaba la mesa.

—No, no creo que llegue nunca a arrepentirme. Sí, estoy de acuerdo, seguro que, cuando tenga veinte años más y esté sentada en la mecedora del porche, pensaré que hubiera sido bonito haber tenido un hijo, alguien con quien hablar, a quien amar y que la ame a una. Pero te tengo a ti y eso ya es suficiente. No tengo ningún tipo de remordimientos por la vida que he elegido. No he hecho ni más ni menos que lo que siempre he deseado hacer y de la manera que he querido y cuando he querido. No creo que pueda pedir nada más a la vida.

¿O habría de pedirlo? Lo peor era que, de repente, sentía unos ecos vagos y difusos. Durante toda la vida había estado tan segura de lo que deseaba, tan convencida de aquello que le convenía, y ahora todavía lo estaba..., ¿o no lo estaba?

—No te veo sentada en la mecedora dentro de veinte años. Ni tampoco me imagino a papá haciéndolo, aunque para entonces él tendrá ya ochenta y dos años. Quizás, ahora que aún puedes, debas replantearte de nuevo la cuestión.

Estaba tan convencida de que su bebé iba a ser maravilloso, que creía que todo el mundo debía intentarlo.

—Ya soy demasiado vieja para pensar en esas cosas —atajó Pilar con firmeza, como si intentara convencerse de ello—. Tengo ya cuarenta y tres años y haré mejor de abuela de tu hijo que de madre propia.

De repente, se había saltado lo que había en medio. Había sido joven y ahora era mayor. Nunca había tenido hijos propios y ahora iba a ser abuela. Le parecía que había perdido algo entre medio.

—No sé por qué dices que eres demasiado mayor. Cuarenta y tres años no son tantos. Muchas mujeres tienen hijos a tu edad —insistió Nancy.

—Es verdad, pero también hay muchas mujeres que no lo hacen y creo que soy una de ellas. Es una actitud más normal.

Entró dentro para preparar algo de café, si no para Nancy, sí para ella. Siguieron conversando durante toda la tarde hasta que Nancy se marchó. Debía hacer varios recados y por la noche tenía una cena con unos amigos. Parecía estar disfrutando de su embarazo y Pilar se había sentido fascinada por la convicción con que hablaba, al tiempo que se iba frotando el vientre como si estuviera hablando con algo en su interior. Una o dos veces, Pilar había visto saltarle la camisa rosa que llevaba, a causa del movimiento o las pequeñas patadas del bebé. En una de esas ocasiones, su madre se echó a reír y dijo que su bebé era muy movido.

Sin embargo, cuando Nancy se marchó, Pilar deambuló sin rumbo fijo por la casa. Lavó los platos de la comida y se sentó finalmente ante la mesa del despacho, desde donde contempló el exterior de la casa. Se había traído varios casos a casa, pero no se podía concentrar en ellos. Todo lo que se le ocurría pensar tenía relación con lo que habían hablado Nancy y ella aquella tarde, las cuestiones sobre las que su hijastra le había hecho alguna pregunta, si algún día llegaría a arrepentirse, si cuando fuera mayor no le dolería haber tomado la decisión de no tener hijos propios, y se preguntaba lo que pasaría si Bradford muriera. Dios no lo quisiera, pero ¿qué ocurriría si él muriese sin dejar más que su memoria y los hijos de otra mujer? Pero aquello era ridículo, uno no tenía hijos sólo para evitar la soledad. Entonces, ¿por qué tenía hijos la gente? ¿Y por qué ella nunca había deseado tenerlos y, sin embargo, comenzaba a plantearse ahora el asunto? ¿Por qué precisamente ahora? ¿Por qué después de tantos años? Era acaso que sentía celos de Nancy, un deseo de volver a la juventud, o alguna locura que le había llegado justo antes de la menopausia? ¿Era aquello el principio del fin, o el principio del principio? ¿O, por el contrario, no era ni una cosa ni la otra? No creía tener respuesta.

Por fin, tras una larga batalla consigo misma, Pilar apartó las fichas que tenía sobre el escritorio y telefoneó a Marina. Se sentía rara incluso al marcar los números, pero necesitaba hablar con alguien. Estaba muy nerviosa por la conversación que había mantenido con Nancy.

—Dígame. —Marina imprimía a su voz un matiz oficial que hizo sonreír a Pilar nada más oírla.

—Soy yo. ¿Dónde estabas? Has tardado un buen rato en contestar.

Por un momento, le había preocupado la posibilidad de no encontrarla en casa y emitió un respiro cuando oyó su voz al otro lado del hilo.

—Lo siento. Estaba en el jardín, podando las rosas.

—¿Te apetece dar un paseo por la playa conmigo?

Marina dudó, aunque sólo un instante. La verdad era que estaba disfrutando con las tareas de jardinería, pero también sabía que Pilar nunca la invitaba a pasear por la playa, excepto cuando realmente tenía algún problema.

—¿Ocurre algo malo?

—No, bueno..., no lo sé. Creo que estoy reordenando el mobiliario que tengo en la cabeza. Se trata del mismo y viejo material de siempre, pero creo que esta vez lo estoy cambiando de un lado a otro, colocándolo en sitios diferentes.

Era una forma extraña de explicar lo que le pasaba, pero no podía encontrar las palabras adecuadas.

—Acepto, siempre que encuentre un lugar apropiado para sentarme —sonrió, quitándose los guantes de jardinería y dejándolos sobre la mesa de la cocina—. ¿Quieres que pase a recogerte?

—Me encantaría —suspiró Pilar.

Marina estaba siempre a su lado cuando la necesitaba y tenía un carácter cálido y agradable. Sus hermanos la llamaban incluso a altas horas de la madrugada para explicarle sus problemas, lo que era fácil de comprender teniendo en cuenta su forma de ser. Era tan aguda, tan inteligente, tan cariñosa... Le ofrecía a Pilar todo lo que sus padres no habían sabido darle, aunque eso significara tener que pasarse horas escuchándola o buscar soluciones difíciles.

La mayoría de las veces, Pilar comentaba las cosas con Brad, pero había momentos en que necesitaba hablar con una mujer, pues sólo una mujer podía comprenderla, aunque esta vez sabía que Marina le diría que estaba loca.

Llegó a su casa en menos de media hora, subieron al coche y se dirigieron lentamente hacia la playa. Marina la miraba de vez en cuando. Pilar parecía encontrarse bien, pero era evidente que se sentía preocupada por algo.

—¿Qué es lo que te preocupa? —le preguntó cuando por fin detuvo el coche—. ¿Vamos a hablar de trabajo, de placer o sobre la ausencia de éste?

Pilar sonrió y movió la cabeza a modo de negación. Después bajaron del coche.

—¿Has tenido una pelea con Brad?

—No, no es nada de lo que te imaginas —contestó Pilar, apresurándose a tranquilizarla. De hecho, la relación con su esposo nunca había funcionado tan bien como ahora. Casarse era lo mejor que le había ocurrido en su vida y ahora deseaba haberlo hecho antes—. En realidad —respiró hondo antes de empezar a caminar sobre la arena—, por curioso que pueda parecer, es algo referente a Nancy.

—¿Otra vez, después de todos estos años? —Marina la miró sorprendida—. Creía que durante los últimos diez años se había portado bien contigo. Me desilusiona mucho oírte decirlo.

Pilar se echó a reír y negó nuevamente con la cabeza.

—No, tampoco es eso. Se porta bien conmigo. Va a dar a luz dentro de pocas semanas y eso absorbe todo su pensamiento.

—A ti te pasaría lo mismo si tuvieras un melón de esas dimensiones dentro del vientre; plantearte la manera de cómo parirlo sería una cuestión de lo más absorbente. Al menos, para mí sí lo sería. Odio tener que llevar encima cosas más pesadas de un kilo.

—Oh, por favor, cállate ya —Pilar volvió a reír—. No me hagas reír, Mina. —Era el nombre con que sus sobrinos la habían llamado durante años. Pilar sólo lo usaba en ocasiones especiales—. La cuestión es que no sé muy bien lo que quiero decirte, o el porqué de cómo me siento..., no sé ni siquiera qué es lo que siento, si es real o una mera ilusión.

—Dios mío, parece algo serio —dijo Marina, medio en broma, sin dejar de mirar la cara y los ojos de Pilar.

Se dio cuenta de que estaba preocupada y confundida. También sabía que Pilar acabaría por explicarle lo que le pasaba y no tenía ninguna prisa, le daría tiempo para buscar las palabras adecuadas y explicar sus emociones.

Pilar la miró dócilmente y trató de hallar las palabras que le permitieran aclarar sus emociones.

—Ni siquiera sé por dónde empezar. Creo que fue hace cinco meses, cuando Nancy me dijo que estaba embarazada..., o quizás fue después de eso, no lo sé. No sé nada..., sólo es que me pregunto si no habré cometido un error, quizás un gran error.

Miró a Marina, casi angustiada, y su amiga pareció sorprenderse por sus palabras.

—¿Te refieres a haberte casado con Brad?

—No, por supuesto que no —negó rápidamente con la cabeza—. Me refiero a haber sido siempre tan obstinada en cuanto a tener hijos. ¿Qué pasaría si me hubiera equivocado, si algún día me arrepintiera, si todo el mundo tuviera razón y yo no fuera más que una neurótica por lo mal que mis padres se portaron conmigo? ¿Qué pasaría si, después de todo, yo hubiese podido ser una mujer normal?

Se giró hacia Marina y la miró con angustia. Su amiga le indicó una pequeña duna. Se sentaron allí al resguardo del viento y rodeó con el brazo los hombros de Pilar.

—Estoy segura de que hubieras sido una buena madre, si lo hubieses deseado. Pero el ser bueno en algo, o potencialmente bueno, no significa que necesariamente lo tengas que hacer, a no ser que lo desees de veras. Estoy convencida de que hubieras sido un excelente bombero, pero éste hubiera sido un salto demasiado grande en tu carrera. Déjame recordarte que, a pesar de que la mayoría de la gente lo hace, no es obligatorio tener hijos. El no tenerlos no te convierte en una persona mala o indeseable, ni significa que seas rara, extraña o peligrosa. Hay gente que simplemente no desea tener hijos, y está bien, es perfecto, y además se adapta bien a tu manera de ser.

—¿No te has preguntado nunca si realmente has hecho lo adecuado? ¿No has sentido nunca pena por no haber tenido hijos?

Tenía que saberlo. Andaba ahora sobre arenas movedizas y su amiga ya había pasado por eso antes que ella.

—Sí —le contestó Marina con toda sinceridad—, una o dos veces. Cada vez que alguno de mis hermanos o sobrinos me pone en los brazos un bebé siento como una punzada en el corazón y pienso..., mierda, ¡yo también quiero tener uno! Pero, en mí, estos sentimientos desaparecen al cabo de diez minutos. Me he pasado veinte años sonándoles los mocos a mis sobrinos, cambiándoles los pañales, limpiándoles los vómitos, haciendo cuatro o cinco coladas cada día, recogiéndolos de la escuela, llevándolos al parque, contándoles cuentos hasta que se quedaban dormidos, ayudándolos a hacer las camas. Dios, no pude empezar a estudiar en el instituto hasta que tuve los veinticinco y no fui a la universidad hasta los treinta. Pero al final pude hacerlo, y los quiero a rabiar, a todos ellos, excepto a un par..., bueno, no, la verdad es que los quiero a todos. He pasado momentos muy bonitos con ellos, instantes realmente preciosos, pero no quisiera tener que volver a hacer todo eso. Necesitaba más tiempo para mí, para el estudio, para el trabajo, para mis amigos, para los hombres. Si me hubiera tropezado con la persona adecuada en el momento preciso, seguro que al final habría acabado casándome. Conocí a varios hombres, pero, por alguna razón, no quise atarme a nadie en aquel momento en concreto. Creo que la verdad es simplemente que ya me encontraba bien como estaba, soltera. Me agradaba mi trabajo y me gustaban los niños de mis hermanos. Pero ahora considero que hice bien no teniendo hijos propios. Sí, de acuerdo, está muy bien tener una hija o un hijo que se haga cargo de ti cuando ya eres mayor y te ocurre algo, pero es que yo no lo necesito. Yo ya te tengo a ti, y a diez hermanos y hermanas con todos sus hijos.

Marina hablaba con la mayor sinceridad de que era capaz y Pilar se sintió agradecida por sus palabras.

—¿Y qué ocurriría si eso no fuera suficiente, si no fuera lo que buscaras? Los amigos y los hermanos no son lo mismo que tus propios hijos. ¿O sí lo son?

—Entonces, me habré equivocado. Pero, por el momento, no me puedo quejar.

Tenía sesenta y cinco años y era una persona fuerte. Su trabajo de juez la apasionaba y Pilar no conocía a nadie que tuviera tantos amigos como ella. Siempre que podía viajaba a cualquier sitio para visitar a alguien, a algún sobrino, a alguno de sus hermanos, a amigos. Era una mujer feliz y realizada. Pilar también se había sentido así, como ella..., hasta hacía poco tiempo.

—¿Y qué hay de ti? —Marina posó la mirada sobre ella, preguntándose el porqué de su preocupado y confundido semblante—. ¿Qué es lo que te preocupa? ¿Por qué todas estas preguntas sobre el tener hijos? ¿Acaso estás embarazada? ¿Estás en realidad intentando preguntarme qué opino sobre el aborto?

—No —y Pilar negó con la cabeza, entristecida de repente—. Creo que estoy intentando preguntarte qué piensas sobre el hecho de que me plantee la posibilidad de tener un hijo. Y, por supuesto, no estoy embarazada.

Ni siquiera estaba segura de si en realidad deseaba estarlo. Sin embargo, por primera vez en la vida la atenazaban las dudas sobre el camino que había elegido.

—Yo creo que está bien, si eso es lo que deseas. ¿Qué opina Brad al respecto?

—No lo sé. Creo que lo más seguro es que me diga que estoy loca, y es posible que tenga razón. He estado siempre tan segura de no querer tener hijos... Sobre todo, porque no deseaba parecerme a mi madre.

—Eso nunca lo harás. Supongo que a estas alturas ya lo sabes. Tú y ella sois dos personas completamente diferentes.

—Gracias a Dios.

—O quizás deba decir que una de vosotras dos es una persona, mientras que la otra no se sabe muy bien lo que es. —Nunca había podido entender las situaciones que a Pilar le había tocado vivir con sus padres. Estaba de acuerdo con ella en que sus padres nunca hubieran debido tener hijos—. ¿Es ésta la única razón que te lo ha impedido? ¿Tu miedo a ser como ellos?

—En parte, aunque no del todo. La verdad es que nunca he sentido esa necesidad. Pero tampoco sentía la necesidad de casarme y ahora me duele no haberlo hecho antes.

—No pierdas el tiempo con esas tonterías. Disfruta del momento y no mires atrás.

—No lo hago, pero es que no sé lo que me pasa últimamente..., siento como si estuviera cambiando.

—Eso no es nada malo. Sería peor que tuvieras una personalidad rígida e inamovible. Creo que es lo mejor que puede pasarte. Es posible que en realidad quieras tener un hijo.

—Pero ¿y si no me gustara tenerlo? ¿Y si no fueran más que celos de Nancy, o alguna otra locura semejante? ¿Qué pasaría si mi madre tuviera razón y mi hijo naciera con tres cabezas, porque soy demasiado mayor?

Se planteaba tantas preguntas, que ni siquiera Marina podía responderlas todas.

—¿Y si hay vida en Venus? Por el amor de Dios, Pilar, no puedes tener todas las respuestas. Lo que debes hacer es seguir las indicaciones que te dicten el corazón y la mente, y hacerlo lo mejor que puedas. Si crees que deseas tener un hijo, primero piénsatelo bien y, si decides hacerlo, no te preocupes por lo que pueda pasar. Por todos los santos, si la gente se preocupara tanto antes de tomar esa decisión, nadie habría tenido nunca hijos.

—Pero, siguiendo tu ejemplo, si tú no estás descontenta por no haber tenido hijos, ¿por qué habría yo de estarlo?

—Eso es ridículo y tú lo sabes. Somos dos personas diferentes y nuestras experiencias vitales son absolutamente distintas. Yo he convivido con niños durante sesenta años y tú no lo has hecho más que con los hijos de Brad, y ya eran mayorcitos cuando te casaste con él. Además, tú eres una mujer casada y yo nunca lo he sido, y estoy totalmente contenta de no haberlo sido. Tengo libertad para disfrutar de la compañía de mucha gente diferente en la forma que yo decida, y ese modelo de vida me gusta y me conviene. Tú, por el contrario, te sientes feliz casada con Brad y quizás algún día llegues a arrepentirte de haber decidido no tener hijos.

Pilar se quedó en silencio, sentada, contemplando la arena de la playa. Luego levantó la vista y la fijó en su amiga. Se sentía reconfortada por sus palabras, aunque aún no había encontrado las respuestas que deseaba.

—Marina, ¿qué harías tú en mi lugar?

—Lo primero que haría sería relajarme. Esto te sentaría muy bien. Luego me iría a casa y hablaría de todo esto con Brad, aunque no debes acosarle. Él tampoco va a darte las respuestas. Nadie lo va a hacer, ni siquiera tú misma. De alguna manera, uno tiene que aprovechar las pocas oportunidades que le ofrece la vida. Tienes que protegerte a ti misma tanto como puedas, aunque, más temprano que tarde, habrás de saltar desde el trampolín. Y espero que no te estrelles en el suelo.

—Realmente tienes el don de la palabra.

—Gracias —dijo Marina con una sonrisa, mirando de nuevo a Pilar—. Yo, de ti, seguiría adelante con la idea de tener un hijo y al diablo con todas esas patrañas de que eres demasiado vieja. Creo que eso es lo que tú realmente quieres hacer, aunque estás demasiado asustada para reconocerlo.

—Sí, es muy posible que tengas razón.

Casi siempre la tenía. Sin embargo, Pilar no sabía lo que Brad opinaría cuando le dijera que deseaba tener un hijo. Por primera vez en la vida, sentía un vacío, un dolor que nunca antes había tenido y que comenzaba a afectar seriamente su felicidad.

Volvieron caminando hacia donde estaba el coche y, durante el viaje de regreso a casa, casi no intercambiaron palabra. Era una de las cosas más agradables de estar con Marina; no tenía que esforzarse por hacerle confidencias y apreciaba mucho sus consejos. Pilar apreciaba los consejos de su amiga. Lo único que necesitaba ahora era disponer de un poco de tiempo para meditar sobre el asunto.

—No te preocupes, chica. Al final sabrás qué es lo que tienes que hacer. Escúchate a ti misma. En el fondo ya sabes lo que quieres. Si sigues los dictados de tu corazón, no te equivocarás, hagas lo que hagas.

—Gracias. —Dio a Marina un cálido abrazo y, mientras se alejaba en el coche, en dirección a su casa, le lanzó un saludo.

Era increíble que siempre estuviera a su lado cuando la necesitaba. Al entrar en casa, Pilar tenía una sonrisa en los labios.

Brad ya había llegado y estaba guardando los palos de golf. Tenía un aspecto muy moreno y relajado y se alegró de verla.

—¿Dónde estabas? Creía que Nancy iba a venir hoy.

Rodeó su cuerpo con los brazos y la besó, dirigiéndola después hacia la terraza.

—Ha estado aquí. Hemos comido juntas. Después, cuando se ha marchado, he ido a pasear por la playa con Marina.

—Oh, oh —exclamó él mirando a su esposa, que conocía tan bien—. Eso significa que tienes algún problema.

—¿Qué quieres decir con eso? —replicó ella con una sonrisa.

Brad la atrajo hacia sí y la sentó sobre sus rodillas. Allí se quedó sentada, feliz por primera vez desde hacía horas. Estaba loca por él y era igualmente obvio que su marido la adoraba.

—Tú nunca vas a pasear por la playa a no ser que haya algo que te preocupe. La última vez que lo hiciste, intentabas decidir si querías o no un nuevo colega para tu despacho. La penúltima, no sabías si abandonar un caso en el que creías y en el que había un fraude de por medio. Creo que la antepenúltima fue cuando tratabas de delucidar si debías o no casarte conmigo. Ése fue un gran paseo. —Ella se rió, aunque no podía decir que su marido estuvie-

92

ra equivocado. Por el contrario, tenía toda la razón del mundo—. Entonces, ¿por qué has ido hoy a pasear? ¿Te ha dado Nancy un mal rato? —Eso le hubiera sorprendido mucho, puesto que, tras un comienzo algo difícil, las dos se habían convertido en muy buenas amigas—. ¿O es que ha pasado algo grave en la oficina?

Hacía poco que había ganado un caso muy importante de derecho civil en Los Ángeles y se sentía muy orgulloso de ella, pero también sabía que en su trabajo se sufría mucha tensión y había que tomar muchas decisiones difíciles. Le gustaba ayudarla siempre que podía, aunque a veces no le servía de gran ayuda, ya que era ella la que debía tomar sus propias decisiones.

—No, no es nada de eso, todo está bien y Nancy ha estado hoy realmente adorable.

Adorable, pero traumática para ella, puesto que le había abierto una parte de su corazón que ni siquiera ella era consciente de que estuviera allí. El año anterior, lo había llegado a entrever en una o dos ocasiones, pero se dijo a sí misma que eran preocupaciones sin la menor importancia. Ahora no estaba tan segura de ello y no sabía cómo explicárselo a Brad. Probablemente pensaría que estaba loca. Pero quizás Marina tuviera razón y debiera contárselo todo.

—No sé..., es cosa de mujeres, quería resolver un asunto y por eso me fui a la playa con Marina. Ella, como siempre, me ha aclarado mucho las cosas.

—¿Qué te ha dicho? —le preguntó con delicadeza, deseando ayudarla.

Brad sentía mucho respeto por su amiga, pero Pilar era su mujer y quería estar siempre presente cuando le necesitara.

—Me siento como una tonta —susurró ella.

Brad la miró y vio cómo le brotaban las lágrimas de los ojos. Ello le sorprendió, puesto que raras veces la veía llorar. Pilar casi nunca perdía el control de sí misma y se dio cuenta en seguida de que estaba afortunadamnente preocupada.

—Parece un asunto demasiado espinoso para la tarde de un sábado. ¿He de volver contigo a la playa? —le preguntó, casi hablando en serio.

—Quizás. —Pilar sonrió y se secó una lágrima que se le escurrió mientras él la atraía hacia sí.

—¿Qué te preocupa, cariño? Quiero que me lo digas.

Sabía que era algo importante, puesto que lo había discutido con Marina.

—No me creerás si te lo digo. Cada vez que pienso en ello me siento una estúpida.

—Pruébalo. Oigo gran cantidad de tonterías todos los días. Estoy acostumbrado y tengo los hombros muy anchos para soportarlo.

Pilar se acurrucó a su lado, con las piernas extendidas sobre las suyas y las caras muy juntas.

—No sé —le susurró—, supongo que haber visto hoy a Nancy me ha despertado la fibra sensible, una que yo no creía tener. Es algo en lo que he pensado un par de veces durante este año..., algo en lo que nunca antes había pensado, ni me había planteado, ni siquiera sabía que necesitaba. Nancy me ha preguntado si estaba convencida de que nunca me iba a arrepentir de no haber tenido hijos. —Al decir estas palabras, Pilar empezó a llorar abiertamente, y su marido la miró, perplejo. Se sentía muy sorprendido y no podía creer lo que estaba oyendo—. Siempre he estado tan segura de no querer hijos..., pero ahora ya no lo estoy. De repente, me replanteo las cosas. ¿Y si tiene razón y con el tiempo llego a arrepentirme? ¿Y si se convierte en la desdicha de mi vejez? ¿Y si... —apenas podía soportar decirlo, aunque sabía que tenía que hacerlo—, y si te ocurre algo y yo me quedo sin un hijo tuyo?

Pronunció las últimas palabras sin dejar de llorar y Brad sólo pudo negar con la cabeza; no daba crédito a lo que oía, estaba preparado para todo excepto para aquello. Estaba convencido de que Pilar era la última persona del mundo que hubiera deseado tener un hijo.

—¿Hablas en serio? ¿Realmente te preocupa eso? —le preguntó, todavía incrédulo.

—Sí, hablo en serio. ¿Qué pasaría si de repente decido que quiero tener hijos?

Parecía hallarse atenazada por el pánico y Brad tuvo que hacer un esfuerzo para evitar sonreír.

—Me parece que tendrás que llamar a los bomberos para reanimarme. ¿Hablas realmente en serio, Pilar? ¿Estás pensando en tener hijos a tu edad? ¿Después de tantos años?

Hacía más de veinte años que él no pensaba en tener hijos y ella siempre había tenido las cosas muy claras sobre aquel asunto.

—¿Opinas que soy demasiado vieja? —le preguntó ella, algo melancólica, y Brad se echó a reír.

—No, no lo eres. Pero yo tengo sesenta y dos años y voy a ser abuelo dentro de muy poco. Piensa en lo ridículo que voy a resultar. Sólo de pensarlo siento escalofríos.

—No, no resultarías ridículo. Muchos hombres de tu edad forman una nueva familia y algunos son mucho mayores que tú.

—Me estoy volviendo viejo minuto a minuto —dijo él, y, al mirarla, adivinó que Pilar atravesaba un momento de crisis—. ¿Cuánto tiempo hace que te planteas estas cosas?

—No sé —le dijo sinceramente—. Creo que fue inmediatamente después de casarnos cuando me cruzó por la mente por primera vez. Pensé entonces que se trataba de una aberración. Luego, cuando esa gente me vino a ver por el asunto de la madre de alquiler, no dejé de asombrarme por lo extraños que me parecían, lo desesperados que estaban por tener un niño al que ni siquiera conocían, pero lo más curioso es que una parte de mí les comprendió perfectamente. No sé, quizás sea que me estoy haciendo vieja y algo excéntrica. Creo que el embarazo de Nancy me ha afectado de alguna manera. Yo la tenía por una niña y, ahora, de repente, se muestra tan contenta y madura. Es como si por fin le hubiera encontrado el sentido a la vida. ¿Qué pasaría si yo me hubiera equivocado durante todos estos años? ¿Y si no es suficiente con ser una excelente abogado, una persona decente y una buena esposa y madrastra? ¿Y si el problema de todo radica en tener uno sus propios hijos?

—Oh, cariño —Brad emitió un largo y profundo suspiro. Ella se hallaba en tal estado, que no le podía decir que estuviera equivocada. Ya era muy tarde en su vida como para ponerse a pensar si debía o no tener hijos—. Hubiera sido mejor haber pensado en eso un poco antes.

Pilar le miró seriamente y, al hacerle la siguiente pregunta, puso en ello todo su corazón:

—Si yo decido que no puedo seguir viviendo sin un hijo propio, ¿estarías dispuesto a darme uno?

Le costó mucho hacerle aquella pregunta, pero realmente necesitaba saberlo. Tenía que conocer la posición de su marido, para acomodarse a la idea si respondía que no. Le amaba más que a cualquier niño que pudiera tener, pero, aun así, comenzaba a creer que podía desear un hijo suyo.

—No lo sé —contestó él con una gran sinceridad—. Hace mucho tiempo que no pienso en esas cosas. Tendría que reflexionar un poco sobre ello.

Ella sonrió, aliviada al ver que la respuesta no había sido negativa. Aún quedaba esperanza y los dos tenían que meditar más detenidamente sobre las responsabilidades que aquello acarrearía, la carga que supondría, los cambios que comportaría en sus vidas. Pilar comenzaba a pensar que podía ser soportable.

—Es mejor que te apresures en decidirte —añadió Pilar, sonriéndole, y él la miró con una expresión con la que casi parecía pedirle disculpas.

—¿Por qué?

—Me vuelvo más vieja a cada minuto que pasa.

—Tú..., ¡monstruo! —exclamó Brad jocosamente, besándole los labios con pasión, y luego con mayor anhelo y ternura, al tiempo que se incorporaban para sentarse bajo el sol, en la terraza—. Ya sabía que pasaría algo terrible si te obligaba a casarte conmigo —le gruñó mientras ella le sonreía—. Sólo hubiera deseado que esto hubiese ocurrido trece años atrás. Te hubiera obligado a casarte conmigo y habrías podido tener al menos una docena de hijos.

—Déjame ver. —Se sentó sobre sus rodillas, mirándole pensativa—. Si empezamos a tenerlos ahora..., yo tengo cuarenta y tres años..., quizás podamos tener seis o siete...

—No te preocupes por eso. Será un milagro que uno de ellos logre sobrevivir. Pero quiero que entiendas que todavía no te he contestado afirmativamente; quiero pensar un poco más sobre el asunto.

Pilar aparentó sentirse más calmada. Se levantó y le cogió la mano.

—Tengo una idea sobre lo que podemos hacer mientras lo piensas, Brad. Ven...

Él se echó a reír y se dejó conducir hasta la habitación. Fue una presa fácil para Pilar, siempre lo era, al igual que lo era ella para él. Cuando Brad la besó y la siguió hasta la habitación, Pilar sintió un gran alivio en el corazón.

5

Diana se sentó sobre la mesa cuando el médico la hubo examinado. Había ido al ginecólogo para someterse a un frotis y hacerse la revisión anual.

—A mí me parece que todo está bien —le dijo él con una agradable sonrisa.

Era un hombre de aspecto juvenil, que le había recomendado su cuñado dos años antes, ya que hubiera sido demasiado violento que la visitara él mismo. Jack consideraba a Arthur Jones un excelente especialista.

—¿Siente alguna otra molestia? ¿Alguna hinchazón, bulto, dolores, hemorragias aparte de la regla? —le preguntó una vez hubo acabado de examinarla.

Diana negó con la cabeza, entristecida. Le había vuelto a venir la regla hacía una semana y sabía, por tanto, que una vez más no había podido quedarse embarazada.

—Mi única molestia es que intentamos concebir un hijo desde hace once meses y, hasta ahora, no lo hemos conseguido.

—Quizás sea porque ponéis demasiado ahínco en ello —dijo él, repitiendo lo que sus hermanas ya le habían dicho.

Todo el mundo le decía tonterías, que no pensara más en ello, que no pusieran tanto empeño, que se olvidaran del asunto, que dejaran de preocuparse tanto, pero ellos no conocían la angustia, la aflicción y la desesperación que sentían cada vez que ella descubría que no lo habían conseguido. Tenía ya veintiocho años y llevaba casada casi uno, tenía un marido al que amaba y un trabajo que le gustaba. Lo único que le faltaba era tener un hijo.

—Un año no es tanto tiempo —trató de calmarla el médico.

—Pues a mí sí me lo parece —le sonrió ella, con melancolía.

—Y a su marido, ¿también le preocupa tanto?

Quizás el esposo supiera algo que Diana desconocía. A veces, los hombres estaban poco dispuestos a admitir ante sus esposas los problemas que habían tenido en el pasado, o si sufrían, por ejemplo, alguna enfermedad venérea. Y eso podía significar una gran diferencia.

—Lo único que dice es que no me preocupe, que tarde o temprano tendremos un hijo.

—Quizás esté en lo cierto —sonrió el doctor Jones—. ¿A qué se dedica?

Se preguntaba si tendría algún trabajo relacionado con productos químicos o algún tipo de toxinas que pudieran afectarle sin que él lo supiera.

—Es abogado de una cadena de televisión —le contestó, y, al añadir el nombre de la empresa, el médico pareció impresionado.

—Y usted trabaja para una revista, ¿verdad? —Diana asintió con la cabeza—. Son dos profesiones en las que se padece mucha tensión. Ésa podría ser una de las causas. Pero quiero que comprenda que un año no es demasiado tiempo, que la mayoría de las mujeres se quedan embarazadas después de un año, y algunas aún tardan más. ¿Y si se tomaran unas vacaciones? Eso podría ser el factor desencadenante.

Diana sonrió.

—Nos vamos a Europa la semana que viene, lo tenemos todo pleaneado. Quizás eso sea la chispa que necesitamos —añadió, llena de esperanza.

El médico observó con atención la ansiedad que se reflejaba en su rostro.

—Haremos una cosa. Si no queda embarazada al volver del viaje, efectuaremos una revisión más a fondo. Puedo efectuarle algunas pruebas, o incluso enviarla a un especialista, como prefiera. Hay un colega al que siempre recomiendo. Es un médico muy razonable y conservador, pero también agudo y perspicaz. Se llama Alexander Johnston y estoy seguro de que su cuñado lo conoce. Es un poco mayor que nosotros, pero realmente sabe mucho de su especialidad, y no le va a recetar un montón de medicamentos innecesarios.

—Me encantaría eso —le dijo Diana, sintiendo renacer la esperanza.

Quizás se quedara embarazada en Europa, pero, si no era así, aún le cabía la esperanza. Había alguien a quien poder acudir.

Agradeció al médico los ánimos que le había dado y volvió al trabajo. Aquella misma noche intentó explicárselo a Andy. Mencionó el nombre del especialista y le dijo que le preguntaría a Jack lo que opinaba de él, pero Andy la sorprendió, interrumpiéndola bruscamente.

Estaba agobiado de trabajo y había tenido un día muy duro en la oficina. Además, empezaba a cansarse de que ella le presionara para hacer el amor a determinadas horas del día y en determinados días del mes. Estaba cansado de verla histérica cuando le venía el período y descubría que no estaba embarazada. Los dos eran jóvenes y ricos. Procedían de grandes familias y para él era evidente que tarde o temprano lo conseguirían y tendrían un montón de hijos. Pero acosarle de aquella manera y llorar continuamente no ayudaba en nada.

—Por el amor de Dios, Diana, déjame tranquilo. No necesitamos ningún especialista. Lo único que nos falta es un poco de tiempo para relajarnos. ¡Deja de presionarme!

—Lo siento... —Se le llenaron los ojos de lágrimas y apartó la vista de él. Andy no comprendía lo preocupada que se sentía, lo mucho que temía que algo pudiera salir mal—. Yo pensaba... que un especialista podría ayudarnos.

Salió de la habitación con lágrimas en los ojos y él fue a buscarla al cabo de un rato.

—Vamos, cariño..., lo siento. Lo que pasa es que estoy muy cansado y tenso. En las últimas semanas he tenido un montón de problemas en el trabajo. Tendremos un hijo, no te preocupes por eso.

Sin embargo, su insistencia a veces le cansaba. Diana se mostraba tan obstinada por tener un hijo... En ocasiones, le parecía como si fuera la única meta que ella se había marcado en la vida, o quizás no hacía sino intentar competir con sus hermanas.

—El médico ha dicho que quizás, durante el viaje...

Le miró, como si le estuviera pidiendo perdón, sin desear molestarle. Andy suspiró y la tomó en sus brazos.

—El médico tiene razón. Unas vacaciones es precisamente lo que necesitamos, pero ahora prométeme que no vas a preocuparte más por eso, al menos durante unos días. Apuesto a que el médico te ha dicho que no tienes nada anormal.

Diana sonrió dócilmente a su marido y asintió.

—No, no me ha dicho que tenga nada malo.

—Muy bien —añadió él con firmeza, y luego la besó.

Y aquella noche, cuando se fueron a la cama, ya no se sintió tan preocupada. Quizás todo el mundo tenía razón y era una tontería preocuparse tanto.

Se inclinó hacia delante para besar a su esposo y le deseó buenas noches, pero él ya se había quedado completamente dormido y roncaba suavemente. Le contempló durante un rato y luego se recostó sobre la almohada. Era curioso, pero lo cierto era que desear con tanto ahínco tener un hijo la hacía sentirse a veces muy sola. Parecía que nadie comprendía la intensidad de su anhelo, lo grande que era la necesidad que sentía, ni siquiera Andy.

El viaje a Europa fue espléndido. Visitaron París y el sur de Francia y luego volaron hasta Londres para ver al hermano de Andy. Si se hubiera quedado embarazada, Diana lo habría achacado al Hotel de París, en Montecarlo. El cielo tenía un color azul intenso y el hotel era extraordinario. Andy le dijo que no podía imaginarse un lugar mejor para hacer el amor.

Disfrutaron mucho con la visita que hicieron a Nick, en Londres, y el resto del viaje fue distendido y agradable, justo lo que la joven pareja necesitaba. Ninguno de los dos se había dado cuenta antes de lo tensos y cansados que estaban hasta que escaparon de la presión de Los Ángeles y redescubrieron lo maravilloso que era pasar un tiempo juntos y relajados. Fueron a restaurantes y visitaron museos y catedrales, tomaron el sol en la playa y hasta pasaron un fin de semana pescando en Escocia, en compañía de Nick y su novia. Cuando regresaron a Los Ángeles, en el mes de junio, se sentían como nuevos.

Andy acudió al primer día de trabajo con una sonrisa en los labios y Diana se las arregló para conseguir un día más de fiesta para deshacer las maletas, recuperarse del viaje y acudir a la peluquería. De todos modos, era viernes y pensó que, si la revista había sobrevivido tanto tiempo sin ella, podría seguir haciéndolo hasta el lunes por la mañana. No deseaba volver a sumergirse en la histeria de las publicaciones e intentó incluso convencer a Andy para que se quedara con ella en casa. Sin embargo, él se sintió en la obligación de ir al trabajo, aunque le pesara. De todas formas, los dos estaban ansiosos de que llegara el fin de semana.

El sábado por la mañana, Andy jugó al tenis con Bill Bennington y fue agradable relajarse un poco y hablar del viaje. Habían estudiado derecho juntos en la universidad de California, Los Ángeles, y Andy se había hecho cargo del trabajo que Bill había dejado en el bufete. Eran buenos amigos y a menudo Andy se sentía reconfortado tras hablar con él. Bill había asistido a su boda.

—¿Cómo está Nick? —le preguntó, tras interrumpir el partido para refrescarse tomando algo frío.

—Muy bien, sale con una muchacha muy guapa. Pasamos el fin de semana con ellos, pescando en Escocia. —Bill tenía un hermano más joven, de la misma edad que los gemelos. Ambos tenían mucho en común—. Nos gustó mucho.

Era una joven inglesa, bonita y muy divertida, y a Diana le pareció que Nick iba con ella más en serio de lo que había reconocido ante su hermano.

—Yo también salgo con una muchacha bonita —admitió de repente Bill, dócilmente, terminándose la bebida.

—¿Estás intentando decirme algo, Bennington? —Andy le miró, complacido y no exento de cierto interés—. ¿O es una noticia sin importancia?

Bill siempre salía con jóvenes muy bien parecidas. Tenía inclinación por las modelos y las estrellas de cine. Era un hombre muy guapo, pero la mayoría de las veces prefería salir con muchas mujeres y no comprometerse seriamente con ninguna.

—Aún no estoy seguro, aunque es verdaderamnente bonita. Me gustaría que la conocieras.

—¿A qué se dedica, o eso te parece superfluo? —preguntó Andy, echándose a reír al observar la expresión de excitación juvenil en el rostro de su amigo.

—No te lo vas a creer. Es abogado y trabaja para la competencia. Acaba de licenciarse en la Facultad de Derecho. Es una joven poco convencional.

—Vaya, vaya. —Andy no pudo evitar burlarse un poco de él, aunque estaba contento por su amigo. Bill Bennington era uno de sus mejores amigos—. Parece que esta vez va en serio.

—Nunca se sabe —sonrió Bill misteriosamente, al tiempo que cruzaban el aparcamiento del club de tenis.

Se veían cada sábado, a menos que tuvieran cosas más importantes que hacer, así como una o dos noches a la semana, siempre que no hubiera trabajo atrasado de la oficina. Bill pensó que Andy estaba mucho más tenso e irritable antes del viaje y se alegró de verle ahora mucho más relajado.

—A propósito, ¿cómo está mi editora favorita de revistas? ¿Todavía se siente tan nerviosa?

—Lo estaba hasta que nos tomamos las vacaciones. Pero ha vuelto del viaje mucho más descansada y con una actitud más positiva hacia muchas cosas. En realidad, ayer se tomó el día libre, lo que es un buen síntoma. Antes de que emprendiéramos ese viaje se encontraba verdaderamente tensa.

—También lo estabas tú. Incluso empezabas a ponerme nervioso a mí. No sabía si te pasaba algo malo en el trabajo o si simplemente estabas preocupado por otras cosas, pero lo cierto es que, antes de irte de viaje, no parecías una persona feliz.

—Lo sé. —No estaba seguro de si debía hablarle de las preocupaciones de Diana por el embarazo—. Supongo que solamente estaría cansado. Diana estaba bastante nerviosa antes de irnos y creo que eso también me afectaba a mí.

—Espero que no fuera nada serio.

—No, no... En realidad, está algo ansiosa por tener un hijo, aunque creo que es una preocupación un poco prematura.

—Pero si apenas lleváis un año casados, ¿no? ¿Cuánto tiempo

hace que os casasteis? —preguntó, sorprendido de que ya estuvie-ran pensando en tener un hijo.

—Hoy hace precisamente un año que nos casamos. —Andy sonrió—. Parece difícil de creer, ¿no?

—Dios mío, es increíble. Bueno, no empecéis a tener críos tan pronto, porque, cuando los tengáis, no querrás seguir jugando a te-nis conmigo. Te quedarás todo el día en casa, ayudando a Diana a cambiar pañales.

—Qué negro me lo pintas... Quizás sea mejor que le diga que se olvide del asunto hasta dentro de un año.

—¿Por qué no lo haces? En ese caso, quizás dentro de un par de años estemos los dos empujando el cochecito del bebé.

—¡Qué ideas se te ocurren! —Andy miró a su amigo con una sonrisa en los labios. Estaban de pie junto al Porsche plateado de Bill—. Resulta difícil imaginarse todo eso, ¿no crees? Aún recuer-do cuando mi padre llevaba a los gemelos en brazos, uno a cada lado. Sin embargo, me da la impresión de que yo todavía no estoy preparado para eso. Aunque Diana sí lo está. Parece verdadera-mente ansiosa por comenzar a formar una familia.

No quería admitir que lo habían estado intentando insistente-mente durante un año, sin ningún resultado.

—Bueno, no os apresuréis demasiado, chico, que los hijos son para siempre.

—Le comentaré a Diana lo que has dicho.

Le saludó con la mano mientras Bill arrancaba el coche y regre-só a casa, junto a Diana, preguntándose cuánto tiempo le duraría a su amigo la nueva novia que tenía. Al llegar a casa se sentía de muy buen humor y encontró a su esposa en el jardín, podando las flo-res. Ella le miró acercarse con una sonrisa, delgado y atractivo con su ropa de jugar al tenis. Andy se detuvo y la besó.

—Feliz aniversario, señora Douglas.

Llevaba una pequeña cajita de Tiffany escondida en uno de los bolsillos de los pantalones blancos. La sacó y se la entregó.

—Me tienes demasiado mimada.

Diana se puso en cuclillas y abrió rápidamente la caja, envuelta en papel azul. En su interior encontró un precioso anillo de oro con un pequeño zafiro. Era una joya muy bonita; el tipo de joya que Andy sabía que ella llevaría siempre. Diana levantó la vista, entusiasmada, y le besó.

—¡Me encanta!

—Me alegro mucho. —Parecía muy complacido—. Opino que el primer aniversario de bodas es algo grande, como el plástico, el papel o la arcilla... Supongo que no te molestará que otros años me olvide de hacerte un regalo.

—Te lo perdonaré una vez, pero al año que viene quiero que me regales algo real, como el aluminio o el cobre —dijo sonriente, mirándole con su rostro bronceado y relajado.

—¡Cariño, lo has entendido!

La hizo incorporarse y entraron en la casa. Ella le entregó el regalo que le había comprado. Se trataba de un hermoso juego de maletas de cuero para caballero. Andy había estado admirándolo durante todo un año y se sorprendió cuando lo desenvolvió. Eran generosos el uno con el otro, en las vacaciones y durante el resto del año. A él le encantaba hacerle pequeños obsequios sin un motivo especial, o llegar a casa con un ramo de flores. Y Diana hacía lo mismo por su marido. Ganaban un buen sueldo y se podían permitir complacerse un poco con esa clase de detalles.

Andy había reservado para la noche una habitación en el hotel Orangerie. Era un gesto un poco extravagante, pero sabía que eso les recordaría el viaje por Europa, durante el que habían comido en restaurantes excelentes y visitado lugares extraordinarios. Deseaba celebrar el día de su aniversario por todo lo alto.

Por la noche, cuando salieron, Diana llevaba un vestido nuevo, de seda blanca y muy largo. Lo había comprado en Londres y reservado para ese día memorable.

—He pensado que hoy debía vestirme nuevamente de blanco —comentó en broma cuando él la vio con el vestido.

—Espero que eso no signifique que creas que aún eres virgen.

—Difícilmente —dijo ella con una sonrisa.

Se marcharon temprano para pasar por la galería Adamson-Duvannes, donde Seamus exponía sus últimos cuadros. Diana le había prometido a su hermana que pasarían por allí antes de ir a cenar. Los dos estaban elegantes y bronceados por el sol. Subieron al coche de Andy y él se inclinó para besarla.

—¡Estás realmente deslumbrante! —le dijo, entusiasmado.

—Tú también —contestó Diana con una sonrisa.

Todavía mostraba la alegría adquirida durante el viaje y Andy, sin decirle nada, se preguntó si no estaría embarazada.

Se había puesto el anillo nuevo y, de camino hacia la galería, Andy bromeó sobre la idea de realizar otro viaje, para poder estrenar sus nuevas maletas. Había sido un día muy relajado y, después de comer, se habían estirado juntos en la cama y habían hecho el amor antes de arreglarse para ir a cenar. Hasta el momento había sido un día de aniversario perfecto y, mientras se dirigían a la galería Adamson-Duvannes, Andy le habló sobre la nueva novia de Bill.

—¿Una abogada? —Diana pareció sorprenderse, y luego le sonrió, pensando en su amigo Bill—. Bueno, no creo que le dure más que las otras.

—No estoy tan seguro —dijo Andy moviendo la cabeza y recordando lo que su amigo le había dicho—. Parece estar muy enamorado.

—Siempre lo está, hasta que la siguiente novia entra por su puerta. Tiene la misma estabilidad emocional que mi sobrino de dos años.

—Vamos, Diana, seamos justos. Bill es un gran tipo.

Sin embargo, no podía negar que había buena parte de razón en lo que ella decía. Diana se rió y obligó a su marido a que lo admitiera.

—Yo nunca he dicho que no lo sea. Sólo quiero decir que Bill no puede estar con nada ni con nadie durante más de cinco minutos.

—Quizás esta vez sea diferente —opinó, al tiempo que aparcaba el coche en San Vicente Boulevard, justo frente a la galería.

Ayudó a Diana a bajar del coche y se dirigieron hacia el local, donde encontraron a Seamus manteniendo una conversación encendida, junto a la puerta, con un hombre de aspecto oriental, vestido de negro.

—Dios mío —exclamó al verlos—. Míralos..., es una estrella de cine que acaba de llegar de Europa. —Se sentía muy orgulloso de su hermana política y les presentó al conocido artista japonés con el que estaba hablando—. Discutíamos acerca del impacto que puede tener el arte sobre una cultura decadente y adormecida. Nuestro análisis no ha sido demasiado esperanzador —murmuró, con su habitual brillo despiadado y endiablado en la mirada. Le encantaba jugar con la gente, con las palabras, con el arte, con las ideas, con cualquier cosa en que pudiera emplear las manos o la mente—. ¿Has visto a Sam? —preguntó a Diana, llevándose a Andy hacia el bar y señalando hacia donde se encontraba su hermana.

Estaba de pie, rodeada por un grupo de mujeres, frente a un enorme cuadro colgado en la pared del fondo. Tenía a los dos niños agarrados a sus piernas, empujándose el uno al otro, aunque ella no parecía advertirlo mientras charlaba animadamente con las mujeres.

—Hola —saludó Diana, dirigiéndose hacia ella.

—Mírala, aquí la tenemos —dijo Sam, deslumbrada. Siempre había pensado que Diana era la más bonita de las tres hermanas; la más guapa y la más capacitada...; probablemente también la más inteligente. Parecía tenerlo todo, en opinión de Sam. Aunque, si se lo dijese a Diana, sta no le daría la razón. Si se lo hubiera dicho así, ella le habría replicado que le reglaba todo su encanto a cambio de su dos hijos—. Estás espléndida. ¿Cómo te ha ido por Europa?

—Muy bien. Ha sido un viaje estupendo.

Sam le presentó a sus amigas, que no tardaron en marcharse en busca de sus compañantes. Entonces, Sam miró de arriba abajo a Diana y le preguntó en voz baja:

—Así, pues..., ¿te has quedado embarazada durante el viaje?

Por un momento, la observó con expresión seria y preocupada y Diana la odió por hacerle aquella pregunta.

—¿Es eso todo lo que se te ocurre? ¿Es que no hay nunca ningún otro tema de conversación? Cada vez que veo a Gayle me hace la misma pregunta. Por el amor de Dios, ¿es que vosotras dos no podéis pensar en otra cosa?

Lo peor de todo es que ni siquiera ella era capaz de abstraerse de aquella misma obsesión. Parecía como si, en su familia, una mujer careciera de valor alguno si no era capaz de engendrar hijos.

Bueno, ella había aplicado toda su voluntad, a pesar de lo cual no había conseguido ningún resultado hasta el momento.

—Lo siento, sólo me preguntaba... Hacía tiempo que no te veía y pensé que...

—Sí, ya lo sé.

Diana pareció deprimida al contestarle. Sabía que sus hermanas no tenían mala intención, pero a veces llegaban a crisparle los nervios. Sus preguntas eran para ella como una acusación constante. ¿Acaso no lo estaba intentando con todas sus fuerzas? ¿Qué les pasaba? ¿Es que eran anormales? Diana se hacía estas preguntas sobre ella, sus hermanas y sus padres, y no encontraba respuestas.

—Supongo que eso significa que no —le dijo Sam suavemente, intentándolo de nuevo, y los ojos de Diana se encendieron entonces de rabia.

—Significa que no vuelvas a mencionar ese tema, Sam, y también significa que aún no lo sé. ¿Quieres que te llame por teléfono cada vez que me venga la regla, o prefieres que te envíe un fax? ¿O hago instalar una bonita cartelera en Sunset para anunciarlo, para que mamá pueda llamar a sus amigas y comentar que, por el momento, no hay nada que hacer con la pobre Diana?

Casi se le saltaron las lágrimas al hablar y Sam sintió pena por su hermana. Ellas lo habían conseguido fácilmente, pero no parecía lo mismo para Andy y Diana.

—No seas tan sensible, Di. Sólo queremos saber lo que te ocurre, nada más. Todos te queremos.

—Gracias, pero no me ocurre nada. ¿Está eso bastante claro para ti?

En realidad, no sabía si le ocurría algo o no, pero el encuentro con su hermana la había puesto muy nerviosa. Poco después, Seamus y Andy se unieron a ellas. Seamus llevaba al niño más pequeño montado sobre los hombros.

—Los nuevos cuadros son estupendos —le dijo Andy con gran entusiasmo, percibiendo en seguida la tensión del rostro de su mujer. No tardaron en marcharse. De camino hacia el restaurante, Diana se mantuvo en silencio y Andy tampoco le dijo nada. Como de costumbre, las preguntas de su hermana le habían puesto los nervios de punta.

—¿Te ocurre algo malo? —le preguntó por fin. Estaba de peor humor que de costumbre, por más que le hubiera sentado tan bien el viaje a Europa—. ¿Te ha dicho tu hermana algo que te haya molestado?

—Lo de siempre —le espetó—. Me ha preguntado si ya me había quedado embarazada.

Andy la miró y le dijo con suavidad:

—Dile que se meta en sus propios asuntos.

Luego se inclinó para besarla y Diana no pudo evitar una sonrisa. Andy era siempre muy dulce con ella. Se sintió estúpida por haber permitido que las preguntas de su hermana la molestaran.

—Me disgusta mucho que me hagan ese tipo de preguntas. ¿Por qué no se limitan a esperar y ver lo que pasa?

—Probablemente porque te quieren y desean lo mejor para ti. Además, quizás te hayas quedado ya embarazada. No sé, la última vez que lo hicimos, en Montecarlo, me pareció algo increíble, ¿no crees?

Al recordar aquella noche, Diana sonrió y se inclinó para besarle el cuello, sin que él apartara las manos del volante.

—Sí, creo que estuviste fabuloso. Feliz aniversario, señor Douglas.

Era difícil creer que hubiera pasado todo un año desde la boda. Diana no estaba en absoluto arrepentida de haberse casado con él, aunque había sido un año muy ajetreado. Su única pena era no haber conseguido quedarse embarazada, pero en la vida también había otras cosas importantes: el trabajo, los amigos, la familiar. Tener un hijo no constituía su única preocupación. Sin embargo, nadie podía negar que eso era realmente importante para ellos, y en especial para ella.

—¿Crees que soy una estúpida por preocuparme tanto por... tener un hijo? —le preguntó con suavidad a Andy mientras su marido conducía hacia el Orangerie.

—No, lo que sucede es que no quisiera que te obsesionaras demasiado por eso. No creo que la preocupación sirva de nada.

—Sin embargo, resulta muy fácil caer en ello. A veces creo que toda mi vida gira alrededor de mi ciclo.

—No lo permitas. Intenta olvidarlo en la medida en que puedas. Te lo he dicho más de una vez. —Le sonrió al tiempo que entregaba las llaves al guardacoches del hotel—. Pero no quieres hacerme caso. —La besó de nuevo y la sostuvo entre sus brazos durante un rato—. Y no olvides quiénes son las personas realmente importantes..., tú y yo. Todo lo demás encajará en el lugar más conveniente cuando llegue el momento.

—Me gustaría tomarme las cosas con la misma tranquilidad que tú —le dijo, envidiando su actitud sensible pero serena.

—Apuesto a que, si consigues relajarte, te quedarás embarazada al instante —le contestó, chasqueando los dedos. Ello hizo reír a Diana, que le miró y pasó la mano por su brazo.

—Lo intentaré.

Entraron en el restaurante y algunas cabezas se giraron para admirar a la atractiva y joven pareja. Los condujeron a un rincón apartado del restaurante y allí siguieron conversando en voz baja. Luego él pidió elegir la cena. Diana se sentía ahora mucho mejor, después de la discusión con su hermana. Y, cuando Andy pidió la cena, los dos ya se sentían de muy buen humor.

Tomaron caviar con huevos revueltos, servido en cáscaras de huevo y adornado todo con cebollinos. A ello siguió langosta con champán; después del postre, Diana se disculpó para ir al lavabo a retocarse el maquillaje. Estaba realmente hermosa con aquel vestido inglés y el pelo le brillaba cuando se lo peinó. Después de retocarse los labios de carmín, y antes de regresar a la mesa, acudió al cuarto de baño. Fue entonces cuando encontró allí una señal. Un brillante hilillo de sangre, indicador de que la noche de Montecarlo también había sido infructuosa. Durante unos instantes se quedó sin aliento allí sentada, encerrada en el pequeño cubículo, mirando atolondradamente a su alrededor. Hizo esfuerzos por calmarse, por aceptar las cosas tales como eran. Pero, cuando se dirigió al lavabo para lavarse las manos, se sintió vacía y destrozada de dolor.

Estaba decidida a no decirle nada a Andy, pero él observó algo en sus ojos mientras regeresaba a la mesa, y lo supo sin necesidad de preguntárselo. Ahora, Andy ya conocía los días en que solía venirle la regla y sabía desde hacía tiempo que precisamente en este fin de semana se enterarían de si su misión de descanso en Europa había tenido el éxito que esperaban o no. Al mirarla, adivinó que no lo habían conseguido.

—¿Una sorpresa desagradable? —le preguntó con precaución, mientras ella tomaba asiento.

Había llegado a conocerla muy bien y, a ella, eso le gustaba, pero ahora se sentía demasiado afectada para ser consciente de sus sentimientos. Para él, también era algo deprimente y, poco a poco, Diana estaba haciéndole sentirse un inútil.

—Sí, una mala sorpresa —asintió Diana apartando la vista.

Por lo que a ella respectaba, todo el viaje había sido una pérdida de tiempo. En estos momentos se sentía como si toda su vida lo fuera.

—Eso no significa nada, cariño. Lo intentaremos otra vez.

Y otra..., y otra..., y otra..., y siempre para nada. ¿Para qué? ¿Para qué intentarlo de nuevo? ¿Quién había dicho que era estúpido preocuparse?

—Quiero acudir a un especialista —le dijo con voz sombría, cuando el camarero les sirvió el café.

La velada se había estropeado, al menos para ella. El único objetivo que perseguía en la vida era tener un hijo, y, en comparación con eso, no había nada que le importara: ni su trabajo, ni sus amigos y, a veces, ni siquiera su marido. A pesar de sus esfuerzos por convencerse de que un hijo no tenía para ella una importancia tan vital, en realidad sí la tenía, y ambos lo sabían.

—¿Por qué no hablamos de eso en otro momento? —repuso Andy con calma—. No hay ninguna urgencia, no estamos desesperados. Sólo ha pasado un año. Mucha gente está convencida de que no se debe acudir a un especialista hasta después de pasados dos años.

Intentaba transmitirle seguridad, pero ella se sentía terriblemente nerviosa y estaba a punto de llorar.

—Yo no quiero esperar tanto —dijo entonces, muy tensa, sintiendo unos desagradables calambres cuyo significado conocía muy bien y odiaba.

—Bien. Entonces iremos al especialista dentro de un par de meses. No tenemos por qué precipitarnos y debieras informarte un poco sobre él antes de que te visite.

—Ya lo he hecho Andy, y Jack dice que es uno de los mejores del país.

—¡Perfecto! Así que has vuelto a explicarle a Jack nuestros problemas. ¿Qué le has dicho? ¿Qué no se me levanta? ¿Que tuve paperas de pequeño? ¿O simplemente que no funciono?

Estaba enfadado con ella por sacar las cosas de quicio e involucrarle a él, y por hacerle sentir como si todo fuera culpa suya. Sin mencionar que ella estaba echando a perder el día de su aniversario y una noche que había prometido ser agradable.

—Sólo le dije que estaba preocupada y que mi ginecólogo me había dado ese nombre. Él no me preguntó nada. No seas tan susceptible.

Intentó calmarle, pero Andy estaba enfadado y desilusionado. Secretamente, se sentía como si él le hubiera fallado.

—Por el amor de Dios, ¿por qué no tengo que serlo? Cada mes, cuando te viene la regla, parece que te vas a morir y me miras con esos ojos tristones, como si me estuvieras culpando de todo y fuera yo el que no pudiera copular. Bueno, para serte sincero, no sé cuál puede ser la razón. Quizás sea culpa mía o quizás no, pero lo más probable es que estés sacando las cosas de quicio. Si crees que eso te va a ayudar, ve al especialista, haz lo que te venga en gana, y, si yo tengo que acompañarte, lo haré.

—¿Qué significa eso de si tienes que acompañarme? —Se sintió herida por lo que le decía y ya quedó claro que la noche se había echado a perder—. No es únicamente problema mío, sino algo que nos concierne a los dos.

—¡Oh sí!, lo es gracias a ti. Pero ¿sabes una cosa?, existe la posibilidad de que no haya ninguna necesidad de preocuparse. Quizás estés provocando toda esta tensión porque estás completamente histérica y neurótica ante la idea de quedar embarazada. ¿Y sabes lo que te digo? Me importa un rábano que tus hermanas se quedaran embarazadas nada más pisar el altar. Nosotros no hemos podido hacerlo así, ¿y qué? ¿Por qué no dejas de preocuparte un tiempo y podemos disfrutar de la vida como dos seres humanos normales?

Cuando abandonaron el restaurante, ella estaba llorando y en el viaje de vuelta a casa no se dirigieron la palabra. Al llegar, Diana se encerró en el baño durante un buen rato; se sentó allí y lloró por el niño que no había concebido y por el aniversario de boda que había echado a perder. Se preguntó si lo que él le había dicho era cierto. ¿Sería que estaba neurótica por la idea de tener un hijo? ¿Estaría equivocada? ¿Sería todo, al fin y al cabo, como una especie de competición con Gayle y Sam, o era, por el contrario, algo real? ¿Y por qué razón no conseguía ella lo mismo que sus hermanas, a pesar de todo el empeño que ponía?

Andy la aguardaba en la cama cuando, por fin, apareció luciendo un camisón de satén rosa que él le había comprado en París.

—Lo siento —dijo Andy suavemente, mientras ella se aproximaba a la cama—. Supongo que yo también me he sentido desilusionado. No debiera haberte dicho todas esas cosas. —La rodeó con los brazos y la atrajo hacia sí. Inmediatamente se dio cuenta de que había estado llorando—. No importa, cariño, no importa en absoluto. Ni siquiera aunque nunca podamos tener un niño. Tú eres la única persona a la que amo. Eres la única persona que de verdad me importa.

Ella deseaba decirle que sentía lo mismo por él, pero lo cierto era que, en una parte de sí misma, no era así. Le quería, pero también deseaba tener un hijo y sabía que, hasta satisfacer esa necesidad, siempre faltaría algo en su matrimonio.

Te quiero, Di —murmuró él, atrayéndola hacia sí y manteniéndola a su lado, abrazada.

—Yo también te quiero, pero me siento como si te hubiera fallado.

—Eso es una tontería —dijo Andy. Ella sonrió—. Tú no has fallado a nadie y lo más probable es que pronto tengamos un par de gemelos y tus hermanas se mueran de envidia.

—Te quiero.

Diana sonrió de nuevo y el peso que había sentido en el corazón le pareció ahora más liviano. Sin embargo, sentía haber echado a perder la noche de su primer aniversario.

—Feliz aniversario, cariño.

—Feliz aniversario —respondió ella en un susurro.

Andy apagó la luz y se quedó abrazado a su mujer durante

mucho rato, pensando en su futuro en común y preguntándose lo que podría pasar si ella no llegaba nunca a tener un hijo.

Bradford y Pilar pasaron la noche de su aniversario en casa. Habían planeado ir a El Encanto, pero Tommy les había llamado poco antes de que salieran para decirles que Nancy estaba de parto. También hablaron con ella unos minutos y Pilar le dijo que se quedarían en casa esperando sus noticias. Brad se mostró desilusionado cuando colgó el teléfono.

—¿Por qué le has dicho eso? Puede tardar horas. El bebé podría no llegar hasta mañana por la mañana.

—Vamos, cariño. Ya saldremos mañana por la noche. Va a ser nuestro primer nieto y debemos quedarnos aquí por si necesitan algo de nosotros.

—Al que menos necesitas cuando te va a nacer un hijo es a tu padre.

—Yo creo que debiéramos quedarnos. ¿Y si algo sale mal?

—Está bien, está bien... Nos quedaremos en casa.

Se aflojó la corbata y la miró con un poco de tristeza, aunque agradecido de que se preocupara tanto por sus hijos, como siempre había hecho. Eran muy afortunados por tenerla, y Bradford estaba contento de que hubieran acabado por aceptarla.

Pilar se dirigió hacia la cocina para preparar la cena. Comieron espaguetis y bebieron vino, sentados en la terraza, bajo la luz de la luna.

—En realidad —dijo él, sonriéndole—, quizás esto sea mejor que El Encanto. Desde luego, es mucho más romántico. ¿Te he dicho últimamente lo mucho que te quiero?

Estaba atractivo y rejuvenecido por los destellos de luz de la luna, y ella aparecía preciosa con su vestido de seda azul, del mismo color que sus ojos.

—No en las últimas dos horas. Ya empezaba a preocuparme.

Después de llevar los platos a la cocina, permanecieron en la terraza, hablando sobre lo nervioso que se había sentido él cuando nació Nancy. Tenía treinta y cinco años, y en aquel entonces no era precisamente joven para tener su primer hijo. Se había sentido aterrorizado mientras paseaba por la sala de espera, aguardando a que su mujer diera a luz. Cuando nació Todd se puso muy contento y regaló puros a medio pueblo de lo orgulloso que se sentía. Confesó que hacía unos días también se había dedicado a comprar puros para hacer lo mismo cuando naciera el hijo de Nancy.

Pilar estaba contenta y deseó que las cosas fueran bien. Los dos se sorprendieron cuando sonó el teléfono poco después de las diez y media. Estaban todavía sentados en la terraza y Pilar salió corriendo para contestar. Era Tommy, y después Nancy. Parecían felices y excitados. Habían tenido un niño, que pesaba poco más de cuatro kilos.

—Todo ha durado unas tres horas y media, desde el principio hasta el final —les anunció Tommy, orgulloso, como si Nancy hubiera realizado una hazaña única.

—¿A quién se parece? Espero que a mí —bromeó Pilar. Ellos rieron.

—En realidad —dijo Nancy, inmensamente orgullosa—, se parece a papá.

—Gracias a Dios —dijo la voz de Brad, que había cogido el supletorio del dormitorio—. Debe de ser un niño muy atractivo.

—Lo es —asintió Tommy, muy orgulloso.

Brad les preguntó si todo había ido bien y ellos le respondieron que todo había salido perfectamente. Nancy no había precisado anestesia, había tenido el niño sin ningún problema y Tommy la había ayudado mucho. Despuyés de unos minutos de animada conversación, colgaron el teléfono y Brad se reunió con Pilar en la terraza. Sonreía con orgullo. Ya tenía un nieto.

—Las cosas han cambiado mucho —murmuró él mientras se sentaban—. Si alguien me hubiera dicho que tenía que estar presente cuando nacieron mis hijos, probablemente me hubiera desmayado.

—Yo también —asintió Pilar con una sonrisa—. Eso nunca me ha llamado mucho la atención. Pero parecían tan entusiasmados, ¿verdad? Como unos críos, excitados, orgullosos y contentos. —Al decirlo sintió que se le llenaban los ojos de lágrimas. Se trataba de una sensación que nunca había experimentado y que probablemente nunca experimentaría. Entonces levantó la vista hacia él y sonrió—. Es curioso, pero no tienes pinta de ser abuelo —le dijo en broma.

—Son buenas noticias. ¿Te apetece fumarte un puro?

—Creo que pasaré de eso.

Pero sí sabía lo que deseaba en aquellos momentos, allí sentada junto a su esposo, contemplando la oscuridad del océano.

—¿En qué estabas pensando hace un momento? —le preguntó Brad.

Había captado el brillo de sus ojos y se había conmovido profundamente. Había, en lo más profundo de su ser, algo de amargura y soledad, algo que Brad veía en ella por primera vez. Estaba allí, como un alud de sentimientos tan profundos, que Pilar ni siquiera se atrevía a dejarlos aflorar.

—No pensaba en nada en especial —mintió ella.

—Eso no es cierto. Estabas pensando en algo muy importante. Nunca había visto esa mirada en ti, Pilar. Dime en qué estabas pensando. —Su mirada había sido como la de la noche en que accedió a casarse con él y como la que había tenido sólo en un par de ocasiones durante todos los años que hacía que la conocía. Brad tomó sus manos y se aproximó a ella—. Pilar, ¿qué ocurre?

Cuando ella se volvió, Brad se sorprendió de verla llorar. Por sus mejillas fluían largos ríos de lágrimas silenciosas y en su mirada había un brillo de mujer madura que hizo que le entraran deseos de abrazarla para protegerla del pesar que la embargaba.

—Simplemente estaba pensando... Es una tontería por mi parte. Ellos son tan jóvenes y se merecen toda esta felicidad... Sólo pensaba en lo tonta que he sido. —Brad apenas podía oír su voz, y, la suave oscuridad de la noche los envolvía—. Sólo pensaba en lo mucho que deseo tener un hijo tuyo.

Su voz sonó apagada y él no dijo nada durante bastante rato. Siguió allí, sosteniéndole las manos y mirándola.

—Lo dices en serio, ¿verdad? —le preguntó él suavemente.

Hubiera deseado con todo el corazón que lo hubiera dicho mucho antes, por el bien de ambos. Sin embargo, era imposible ignorar el desnudo deseo que había en su mirada o el matiz anhelante que había percibido en el tono de sus palabras.

—Sí, lo he dicho en serio —asintió ella.

Y eso le recordó el día en que ella había aceptado su propuesta de matrimonio, después de tantos años de querer permanecer soltera. Y ahora, después de todo aquel tiempo, después de estar absolutamente convencida de que no deseaba tener hijos, ahora, casi en el último momento posible..., quería tener un hijo suyo.

La rodeó con los brazos y la sostuvo cerca de sí. No le gustaba saber que muy dentro de ella había algo que la hacía sentirse vacía.

—No quiero que carezcas de lo que deseas..., sobre todo si es realmente importante para ti —dijo, apesadumbrado—. Pero, por otra parte, soy terriblemente viejo para empezar a tener hijos de nuevo. Es posible que ni siquiera viva para verlos crecer —dijo muy serio, y entonces ella le sonrió, comprensiva, sin querer obligarle a nada.

—Te necesito conmigo hasta que yo crezca, y es posible que eso tarde mucho en suceder —le dijo, secándose las lágrimas de los ojos.

Brad sonrió comprensivamente.

—Es posible que tengas razón. —Se reclinó en el asiento, la miró y le limpió amorosamente las lágrimas que le corrían por las mejillas—. Entonces..., ¿qué vamos a hacer con el bebé? —le preguntó con una mirada divertida.

—¿Con qué bebé? ¿Con el de Nancy?

—No, con el tuyo. Con el mío..., con el nuestro..., con el que deseas con tanto anhelo.

—¿Vamos a hacer algo al respecto? —preguntó ella, mirándole sorprendida.

No había querido explicarle siquiera lo que sentía porque no quería presionarle, pero Brad la había presionado con suavidad y le había ido sacando las palabras.

—¿Lo deseas verdaderamente, con fervor? —le preguntó, muy serio, y ella asintió con la cabeza, con una sobrecogedora mirada de amor en los ojos—. Entonces lo intentaremos, aunque, a mi edad, no puedo prometerte nada. Mi maquinaria no está en perfecto estado, al menos en lo referente a la fabricación de bebés. Pero ciertamente podemos intentarlo... Puede ser divertido.

La miró, sonriéndole con malicia, y ella le echó los brazos alrededor del cuello. La reacción de Brad la había pillado totalmente por sorpresa, aunque no más de lo que ella se había sorprendido a sí misma o al propio Brad. Si alguien le hubiera dicho que llegaría el día en que desearía tener un hijo, se hubiera echado a reír hasta saltársele las lágrimas. Pero ahora, por fin, deseaba un hijo con tanto anhelo, que le hacía llorar.

—¿Estás seguro? —preguntó, mirando a su esposo con ternura—. No tienes por qué hacerlo.

—Sí..., sí tengo que hacerlo. Ya sabes que hace tiempo deseaba tener hijos contigo. Sólo que a ti te gusta hacerme esperar antes de satisfacer mis deseos, ¿no es así?

—Gracias por esperar —le susurró con suavidad, con la esperanza de que no fuera demasiado tarde para ninguno de los dos.

La posibilidad existía, aunque no había forma de saber si se realizaría. Tendrían que limitarse a intentarlo y ver lo que pasaba.

Para el día de su aniversario, Charlie le compró a Barbie champán y un pequeño y espléndido anillo. No sabía por qué, pero tenía la impresión de que ella se había olvidado de la fecha que era. No había querido decirle nada, ya que deseaba sorprenderla. Había pensado en cocinar para ella, regalarla con champán y luego darle el anillo, que tenía forma de corazón y un pequeño rubí en el centro. Lo había comprado en Zale's y había imaginado que le encantaría. Le gustaban mucho las joyas, la ropa y las cosas bonitas, y a Charlie le satisfacía hacerle pequeños obsequios, comprarle todo lo que podía. Era tan bella y la quería tanto, que, en su opinión, todo lo que le comprara sería poco.

Barbie le había dicho que la mañana del día de su aniversario tenía que asistir a una audición de prueba para un anuncio sobre un determinado detergente y que luego, cuando terminara, iría de compras con Judi y su compañera de habitación. Irían al Broadway Plaza y le dijo que volvería a casa a tiempo para la cena. Charlie no había querido discutir con ella por eso, pues no deseaba echar a perder la sorpresa que le tenía reservada. Pero a las seis y media comenzó a sentir pánico. Habitualmente se podía confiar en ella, pero, cuando salía con Judi y las otras chicas, a veces bebían algo y se le olvidaba la hora. Había esperado que regresara a casa mucho antes. Probablemente, la audición de prueba le habría producido mucha tensión, puesto que era un anuncio de ámbito nacional, y ella deseaba con ahínco llegar a ser actriz.

Durante el año anterior, a Barbie sólo le habían dado media docena de papeles, ninguno de ellos de gran relevancia, excepto uno en el que tenía que bailar y cantar vestida como una pasa de California. Pero, hasta el momento, su gran papel aún no había llegado ni había dado el gran salto en su carrera como artista de Hollywood. Trabajaba de modelo siempre que podía, sobre todo en traje de baño, y Charlie se sentía muy orgulloso de ella. No le importaba que lo hiciera, aunque no quería que siguiera esperando en los escenarios ni que trabajara en un comercio como hacía Judi, que estaba empleada desde hacía seis años en la sección de cosmética de Neiman-Marcus y había insistido en que Barbie se fuera a trabajar con ella. Pero no era eso lo que Charlie deseaba para su mujer. Con las comisiones que él ganaba tenían suficiente para vivir los dos. De vez en cuando, pasaban algún aprieto económico, pero, cuando sucedía eso, Charlie cocinaba macarrones con queso y, en lugar de salir, se quedaban en casa y veían la televisión. Luego cobraba otra comisión y llegaba a casa con un gran ramo de flores para Barbie. Siempre era bueno con ella, aunque en ocasiones su generosidad hacía sentirse culpable a Barbie.

A veces intentaba explicárselo a Judi. Se sentía mal de tanto estar sentada en casa, arreglándose las uñas, llamando a su agente o yendo a la ciudad para almorzar con ella, cuando sabía que Charlie estaba trabajando muy duro para mantenerla. Pero a Judi no le parecía mal, le decía lo afortunada que era y Barbie tenía que admitirlo. Después de años de trabajo en el mundo del espectáculo, como camarera, incluso bombeando gas entre trabajo y trabajo en Las Vegas, ahora se sentía de verdad como una señora.

También ella era buena con él, o al menos intentaba serlo, aunque aún le resultara extraño el hecho de haberse casado. Seguía pareciéndole raro tener que dar cuentas a alguien de lo que hacía y adónde iba, sentirse atada a un solo hombre y tener que quedarse en casa todo el tiempo, en lugar de salir para acudir a alguna fiesta. A veces echaba de menos su pasado, sobre todo cuando salía con Judi y las chicas y escuchaba las historias que le contaban. Pero luego volvía a casa, al lado de Charlie, y éste se portaba con ella de una forma tan dulce y amable, que resultaba difícil no quererle. Sólo deseaba que fuera un poco más excitante, pero la verdad era que no podía serlo. Charlie, por otro lado, era una persona muy sensata y juiciosa y podía confiar en él. Pasara lo que pasase, Barbie sabía que estaría siempre allí, a su lado. A veces, eso la asustaba. Era como si no pudiese escapar de él. Luego se preguntaba por qué iba a desear hacerlo.

A las siete, Charlie ya había preparado la cena y puesto la mesa. Luego fue a ducharse y vestirse para cuando llegara su esposa. Se puso el traje azul y sacó los regalos del cajón donde los había escondido. El champán estaba en la nevera, bien frío. A las siete y media ya estaba todo dispuesto. Encendió la televisión y, antes de las ocho, el estofado empezó a secarse por los lados. A las nueve ya se sentía completamente frenético. Evidentemente, a Barbie tenía que haberle pasado algo. Se dijo a sí mismo que probablemente habría tenido un accidente. Sabía lo mala conductora que era Judi y que tenía accidentes constantemente. La llamó por teléfono pero no había nadie en su casa. Llamó de nuevo a las nueve y media. Tenía puesto el contestador automático, por lo que lo único que pudo hacer fue dejar otro mensaje. A las diez, cuando volvió a llamar, Judi se puso al teléfono y pareció sorprenderse un poco al oír la voz de Charlie.

—¿Dónde está Barb? —preguntó él, nada más oír su voz—. ¿Se encuentra bien?

—Está bien, Charlie. Se ha ido de aquí hace un rato. Estará a punto de llegar a casa.

Judi parecía sentirse algo incómoda y la voz de Charlie tenía un tono de desesperada preocupación.

—¿Cómo va a volver a casa? —preguntó.

¿Por qué no la acompañaba Judi con el coche?

—Ha cogido un taxi. Es posible que tarde un poco en llegar a casa, pero no mucho, Charlie. No te preocupes tanto. Por lo visto, la tienes muy controlada estos últimos tiempos, ¿no es así?

—Es el día de nuestro aniversario —dijo él, amargamente.

—¡Oh! —Se produjo un largo silencio al otro extremo del hilo telefónico—. Lo siento.

Habían salido a tomar unas copas, tal como él había supuesto, y Barbie se había olvidado de la hora, hasta más tarde de las nueve y media.

—Gracias.

Se despidió, colgó el teléfono y se dirigió a la cocina para apagar el horno. ¿Por qué había vuelto a salir con Judi y las chicas? ¿Por qué precisamente aquella noche, el día de su aniversario? ¿Por qué no le habría dicho a él que hoy era su aniversario? Habría pretendido sorprenderla con un poco de champán y una comida casera. Todo hubiera sido más fácil si le hubiera dicho lo que le tenía preparado. Sabía perfectamente lo distraída que era, lo mucho que le gustaba andar por ahí y visitar a los amigos. Había sido realmente estúpido pretender darle una sorpresa.

A las once menos cuarto oyó la llave que abría la puerta. Charlie, que estaba viendo las noticias en la televisión, se levantó de un salto en cuanto ella entró. Llevaba un vestido negro muy ajustado, tacones altos y tenía un aspecto increíblemente sensual.

—¿Dónde has estado? —le preguntó, ansioso.

—Ya te lo dije. He ido de compras con Judi.

—De eso hace unas once horas. ¿Por qué no me has llamado? Te hubiera ido a recoger.

—No quería molestarte, cielo. —Le dio un beso en la mejilla y, de repente, vio la mesa. Pareció sorprendida y al momento se sintió terriblemente culpable—. ¿Qué es esto? ¿Qué has hecho?

—Hoy es nuestro aniversario —contestó él suavemente—. Te he preparado la cena. Supongo que ha sido una estupidez intentar darte una sorpresa.

—Oh, Charlie...

Se le llenaron los ojos de lágrimas al mirarle. Se sentía como una especie de piojo, sobre todo cuando él le sirvió el champán en una copa y sacó los restos del estofado de ternera y el pudín de Yorkshire.

—Está todo un poco pasado —se disculpó Charlie sonriéndole dócilmente, mientras ella reía y le besaba.

—¡Eres el mejor! —exclamó, convencida de lo que decía—. Lo siento mucho, cielo. Se me había olvidado. He sido una estúpida.

—Está bien. Ahora ya lo sé para el año que viene. Te pediré

una cita e iremos a cenar a un restaurante. A algún lugar de ensueño como Chasen's.

—Es un sitio realmente espléndido.

Casi toda la cena se había estropeado, pero el champán le pareció delicioso. Aunque ya había bebido bastante, no le importó beber un poco más. Al poco rato, los dos estaban en el sofá, haciendo el amor. El vestido negro de Barbie y la camisa azul de Charlie quedaron amontonados sobre el suelo y a él dejó de importarle que se le hubiera quemado el estofado.

—¡Tremendo! —exclamó Charlie, alegremente, cuando al final se incorporaron para respirar, entre jadeos—. ¡Uau! ¡Uau!

Barbie se echó a reír y volvieron a hacer el amor. Eran ya las tres de la madrugada cuando se fueron a dormir. Al día siguiente no se despertaron hasta el mediodía y, cuando lo hicieron, a Barbie le dolía terriblemente la cabeza. Apenas podía mantener los ojos abiertos cuando él subió las persianas. Entonces Charlie recordó el regalo que había pensado entregarle la noche anterior, el pequeño estuche de Zale's. Fue a buscarlo y se lo dio. Ella estaba aún en la cama, quejándose de la resaca que tenía.

—No sé por qué me gusta tanto el champán. Hace que a la mañana siguiente sienta un repiqueteo de martillos en la cabeza.

—Es por las burbujas. O, al menos eso es lo que me han dicho.

Él nunca bebía tanto como para tener esos problemas, aunque ella sí lo hacía de vez en cuando. No podía resistirse cuando tenía en las manos una botella de champán.

—¿Qué es esto?

Lentamente fue desenvolviendo el papel del pequeño estuche, sin dejar de mirarle, tumbada en la cama, mostrando su desnudez en todo su esplendor. Era una mujer realmente preciosa y él no podía apartar la vista o las manos de su cuerpo.

—Es un regalo de aniversario, pero, si tardas mucho en abrirlo, tendré que interrumpirte.

Casi le resultaba doloroso mirarla. Sólo de verla así, desnuda, sentía unos deseos incontenibles. Durante aquel último año, Barbie se había convertido en una especie de droga para él.

Por fin abrió la cajita, descubrió el anillo y lanzó un grito de alegría. Dijo que le encantaba. Charlie hacía tanto por ella... En toda su vida nunca nadie había sido tan amable con ella, aunque había momentos en que, por su pasado, le resultaba difícil abrirse y confiarle las cosas. Pero, cuando Charlie se mostraba tan dulce, Barbie siempre experimentaba sentimientos de culpabilidad.

—Siento mucho lo que pasó anoche —le dijo, con voz ronca.

Luego se sentó sobre él, haciendo que se olvidara de todo excepto de aquellas piernas, muslos, caderas y pechos tan increíbles, que nunca dejaban de sorprenderle.

No se levantaron de la cama hasta que eran ya las dos de la tarde. Entonces se fueron juntos a la ducha y allí volvieron a hacer el amor. Charlie estaba en buena forma y en mejor estado de ánimo.

—En realidad, a pesar del difícil inicio, puedo decir que éste ha sido un gran aniversario de bodas —admitió.

Se echó a reír y, por fin, los dos se vistieron para comer. Iban a salir para encontrarse con unos amigos, o quizás para ir al cine.

—Sí, estoy de acuerdo —asintió ella, sonriendo, pensando en el anillo que le había regalado.

Luego le besó. Pero, al mirarle, se dio cuenta de que parecía dudar de algo. Observó aquella mirada que tan bien conocía, cuando deseaba preguntarle alguna cosa pero sin querer molestarla.

—¿Qué te pasa? No importa, ya sé..., una pregunta inadecuada. —Charlie sonrió, sorprendido una vez más al ver lo bien que ella le conocía—. ¿Hay algo que te preocupa? ¿Qué quieres preguntarme?

Se puso una falda ajustada de cuero negro y unos zapatos de tacones altos. Luego se dirigió al armario para elegir un suéter. Llevaba la cabellera rubia recogida sobre la cabeza. Parecía una Olivia Newton-John algo más rolliza, más sensual. Charlie se sentó a contemplar su figura mientras ella se vestía. Él era un hombre joven y atractivo, pero casi llegaba a perder el control cuando estaba con ella.

—¿Qué te hace pensar que quiero preguntarte algo? —dijo, con vacilación.

A veces, explicarle sus sentimientos le hacía sentirse extraño.

—Vamos, dímelo.

En ella, en cambio, no había ninguna timidez. Estaba allí, ante él, con el ceñido suéter negro alrededor de su generoso busto. Él ya había tenido la intención de preguntárselo la noche anterior, después del champán y de entregarle el anillo, antes de que hicieran el amor, o incluso después. Pero lo ocurrido durante la noche anterior se le había escapado ligeramente de las manos. Se habían pasado todo el tiempo haciendo el amor y ni siquiera se molestaron en cenar.

—Vamos, dímelo, ¿de qué se trata? —insistió ella, impaciente, haciendo que él se pusiera algo nervioso.

No deseaba preguntárselo en un momento inoportuno, ni hacerla enfadar. Barbie sabía que era algo de lo que a ella no le gustaba hablar, pero que significaba mucho para él. Charlie sabía que tenía que hacerlo.

—No estoy seguro de que éste sea el momento más adecuado —dijo, vacilante, temeroso de tener que decirlo.

—Mi madre siempre dice que uno no debe tirar un zapato y guardarse el otro; así que dime lo que tienes en la cabeza.

Charlie se sentó en la cama, intentando encontrar las palabras precisas. Para él se trataba de algo muy importante y no deseaba dar marcha atrás, aunque ya sabía la opinión de Barbie al respecto. Sin embargo, estaba muy convencido de su postura y deseaba, al menos, intentar discutirlo con ella.

—No sé muy bien cómo empezar, o cómo explicarte cuánto significa para mí, Barb, pero..., deseo de veras tener un hijo.

—¿Qué?

Barbie se giró de golpe para mirarle. Parecía una gata enfadada, con el suéter negro de angora. Se quedó allí de pie, mirándole con una evidente expresión de insatisfacción.

—Ya sabes que no quiero tener hijos. Además, es posible que me den un anuncio esta misma semana. Si me quedo embarazada, estropearé mi carrera y puedo acabar vendiendo pintalabios en Neiman-Marcus, como Judi.

Charlie no quiso recordarle que «su carrera» consistía en unas cuantas tomas para anuncios que al final no conseguía, trabajillos de pasarela, el espectáculo automovilístico, y ocupar un puesto en la última fila del coro de ¡Oklahoma!, por no mencionar el año tan desagradable que había pasado en Las Vegas. Sus únicos éxitos los había conseguido trabajando como modelo, en bikini, en anuncios de poca monta.

—Ya lo sé —dijo Charlie, muy comprensivo—, pero ¿no puedes dejar tu carrera a un lado por un tiempo? Yo no digo que tengamos que hacerlo ahora mismo. Sólo quiero que sepas lo importante que es eso para mí. Deseo tener una familia, Barbie. Quiero tener hijos. Quiero darle a alguien lo que yo nunca he tenido: un padre, una madre, un hogar, una vida. Les podemos dar una vida mejor a nuestros hijos. De veras que quiero hacerlo. Llevamos un año casados y me parecía que ya era hora de decírtelo.

—Pues, si tanto deseas jugar con críos, ¿por qué no te unes a los del Cuerpo de la Paz? Yo no estoy preparada para eso. Tengo treinta y dos años y, si no busco ahora mi oportunidad, no lo podré hacer nunca.

—Yo tengo treinta, Barbie, treinta. Y quiero tener una familia —dijo, mirándola con ojos suplicantes. Ella pareció sentirse repentinamente nerviosa.

—¿Una familia? —preguntó, levantando una ceja y apoyándose contra la pared, con su ajustada falda de cuero negro, increíblemente sexy—. ¿Cuántos niños significa eso? ¿Diez? Yo ya he vivido en una familia de ésas, y apesta. Créeme, te lo puedo decir por experiencia.

Aquello era mucho más de lo que él sabía, más de lo que nunca llegaría a saber.

—No tiene por qué ser así. Quizás tu familia haya sido como tú me la describes, pero la nuestra no será así, cariño. —Al hablar se le humedecieron los ojos—. Yo necesito tenerla. Nunca me sentiré a gusto conmigo mismo si no formo una verdadera familia. ¿Por qué no lo intentamos?

Barbara parecía disgustada. Permaneció durante un rato contemplando lo que había más allá de la ventana, antes de volverse a mirarle. Había recuerdos que no deseaba compartir con su marido y tampoco quería volver a formar parte de una familia así, o llenar su vida de criaturas. Sabía que nunca llegaría a desearlo. Había intentado decírselo el día que se conocieron, pero Charlie pareció no querer escucharla, y sabía que aún no la creía cuando le decía que no deseaba tener hijos.

—¿Por qué ahora? Sólo ha pasado un año y todo está bien como está. ¿Por qué echarlo a perder?

—No lo vamos a echar a perder. Vamos a mejorarlo. Por favor, Barb..., sólo te pido que lo pienses.

Se lo estaba suplicando y ella podía apreciarlo por el tono de su voz, pero lo único que conseguía con ello era que le odiase. Estaba presionándola, lo cual no era justo. Y mucho menos tratándose de un tema tan delicado para ella.

—Además, es posible que no funcione —dijo, intentando desencantarle de aquella idea—. A veces me pregunto si no nos sucederá algo extraño. La mitad de las veces no utilizamos preservativos. Nunca en mi vida había sido tan descuidada como lo soy ahora, contigo, y, sin embargo, no pasa nada. —Le miró intensamente y luego sonrió—. Quizás ni siquiera podamos tener hijos —le besó e intentó levantarle la moral, algo que nunca le resultaba muy difícil—. Yo seré tu «bebé», Charlie —añadió con un tono de voz que le llegó hasta el alma.

—Esto no es lo mismo —sonrió él. Había logrado distraerle un poco—. Sin embargo, es bonito..., muy bonito, por ahora.

Pero, por lo que a ella se refería, no había ningún «por ahora».

Al besarla, Charlie se preguntó si podría hacer que fuera aún más descuidada. Quizás si hacían el amor en el momento adecuado del mes. Quizás fuera mejor eso que intentar convencerla. Además, sabía que, desde el momento en que tuviera un hijo, no podría dejar de amarle. Decidió prestar mayor atención a su ciclo menstrual. Si lograba saber cuál era el momento preciso, podía traer a casa una botella de champán y..., bingo..., tendrían por fin un hijo.

Mientras acababan de vestirse para salir, aquella idea no dejó de rondarle por la cabeza y Barbie, que no sabía lo obstinado que Charlie podía ser cuando se trazaba un plan, volvió a sentirse de un humor excelente, convencida de que seguramente él había cambiado de opinión y decidiría ser más razonable y olvidar durante un tiempo aquellas ideas sobre tener una familia. Nunca le había dicho con claridad que no abrigaba la menor intención de tener hijos, pero tampoco le había dicho lo contrario. De una cosa sí estaba segura: ella no estaba dispuesta a tener un hijo, por mucho que él lo anhelara.

6

El Cuatro de Julio, Nancy y Tommy visitaron a Brad y a Pilar con el bebé, y resultó sorprendente comprobar cuánto les había hecho cambiar el niño. Parecían haberse convertido, de repente, en personas mucho más maduras y responsables. Brad arrulló continuamente a su nieto y lo tuvo en brazos durante mucho rato. No podía imaginar cómo habían podido vivir sin él durante tanto tiempo. A Pilar también le encantaba sostener en brazos al bebé y le sorprendía pensar que ella misma podría algún día llegar a tener un hijo propio. Era un sentimiento realmente increíble.

Adam era un bebé regordete y rechoncho, y parecía complacerle quedarse dormido en los brazos de cualquiera de ellos. Cuando estaba despierto, tenía unos ojos grandes y azules, y sostenerle era una experiencia deliciosa.

—Parece que le gustas —le dijo Brad con suavidad aquella tarde, mientras caminaba junto a Pilar, que sostenía al niño en sus brazos—. Quizás pronto tenga un nuevo tío o tía —bromeó, y ella sonrió.

Se habían dedicado a ello la semana que siguió a su aniversario, y ella esperaba a ver qué sucedería durante el fin de semana. Pero aquella noche, una vez que los jóvenes se hubieron marchado a casa, se sintió algo aturdida al descubrir que no se había quedado embarazada. Salió del baño con expresión sorprendida y desolada. Estaba acostumbrada a obtener casi al instante todo lo que se proponía.

—Cariño, ¿qué ocurre? —le preguntó Brad al verla, pensando que quizás estaba mareada.

Parecía un fantasma y al sentarse en la cama, a su lado, Brad se dio cuenta de que había estado llorando.

—No estoy embarazada.

—¡Oh, por Dios! —sonrió él con expresión de alivio—. Creí que había pasado algo malo de verdad.

—¿Acaso no es suficientemente malo? —preguntó ella, perpleja.

El éxito no solía eludirla. Pero Brad sabía más de aquellas cosas.

—¿Después de catorce años? Sólo porque lo hayas intentado una vez no significa que lo vayas a conseguir inmediatamente. Tendremos que poner en ello un poco más de empeño. —Se inclinó hacia delante, la besó y ella le sonrió, aunque seguía teniendo una mirada triste—. Piensa sólo en lo que nos vamos a divertir intentándolo.

—¿Y si no funciona? —le preguntó ella, un poco asustada.

No era tan fácil como parecía. Brad la miró fijamente, preguntándose cómo se tomaría un posible fracaso.

—Si no funciona, Pilar, tendremos que acostumbrarnos a la idea. No podemos hacer nada más —dijo, con serenidad.

—A mi edad quizás debiera visitar a un especialista —aventuró ella, preocupada.

—A tu edad las mujeres no dejan de tener hijos, sin especialistas, sin ningún esfuerzo heroico. Relájate. No puedes conseguir todo lo que deseas. El hecho de que hace tres semanas hayas decidido tener un hijo no significa que vayas a conseguirlo de la noche a la mañana. No te impacientes y relájate.

La atrajo hacia sí, en la cama, y poco después ella se tranquilizó y los dos conversaron durante un rato de sus planes y del niño que deseaban tener. Si llegaban a tenerlo. A Brad le parecía que todavía era demasiado pronto para acudir a un especialista y así se lo dijo, aunque, al verse presionado por ella, estuvo de acuerdo en admitir que, en caso de necesitar uno, se hallaba dispuesto a acompañarla.

—Pero todavía no —le recordó Brad, apagando la luz—. Realmente, creo que lo único que necesitamos es... un poco más de práctica —dijo suavemente, acercándose a ella por debajo de las sábanas.

Para Diana, el *picnic* del Cuatro de Julio con los Goode había sido una verdadera pesadilla. Dos días antes acababa de descubrir que tampoco esta vez había quedado embarazada y sus hermanas la cosieron continuamente a preguntas sobre por qué no había ocurrido y si pensaba que Andy podía tener algún problema.

—Por supuesto que no —le defendió, como si la estuviera abordando una apisonadora y se quedara sin aliento al acercarse—. Sólo necesitamos un poco más de tiempo.

—Nosotras no lo necesitamos y tú eres hermana nuestra —le indicó Gayle—. Quizás él no tenga el tipo adecuado de esperma —dijo suspicazmente, algo aliviada al acusarle.

Incluso se había atrevido a comentarle lo mismo a su marido.

—¿Por qué no se lo preguntas a él? —le espetó Diana. A Gayle le hirió su reacción.

—Lo siento, pero sólo estaba intentando ayudar. Quizás debieras decirle que le visite un médico.

Diana no quiso comentar que tenía hora para el día siguiente con un ginecólogo. Tal como le había dicho Andy, aquello no era asunto de nadie.

Pero fue su hermana Sam la que realmente la sacó de quicio con el golpe que supuso para ella su inesperado anuncio. Lo dijo después de la comida y, al oírlo, Diana creyó que iba a vomitar.

—Bien, familia... —comenzó. Luego miró dócilmente a su marido, que sonrió—. ¿Debo explicárselo?

—No —se rió él—. Díselo dentro de seis meses. Hasta entonces, manténlos en la incógnita.

A todo el mundo le gustaba su acento irlandés y su trato fácil. Había sido muy bien acogido por la familia desde que se casara con Samantha.

—Vamos —protestó Gayle—, dínoslo.

—Bien —dijo Sam, riéndose de alegría—. Estoy embarazada y el niño nacerá el día de San Valentín.

—¡Maravilloso! —exclamó su madre.

Su padre también se mostró complacido. Había estado conversando con Andy, y levantó la vista para felicitar a su hija y a su yerno. Con éste tendría ya seis nietos. Tres de cada una de sus hijas, excepto de Diana, de la que no tenía aún ninguno.

—Es fantástico —dijo Diana, inexpresivamente, y besó a Sam, que, sin quererlo, le había dado la estocada final.

—Pensé que me ibas a pegar, pero ya veo que no.

Por primera vez en su vida, Diana sintió deseos de golpearla. La odió profundamente al oírla reír y al oír a todo el mundo gastarle bromas y felicitarla. Pero lo peor fue que, una vez terminadas las felicitaciones, quedó el hecho de que sería Sam la que iba a tener un hijo y no Diana.

Durante el trayecto de vuelta a casa no dijo una sola palabra a Andy, pero, en cuanto llegaron, explotó.

—¡Por el amor de Dios, no es culpa mía! ¡No la emprendas ahora conmigo! —exclamó él.

Sabía exactamente lo que la preocupaba. Lo había sabido desde el momento en que Sam anunció su embarazo. Y su mirada parecía impregnada de acusaciones silenciosas.

—¿Cómo sabes que no es culpa tuya? Quizás sí lo sea. —En cuanto hubo dicho estas palabras se arrepintió. Se sentó en el sofá, con una expresión de desesperación. Él parecía completamente destrozado—. Mira, lo siento. No sé ya ni lo que digo. Lo que sucede es que mis hermanas me han alterado. No era ésa su intención, pero han dicho cosas realmente inadecuadas y Sam me ha puesto frenética cuando ha anunciado que estaba embarazada.

—Ya lo sé, cariño —asintió él, sentándose a su lado—, ya lo sé. Estamos haciendo todo lo que podemos. —Sabía que al día siguiente la iba a visitar el especialista—. Probablemente te dirá que estamos bien los dos. Relájate.

Diana había terminado por odiar aquella palabra más que nada.

—Sí..., muy bien... —respondió; y se dirigió hacia el baño para ducharse.

Pero no podía dejar de pensar en sus hermanas. «Estoy embarazada»..., «Quizás su esperma sea de baja calidad»..., «Pensaba que te quedarías embarazada antes que yo, pero ya veo que no»..., «Estoy embarazada»..., «Estoy embarazada»..., «Esperma de baja calidad»... No pudo evitar echarse a llorar en la ducha y, después, se fue a la cama sin decirle a Andy ni una palabra.

El día siguiente amaneció brillante y soleado. Era como una afrenta del tiempo el amanecer tan alegre cuando ella se sentía tan deprimida. Se había tomado el día libre. Últimamente, el trabajo estaba pudiendo con ella: la presión, los agobios del tiempo, la política empresarial, la gente. Antes había llegado a gustarle, pero ahora todo eso le parecía aún más amargo por no poder concebir un hijo.

Incluso una de sus amigas más íntimas de la oficina se había dado cuenta de que Diana había perdido buena parte de su chispa habitual. Eloise Stein era la directora de la sección de gastronomía de la revista y finalmente sacó a la luz el tema la semana anterior, durante una comida rápida que hicieron en su despacho para probar los resultados de unas recetas francesas un tanto insólitas que Eloise había descubierto y desenterrado en París.

—¿Te sientes preocupada por algo últimamente? —le preguntó sin tapujos.

Era una mujer inteligente, hermosa y dotada de gran perspicacia. Había estudiado en Yale y luego había hecho un posgrado en Harvard. Oriunda de Los Ángeles, había terminado por instalar allí su cubil, como ella misma solía decir. Tenía veintiocho años y vivía en un pequeño apartamento adyacente a la casa de sus padres, en Bel Air. A pesar de todo lo que ellos le habían ofrecido, no era una niña mimada, y había sido una buena amiga de Diana desde que llegó a la revista, hacía unos pocos meses. Era también una persona de trato muy agradable, y Diana y Andy habían intentado que ella y Bill Bennington establecieran relaciones, pero Eloise le había dejado casi aterrorizado. Era demasiado capaz y demasiado madura, aunque él lo redujo todo a decir que era demasiado alta y delgada, y que parecía una modelo.

—No, estoy bien. —Diana intentó esquivar la pregunta y alabó las delicias que estaban comiendo, entre las que había *rillettes* y una receta de callos que recordó a Diana los días pasados en París—. Con lo delgada que estás, es difícil creer que tú también comas —añadió, contemplando su figura.

Era realmente delgada; tenía unos grandes ojos azules y un cabello largo, rubio y lacio.

—En la universidad era casi anoréxica —explicó Eloise—, o al menos lo intenté, pero creo que me gusta demasiado la comida como para tener anorexia durante mucho tiempo, y, además, mi abuela de Florida no deja de enviarme galletas. —Luego miró a Diana y no se dejó distraer con sus comentarios, virtud por la que era muy conocida en la revista—. No has contestado a mi pregunta.

—¿Qué pregunta?

Diana la miró vagamente, aunque sabía a qué se estaba refiriendo. Le había tomado cariño a aquella mujer, pero no deseaba hacer confidencias a nadie más sobre sus problemas. La única persona que sabía lo realmente perturbada que se encontraba era Andy.

—¿Hay algo que te preocupe? No deseo entrometerme, pero empiezas a parecerte a esas personas que tropiezan con las paredes y siguen empeñadas en afirmar que se encuentran perfectamente.

—¿De verdad? —preguntó Diana, horrorizada. Luego se echó a reír por la descripción de su amiga.

—No es exacto, pero das esa impresión. ¿Debo preocuparme de mis propios asuntos o necesitas una confidente?

—En realidad, no..., yo...

Empezó a decirle que se encontraba bien y de repente descubrió que estaba llorando. Lo único que pudo hacer fue mover la cabeza para que las lágrimas le resbalaran por las mejillas y estalló en unos sollozos descontrolados. Su alta y rubia amiga le pasó la mano por los hombros y le dio unos pañuelos de papel para que se sonara. Diana lloró durante un buen rato.

—Lo siento, no quería... —Levantó la vista, con la nariz completamente roja y la cara llena de lágrimas, aunque ahora ya se encontraba mejor—. No sé lo que me ha pasado.

—Sí, sí que lo sabes. Necesitabas desesperadamente llorar.

Eloise la abrazó cariñosamente y le sirvió una taza de café bien cargado.

—Supongo que estás en lo cierto. —Diana respiró hondo y la miró—. Tengo problemas..., en casa, supongo que se podría decir así. No es nada grave. Se trata simplemente de algo a lo que tengo que adaptarme.

—¿Se refiere a tu marido? —le preguntó Eloise, sintiendo pena por ella.

Diana le caía muy bien, igual que Andy, y le apenaba oír que podían tener problemas. Le habían parecido muy felices la última vez que habían salido juntos a cenar.

—No, realmente a él no le puedo culpar de nada. Creo que es más bien culpa mía. Le he presionado demasiado. Hace ya más de un año que intentamos tener un hijo y aún no lo hemos conseguido. Y ya sé que puede parecer muy estúpido, pero cada mes es como si se me muriera alguien de la familia, un desastre terrible que debo afrontar de nuevo y que temo horriblemente. Cada mes creo que va a ser el definitivo y, cuando me doy cuenta de que no lo es, se me rompe el corazón. Parece estúpido, ¿verdad?

Se echó a llorar de nuevo y se sonó la nariz con otro pañuelo de papel que le ofreció Eloise.

—No es estúpido —dijo ésta, tratando de darle ánimos—. Yo nunca he deseado tener un hijo, pero supongo que es algo muy normal. Incluso personas como nosotras, acostumbradas a dirigir y controlar las cosas, nos sentimos alarmadas cuando algo no funciona de la manera que esperamos. Ya sabes, en esa terrible palabra llamada «control» hay también algo de aflicción: no ser capaz de controlar el poder o no tener un hijo.

—Es posible, pero hay más que eso. Es difícil de explicar. Es como un enorme vacío, como una súplica terrible. A veces siento ganas de morirme. No puedo hablar con nadie, ni siquiera con Andy. Siento que me muero por dentro y que todo se hiela y me parece como si me envolviera una cáscara. Es el sentimiento de mayor soledad que conozco. Ni siquiera sé describirlo.

—Parece horrible —repuso Eloise, comprensivamente. Aquello explicaba todo lo que había visto en la oficina. Diana había comenzado a encerrarse en sí misma, a apartar de ella cualquier influencia externa, y ya nadie se acercaba a ella. No sería una sorpresa que esa actitud terminara por afectar su matrimonio—. ¿Has ido a ver a algún especialista?

También quería preguntarle si había visitado a un psicólogo, pero no se atrevía, aunque la conmovía que Diana hubiera confiado tanto en ella. Se sentía honrada por ello.

—En realidad, voy a ver a uno la semana que viene. Es un tal Alexander Johnston. —No sabía por qué se molestó en citar el nombre, pero, puesto que estaba decidida a confiar en Eloise, le pareció razonable hablarle de él. Entonces se sorprendió al observar su sonrisa, al tiempo que le servía una nueva taza de café—. ¿Has oído hablar de él?

—Un poco. Resulta que es socio de mi padre. Mi padre es endocrinólogo especialista en reproducción. Si las cosas se ponen realmente feas, te podría enviar a él, o si te decantas por la fecundación in vitro. Ahora no visita a demasiadas pacientes, excepto si las envía Alex o alguno de sus otros colegas. Con Alex Johnston estarás en buenas manos. —Diana se sintió aliviada y la miró muy sorprendida. El mundo era más pequeño de lo que pensaba, incluso en aquel campo—. ¿Quieres que le diga algo sobre ti? —le preguntó Eloise con cierta cautela, no muy segura de lo que pensaría Diana al respecto.

—No, prefiero que no lo hagas, aunque estoy contenta de haber elegido al especialista adecuado.

—Su consulta es la mejor y no me cabe la menor duda de que allí solventarán tu problema. En la actualidad, las estadísticas son muy elocuentes. Conozco el tema muy de cerca, hasta el punto de que ya no estoy segura de que la gente se limite a hacer el amor y logre tener hijos, así, por las buenas. Creo que supongo que mi padre tiene que estar allí para ayudarlos.

Era una idea extraña y Diana se echó a reír ante la imagen que ofrecía Eloise.

Mientras comían una tarta de manzana con *crème fraîche*, increíblemente sabrosa, Eloise le preguntó por qué no se tomaba más tiempo libre en el trabajo. De esa manera, todo podría resultar más fácil para ella e incluso para Andy. Diana le contestó que no creía poder hacerlo, aunque finalmente tuvo que admitir que en realidad no lo deseaba.

—No puedo dejar el trabajo. Además, ¿qué haría entonces? Mis hermanas lo hicieron y ahora están en casa con un montón de críos. Y ya sabes que yo no podría quedarme en casa, al menos por ahora. Quizás, si tuviera un bebé... —De repente, Eloise sospechó que incluso en tal caso no dejaría el trabajo. Le gustaba la revista y todo lo que allí hacía, a pesar de la tensión que había sentido últimamente. Eloise lo advertía claramente—. Además, me ofrece algo en lo que pensar mientras cuento los días y espero para tomarme cada mañana la temperatura.

—Yo creo que no lo soportaría. ¿Cómo puedes aguantarlo?

—Porque deseo con toda mi alma tener un hijo. Supongo que una es capaz de hacer muchas cosas, si de verdad tiene que hacerlas.

Eloise lo sabía perfectamente, quizás mejor que Diana, después de haber oído hablar a su padre durante años de los procedimientos que se utilizaban.

Diana pensaba en su conversación con Eloise mientras conducía el coche en dirección al edificio Wilshire Carthay, preguntándose si vería allí a su padre. Le resultaba sorprendente que, por pura casualidad, la fuera a visitar precisamente un socio de su padre. Todas las personas con las que había hablado le habían dicho que Alex Jonhston era un gran especialista. Sin embargo, mientras subía en el ascensor, se sintió de repente desesperadamente nerviosa.

La sala de espera era apacible y elegante, pintada con colores cremosos y matices de color avena, con unos valiosos cuadros de arte moderno colgados de las paredes y una enorme palmera en un rincón. Le dijeron que tomara asiento y poco después le indicaron que entrara en el despacho. Recorrió un largo pasillo, con más lienzos en las paredes y claraboyas en el alto techo. Al final, la enfermera la condujo a una habitación con paredes recubiertas de madera blanquecina, una bonita alfombra en el suelo y una hermosa escultura de una mujer con un niño en los brazos, en un rincón. Por extraño que pudiera parecer, ver aquella obra de arte que representaba la maternidad le provocó un extraño dolor.

Dio las gracias a la enfermera y se sentó, intentando mantener la calma y pensar en Andy. Estaba aterrorizada ante lo que le iban a hacer, o lo que le iban a encontrar, pero un momento más tarde se sintió agradablemente sorprendida al ver al médico. Era alto, con el pelo color arenoso, manos alargadas y ojos gráciles e inteligentes, de color azul. De alguna manera le recordaba a su propio padre.

—Hola —saludó él, sonriéndole cálidamente y estrechándole la mano—, soy Alex Johnston. Encantado de conocerla. —Su voz sonaba como si sus palabras fueran realmente sinceras. Conversó con Diana durante unos minutos sobre su profesión, de dónde era y cuánto hacía que estaba casada. Luego tomó una ficha vacía, la colocó sobre la mesa y sacó un papel sin dejar de contemplar a Diana con una cálida mirada—. ¿Qué le parece si tomamos unas cuantas notas y nos metemos de lleno en el trabajo? ¿Qué la ha traído aquí, señora Douglas?

—Bueno..., nosotros... llevamos poco más de un año intentando que yo quede embarazada; para ser exactos, trece meses, y hasta el momento no lo hemos conseguido.

También admitió que durante el noviazgo se habían descuidado mucho y no habían tomado ninguna medida anticonceptiva, a pesar de lo cual tampoco se había quedado embarazada.

—¿Ha estado embarazada alguna vez? ¿Ha tenido algún parto o algún aborto?

—Nunca —contestó con voz solemne.

Sin apenas conocerle, se había formado ya una buena opinión de él y le tenía gran respeto. Creía con fe ciega que le iba a solucionar el problema.

—Antes de eso, ¿se había descuidado respecto a tomar medidas anticonceptivas?

—No, siempre he tomado las medidas adecuadas.

—¿Qué métodos ha utilizado?

Siguió haciéndole preguntas sobre los métodos de control de natalidad que había usado. Quiso saber, en particular, si había utilizado alguna vez el dispositivo intrauterino, como ella admitió haberlo hecho cuando estudiaba en la universidad, o si había tomado la píldora anticonceptiva y durante cuánto tiempo. También le preguntó si había tenido alguna enfermedad venérea, a lo que ella respondió negativamente; si había tenido quistes, tumores, dolores, hemorragias, accidentes, infecciones graves de algún tipo, operaciones de cualquier clase, cáncer o enfermedades hereditarias como la diabetes. Deseaba saberlo todo sobre ella. Entonces, tras la larga retahíla de enfermedades que no había tenido, le explicó que un año no era tiempo suficientemente prolongado para garantizar un embarazo, aunque pudiera parecerles largo a su marido y a ella. No había razón alguna para alarmarse. También le dijo que, si quería, era de la opinión de recomendarle que siguieran intentándolo durante otros seis meses o incluso un año más, antes de hacer un estudio más profundo.

—O, si usted prefiere, podemos comprobar ahora unas pocas cosas, dar unos cuantos pasos bastante sencillos. Podríamos hacer un examen preliminar para asegurarnos de que no padece ningún tipo de infección que pueda alterar el equilibrio normal.

Le sonrió y Diana dijo que prefería hacérselo ahora, en lugar de esperar más tiempo. Sabía que no podría soportar otros seis meses de desesperanza y desasosiego. Quería saber por qué no había tenido aún ningún hijo. No se podía imaginar que no hubiera una razón convincente y prefería saberla ahora en lugar de esperar un año para poder tomar las medidas adecuadas. Le explicó todo eso al médico.

—También hay otra posibilidad —dijo él con una sonrisa—: que sea usted una persona totalmente sana y que lo único que deba hacer sea seguir intentándolo y tener un poco de paciencia. En ese caso, si hubiese un pequeño margen de duda, podríamos empezar a examinar a su marido.

Diana y Andy habían acordado que fuera ella la que se visitara primero y que luego, dependiendo de lo que dijera el doctor, se plantearían el que visitara a Andy.

—Espero que no encuentre nada malo— le dijo Diana, con calma.

El doctor se levantó y la encaminó hacia una habitación situada al otro lado del pasillo, donde debía cambiarse para proceder al examen. Hoy empezaría por la pelvis. Le había explicado que la parte más importante de la revisión la realizarían al cabo de dos semanas, en el período de la ovulación. Estudiaría sus mucosas cervicales para ver si atraían el esperma o si, por el contrario, lo rechazaban. En este último caso podían realizar un estudio más profundo. Durante el período de la ovulación le haría un examen por ultrasonidos para ver si los folículos habían madurado antes de la ovulación, y un examen poscoito, que consistía simplemente en comprobar sus mucosas y el esperma de Andy para determinar la movilidad y el número de sus espermatozoides.

Sin embargo, la revisión de aquél iba a ser hoy únicamente de la pelvis, para comprobar si había crecimientos anormales de tejido, quistes, infecciones o deformaciones, y le haría también un análisis completo de sangre para comprobar el VIH, el grado de infectabilidad, y cerciorarse de que era inmune a la rubéola. También le haría un recuento completo de la sangre y, tras el examen de la pelvis, un cultivo de secreciones cervicales para comprobar más profundamente si había algún tipo de infección. A veces, una pequeña infección era la causante de todo el problema.

Parecía que ya estaba todo planeado, aunque los exámenes de aquel día fueron muy sencillos. Sintió como si, por fin, estuviera haciendo algo práctico para averiguar lo que ocurría en su cuerpo. Sonrió al recordar lo que Andy le había dicho la noche anterior. Le habló de un problema que había tenido en la nariz cuando era pequeño. Se le había obturado terriblemente, hasta el punto de que apenas podía respirar, y su madre le llevó al especialista para que le mirara los adenoides y las amígdalas.

—¿Y sabes qué resultó? —le preguntó con voz solemne, estirado en la cama, rodeando el cuerpo de Diana con un brazo.

—Pues no sé... ¿Una sinusitis?

—Mucho más sencillo que eso, pasas de corinto. Hacía unos días me había metido un montón por la nariz y allí se habían quedado, calentitas y resguardadas, sin dejar de crecer, y yo temía decírselo a mi madre. Así que, cuando mañana veas al médico, cariño, no olvides decirle que compruebe si hay pasas en alguna parte.

Diana no pudo evitar sonreír al recordar aquellas palabras mientras el doctor la examinaba y nuevamente se convenció de cuánto amaba a su marido.

Pero el doctor Johnston no encontró ninguna pasa. Tampoco halló deformación alguna, tumores, quistes o señales de infección. Todo estaba bien y Diana se sintió aliviada cuando acabó y acudió una enfermera para extraerle una muestra de sangre.

Una vez se hubo vestido, el médico le dijo que quería volver a visitarla al cabo de diez días para hacerle las pruebas que le había explicado y que le dirían cuándo debían hacer el amor durante aquel mes, en el momento de mayor fecundidad. También quería que a la semana siguiente utilizara un sistema para comprobar la orina y la actividad de la hormona luteinizante, o HL, que tenía que producirse justo antes de la ovulación.

Todo aquello sonaba como algo muy complicado, pero en realidad no lo era. Simplemente, se trataba de algo nuevo para ella. El médico quería que siguiera tomándose la temperatura, tal y como había venido haciendo durante los últimos seis meses volviendo loco a Andy. Decía que era como estar con una hipocondríaca con el termómetro metido en la boca todas las mañanas. Aunque, como siempre, se lo tomaba con buen humor si ella estaba convencida de que eso la ayudaría a quedarse embarazada.

Antes de dar por finalizada la visita, el médico le sugirió que ella y Andy se relajaran un poco, que se tomaran más ratos libres en el trabajo, y que pasaran más tiempo haciendo lo que les gustara hacer, aunque comportara sacrificar su relación con los amigos o proyectos de trabajo.

—La tensión también puede jugar un papel importante en la esterilidad. Intenten tomarse las cosas con toda la calma de la que sean capaces. Salgan al campo, coman bien y duerman todo lo que puedan.

Eso era mucho más fácil decirlo que hacerlo en el mundo moderno y él lo sabía, pero también sabía que su obligación consistía en indicárselo así. Le dijo asimismo que lo más probable era que ninguno de los dos tuviera nada de importancia y que lo único que necesitaban era un poco más de tiempo para que las cosas ocurrieran cuando tuvieran que ocurrir. Pero le aseguró que, en caso de que hubiera algún problema, acabarían por localizarlo.

Cuando abandonó la consulta se sentía llena de esperanza, excitada y nerviosa, y recordó una cosa que el médico le había dicho: que alrededor del cincuenta por ciento de las parejas tratadas por problemas de esterilidad llegaban a tener hijos perfectamente sanos, aunque también había otras parejas sanas, a las que no les ocurría nada malo, que nunca conseguían que la mujer se quedara embarazada. Era algo que tendría que afrontar, en el caso de que sucediera, pero no sabía cómo podría hacerlo.

El solo hecho de estar allí, hablando con el especialista sobre las diferentes posibilidades y las pruebas que tendría que hacerse, le hizo darse cuenta de lo deseosa que estaba por someterse a los sacrificios que fueran necesarios para tener un hijo. Haría cualquier cosa que estuviera en sus manos, excepto robar uno.

De regreso a casa se sentía exhausta y, por unos instantes, estuvo tentada de ir al despacho, aunque se había tomado todo el día libre y ya era más de la una. Entonces recordó lo que le había dicho el médico sobre no exigirse demasiado a sí misma y decidió ir de compras. Al entrar en Saks se sintió deliciosamente culpable. Telefoneó a Andy desde la tienda, pero no pudo localizarle, pues estaba comiendo fuera, y decidió regresar a casa y prepararle una buena cena.

Él la llamó a las tres en punto y, cuando le respondió, pudo apreciar que tenía un tono de voz más pausado. Por lo menos sabía que no le habían descubierto nada malo. Y era posible que la culpa no fuera de ella, sino suya. En realidad, durante los dos últimos meses había comenzado a pensar en esa posibilidad.

—¿Y bien? —le preguntó, con voz cálida y sensual al otro lado del teléfono—. ¿Las ha encontrado?

—Encontrar, ¿qué? —se sorprendió ella.

—Las pasas. ¿No se lo has explicado?

—Calla, tonto...

Le habló de todas las preguntas que le había hecho el médico, del examen que le había realizado y los que aún le quedaban por pasar, ninguno de los cuales parecía desagradable. Había temido que el tratamiento fuera terrible, pero, por el momento, no parecía nada del otro mundo.

—¿Así que debes volver dentro de dos semanas?

—Dentro de diez días, y mientras tanto habré de tomarme cada mañana la temperatura, y la semana que viene comenzaré a comprobar la orina con unas cubetas.

—Todo eso me parece muy complicado —le dijo él, imaginándose lo que el futuro les tendría reservado, en especial a él.

Quizás, en su caso, las pruebas que tuvieran que hacerle fueran mucho peores. De todas formas, seguía pensando que todo aquello era innecesario y tortuoso, aunque ahora deseaba llevarlo adelante por ella.

—A propósito —le dijo, después de que Diana le hubo explicado y contado todo lo que pudo sobre el doctor Johnston, hasta el tipo de zapatos que calzaba y la sarta de diplomas que tenía colgados en la pared de la consulta—, hay algo que no te vas a creer.

—¿Te han ascendido? —preguntó Diana, llena de esperanza.

Andy trabajaba como un esclavo para la cadena de televisión y se lo merecía.

—Aún no, aunque eso está en marcha, según fuentes cercanas a la dirección. Pero lo que tengo que decirte también es una buena noticia. Vuelve a intentarlo. A ver si lo adivinas.

—Ya sé, han detenido a tu jefe por hacer un *estrip-tease* en la cafetería —dijo, cerrando los ojos e imaginándose la escena.

—Muy bonito... Me pregunto si hay algo de verdad en ello. No, te lo voy a decir, puesto que nunca lo adivinarías y tengo una reunión dentro de dos minutos. Bill Bennington se va a casar con su amiga abogada el Día del Trabajo, en la casa donde veranean sus padres, en lago Tahoe. ¿No es increíble? A mí casi me da algo cuando me lo dijo. Estaba comiendo con él un bocadillo de ternera en el piso de abajo y, cuando me lo anunció, creí que estaba bromeando, hasta que le miré a la cara. ¿Puedes creértelo?

—En realidad, sabes que sí puedo. Es curioso, pero a mí me parece que ya está preparado para el matrimonio.

—Supongo que sí. De todos modos, así lo espero. La boda va a ser dentro de siete semanas. Piensan pasar la luna de miel pescando en Alaska.

—¿Qué? Deberías hablar con él.

—Bueno..., es mejor que me vaya a la reunión. Hasta luego, cariño. Estaré en casa hacia las siete.

Como siempre, fue fiel a su palabra y, cuando llegó, tenía ya una espléndida cena esperándole. Diana había utilizado las recetas francesas de Eloise, añadiéndoles algo de su propia cosecha. Cocinó una pierna de cordero con una suave salsa de ajo, judías y setas silvestres y de postre preparó un suflé de albaricoques que tenía un sabor perfecto.

—¡Vaya! ¿Qué he hecho yo para merecer esto? —le preguntó Andy, alegremente, mientras terminaban el postre y ella le servía una taza de café.

Diana se sentía mucho mejor de lo que había estado desde hacía bastante tiempo, y era consciente de ello.

—Pues, simplemente, he pensado que sería bonito preparar una buena cena, ya que hoy me he tomado el día libre en el trabajo.

—Quizás debas quedarte en casa con más frecuencia.

A ella le gustaba lo que había hecho aquel día, aunque también le agradaba ir a trabajar. A diferencia de sus hermanas, ese tema le provocaba ciertos conflictos, y sabía que, aunque tuviera un hijo, los seguiría teniendo. Pero ahora no quería preocuparse por aquello. Lo único que debía hacer, según el médico, era relajarse y despreocuparse de todo. Se lo explicó a Andy y a él le gustó mucho la idea, e inmediatamente le propuso ir de fin de semana a Santa Bárbara.

—Me encantaría.

Aquella semana también había concertado una cita con Bill Bennington y su novia. De repente, la vida parecía haber adquirido una mayor alegría, aunque no sabía muy bien el motivo, excepto que estaba convencida de que el médico iba a ayudarlos a tener un hijo y eso contribuía mucho a alegrarla.

Aquella semana se lo pasaron muy bien y les encantó a los dos la novia de Bill, Denise Smith. Era tal y como él les había contado, y ella los invitó a pasar el fin de semana siguiente en su casa, aunque a Andy le sorprendió que Diana declinara la invitación con vagas excusas. Más tarde le explicó que precisamente aquel día estaría ovulando y que tenía visita con el doctor Johnston para realizar más pruebas. Además, debían hacer al amor a determinadas horas y días, según un horario establecido.

—Aceptar esa invitación podía habernos proporcionado satisfacción, en lugar de más tensión —le dijo Andy con cierto enojo.

Pero Diana continuó negándose y quedaron con Bill y Denise para otra semana, aunque Andy parecía sentirse aún algo molesto. No obstante, Diana proseguía con sus planes para quedar embarazada.

Continuó tomándose religiosamente la temperatura cada mañana, antes de levantarse de la cama, y comenzó a utilizar la cubeta HL, tal como le habían indicado que debía hacer. El líquido adquirió un color azulado exactamente el mismo día que le había dicho el médico y esa misma tarde acudió a la consulta para comprobar la mucosidad del cuello del útero. El médico le dijo que a él le parecía que estaba en perfectas condiciones.

—Muy bonito y agradable —fueron las palabras que utilizó, y Diana no pudo evitar una risa nerviosa.

A continuación, el doctor Johnston sugirió que ella y Andy hicieran el amor a la mañana siguiente y que volviera a la consulta tan pronto como pudiera para realizar una prueba poscoito que indicaría el comportamiento del esperma de Andy.

A últimas horas de aquella misma tarde, Diana acudió al despacho y se tomó una taza de café con Eloise. Por la noche, puso a Andy al corriente de los últimos acontecimientos, explicándole que a la mañana siguiente tendrían que hacer el amor.

—¡Qué terrible sufrimiento! —exclamó él en broma. Sin embargo, tal como fueron las cosas, en realidad lo fue.

La noche anterior tuvo una indigestión y al despertarse no se encontraba bien. Creyó que podía haber pillado un resfriado y pensó que «no iba a salir bien», según dijo él mismo.

—Pero tienes que hacerlo —insistió Diana, tensa, sin moverse de la cama, intentando ayudarle—. Hoy es el día de la ovulación y tengo que hacerme hoy mismo el examen poscoito. Andy..., tienes que hacerlo.

Le miró con expresión acusadora y él sintió ganas de enviarla al infierno, pero no lo hizo.

—Muy bien. Gracias por el importante mensaje de mi patrocinador.

Se incorporó en la cama y comenzó a masturbarse durante unos instantes. Luego animó el asunto y se colocó sobre su mujer para hacerle el amor, aunque sin nada de romanticismo. Ni siquiera fue placentero. Una vez que hubo terminado, se levantó sin mediar palabra y se dirigió al cuarto de baño para ducharse. Así no era algo agradable, sintiéndose presionado para hacer el amor a una hora y un día determinados, teniendo que cumplir incluso con determinadas normas sobre cómo hacerlo. Durante el desayuno, los dos se sintieron algo tensos.

—Lo siento —le dijo dulcemente Diana.

—No lo sientas —respondió él, desde el otro lado del periódico que estaba leyendo—. El problema es que hoy no me encuentro muy bien. Eso es todo. Olvídalo.

Le disgustaba mucho tener que hacerle el amor de aquella manera, por obligación, y aún se sentía nervioso por pensar en lo que podían hacerle a él, o en lo que podían descubrirle.

Sin embargo, la prueba poscoito demostró que su esperma era aparentemente normal. Los espermatozoides parecían nadar alegremente y la población de su esperma era bastante densa y se hallaba dotada de una gran movilidad, todo lo cual era excelente, según el médico.

El doctor Johnston también la quería someter a una prueba de ultrasonidos para clarificar algunos puntos cruciales en su evaluación final. Necesitaba saber cuál era el grosor del recubrimiento de su útero, el tamaño de los folículos y si su cuerpo respondía a su propia producción de hormonas. Le aseguró que la exploración no sería desagradable y así fue. Al final, la alivió saber que todo había salido bien y los resultados no indicaban nada anormal.

Cuando volvió, dos días más tarde, para hacerse otra exploración con ultrasonidos y ver si el folículo se había desprendido y liberado el óvulo, el médico le dijo que así había ocurrido y que con ello habían avanzado otro paso más.

Al día siguiente, Bill y Denise volvieron a invitarlos a cenar, pero Diana estaba tan exhausta por la tensión que le producía toda aquella preocupación, por tener que acudir tres veces a la semana al médico y por las pruebas y exámenes a que la sometían, que no le apetecía salir y, finalmente, presionó a Andy para que saliera sin ella. Sólo deseaba meterse en la cama y relajarse, y rogaba a Dios que ese mismo mes se quedara embarazada. Nada excepto eso parecía preocuparla. Incluso su trabajo parecía haber quedado en segundo plano, aunque por lo menos podía hablar de ello con Eloise. Hasta sus amigos y su familia parecían importarle menos, a medida que proseguía el análisis médico. Toda su vida parecía girar alrededor de un único objetivo claro, incluso con mayor intensidad de lo que había experimentado hasta entonces. A veces, tenía la sensación de estar alejándose poco a poco de Andy.

El lunes siguiente acudió de nuevo al médico y le practicaron un análisis de sangre para comprobar los niveles de progesterona durante la fase luteínica media, siete días después de la ovulación. Su temperatura había subido inmediatamente después de la prueba del HL, que resultó normal, lo que indicó que ya se había producido la ovulación. Ahora, todo lo que tenían que hacer era esperar y ver si se había quedado o no embarazada.

Fueron siete días interminables, que transcurrieron muy lentamente y en los que no se pudo concentrar en nada. Parecía una locura creer que aquel mes las cosas fueran a salir de una manera diferente, puesto que no le habían dado ninguna medicación y únicamente se habían dedicado a recoger información. Sin embargo, mantenía alta la esperanza y comenzó a sentir náuseas dos días antes de tener la regla. Sus ilusiones aumentaron el día en que debía venirle la regla y no llegó.

Aquella misma mañana telefoneó al doctor Johnston, quien le dijo que esperara un par de días más, que su cuerpo no era una máquina y que a veces se producía alguna variación en la norma. Por la noche llegó la menstruación. Al descubrirlo, se quedó tendida en la cama, sollozando. Se sentía desolada y se preguntaba qué tipo de análisis le quedaba por hacerse. Todo empezaba a ser cada vez más deprimente.

A la mañana siguiente, cuando llamó al médico, éste le sugirió que Andy pidiera hora para una visita, puesto que, por lo que a ella respectaba, todos los análisis habían dado el resultado esperado.

—Estupendo, ¿y qué significa eso? —le preguntó Andy, enojado, cuando Diana le explicó por la noche que tenía que llamar al doctor Johnston para pedir hora—. ¿Acaso piensa que es culpa mía?

—¿Qué importa de quién sea la culpa, cuando lo que realmente deseamos es tener un hijo? A mí me importa un rábano que la culpa sea tuya o mía. Lo más probable es que no sea culpa de nadie, que no haya nada anormal en nosotros. Quizás todo el mundo tenía razón desde el principio y lo que realmente necesitamos es un poco más de tiempo. No te pongas así —le rogó ella cariñosamente.

Pero Andy se molestó aún más cuando llamó para concertar la

visita y le dijeron que llevara con él un frasco de semen fresco. Además, le indicaron que, durante los tres días previos a la toma de la muestra, no realizara ninguna actividad sexual.

—¡Fantástico! —se quejó esa misma noche a Diana—. ¿Qué voy a hacer? ¿Masturbarme en el despacho y luego salir corriendo para ir a ver al médico? A mis secretarias les va a encantar.

—¿Te crees que a mí me gustó tener que ir allí tres veces a la semana para someterme a la exploración con ultrasonidos? Deja de empeorar aún más las cosas.

Pero la situación ya estaba bastante mal y los dos lo sabían.

—Está bien, está bien.

Andy no dijo nada más, y la relación continuó tensa entre los dos. La mañana en que tenía concertada la visita con el doctor Johnston, Andy se mostró realmente detestable con ella, y cuando acudió a la consulta y tomó asiento, se comportó de una forma abiertamente hostil. No, nunca había tenido gonorrea, ni sífilis, ni herpes, ni ninguna otra de las enfermedades que le mencionó el médico. No había padecido infecciones, ni tumores, ni problemas de erección, ni impotencia, ni ninguna otra enfermedad grave durante su vida.

El médico advirtió en seguida su abierta hostilidad, pero ya estaba acostumbrado por otros pacientes. A cualquier persona le resultaba desagradable encontrarse en la situación de Andy y, además, él estaba cuestionando su virilidad.

Le explicó que le iba a realizar un análisis de sangre para comprobar sus niveles hormonales y que también realizarían una serie de análisis y cultivos con el semen que había traído consigo. Le efectuarían un recuento de esperma, así como un perfil hormonal completo, y posiblemente tendría que volver para hacerle un nuevo análisis de sangre, puesto que los niveles hormonales en el hombre eran muy variables y dependían incluso de la hora del día en que se hiciera el análisis o del estado de salud del paciente en un momento determinado.

Una vez tomada la muestra de sangre, el médico comprobó si tenía varicoceles, unas venas varicosas que aparecen en los testículos y que pueden llegar a afectar la fertilidad del hombre y convertirse en un serio problema.

Tal y como le había ocurrido a Diana, cuando terminó se sentía exhausto. Ninguno de los exámenes o pruebas había sido particularmente penoso, pero la tensión emocional que le habían producido había sido muy grande.

Cuando llegaron los resultados, que fueron positivos, Andy se sintió aliviado. Su recuento de esperma era superior a los doscientos millones de espermatozoides, lo que, según dijo el médico, era una cifra muy buena. La concentración espermática alcanzaba los ciento ochenta millones de espermatozoides por milímetro. Y todas las pruebas hormonales habían dado resultados normales.

—¿Y ahora qué? —preguntó Andy pausadamente, aunque se sentía enormemente aliviado, cuando el doctor Johnston le hizo acudir tres días más tarde para comunicarle los resultados.

En cierto modo, Andy estaba muy contento de saber que se hallaba perfectamente sano, pero, de repente, comenzó a preocuparse por Diana.

—¿Significa esto que los dos estamos bien y que sólo necesitamos un poco más de tiempo?

Si sólo se trataba de eso, toda la tensión por la que habían pasado habría valido la pena, aunque sólo fuera para permitirles haber llegado a esa conclusión. Pero el doctor Johnston no iba a soltarlos tan pronto, ahora que habían empezado.

—Es posible y, si así lo desean, podemos dejar los análisis durante un tiempo. O, si prefieren, podemos seguir con la exploración de Diana. En realidad, si ella lo permite, quisiera practicarle este mismo mes, antes de la ovulación, un histerosalpingograma. Es un estudio de la región reproductora superior mediante la introducción de una pigmentación radioopaca y la toma de una placa de rayos X.

Lo explicó como si fuera una cosa de lo más normal, pero Andy no dejó de mostrar cierto recelo.

—¿Es doloroso?

—A veces —contestó el médico, cándidamente—, aunque no siempre. Tan sólo resulta algo incómodo. —Ésta era para Andy la palabra más odiosa que podía pronunciar un médico. Habitualmente, «incómodo» significaba que no ibas a retorcerte por el suelo de dolor, aunque faltara poco para ello—. En el hospital le daremos algunos analgésicos. Durante unos días, antes de la prueba, tendrá que tomar doxiciclina, sólo para asegurarnos de que no existe ninguna infección, y tendrá que seguir tomándola durante unos días más. Sin embargo, no hay nada que temer. Además, y resulta curioso, en muchos casos hay mujeres que se quedan embarazadas al cabo de seis meses de haberla tomado.

—Parece como si valiera la pena intentarlo —acentuó Andy, muy cautamente.

—Así lo creo —asintió el doctor Johnston, con serenidad—. Voy a llamarla.

Pero, cuando lo hizo, Diana no estaba del todo segura del asunto. Había oído comentar a otras mujeres del despacho lo desagradable que era aquella prueba. Le habían dicho que era dolorosa y una de las mujeres había resultado alérgica a la inyección de betadina que le habían aplicado antes de practicársela. Le preguntó a Eloise qué sabía acerca de aquel análisis y ésta le contestó que no mucho. Sin embargo, resultaba obvio que, por muy bien que fuera, el histerosalpingograma no era algo para tomárselo a broma. De todas formas, proporcionaría una información muy importante que el médico necesitaba conocer. Le pigmentarían las trompas de manera que podrían ver los movimientos de éstas a través de una pantalla de televisión. Mostraría cualquier deformación del útero o algún posible tumor que pudiera haber pasado inadvertido en el escáner, o un hipotético bloqueo de las trompas. El doctor Johnston tenía la vaga sospecha de que allí podía encontrarse el problema. Le dijo a Diana que, si realizaban el histerosalpingograma y éste resultaba normal, no habría ninguna necesidad de continuar. Podría entonces asumir la idea de que era perfectamente capaz de concebir un hijo y podrían por fin dejar de preocuparse. Si, por el contrario, el HSG mostraba algo anómalo, podrían hacerle aquel mismo mes una laparoscopia y allí encontrarían todas las respuestas. Él no era partidario de seguir torturando a los pacientes con pruebas innecesarias durante meses. Puesto que su ovulación había sido normal, las mucosas no eran hostiles al esperma y, además, Andy no tenía ningún problema, lo único que le faltaba por saber era si las trompas se hallaban libres de obstáculos, para lo cual necesitaba practicarle esta última prueba.

—¿Qué le parece? —le preguntó el doctor Johnston por teléfono—. ¿Desea hacerse ahora el HSG y acabar de una vez con todo esto o prefiere esperar y hacerlo quizás más adelante? Por supuesto, podemos aguardar.

Sin embargo, no le recomendó esta posibilidad. Él no era partidario de romperle a una repetidamente el corazón, intentando hacer algo una y otra vez sin la menor esperanza de conseguirlo, o dejar a medias la solución de un problema.

—Necesito esta noche para meditarlo —le dijo ella, algo nerviosa—. Mañana le llamaré por teléfono para comunicarle mi decisión.

—Muy bien.

Diana tenía la sensación de que ya nunca podría librarse de aquel hombre. Durante todo el mes anterior apenas habían visto a sus amigos, no había podido concentrarse en el trabajo y no deseaba ver a la familia. Incluso Andy había dejado de telefonear a sus hermanos. Sólo se habían dedicado a tomarse la temperatura, hacer gráficas de sus constantes vitales, realizarse pruebas médicas y acudir al especialista. El doctor Johnston ya les había advertido que todo sería así e incluso les había recomendado que hicieran algún tipo de terapia psicológica. Sin embargo, tampoco tenían tiempo para eso. Estaban demasiado ocupados con el trabajo y realizándose las pruebas, e intentando apoyarse el uno al otro en lo que parecía una crisis constante.

—Tú, ¿qué opinas, cariño? —le preguntó Andy con suavidad aquella misma noche—. ¿Deseas hacerte el bingograma, o como lo llamen?

Diana le sonrió; aún deseaba saber por qué no había podido quedarse embarazada todavía, pero esta última prueba la aterraba.

—¿Vendrás conmigo? —le preguntó, ansiosa, y él asintió.

—Por supuesto. Si es que me dejan.

—El doctor Johnston dijo que sí. Desea realizar la prueba este mismo viernes.

—De acuerdo, es un día que me va muy bien —se apresuró a decir decir Andy.— No tengo ninguna reunión importante.

—Fantástico. ¿Por qué no conciertas una? —replicó ella, algo enojada.

Andy se retiró a la cocina a fin de preparar un poco de café. Cuando regresó, Diana le miró muy entristecida. Ya se había decidido. Estaba dispuesta a hacerlo, para obtener así la información que necesitaban.

—Está bien. Lo haré.

—Eres una muchacha muy valiente, Di.

No estaba seguro de lo que él hubiera hecho en su lugar. Las pruebas que le habían practicado a él no habían sido nada del otro mundo.

El viernes por la mañana acudieron al hospital y se reunieron allí con el médico, en una pequeña habitación. El doctor Johnston les explicó el procedimiento y le administró a Diana dos analgésicos. Una enfermera aplicó una solución de yodo en la zona que se iba a examinar y un momento más tarde le inyectó cuidadosamente la sustancia opaca de contraste. La propia Diana pudo observar las imágenes de su interior en un monitor, aunque para ella carecían de sentido alguno. Quince minutos más tarde todo había terminado. Le temblaban las rodillas y tenía calambres, pero se sentía aliviada de haber pasado finalmente por ello, al igual que Andy, quien consideraba que su esposa había sido muy valiente. Hubiera deseado pasar él mismo el mal trago, y en más de una ocasión se había preguntado si todo aquello valía la pena. Empezaba a tener sus dudas. ¿Por qué demonios necesitaban con tanto afán tener un hijo?

—¿Te encuentras bien? —le preguntó a Diana, preocupado al verla hacer todavía muecas de dolor.

Ella se incorporó de la camilla y asintió con la cabeza. Había sobrevivido y lo único que deseaba ahora era saber si el doctor Johnston había descubierto algo interesante. El médico se hallaba de pie, dialogando con otros dos especialistas, estudiando detenidamente una de las placas con un radiólogo. Había una zona que no había quedado pigmentada y que parecía atraer toda su atención.

—¿Qué ocurre? —preguntó Andy con delicadeza.

—Bueno..., aquí tenemos algo interesante —contestó el doctor Johnston, girándose hacia ellos—. Ya veremos. Más tarde hablaremos de ello.

Andy y una enfermera ayudaron a Diana a arreglarse un poco, mientras el médico y su colega observaban insistentemente la pantalla. Finalmente, Diana se dejó caer sobre la camilla, con una expresión serena, ya completamente vestida. Todavía estaba un poco pálida, pero parecía bastante relajada cuando Johnston se volvió hacia ellos.

—¿Cómo se siente? —le preguntó con amabilidad.

—Como si alguien me hubiera atropellado con una apisonadora —contestó sinceramente, tras encogerse de hombros, mientras Andy la rodeaba con los brazos y la sostenía con fuerza.

—Creo que ha valido la pena haber hecho esta prueba —dijo despacio el doctor Johnston—. Es posible que hayamos encontrado al responsable de todo. La trompa derecha parece algo bloqueada, mientras que la izquierda también se ve algo turbia. Me gustaría hacerle una laparoscopia la semana que viene para intentar ver de qué se trata. Es posible que encontremos aquí la respuesta.

—¿Y si están bloqueadas? —preguntó Diana, un tanto asustada ante aquella posibilidad—. ¿Se pueden abrir de nuevo?

—Posiblemente. Todavía no lo sabemos. Después de la laparoscopia estaremos en condiciones de decirlo.

—Mierda —exclamó Diana, observando primero a los especialistas y luego a Andy.

No estaba preparada para recibir malas noticias. Ni siquiera el hecho de saber que, en efecto, había un problema le traía el alivio que había esperado sentir.

Concertó hora con el médico para que le realizara la laparoscopia la semana siguiente. Se trataba de un procedimiento quirúrgico; le practicarían una pequeña incisión cerca del ombligo y a través de ella le introducirían un tubo que les permitiría observar las trompas, el útero y toda la zona, para ver las posibles obstrucciones. Le prometió que esta vez no sentiría dolor alguno. Se lo harían con anestesia general.

—¿Y luego? ¿Qué ocurrirá después? —preguntó Diana, ansiosa por saber lo que la esperaba.

—Sabremos con exactitud dónde estamos. El HSG nos ha confirmado que hemos hecho bien en ser tan persistentes.

Diana no sabía si estarle agradecida u odiarle, aunque acabaron por darle las gracias y una hora después de su llegada abandonaron el hospital. En lugar de sentir un gran alivio por haber salido airosa de una prueba así, lo único que hizo fue preocuparse por la nueva operación que le iban a practicar a la semana siguiente. Eran demasiadas preocupaciones. Al entrar en casa y oír el timbre del teléfono, se apresuró a cogerlo con la sensación de ser una anciana de cien años. Levantó el aparato y resultó que era su hermana Sam, interesándose por su salud. Era la última persona de la tierra con la que deseaba hablar en aquellos momentos.

—Hola, Sam. Yo estoy bien. ¿Cómo estás tú?

—Estoy gorda —protestó su hermana. Solía engordar mucho durante el embarazo y llevaba ya tres meses y medio embarazada—. No me gusta tu tono de voz, ¿te ocurre algo?

—Estoy resfriada. Es mejor que cuelgue.

—Muy bien, preciosa, cuídate mucho. Te volveré a llamar dentro de unos días.

«No lo hagas —se dijo Diana colgando el teléfono—. No me llames más..., nunca más. No me vuelvas a contar lo gorda que te has puesto, ni me hables de tus hijos o de tu bebé.»

—¿Quién era? —preguntó Andy, entrando tras ella.

—Sam —respondió ella, sin inmutarse.

—Oh. —Inmediatamente comprendió la situación—. No deberías ni hablar con ella. No respondas más al teléfono. La próxima vez que llame le diré que has salido.

El hermano de Andy no lo hizo mejor cuando los llamó por la noche y les preguntó cuándo iban a tener un hijo.

—Cuando tú crezcas —bromeó Andy, sintiéndose realmente molesto por la pregunta.

Menos mal que no lo había oído Diana.

—No cuentes con eso —le respondió su hermano.

—Me lo figuraba.

Le dijo que también deseaba hacerles una visita el Día del Trabajo. Andy le dijo que no viniera. No sabía cómo se encontraría Diana después de la laparoscopia que tenían que practicarle la semana siguiente, y el Día del Trabajo estaba a la vuelta de la esquina. Era posible que para entonces se sintiera deprimida..., o que le tuvieran que practicar una operación quirúrgica, o incluso que se hubiera quedado embarazada. Era imposible hacer planes al respecto o llevar siquiera una vida normal. A veces, Andy se preguntaba cómo podían soportarlo los demás, o incluso permitírselo económicamente, puesto que las pruebas habían sido realmente caras y la laparoscopia lo iba a ser aún más.

Greg dijo que lo comprendía y que ya los visitaría en otra ocasión. Andy le explicó que estaba demasiado atareado en el trabajo como para recibir invitados en casa. Su actitud pareció poco amistosa para con su hermano, pero Andy consideró mejor eso que explicarle en qué terrible lío se había convertido últimamente su existencia.

—Nuestra vida se está convirtiendo en un asco, ¿no crees? —le dijo tristemente Diana durante la cena, aquella misma noche, en la cocina.

La casa les parecía demasiado grande para ellos dos solos. Tenía demasiadas habitaciones que no se utilizaban. Era posible que nunca llegaran a emplear todo el piso de dormitorios que habían reservado para una feliz ocasión.

—No dejaremos que eso ocurra, cariño —insistió Andy con denuedo—. El médico tiene razón y para finales de agosto ya sabremos cuál es el problema, si es que hay alguno. Y, si realmente existe, le buscaremos una rápida solución.

—¿Y si no la hay?

—Tendremos que vivir con ello, ¿no crees? Hay posibilidades.

Últimamente, Andy había estado leyendo mucho sobre el procedimiento de la fecundación in vitro.

—Yo nunca te dejaría «vivir con ello» —dijo Diana, con los ojos bañados en lágrimas—. Antes me divorciaría de ti para que pudieras casarte con alguien capaz de tener hijos.

—No seas estúpida. —Le disgustó mucho oírla hablar de aquel modo, a pesar de saber cómo se sentía—. En cualquier caso, siempre podemos adoptar uno.

—¿Por qué tendrías que hacerlo? No lo necesitas. Tú no eres el problema. Yo soy el problema.

—Es posible que el problema no esté en ninguno de los dos. Quizá el médico se haya equivocado. Puede que la obstrucción que ha visto en las placas sea sólo algo que has comido. Por Dios, ¿por qué no esperas a ver qué ocurre?

Había levantado el tono de voz y luego sacudió la cabeza, pesaroso. Ella estaba en lo cierto. Aquello estaba convirtiendo sus vidas en una auténtica porquería y los dos sentían una tensión enorme.

—Sí —asintió ella con tristeza—. Es posible que sean las pasas.

Pero en esta ocasión la broma no le hizo ninguna gracia a Andy. Sencillamente, no vio nada gracioso en ello.

7

Los días anteriores a la práctica de la laparoscopia parecieron hacerse interminables, pero, por fin, llegó el viernes. Diana no comió ni bebió nada desde la noche anterior y Andy la acompañó al hospital a primeras horas de la mañana.

Tan pronto como llegaron le pusieron una inyección y se la llevaron en una camilla, mientras ella miraba medio adormilada a Andy, que se despidió agitando una mano. Cuando la trajeron de nuevo junto a él, se hallaba todavía algo aturdida. Alex Johnston ya había hablado con Andy, y éste conocía las malas noticias antes de que ella las conociera. Cuando llegó, no le dijo nada, pero pronto vino a verlos el doctor Johnston y les explicó todo.

—¿Cómo ha ido? —preguntó ella, nerviosa, incorporándose en la cama en cuanto entró el médico. Éste tardó un momento en contestar a su pregunta. Se volvió hacia Andy y luego se sentó y la miró. Las noticias que tenía que transmitirle no eran buenas y ella, al mirarle, lo comprendió así—. No son buenas, ¿verdad?

—No, no lo son —le respondió él, sin perder la calma—. En las dos trompas hay cicatrices, una de ellas está completamente bloqueada y la otra muy dañada. En ambos ovarios hay adherencias graves. Y mucho me temo que ningún óvulo pueda pasar por los ovarios. Siento tener que darle estas malas noticias, Diana.

Ella le contempló con incredulidad, incapaz de creer lo que

acababa de oír. No podía ser tan malo como le estaba diciendo. ¿O acaso sí?

—¿Se puede hacer algo al respecto? —le preguntó, hoscamente. El doctor negó con la cabeza.

—No puede hacerse nada. Da la impresión de que una de las trompas ofrece alguna posibilidad, pero el riesgo es tan grande, que no sé cómo podríamos solventarlo. No es del todo imposible que pueda pasar un óvulo, pero sí altamente improbable. Cosas más extrañas han sucedido, pero he de decirle que sólo tiene una posibilidad entre cien millones de quedar embarazada. Las adherencias de los ovarios son tan graves, que no creo tampoco que podamos extraer un óvulo para efectuar una fecundación in vitro. También hemos pensado en ello. Lo único que se podría hacer sería un transplante de óvulo de otra mujer, fecundado con el esperma de Andy, que insertaríamos en su útero, aunque eso tampoco ofrece garantías de éxito. Parece como si todo su aparato reproductor se hubiera visto afectado por una grave infección, a causa probablemente del dispositivo intrauterino, una infección «silenciosa», como la llamamos, sin síntomas, sin ninguna advertencia.

»Creo que, si llega a quedar embarazada alguna vez, podrá sentirse extraordinariamente afortunada. No suele ocurrir casi nunca en casos como el suyo. No hay mucho que se pueda hacer, a excepción de la donación de un óvulo o de una adopción.

Las lágrimas empezaron a rodarle por las mejillas y Andy también comenzó a llorar. Le tomó una mano, apretándosela tan fuerte como pudo. Sin embargo, no había manera de aliviar el profundo dolor que sentía, o de esconder la verdad que el médico acababa de revelarles. Sólo podía desear que las cosas no hubieran sucedido así.

—¿Cómo me ha podido pasar esto a mí? ¿Por qué no lo he sabido antes? ¿Por qué no lo he sentido?

Una parte importante de su ser había muerto y ella no lo había sabido hasta ahora. Le parecía imposible que le hubiera ocurrido algo tan cruel.

—Ésa es precisamente la naturaleza de una infección silenciosa —le explicó el doctor Johnston—. Y el dispositivo intrauterino es muy a menudo el causante de ello. Por desgracia, no es nada infrecuente. Se produce sin causar dolor, sin síntomas ni pinchazos, sin fiebre, y, sin embargo, se trata de una infección tan grave que destruye los ovarios debido a las adherencias. Le podría hablar de muchas mujeres jóvenes a las que les ha pasado lo mismo que a usted. Siento de veras que le haya ocurrido esto. No es justo, pero aún le quedan otras alternativas.

Pretendía infundirle esperanza, pero lo único que conseguía era provocarle una mayor desesperación. Se había terminado el sueño de tener un hijo propio.

—No quiero el óvulo de otra mujer. Prefiero no tener hijos.

—Eso lo dice ahora, pero quizás, más tarde, reconsidere su actitud.

—No, no lo haré. Yo no quiero adoptar a ningún niño —dijo gritando—. Quiero tener mi propio hijo.

¿Por qué sus hermanas habían podido concebir con tanta facilidad? ¿Por qué era posible para todo el mundo excepto para ella? ¿Por qué habría utilizado el maldito dispositivo? Sentía ganas de azotar a alguien, pero no tenía a nadie a quien culpar de su situación, nadie a quien quejarse con la amargura que sentía, ninguna forma de mitigar su dolor, de transformarlo en algo positivo. Andy la abrazó y estalló en sollozos. El médico abandonó la habitación para respetar su intimidad. No estaba en sus manos hacer nada más.

—Lo siento, cariño. Lo siento mucho —le dijo su esposo una y otra vez, sin soltarla.

Poco después se marcharon a casa, con el estómago dolorido y el vientre no sólo vacío, sino también estéril.

—No puedo creerlo —le dijo a Andy en cuanto llegaron, volviéndose a mirar a su alrededor, con expresión horrorizada. Ahora, incluso odiaba su propia casa—. Quiero vender esta casa —dijo, dirigiéndose hacia su dormitorio—. Esas habitaciones de arriba son como una acusación permanente. Me están diciendo a voces que soy estéril, que nunca tendré un hijo.

Deseaba morirse al recordar lo que el médico le había dicho.

—¿Por qué no pensamos en lo que nos ha propuesto el doctor Johnston, en las otras alternativas? —le preguntó Andy sin perder la calma.

Intentaba no alterarla más de lo que ya estaba, aunque él se sentía también muy disgustado. Había sido un día terrible para ellos y ahora tenían que encarar el futuro y decidir qué querían hacer de su vida. Nada había salido según lo previsto y la idea de tener que cambiar los planes no era fácil ni agradable.

—Eso de la donación de un óvulo podría ser una buena idea.

—No lo es —le gritó Diana con una expresión en la cara que nunca le había visto antes—. No hay nada bueno en todo ese desagradable proceso. Lo bueno es tener tus propios hijos y yo no puedo. ¿Es que no lo has oído?

Lloraba como una histérica y él no acertaba a calmarla. También para él era deprimente, pero la situación le afectaba mucho más a ella, puesto que el defecto que habían encontrado los médicos estaba en su propio cuerpo.

—¿Por qué no hablamos de ello en otra ocasión? —le propuso Andy, preparando la cama para que Diana pudiera acostarse.

Sabía que aún debía sentir dolores provocados por la incisión.

—No quiero volver a hablar de ello nunca más y, si deseas divorciarte de mí, estaré de acuerdo —dijo ella, estirada sobre la cama, con aspecto desolado.

Andy le sonrió tristemente. Estaba hecha un lío, pero tenía todo el derecho a ello y la amaba como nunca.

—Yo no quiero divorciarme de ti, Diana. Te quiero. ¿Por qué no duermes un poco ahora? Seguro que mañana tendremos las ideas más claras.

—¿Acaso cambiarán en algo las cosas? —murmuró con tristeza—. De todas maneras, mañana no existirá nunca. Ni la semana que viene, ni las pruebas, ni tomarse la temperatura. No habrá nada.

Habían abandonado toda esperanza y su lugar había sido ocupado por una desilusión permanente. Andy se dijo a sí mismo que quizás aquello no fuera tan malo. Salió del dormitorio, dejando las luces apagadas, con la esperanza de que se quedara dormida.

Diana se pasó llorando todo el fin de semana y el lunes acudió al trabajo con aspecto cadavérico. Lo único inteligente que hizo fue negarse a recibir las llamadas que le hicieron sus hermanas.

Durante toda la semana siguiente deambuló como sonámbula y

Andy no logró consolarla, a pesar de todos sus esfuerzos. Eloise intentó llevarla un día a comer, pero Diana rechazó la invitación. No deseaba hablar con nadie, ni ver a nadie, ni siquiera a Andy.

Justo antes del Día del Trabajo, él intentó convencerla de que asistiera a la boda de Denise y Bill, en el lago Tahoe, pero se negó a ir. Finalmente, después de haber discutido durante una semana, Andy decidió ir solo. A Diana no pareció importarle y él no se lo pasó bien, aunque agradeció apartarse durante un tiempo de la furia que experimentaba su esposa y del agobio constante de sus problemas. Aquello era una agonía permanente y Andy no tenía la más remota idea de cómo convencerla de que la vida no había acabado para ella.

—Ni tú ni yo hemos muerto —le dijo, finalmente—. Ni padecemos una enfermedad terminal. La única diferencia con nuestra situación anterior es que ahora sabemos que no vamos a tener ningún hijo propio, pero yo no pienso renunciar a nuestro matrimonio por ese motivo. Sí, claro que quiero tener hijos, pero quizás algún día los adoptemos. Ahora, sin embargo, nos tenemos el uno al otro, y si, no nos unimos y luchamos, nos vamos a destruir mutuamente.

Estaba decidido a hacer todo lo posible por restaurar la normalidad en sus vidas, aunque Diana ya no se acordaba de lo que significaba esa palabra.

Discutía constantemente con él y se mostraba muy irascible. Había días en que ni siquiera le dirigía la palabra. Sólo cuando iba al trabajo se mostraba como una persona normal, pero, en cuanto regresaba a casa, lo hacía como una loca, y Andy se preguntaba a veces si no estaría tratando de acabar con el matrimonio. Ya no estaba segura de nada, de él, de ella misma, de sus amigos, del trabajo, de su futuro.

El sábado, Día del Trabajo, Mark, el mejor amigo de Charlie, le invitó a cenar. Su actual novia estaba de viaje. Había ido a pasar unos días en casa de sus padres, en la Costa Este, y el día anterior, en el trabajo, se había enterado de que Charlie iba a estar solo durante el fin de semana.

Por la tarde fueron a jugar a los bolos y luego salieron a tomar unas copas y a ver un partido por televisión, en el bar favorito de Mark. Era lo que realmente les gustaba, pero no tenían mucho tiempo para hacerlo. Los dos trabajaban duramente y casi todos los fines de semana Charlie hacía lo que Barbie quería, lo cual solía reducirse a ir de compras o visitar a los amigos. Lo que más odiaba ella era tener que acompañarle para a jugar a los bolos.

—¿Qué hay de nuevo? —le preguntó Mark, afablemente, sin dejar de mirar el partido de los Mets.

Le encantaba pasar un rato en compañía de Charlie y se sentía verdaderamente preocupado por el bienestar de su amigo, más joven que él. Nunca había tenido un hijo varón, sino sólo dos hijas, y a veces creía sentir por Charlie lo mismo que hubiera sentido por su propio hijo, en caso de haberlo tenido.

—¿Adónde ha ido Barbie? ¿De vuelta a Salt Lake City para ver a su familia?

Sabía que ella procedía de aquella ciudad, pero no estaba enterado de que habría preferido morirse antes que volver a ver a sus padres. Charlie nunca comentaba con nadie los secretos de su esposa.

—Ha ido a Las Vegas con una amiga —contestó con naturalidad, sonriéndole.

Mark también le caía muy bien; había sido increíblemente bueno con él en el trabajo, y ya hacía tres años que eran amigos y compañeros.

—¿Bromeas? —preguntó Mark con expresión sorprendida—. ¿Qué clase de amiga?

—Judi, una antigua compañera de piso. Han ido a visitar a unas antiguas compañeras. Ellas vivieron un tiempo en Las Vegas.

—¿Y la has dejado ir sola?

—Ya te lo he dicho... Se ha ido con Judi —contestó Charlie, a quien parecía divertirle la preocupación de Mark.

—Estás loco. Menos de diez segundos después de llegar a la ciudad, esa Judi ya estará saliendo con algún tipo, ¿y qué crees que va a ocurrir entonces con Barbie?

—Ya es mayorcita y sabe arreglárselas bien sola. Y si tiene algún problema, me llamará.

Estaba totalmente convencido de que su esposa estaría bien, y

Barb estaba entusiasmada con aquel viaje. Ya habían transcurrido dos años desde la última vez que había estado en Las Vegas y había olvidado por completo lo mal que lo había pasado allí. Lo único que recordaba ahora era la barahúnda y la excitación.

—¿Y cómo es que tú no has ido? —preguntó Mark poco después de que pidieran una pizza *pepperoni*.

—Ah, ése no es lugar para mí —contestó Charlie, encogiéndose de hombros—. Odio esa ciudad, con todo su ruido y su locura. No me gusta el juego y, si quiero emborracharme, puedo hacerlo tranquilamente en casa... —Aunque raras veces sentía ese deseo—. ¿Para qué demonios voy yo a ir a Las Vegas? Ella se divertirá mucho más con sus amigas que llevándome a mí a rastras, mientras se dedican a reír y hablar de novios y maquillajes.

—No ha logrado quitarse de la cabeza todo aquello, ¿verdad?

Mark parecía seriamente preocupado y Charlie le sonrió, conmovido por la actitud de su amigo.

—¿A qué te refieres? ¿A lo de los novios y el maquillaje? —replicó Charlie, bromeando. Tenía plena confianza en Barbie—. No te preocupes, no pasa nada. A ella sólo le gusta saborear un poco todo ese esplendor de vez en cuando. La hace sentirse como una actriz de verdad. Este año no ha tenido mucho trabajo y hemos llevado una vida bastante tranquila.

A él le gustaba esa vida, pero sabía que, en ocasiones, Barbie echaba de menos la excitación de su viejo estilo de vida, aunque siempre decía que le alegraba haber podido escapar de ella con Charlie.

—¿Y qué hay de malo en llevar una vida tranquila? —gruñó Mark. Su joven amigo se echó a reír.

—Pareces mi padre... si lo hubiera tenido.

En realidad, a Charlie le encantaba que Mark se preocupara tanto. Nadie se había preocupado nunca por él, excepto, naturalmente, Barbie.

—Pues no tendrías que haberla dejado marchar a Las Vegas. Las mujeres casadas no hacen esas cosas. Se supone que deben quedarse en casa, con sus esposos. Pero ¿qué vas a saber tú de eso? Nunca tuviste una madre de pequeño. Pero, si mi mujer hubiera hecho una cosa así, me habría divorciado de ella enseguida.

—De todos modos, lo hiciste —bromeó Charlie, y Mark sonrió con una mueca.

—Eso fue diferente. Me divorcié porque tenía relaciones con otro.

Charlie sabía que aquel otro era, en aquellos momentos, el mejor amigo de Mark. Su esposa se había llevado consigo a las dos niñas y se había trasladado desde Nueva Jersey a Los Ángeles. Por esa razón, él había tenido que venirse a vivir a California, para estar más cerca de sus hijas.

—No te preocupes tanto. Estamos bien. Sucede que ella necesitaba un poco de diversión, eso es todo. Lo comprendo.

—Eres demasiado bonachón, pero deja que te diga una cosa —le espetó moviendo un dedo ante él en el momento en que llegaba la pizza—. Así era yo antes, hasta que aprendí. Ahora soy mucho más duro.

Pretendía ofrecer una imagen de hombre duro, aunque ambos sabían que se dejaba convencer con facilidad por las mujeres. Podían conseguir de él lo que quisieran, siempre y cuando no tontearan con otros hombres. Eso era algo que no estaba dispuesto a tolerar. Pero también era sincero con Charlie al decirle que nunca hubiera permitido a ninguna de sus amigas irse un fin de semana solas a Las Vegas.

—¿Y qué me dices de ti? —le preguntó Charlie mientras comían la pizza, de un tamaño gigantesco—. ¿Cómo están Marjorie y Helen?

Eran sus hijas. Una estaba casada y la otra todavía iba a la escuela. Las dos eran el verdadero orgullo de su vida. Estaba loco por ellas y cualquiera que no estuviera de acuerdo en que eran dos jóvenes sensacionales no duraba ni cinco minutos en su vida, sobre todo si se trataba de mujeres.

—Están muy bien. ¿Te había dicho que Marjorie espera un hijo para marzo? Casi no me lo puedo creer. Será mi primer nieto. Ya saben que es un chico. Desde luego, las cosas han cambiado mucho desde mis tiempos. —Entonces, de repente, frunció el ceño, preguntándose cuándo iba a dar Charlie algún paso en aquella dirección. Quizá fuera eso lo que Barbie necesitara, para mantenerla en casa e impedir que se fuera los fines de semana a Las Vegas—. Y tú, ¿qué? ¿No hay ningún pequeño que venga de camino? Ya va siendo hora, ¿no te parece? Llevas casado..., ¿cuánto tiempo? ¿Catorce, quince meses? Eso contribuiría mucho a que tu pequeña dama sentara la cabeza.

—Es lo que más miedo le produce —dijo Charlie con tristeza.

No le preocupaba sólo el hecho de que ella no lo deseara, sino sobre todo el de que no llegara. Según los libros que había leído últimamente, estaban haciendo el amor exactamente en los momentos más adecuados para la concepción. Pero, después de cuatro meses de haber prestado una intensa atención a su plan, todavía no había sucedido nada. Y Charlie empezaba a preocuparse.

—¿Insinúas que no quiere tener hijos?

—Eso es lo que dice ahora —asintió Charlie, impertérrito ante las palabras de su esposa, tratando de transmitirle a Mark su actitud—. Pero terminará por cambiar de opinión. Nadie puede resistirse a tener hijos. Tiene miedo de que el embarazo eche a perder su carrera, y que, si surge una gran oportunidad, no pueda aprovecharla.

—Quizás eso no se produzca nunca. Uno no puede sacrificar el tener hijos por eso —dijo Mark con firmeza. No solía mostrarse muy comprensivo con los caprichos de Barbie. En su opinión, Charlie la tenía demasiado mimada y no le gustaba ver a su amigo así—. Deberías dejarla embarazada, al margen de lo que ella quiera —añadió, reclinándose en el asiento con expresión de satisfacción.

—Las cosas no son tan sencillas —dijo Charlie con un suspiro.

—¿Está tomando la píldora?

—No. Me parece que no.

Ni siquiera se le había ocurrido pensar en ello, pero no pensaba que Barbie fuera tan tortuosa como para ocultarle una cosa así. Sencillamente, no quería tener un hijo ahora y utilizaba el diafragma cuando no tenía pereza para levantarse de la cama, lo que, afortunadamente para Charlie, sucedía muy a menudo. Ambos se mostraban muy relajados en cuanto al control de la natalidad, hasta el punto de que Charlie se sentía cada vez más preocupado por la falta de resultados. Ella misma lo había indicado así varios meses atrás, al comentar su sorpresa por no quedarse embarazada a pesar de las pocas precauciones que tomaban.

—No sé —dijo mirando tímidamente a su amigo—, pero lo cierto es que hasta el momento no ha funcionado.

Parecía desanimado y Mark le miró con comprensión y preocupación. Sabía lo mucho que Charlie deseaba tener un hijo y estaba convencido de que sería lo mejor para él, por no hablar de lo mucho que contribuiría a que Barbie se quedara en casa, que era lo que necesitaba.

—Quizás no lo estés haciendo en el momento más adecuado. No vale en cualquier momento, ya sabes. Hay una ciencia que se ocupa de esas cosas. Deberías hablar con un médico.

Mark no estaba muy versado en aquel asunto. Su primera hija había sido concebida en el asiento posterior de su coche cuando apenas tenía diecinueve años y todavía no se había casado con su madre. Y la segunda había nacido apenas diez meses después de la primera. Finalmente, ella se hizo la ligadura de trompas, y, en cuanto a la mujer con la que salía actualmente, tomaba la píldora. Pero sabía perfectamente que había momentos correctos para hacerlo y otros que no lo eran, y no estaba seguro de que Charlie lo supiera.

—Según dicen los libros que he leído, lo hemos estado haciendo en los momentos adecuados.

—En ese caso, quizás debieras relajarte un poco, muchacho —dijo Mark con expresión conspirativa—. Eres joven y estás sano, y ocurrirá tarde o temprano.

—Quizás.

Pero empezaba a deprimirle que no hubiera sucedido todavía.

—¿Crees que algo puede ir mal?

—No lo sé.

La preocupación reflejada en la mirada de Charlie conmovió a Mark. Le dio unas palmaditas en el hombro y pidió otra ronda de cervezas. Estaba siendo para los dos una velada agradable y amistosa.

—¿Tuviste paperas de pequeño o alguna enfermedad venérea cuando ibas por ahí a desahogarte?

—No —contestó Charlie con una sonrisa—. Yo no tuve nada de eso.

Mark miró a su amigo con expresión inquieta y frunció el ceño.

—Ya sabes que mi hermana y su esposo tuvieron muchos problemas para tener hijos. Llevaban siete años casados y no había ocurrido nada. Viven en San Diego y él vino a ver a un famoso especialista, aquí. Mi hermana también tuvo que tomar hormonas o algo así, y no estoy seguro de qué le hicieron a mi cuñado, pero sé que tuvo que llevar pantalones cortos durante un tiempo, con bolsas de hielo dentro. Parece algo extraño, ¿verdad? Pero, entonces, uno tras otro, llegaron tres hijos seguidos, dos chicos y una chica. La próxima vez que hable con ella le pediré el nombre del especialista para decírtelo. Era un tipo que estaba de moda y vivía en Beverly Hills. La visita les costó una fortuna, pero valió la pena. Los chicos que tienen son fantásticos.

Cuando llegaron las cervezas, Charlie todavía sonreía ante la imagen del cuñado de Mark llevando pantalones cortos con bolsas de hielo dentro. A veces, la vida podía ser maravillosa, por el simple hecho de poder estar con un buen amigo y pasar una velada agradable. Le encantaba estar con su esposa, pero con ella no podía hablar de las cosas que le importaban, puesto que todo lo que le interesaba a ella era completamente diferente de lo que le interesaba a él. Con Mark, en cambio, tenía muchas cosas en común, y tenía en gran estima su amistad.

—No estoy muy seguro de tener ganas de meterme cubos de hielo en los pantalones cortos, ¿sabes?

—Mira, si eso funciona, ¡qué demonios! ¿No te parece?

—Es una pena que no me haya casado contigo —le dijo Charlie en broma—. Me gusta lo que sientes por tus hijas —añadió, sonriéndole a su amigo.

—Son las mejores. Bueno, te conseguiré el nombre de ese médico —insistió, decidido a ayudarle.

—Tampoco estoy seguro de que funcione mal. Quizás no lo hayamos intentado aún lo suficiente. Sólo me he puesto a la tarea desde junio. Dicen que hasta una pareja normal puede tardar un año antes de conseguir un embarazo.

—Yo mismo hubiera deseado tener esa suerte, aunque sólo hubiera sido una vez —dijo Mark, poniendo los ojos en blanco, y ambos se echaron a reír—. De todos modos, ¿qué daño puede hacer comprobarlo? En el mejor de los casos, el tipo te dirá que te encuentras en una forma excelente, te sentirás como un semental, llegarás a casa, la tirarás al suelo y, bingo, la dejarás preñada. Eso es lo único que hace el médico..., infundir un poco de moral a la tropa, ¿no te parece?

—Eres un loco... —dijo Charlie, conmovido por su interés, aunque sin saber cómo expresárselo.

—¿Loco yo? ¿Acaso soy yo el tipo que ha dejado a su esposa irse sola a Las Vegas? Creo que el único loco que hay aquí eres tú, amigo.

—Sí, quizás tengas razón.

Charlie sonrió, sintiéndose tan bien como no se había sentido en mucho tiempo. Para colmo de dichas, los Mets ganaban el partido cuando terminaron sus cervezas. Eran ya las diez de la noche y Mark le acompañó a su casa en el coche. Después de despedirse, Charlie subió lentamente a su apartamento, preguntándose si se decidiría finalmente a ir a ver a un médico. Le parecía un poco exagerado acudir tan pronto a un especialista, y probablemente no le pasaba nada malo, pero sabía que, en cierto sentido, podía resultar tranquilizador. No obstante, le causaba extrañeza pensarlo, sobre todo teniendo en cuenta que Barbie no se daba cuenta del esfuerzo concentrado que realizaba para dejarla embarazada. No tenía ni la más remota idea de lo que estaba sucediendo. En realidad, esa noche, él era lo último en lo que pensaba, mientras se divertía en Las Vegas con sus antiguas amigas y se reunía con unos tipos a los que no había visto en varios años.

El fin de semana del Día del Trabajo, Pilar descubrió por tercera vez en tres meses que no estaba embarazada. Esta vez se sintió deprimida, pero se lo tomó con calma. Ella y Brad ya habían acordado que, si las cosas no funcionaban en esta ocasión, ella acudiría a ver a un médico. Pilar había estado haciendo unas discretas averiguaciones y Marina le había indicado el nombre de una especialista en reproducción, en Beverly Hills, que, si era tan buena como aseguraba la fuente de la que Marina había obtenido la información, quizá valiera la pena ir a ver. Los Ángeles sólo estaba a dos horas de camino en coche y los médicos a los que había visitado allí para comprobar su estado de salud le habían dicho que se encontraba perfectamente.

Al día siguiente de la fiesta, acordó una cita para la otra semana. Normalmente, habría tenido que esperar varios meses, pero intervino la amiga de Marina y pidió a la doctora que la viera con la mayor rapidez posible, a lo que ésta accedió. Brad también estuvo de acuerdo en acompañarla.

No le gustaba mucho que Marina les hubiera buscado una doctora, pero a Pilar le agradaba que fuera una mujer y finalmente llegó a la conclusión de que para su esposa era importante sentirse cómoda con la doctora.

—¿Qué me van a hacer a mí? —preguntó con cierto nerviosismo el día en que acudieron a la cita.

Había tenido que aplazar el caso que tenía que atender por la tarde, algo que sólo hacía en muy raras ocasiones.

—Creo que, probablemente, te la cortarán, comprobarán en que estado se encuentra y luego te la volverán a coser. Nada importante. Seguramente, las cosas trascendentales no empezarán a hacértelas hasta la siguiente visita.

—Menuda ayuda eres —gruñó Brad y ella se echó a reír, agradecida porque hubiera accedido a acompañarla.

Ella también se sentía algo nerviosa y no sabía qué podía esperar de aquella visita. Pero en cuanto conocieron a la doctora Helen Ward, una mujer pequeña y de aspecto agradable, con unos relucientes ojos azules y el cabello blanquinegro, ambos se dieron cuenta de que habían acudido al lugar adecuado. Era una mujer inteligente y serena, totalmente centrada en lo que ellos deseaban y muy clara en cuanto a la información que les dio. Al principio, a Brad le pareció un tanto fría y excesivamente técnica, pero cuando conversaron un poco pareció mostrarse más cálida con ellos y, además, tenía sentido del humor. Practicaba la medicina del mismo modo que Pilar practicaba el derecho, con comprensión e inteligencia, pero también con una inmensa habilidad y una gran precisión profesional. Y ambos se tranquilizaron al ver que había estudiado en la Facultad de Medicina de Harvard y que debía de tener poco más de cincuenta años, lo que agradó tanto a Brad como a Pilar, que había dejado bien claro que no deseaba ninguno de esos médicos jóvenes, fieros y siempre dispuestos a experimentar cosas nuevas. Deseaba un especialista serio y sereno, capaz de elegir las vías más conservadoras y al mismo tiempo hacer todo lo posible por ayudarles.

Después de una charla inicial, la doctora sacó sus fichas y empezó a hacerles una serie interminable de preguntas sobre su salud y sus problemas médicos, tanto actuales como pasados. A Brad le agradó observar lo cómoda que Pilar parecía sentirse con ella, sobre todo cuando le habló del aborto que había tenido a los diecinueve años. No le gustaba mencionarlo, pero en cierta ocasión, después de beber más vino de la cuenta, se lo había contado a Marina, diciéndole que todavía se sentía culpable por ello. Había tenido buenas razones para no tener aquel hijo; acababa de llegar a la universidad y no tenía forma alguna de mantener al niño; en cuanto al padre, su primer novio, se había negado en redondo a ayudarla. Los padres de Pilar la hubieran desheredado de saberlo, o quizá le hubieran hecho algo peor. Y se había sentido lo bastante aterrorizada y desesperada como para someterse a un aborto ilegal en el Harlem hispano.

Ahora, en más de una ocasión se preguntaba si aquel aborto no sería la causa por la que no quedaba embarazada. Pero la doctora Ward le aseguró que no era nada probable.

—La mayoría de las mujeres han pasado por varios abortos antes de tener hijos sanos, y nada demuestra que, a las mujeres que han tenido abortos, les resulte más dificultoso quedar embarazadas. Otra cosa muy distinta sería que hubiera padecido usted una infección grave a continuación, pero, por la forma en que me lo ha descrito, parece que fue algo bastante normal.

Sus palabras contribuyeron mucho a tranquilizar a Pilar. Hablaron de los hijos de Brad y, después de haber tomado nota de sus historiales respectivos, le hizo un examen a Pilar y no encontró, a simple vista, ningún problema notable. Como hacía siempre que se encontraba con casos de esterilidad, prestó una atención especial a la presencia de infecciones.

—¿Hay alguna razón en concreto por la que hayan querido venir a verme? En los historiales de ambos no encuentro nada que sugiera ningún tipo de complicaciones, y haber intentado concebir durante tres meses constituye un tiempo realmente corto para empezar a preocuparse —les dijo con una sonrisa de estímulo que agradó mucho a Pilar.

—Eso estaría muy bien si tuviera dieciséis años, doctora Ward, pero yo ya tengo cuarenta y tres. No creo que disponga de mucho tiempo para andar tonteando.

—Eso es cierto y podríamos comprobar unas pocas cosas, como su nivel de hormona luteinizante y de progesterona, que podrían afectar a su capacidad para quedar embarazada, así como los niveles de tiroides y prolactina por las mismas razones. Quisiera encontrar sus niveles de progesterona por encima de una cierta cifra para asegurar la concepción. Podemos comprobar cada mañana su temperatura y llevar un registro de la temperatura basal. Y también podemos darle un pequeño estímulo a base de clomifeno, para ver si eso ayuda un poco. Pero el clomifeno no siempre resulta útil después de los cuarenta años, aunque quizá valga la pena intentarlo si está usted dispuesta. Se trata de una hormona que inducirá a su cuerpo a producir niveles inusualmente elevados de progesterona, lo cual puede ayudarla a quedar embarazada.

—¿Hará eso que me salga pelo en la barbilla? —preguntó Pilar directamente, ante lo que la doctora Ward se echó a reír.

—Nunca he visto un caso semejante. No obstante, es posible que la haga sentirse un poco nerviosa, que experimente una sensación de tensión durante los cinco días que lo tome, e incluso un poco después. A algunas personas les causa pequeños problemas de visión y dolor de cabeza, pero, en definitiva, no son nada importante.

—En tal caso, creo que me gustaría intentarlo —asintió Pilar confiadamente—. ¿Qué le parece algo más fuerte? ¿Inyecciones de hormonas, quizás?

—Todavía no veo razón alguna para aplicarlas. Tampoco se trata de interferir excesivamente en los procesos naturales.

No quería excederse con una mujer mayor de cuarenta años. La doctora Ward tenía la impresión de que, de haber podido, Pilar hubiera pedido medidas más drásticas, como la fecundación in vitro, con la que provocarían a sus ovarios a producir varios óvulos mediante el uso de hormonas, para tomar entonces varios de ellos, fecundarlos en un disco de Petri con el esperma de su esposo y luego volvérselos a implantar en el útero, con la esperanza de que quedara embarazada. A veces se alcanzaba bastante éxito con la fecundación del óvulo, siempre y cuando los espermatozoides y los óvulos fueran sanos, pero ello no garantizaba que la paciente pudiera mantener el embarazo. No obstante, a la edad que tenía Pilar, había que descartar la fecundación in vitro. La mayoría de los centros se negaban a practicarla en mujeres mayores de cuarenta años. Además, no se trataba de un proceso sencillo. Exigía dosis elevadas de hormonas y sólo ofrecía un índice de éxitos de entre el diez y el veinte por ciento, aunque fuera como una especie de bendición divina para aquellas mujeres que lo conseguían.

La doctora Ward le efectuó a Pilar unas pruebas de sangre, le extendió una receta para el clomifeno, le pidió que empezara a tomarse la temperatura cada mañana antes de levantarse de la cama y le mostró cómo había de realizar el registro del gráfico de la temperatura basal; luego, le entregó un paquete preparado con el que podía detectar la presencia de la hormona luteinizante antes de la ovulación.

—Tengo la sensación de haberme enrolado en los Marines —le comentó Pilar a Brad cuando se marcharon, llevando el paquete junto con todas las instrucciones que les había dado la doctora acerca de cuándo hacer el amor y cuándo no, y con qué frecuencia.

—Espero que no. A mí me ha gustado. ¿Qué te ha parecido a ti?

A Brad le habían impresionado los puntos de vista inteligentes de la doctora Ward y su postura conservadora. Se había negado a dejarse presionar para actuar de forma drástica por el simple hecho de que Pilar fuera una mujer instruida y hubiera leído algo sobre las opciones más sofisticadas.

—A mí también me ha gustado —asintió Pilar.

Pero en el fondo se sentía un poco desilusionada de que no fuera capaz de sacarse milagros de la manga. Parecía seguir una línea conservadora, aunque eso era lo que ellos mismos deseaban. Y, en cualquier caso, las alternativas que tenían eran limitadas debido a la edad de Pilar. Tenía demasiados años para someterse a la fecundación in vitro, en el caso de que la hubiera necesitado, e incluso para el clomifeno.

La doctora Ward había sugerido un procedimiento de inseminación intrauterina, afirmando que, probablemente, eso les ofrecería una mayor probabilidad de concebir, en caso de que Pilar no lo consiguiera por sí sola con el clomifeno.

—Parece todo tan complicado para algo que debería ser tan sencillo... —comentó Brad, todavía sorprendido por las elaboradas pruebas, medicamentos y mecanismos que había para las personas estériles.

—A mi edad no hay nada sencillo —se quejó Pilar—. Incluso maquillarme me supone ahora mucho más trabajo que antes.

Le sonrió y él se inclinó para besarla.

—¿Estás segura de querer hacer todo esto? Tomar ese medicamento no parece divertido. Ya soportas suficiente presión en el trabajo como para tomar ahora unas pastillas que probablemente te pondrían más nerviosa.

—Sí, también he pensado en ello, pero quiero obtener cuantas más posibilidades mejor, así que lo intentaré.

Ahora que por fin se había decidido, deseaba hacer todo lo que estuviera en su mano para concebir un hijo.

—Muy bien, tú eres la jefa —asintió Brad, cálidamente.

—No, no lo soy, pero te amo.

Se besaron y, después de haber cenado en el Bistro, en Los Ángeles, regresaron en coche a Santa Bárbara. Fue una velada agradable para ambos, una buena ocasión de distraerse. Al llegar a casa, Pilar instaló sus nuevos tesoros en el cuarto de baño, el paquete para controlar la hormona luteinizante, el termómetro y el gráfico. En el camino de regreso se habían detenido para comprar el medicamento. No tenía que empezar a tomárselo hasta dentro de otras tres semanas, y sólo si no quedaba embarazada durante el presente ciclo. Mientras tanto, debía empezar a tomarse la temperatura y utilizar cada día el método de control hormonal. A la semana siguiente, intentaría quedar embarazada.

—Todo ese arsenal parece lleno de esperanza, ¿no lo crees? —preguntó Pilar mientras se lavaban los dientes, señalando toda la parafernalia que había dejado sobre la mesa del tocador.

—A mí me parece bien, si eso es lo que tenemos que hacer. Nadie ha dicho que sea fácil o sencillo. Lo único que importa al final es el resultado. —Se puso algo más serio al inclinarse hacia ella para besarla—. Y si el resultado final es que tú y yo tenemos que quedarnos solos y que nada de todo esto funciona, a mí también me parece bien y quiero que lo sepas. Quiero que reflexiones sobre ello y admitas también esa posibilidad. Sería realmente maravilloso que funcionara, pero, si no es así, seguimos teniéndonos el uno al otro y una vida llena de personas a las que queremos y que se preocupan por nosotros. No hay ninguna obligación de tener ese bebé.

—No, pero me gustaría tenerlo —dijo ella mirándole con tristeza, mientras él le pasaba un brazo por los hombros.

—A mí también. Pero no estoy dispuesto a arriesgar lo que ya tenemos a cambio. Y tampoco quiero que lo arriesgues tú.

Sabía por otras personas conocidas que el proceso podía llegar a ser tan obsesivo como para destruir un matrimonio, y eso era lo último que deseaba después de haber esperado tanto para casarse con ella. Lo que poseían era demasiado precioso para los dos.

A la mañana siguiente, sentada ante la mesa de su despacho, Pilar pensaba todavía en lo que le había dicho Brad. En cuanto se despertó, se tomó la temperatura antes de levantarse para ir al cuarto de baño y la anotó cuidadosamente en el gráfico. Luego utilizó el método de control hormonal antes de ir a trabajar. Eso le llevó algo más de tiempo, pues implicaba emplear una vasija para recoger la orina y usar media docena de pequeños frascos con productos químicos que previamente había dispuesto ordenadamente en el cuarto de baño. Pero los resultados demostraban que la hormona luteinizante todavía no había entrado en actividad, lo que significaba que no estaba preparada para ovular. Brad tenía razón. Todo parecía demasiado complicado para algo que debía haber sido muy sencillo.

—¿En qué andas pensando tan ensimismada esta mañana? —le preguntó Alice Jackson entrando en su despacho.

—Oh..., no es nada. Sólo estaba pensando.

Se irguió en el asiento y trató de apartar de su mente aquellos pensamientos, pero no le resultó fácil. En los últimos tiempos apenas podía dejar de pensar en quedarse embarazada.

—Pues no parece un pensamiento muy feliz.

Alice se había detenido un momento, con los brazos llenos de carpetas. Estaba investigando algo para un caso difícil de su marido.

—Te equivocas, es un pensamiento feliz, aunque no sea fácil —replicó Pilar con suavidad—. ¿Cómo anda ese caso?

—Ya casi estamos preparados para el juicio, gracias a Dios. No estoy segura de poder soportar otros seis meses como éstos.

Pero ambas sabían que lo haría si tuviera que hacerlo. Le encantaba trabajar con Bruce y realizar investigaciones para él. A veces, eso hacía preguntarse a Pilar cómo hubiera sido trabajar para Brad. Pero no podía imaginárselo, por mucho que valorara sus consejos. Tenían estilos demasiado diferentes y eran demasiado intransigentes en sus opiniones. Formaban una extraordinaria pareja como marido y mujer, pero abrigaba la sospecha de que no habría sucedido lo mismo como socios. Ella era mucho más puntillosa que él, y le gustaba aceptar casos difíciles y casi imposibles para terminar ganándolos, a veces en favor de los más desamparados. Todavía quedaba en ella mucho de la abogada de oficio que había sido. Brad, por su parte, nunca había dejado de ser en el fondo un fiscal de distrito, o eso era al menos lo que ella le decía cuando discutían sobre derecho. Ahora, sin embargo, la mayoría de sus discusiones eran bastante amistosas.

El teléfono sonó antes de que pudiera continuar su conversación con Alice Jackson y luego zumbó el intercomunicador y la recepcionista le dijo que la llamaba su madre.

—¡Oh, Dios mío! —exclamó. Vaciló un instante, preguntándose si debía aceptar la llamada. Alice se despidió con un gesto de la cabeza y siguió su camino con las manos llenas de carpetas para Bruce—. Está bien, pásemela —dijo por el intercomunicador apretando el botón de la línea que estaba encendida.

Era mediodía en Nueva York y Pilar sabía que su madre ya llevaría trabajando cinco horas en el hospital y se dispondría a tomar un almuerzo rápido para luego continuar otras cinco o seis horas visitando pacientes. Era incansable y mantenía un ritmo agotador a pesar de su edad. Brad había comentado en más de una ocasión que ello era un alentador presagio para Pilar, pero ella, mucho menos caritativa, sugería que su madre era demasiado enérgica para aminorar el ritmo y mucho menos para jubilarse; aquello no tenía nada que ver con presagios de ningún tipo—. Hola, mamá —la saludó con naturalidad, preguntándose por qué la habría llamado.

173

Habitualmente, esperaba que fuera Pilar la que llamara, aunque tardara un mes o más en hacerlo. Pilar se preguntó ahora si acaso iba a volver a Los Ángeles para asistir a otro congreso—. ¿Cómo estás?

—Muy bien. Hoy sufrimos una ola de calor en Nueva York. Increíble para ser el mes de octubre. Gracias a Dios, en nuestro despacho todavía funciona el aire acondicionado. ¿Cómo estáis tú y Brad?

—Enfrascados en el trabajo, como siempre. —«Y tratando de tener un hijo», penso. Sonrió al imaginar la cara que pondría su madre de haberlo sabido—. Los dos hemos estado bastante ocupados. Brad trabajando en un caso muy largo, y yo, durante este mes, tengo la impresión de que la mitad de la población de California ha pasado por mi despacho.

—A tu edad deberías presentarte para la judicatura, como han hecho tu padre y el propio Brad. No tienes ninguna necesidad de ocuparte de los casos de esa gentuza liberal de California. —«Gracias, mamá.» La conversación era la que se producía normalmente entre ellas. Preguntas, reproches, suaves acusaciones y una desaprobación tangible—. Ya sabes que tu padre accedió a la judicatura cuando todavía era bastante más joven que tú. Y a tu edad ya le habían nombrado para el Tribunal de Apelación. Fue todo un honor.

—Sí, lo sé, mamá. Pero a mí me gusta lo que hago. Y no estoy segura de que esta familia esté preparada para tener dos jueces. Además, la mayoría de mis clientes no son «gentuza liberal».

Sin embargo, se sintió molesta consigo misma por haber tratado siquiera de defenderse. Su madre siempre la incitaba a hacerlo.

—Por lo que tengo entendido, sigues defendiendo a la misma gente a la que representabas como abogada de oficio.

—Afortunadamente, no es así. La mayoría de mis clientes tienen más dinero. Pero ¿qué me cuentas de ti? ¿Estás muy ocupada?

—Mucho. Hace poco que he tenido que presentarme en dos ocasiones en el juzgado, para testificar en casos que necesitaban un testimonio neurológico. Resultó muy interesante y, desde luego, ganamos los dos casos.

La humildad no era precisamente una de las virtudes de Elizabeth Graham y nunca lo había sido, pero en eso, al menos, era predecible, lo que a veces le facilitaba el trato con ella.

—Desde luego —dijo vagamente—. Lo siento, pero... tengo que volver al trabajo. Te llamaré pronto... Cuídate.

Se apresuró a quitársela de en medio lo antes posible, con la misma sensación de derrota que experimentaba siempre que hablaba con ella. Pero nunca ganaba, hiciera lo que hiciese; su madre no aprobaba nada de lo que hacía, y Pilar nunca conseguía lo que deseaba. Y lo más estúpido de todo era que ya hacía años que lo sabía. Hacía tiempo que lo había aprendido, gracias a la terapia. Su madre era como era y ella no iba a cambiarla. Era Pilar la que tenía que cambiar para congraciarse con ella y la mayoría de las ocasiones lo hacía así, aunque había momentos, como cuando la llamaba por teléfono, en que todavía esperaba que su madre se comportara de modo diferente. En el fondo, sin embargo, sabía que nunca sería la madre cariñosa, comprensiva y cálida que siempre había deseado tener. Y, en cuanto a su padre, las cosas habían sido más o menos igual. Pero ahora contaba con Brad, que le daba el amor, el apoyo y la amabilidad que había anhelado durante tanto tiempo y que nunca había encontrado. Y si alguna vez necesitaba hacerse la ilusión de tener cerca a una madre, recurría a Marina. Hasta el momento, ninguno de los dos le había fallado.

Esa misma tarde llamó a Marina por teléfono, durante un descanso en el juzgado, para darle las gracias por haberle recomendado a Helen Ward. A Marina le satisfizo que le hubiera gustado la doctora.

—¿Qué ha dicho? ¿Te ha servido de estímulo?

—Bastante. Al menos, no me ha dicho lo que me dijo mi madre, que soy demasiado vieja y que si tengo un hijo será deforme. No obstante, nos ha advertido que puede costar algún tiempo y un poco de esfuerzo.

—Estoy segura de que Brad cumplirá encantado con el papel que le toca —dijo Marina bromeando, en agudo contraste con el comentario que hubiera hecho la madre de Pilar.

—Así me lo ha sugerido él mismo —asintió Pilar, riendo—. La doctora Ward me ha recetado unas pastillas, aunque me ha advertido que no es seguro que funcionen. Lo importante en todo esto es que hay alguna esperanza, a pesar de que ya no soy ninguna jovencita.

—¿Y quién lo es? Recuerda a mi madre, por ejemplo... Tuvo su último hijo a los cincuenta y dos años.

—Deja eso ya. Cada vez que me lo recuerdas me asustas. Prométeme que yo lo conseguiré por lo menos antes de cumplir los cincuenta.

—Sería incapaz de prometerte tal cosa —replicó Marina riendo—. Y si el buen Dios quiere que te quedes embarazada a los noventa, seguro que así será. Sólo tienes que leer el *Enquirer*.

—Eres de una gran ayuda, pero esto no es ningún espectáculo, jueza Goletti. Se trata de mi vida..., ¿o no? Mi madre me ha llamado hoy y eso siempre resulta divertido, como sabes.

—¿Y qué noticias alegres ha compartido contigo?

—Nada importante. Que en Nueva York sufren una ola de calor y recordarme que, a mi edad, mi padre ya había sido nombrado para el Tribunal de Apelación.

—Oh, desgraciado fracaso de muchacha. No tenía ni la menor idea... Ha sido muy amable por su parte al recordártelo.

—A mí también me lo ha parecido. En su opinión, debería presentarme para ocupar tu puesto.

—En eso coincidimos. Pero eso es otra cuestión y ahora mismo tengo que regresar ahí y convertirme de nuevo en juez. Esta tarde me ha tocado un caso de daños por un conductor en estado de embriaguez y me sentiría muy feliz si me lo quitaran de encima. El acusado salió completamente ileso del coche aplastado y lo único que hizo fue matar a una mujer de treinta años, embarazada, y a sus tres hijos. Afortunadamente, hay jurado y serán ellos los que tengan que tomar la decisión.

—Parece que se trata de un caso difícil —dijo Pilar, comprensivamente.

Le encantaban sus conversaciones, su amistad. Nunca se sentía desilusionada con ella.

—Lo va a ser. Cuídate, hablaré pronto contigo. Quizás podamos almorzar juntas, si no estás muy ocupada.

—Te llamaré.

—Gracias. Hasta luego.

Colgaron y regresaron a su trabajo.

Pero ni aquella semana ni la siguiente dispusieron de tiempo para comer juntas. Estuvieron demasiado ocupadas y lo mismo le sucedió a Pilar hasta que Brad sugirió que se marcharan unos días a un pequeño hotel muy romántico que conocía en Carmel Valley. Precisamente ahora, se encontraban en la «semana azul», como él había dado en llamarla. La hormona luteinizante estaba a punto de actuar y ella ovularía al día siguiente o al cabo de dos días. A Brad le pareció mucho más agradable salir de casa para afrontar el acontecimiento, en lugar de quedarse en el hogar y seguir soportando las crisis en el juzgado y en el despacho.

Para cuando llegaron al hotel, habían dejado tras de sí unos días tan ajetreados, que ambos se sentían exhaustos. Fue un verdadero alivio hallarse a solas en un ambiente lujoso y cómodo, sin otra cosa que hacer que estar juntos, hablar y pensar, sin la interrupción de los teléfonos o el cotidiano alud de informes y memorándums.

A pesar de los días frenéticos que habían precedido a su viaje, disfrutaron visitando las tiendas de antigüedades de Carmel. Brad adquirió incluso un pequeño cuadro muy bonito que representaba a una madre y un niño sobre una playa, al atardecer; tenía un aire impresionista y a ella le encantó. Sabía que, si se quedaba embarazada ahora, aquel cuadro tendría siempre un significado muy especial para ella.

Regresaron a Santa Bárbara dos días más tarde, felices, relajados y convencidos de que esta vez lo habían logrado. Pilar estaba casi segura y se lo dijo a Brad. Hasta que al mes siguiente volvió a tener la regla y tuvo que empezar a tomarse el clomifeno, que le produjo exactamente lo que la doctora le había advertido. Estaba tan susceptible como un muelle. Saltaba por cualquier cosa que dijera Brad y sentía deseos de estrangular a su secretaria por lo menos seis veces al día. Tuvo que controlarse para no azotar verbalmente a sus clientes, y en una ocasión casi estuvo a punto de perder el control, discutiendo con un juez en el juzgado. De repente, dominar su temperamento le exigía todo su esfuerzo y experimentaba una continua sensación de agotamiento por culpa del medicamento.

—Esto es divertido, ¿no te parece? —le dijo a Brad—. Seguramente a ti te debe de encantar.

Su comportamiento con él era horrible desde hacía dos semanas; ella misma apenas podía soportarlo, y mucho menos comprender cómo lo aguantaba él. Era bastante peor de lo que había creído en un principio, pero le parecía que valía la pena si se quedaba embarazada.

—Habrá valido la pena si sirve de algo —le aseguró él, tranquilizándola.

Pero el problema fue que, una vez más, no sirvió de nada. Llevaban intentándolo desde hacía cinco meses y la doctora Ward los preparó para el proceso de inseminación artificial, que llevarían a cabo al mes siguiente, la semana antes del día de Acción de Gracias.

Antes de decidirse a intentarlo, lo hablaron detenidamente con la doctora, quien le aseguró a Pilar que, en su opinión, podría constituir una diferencia. Lo que deseaba hacer aquel mes era aumentar por lo menos al doble la dosis de clomifeno que le había recetado, o quizás tres veces la que había estado tomando —lo que no fue una buena noticia para Pilar—, hacerle un examen por ultrasonidos justo antes de la ovulación, para comprobar el desarrollo de sus folículos, administrarle una inyección de otra hormona, la gonadotropina coriónica humana, o GCH, la noche antes de la ovulación, y luego llevar a cabo una inseminación intrauterina, dejando el esperma directamente en el útero para facilitar con ello el encuentro entre los espermatozoides y el óvulo.

A Pilar no le entusiasmaba nada la idea de tomar más medicamentos. Ya se sentía insoportablemente tensa con la cantidad que estaba ingiriendo, pero Helen Ward le aseguró que valía la pena intentarlo y reservaron plaza en el Bel Air para los dos días que les parecieron las fechas más correctas, basándose en el efecto que cabía esperar de los medicamentos y en la información obtenida a partir del gráfico de la temperatura basal. La doctora Ward les advirtió que no hicieran el amor durante los tres días anteriores, para no disminuir la potencia espermática de Brad.

—Me siento como un caballo de carreras en pleno entrenamiento —comentó éste en son de broma cuando se dirigían en coche a Los Ángeles.

Para entonces, Pilar volvía a sentirse casi humana. Se había tomado la dosis de clomifeno cinco días antes y empezaba a encontrarse de nuevo como ella misma, un pequeño regalo por el que ahora se sentía muy agradecida. De repente, pasar un solo día sin tener la impresión de que la cabeza iba a estallar en cualquier momento o sin discutir con Brad había terminado por ser algo importante en su vida.

En cuanto llegaron a Los Ángeles se dirigieron directamente a la consulta de la doctora Ward. Ésta efectuó a Pilar un examen de ovarios por ultrasonidos transvaginal y se mostró complacida por el resultado. Inmediatamente después, le administró la inyección de GCH y les pidió que regresaran al mediodía siguiente, dejándoles toda una tarde y una noche libres para hacer lo que quisieran, excepto el amor. A ellos los sorprendió sentirse excitados y ansiosos.

—Quizás mañana me quede embarazada —susurró ella.

Aquella tarde, Brad le compró un hermoso y antiguo alfiler de diamantes en forma de pequeño corazón en la joyería de David Orgell, en Rodeo Drive. Después, pasearon por la calle para ir de compras a Fred Hayman. Fue una tarde un tanto extravagante, pero ambos se sentían a un tiempo excitados y aterrorizados ante la posibilidad de un nuevo fracaso.

Tomaron unas copas en el hotel Beverly Hills y cenaron en Spago. Luego, regresaron al Bel Air y pasearon tranquilamente por los jardines, contemplando los cisnes antes de subir a acostarse. Y permanecieron despiertos durante mucho rato, pensando en lo que iba a ocurrir al día siguiente.

Por la mañana, estaban nerviosos cuando abandonaron el hotel y Pilar temblaba en el momento de subir al ascensor que los condujo a la consulta de la doctora Ward.

—¿No te parece estúpido? —le susurró a Brad—. Me siento como una chiquilla a punto de perder la virginidad.

Brad le sonrió, también él se sentía inquieto. No le gustaba la idea de tener que producir el semen en la consulta de la doctora, aunque ésta le había asegurado que podía tomarse todo el tiempo que necesitara y que Pilar podía ayudarle si así lo deseaba. Pero el hecho en sí le parecía increíblemente embarazoso, y los dos temían que llegara el momento. Por eso, los asombró la suavidad con que se desarrolló todo una vez que entraron en la consulta.

Los hicieron pasar por una puerta y los introdujeron en una habitación privada más parecida a la de un hotel bien acondicionado que a la de una consulta médica. Había una cama, un aparato de televisión con videocintas eróticas y un montón de revistas para estimular la imaginación de los «invitados», así como una serie de artilugios eróticos y vibradores diseñados para facilitar la tarea. Sobre la mesa había un pequeño frasco para recoger el producto.

No les dijeron nada sobre cuándo tenían que salir o de cuánto tiempo disponían, y antes de dejarlos a solas la enfermera les preguntó si querían tomar café, té o algún refresco. Luego, de repente, Pilar miró a su esposo y se echó a reír. Estaba tan serio y tan bien vestido, que no pudo evitar que aquella situación le pareciera ridículamente divertida.

—Es como haberse alojado en un motel de adultos, ¿no te parece? —dijo entre risitas, y él también se echó a reír.

—¿Y cómo sabes tú de esas cosas?

—Pues porque las he leído en las revistas —contestó sin dejar de reír.

Brad la atrajo hacia sí, sobre la cama, con una sonrisa un tanto reacia.

—¿Cómo habré permitido que me metas en esto? —le preguntó mirándola.

—No estoy muy segura. Cuando veníamos hacia aquí, yo también me preguntaba lo mismo. ¿Y sabes una cosa? —Le miró entonces con expresión seria—. Si no quieres seguir adelante, me parecerá bien. Te has portado maravillosamente y quizás yo haya ido demasiado lejos. No tenía intención de hacerlo así. No quiero que te sientas incómodo.

Se sentía culpable por hacerle pasar por aquella situación. No era culpa suya que ella tuviera demasiados años. Su esperma estaba en buenas condiciones, era el cuerpo de ella el que declinaba. Y si hubiera pensado antes en tener hijos, no se habrían visto obligados a pasar por todo aquello.

—¿Quieres seguir teniendo un hijo, Pilar? —le preguntó él con dulzura, mientras permanecían tumbados en la cama, hablando tranquilamente. Ella asintió con un gesto de tristeza—. Está bien, en tal caso deja de preocuparte y pasémoslo lo mejor posible.

Se levantó y puso un vídeo erótico en la televisión. Ella se sintió inquieta, aunque también le pareció divertido. Luego, le ayudó a él a quitarse la ropa, se desnudó y empezó a bromear mientras observaba la pantalla. Brad no tardó en sentirse excitado, lo mismo que ella, que casi lamentó no poder hacer nada. Brad palpitaba de deseo por penetrarla y ella mantuvo el recipiente lo más cerca que pudo, mientras no dejaba de acariciarle, frotarle y besarle, hasta que obtuvieron los resultados deseados y él eyaculó en sus brazos. Había sido diferente, pero no del todo desagradable.

Se dieron una ducha rápidamente, se vistieron, llamaron a la enfermera y le entregaron el frasco. La enfermera le pidió a Pilar que la siguiera.

—¿Puedo ir yo también? —preguntó Brad, vacilando.

Hasta el momento, lo habían compartido todo en el proceso y ahora también quería estar a su lado por si había alguna parte desagradable en el tratamiento.

La enfermera le dijo que podía acompañarlas y Pilar tuvo que desnudarse de nuevo. Luego, se puso el batín y se tumbó con expresión nerviosa en la camilla donde se iba a efectuar la inseminación. Un momento más tarde apareció la doctora Ward y transfirió el esperma recién emitido a una jeringuilla. A continuación, introdujo un pequeño tubo en el útero de Pilar e inyectó cuidadosamente el esperma contenido en la jeringa. Terminó en cuestión de minutos, retiró el tubo y pidió a Pilar que se quedara allí tumbada durante media hora, antes de marcharse. Luego, los dejó a solas y ella y Brad charlaron tranquilamente; él bromeó diciendo que creía que iban a utilizar un instrumento para rehogar carne de pavo.

—Yo misma me siento como una pava, aquí tumbada.

Había sido sorprendentemente sencillo, pero los había dejado exhaustos. Era emocionalmente agotador intentar conseguir algo que se deseaba con tanta intensidad.

—Apuesto a que esta vez va a funcionar —dijo él, esperanzado. Luego se echó a reír, al pensar en la película que habían visto en la otra habitación—. Tendremos que conseguir algunas de ésas —le dijo en broma, y ella también se echó a reír.

Se lo había tomado todo con espíritu deportivo, y él también, y no había resultado fácil para ninguno. Pero, a veces, las cosas buenas no son fáciles.

—Ya hemos terminado —dijo la doctora Ward, cuando pasó a verlos de nuevo antes de que se marcharan.

Les recordó que las pruebas de hormonas de Pilar habían sido normales y sus niveles de progesterona muy altos desde que había empezado a tomar el clomifeno, pero también les dijo que podría necesitar de seis a diez veces la cantidad que había tomado para lograrlo.

—Van a tener que verme con mucha frecuencia, mucho más que a sus amigos o a su familia —les advirtió, pero los Coleman le aseguraron que no les importaría.

Les deseó un feliz día de Acción de Gracias antes de marcharse y le dijo a Pilar que la mantuviera informada. Quería que la llamara por teléfono al cabo de dos semanas para comunicarle si había tenido la regla o no.

—No se preocupe —dijo Pilar con una sonrisa—. Tendrá noticias mías en cualquier caso.

Y sobre todo si quedaba embarazada. En caso contrario, tendrían que regresar para una nueva sesión de inseminación artificial, y repetirla una y otra vez hasta que lo consiguieran o abandonaran, lo que sucediera antes, y ella confiaba en que fuera lo primero.

Le habría hablado a la doctora sobre la transferencia intrafalopiana de gametos, un procedimiento sobre el que había leído algo, parecido a la fecundación in vitro, pero que parecía dar mejores resultados con mujeres mayores de cuarenta años. Sin embargo, la doctora Ward no había querido ni considerarlo.

—Démosle primero una oportunidad a la inseminación artificial, ¿no le parece? —dijo con firmeza.

Para ella todavía era prematuro hablar de medidas tan expeditivas, y se mostró optimista en cuanto a los resultados de la inseminación artificial. Gracias al clomifeno, los niveles de progesterona de Pilar eran muy elevados y, sin lugar a dudas, eso la ayudaría a concebir.

El viaje de vuelta a casa resultó largo y tranquilo, y después de aquellos últimos días se sentían más cerca el uno del otro. La semana anterior al día de Acción de Gracias fue bastante tranquila y Pilar no trabajó mucho en el despacho.

Aquel año, Nancy, Tommy y Adam pasaron con ellos el día de Acción de Gracias, mientras que Todd se marchó a esquiar a Denver, en compañía de su novia. Pero prometió pasar las Navidades de aquel año en casa, para que no se quejaran por no haber estado presente en aquella fiesta tan familiar.

El pequeño Adam ya tenía cinco meses y era una maravilla. Ya le habían salido dos dientes en el centro de la encía inferior y era evidente que Brad estaba loco por su nieto. Pilar también lo tuvo bastante rato en brazos y Nancy comentó lo bien que se entendía con su hijo, lo cual no dejó de sorprender a Pilar, que nunca había tenido hijos.

—Supongo que será algo instintivo —dijo medio en broma.

Pero ni ella ni Brad hicieron comentario alguno sobre sus planes o sus esfuerzos por engendrar. Era demasiado importante para ellos, demasiado íntimo para compartirlo con nadie. Y Pilar se sentía sobre ascuas a la espera de saber si había quedado embarazada o no. Apenas pudo pensar en la fiesta familiar.

Aquella noche, cuando la joven pareja se marchó a su casa, Pilar se sintió aliviada de volver a estar solos, y enseguida se puso a hablar sobre lo mucho que esperaba el éxito de la inseminación.

—Ya veremos —dijo Brad.

Pero observó en ella una expresión un tanto extraña que despertó ciertos ecos en sus recuerdos. Era como una expresión adormilada, aunque su esposa no mostraba el menor síntoma ni el menor indicio de haber cambiado en algo. Finalmente, decidió, lo mismo que le había pasado a Pilar, que no era más que resultado de sus esperanzas de quedar embarazada.

8

Aquel año, la fiesta de Acción de Gracias fue una verdadera pesadilla para Diana y Andy. Su vida en común se había convertido en un auténtico infierno desde hacía tres meses y, a veces, Andy no creía poder soportarlo más tiempo. Ya no podía hablar con ella, ni aguantar la amargura, la autocompasión y el odio. Ella odiaba a todos y todo, y ahora se pasaba la mayor parte del tiempo enojada. Le fastidiaban la vida y el destino, que la habían tratado de una forma tan cruel. Pero él no podía hacer nada al respecto. Él también se había visto tratado de la misma forma, en la medida en que había elegido estar con ella. Pero algunos días se preguntaba si podrían continuar de aquel modo mucho más tiempo.

Las cosas todavía empeoraron más en octubre, cuando Bill y Denise anunciaron que esperaban un hijo. Había ocurrido literalmente la misma noche de bodas. Diana se sintió horrorizada ante aquella cruel ironía y se negó en redondo a volver a verlos, contribuyendo así a hacer la vida todavía más solitaria a Andy.

También se negaba a hablar con Eloise, como no fuera por cosas relacionadas con el trabajo. Y dejó de mencionarle por completo al doctor Johnston. Eloise ya no se atrevía a hablar de él o de su padre, dándose cuenta de que a Diana le debía de haber ocurrido algo terrible.

Ya no podía ver a ninguna de sus amigas. Al final, casi todas dejaron de llamarla y, cuando llegó el día de Acción de Gracias, ya se había aislado del todo, dejando a Andy con la sensación de que la vida nunca había sido tan dura para él como en aquellos momentos.

Terminó por aumentar su miseria al aceptar pasar el día de Acción de Gracias con los Goode, en Pasadena. Andy intentó que lo cancelara, pero ella no quiso, ante su desazón. Iban a ser las únicas personas a las que veían desde hacía meses y no eran las más adecuadas en aquellos momentos.

—Por el amor de Dios —se quejó Andy—, ¿por qué has hecho eso?

—¡Son mi familia! ¿Qué esperabas que hiciera? ¿Decirles que ya no queremos verlos más sólo porque soy estéril?

—Eso no tiene nada que ver. Lo que sucede es que lo vas a pasar mal. Tus hermanas no dejan de hacerte preguntas sobre si te has quedado embarazada y Sam lo está de seis meses. ¿No entiendes que vas a pasarlo mal?

Los dos lo pasarían mal, tal y como estaban las cosas, aunque no lo dijo.

—Sigue siendo mi hermana.

Andy ya no la comprendía y no estaba seguro de poder comprenderla nunca más. Parecía sentir la necesidad de castigarse a sí misma. Pero lo más terrible de todo era que no tenía por qué. Varios años antes había elegido un método incorrecto de control de natalidad y había tenido que pagar un precio muy alto por ello; nadie podía hacer nada al respecto. Pero eso no significaba que tuviera que convertirse en una persona despreciable.

—Creo que no deberíamos ir.

Discutió con ella, hasta que llegó el momento de partir, tratando de convencerla para que no fueran, pero Diana no cedió. En cuanto llegaron, se dio cuenta de su grave error. Gayle estaba de mal humor, sufría un fuerte resfriado y los niños la habían sacado de sus casillas durante todo el día. Había discutido con su madre cuando ésta le sugirió que debía tratarlos con mayor disciplina y parecía sentirse molesta con Jack por no haberla apoyado. Así que la emprendió con Diana en cuanto entró por la puerta, y Andy deseó más que nunca no haber ido. Iba a ser una velada odiosa.

—Gracias por haber venido tan pronto para echar una mano —le espetó Gayle cuando todavía ni se había quitado el abrigo—. ¿Te has estado haciendo las uñas esta tarde o sólo has dormido la siesta?

—Oh, vamos, ¿acaso estás tú tan agotada? —replicó inmediatamente Diana.

En ese momento, apareció Sam y Andy casi gimió al verla. No la había visto desde el Cuatro de Julio y su aspecto era como el de un dibujo de cómic de una mujer embarazada. Y, por la expresión gélida que observó en el rostro su esposa, comprendió que ver a Sam la había impresionado.

—Gayle acaba de enfadarse porque mamá le ha dicho que los niños son unos salvajes. Y tiene razón, a los míos les sucede lo mismo. ¿Cómo estás? —le preguntó a Diana, al tiempo que posaba una mano sobre su enorme vientre.

—Muy bien —contestó Diana con frialdad—. En cuanto a ti, ya veo cómo estás.

—Sí, gorda. Seamus dice que parezco un Buda.

Diana hizo un esfuerzo por sonreír y luego se marchó a la cocina a ver a su madre. Aquel año tenía mejor aspecto que nunca y se sintió muy feliz de ver a su hija. Estaba organizándolo todo y disfrutaba enormemente haciéndolo. Había estado tan ocupada durante los dos últimos meses, que ni siquiera se había dado cuenta del distanciamiento de su hija. Había supuesto que estaba muy ocupada en la revista, pero ahora, al verla, observó algo que no le gustó alrededor de sus ojos. Además, parecía más delgada.

—Me alegro de que hayáis venido —le dijo, contenta de verse rodeada por todas sus hijas y nietos. Siempre disfrutaba teniéndolos a su lado, aun cuando le hubiera pedido a Gayle que controlara a sus hijos—. ¿Te encuentras bien? —le preguntó.

—Sí, muy bien —contestó Diana intentando aparentar naturalidad.

Amaba a su madre, pero no se había atrevido a hablarle de la laparoscopia ni del infierno por el que había pasado. Se preguntaba si lo haría algún día, aunque, de momento, no se sentía preparada para ello. Se le hacía imposible decirle a nadie que era una mujer estéril. Se sentía como un verdadero desecho.

—Trabajas demasiado —le reprendió su madre, confiando,

mientras comprobaba el pavo, en que lo que veía en el rostro de su hija no sería más que consecuencia de la tensión en el trabajo.

Estaba cocinando un pavo enorme que olía deliciosamente.

—A diferencia de sus hermanas —añadió su padre, que entraba en aquel momento en la cocina.

—Es que tienen mucho trabajo con los niños —las defendió su madre.

Adoraba a sus tres hijas y sabía que su padre también las quería mucho. Simplemente, le gustaba hacer comentarios de aquel tipo. Siempre se había sentido particularmente orgulloso de Diana y estaba preocupado porque había advertido también su aspecto cansado y triste.

—¿Cómo va la revista? —le preguntó como si fuera el propietario, y ella sonrió al oír la pregunta.

—Muy bien, estamos aumentando la tirada.

—Es una publicación excelente. El mes pasado vi un ejemplar.

Siempre la había alabado por su trabajo, lo que hizo que Diana se preguntara por qué razón se sentía tan mal a veces. Ahora, sin embargo, tenía importantes razones para sentirse mal. Había fracasado en lo que èra más importante para todos ellos: tener hijos.

—Gracias, papá.

Sus cuñados entraron en ese momento, preguntando cuándo estaría lista la cena.

—Paciencia, muchachos —contestó su suegra, sonriéndoles. Después echó a todo el mundo de la cocina, excepto a Diana—. ¿De veras te encuentras bien, querida? —preguntó, mirándola muy seriamente.

Parecía tan cansada y pálida, y había algo tan profundamente desgraciado en sus ojos, una expresión tan desanimada, que se preguntó si su relación con Andy funcionaría bien. Se acercó lentamente a su hija y recordó lo brillante que había sido siempre, y lo consciente de las cosas.

—¿Sucede algo malo? —insistió.

—No, mamá —mintió Diana, dándole la espalda para que no viera las lágrimas en sus ojos—. Estoy bien.

Y entonces, afortunadamente, los niños entraron en tromba en la cocina y Diana se encargó de sacarlos de allí y llevarlos hasta donde estaban sus madres. Andy la miró. No le gustaba nada lo que venía observando en sus ojos toda la tarde. Se estaba muriendo por dentro y deseaba encontrar a alguien a quien echarle la culpa. Parecía a punto de explotar de dolor y él sabía muy bien que no había forma humana de ayudarla.

Una vez que todos se hubieron instalado ante la mesa, su padre pronunció la oración de acción de gracias. Diana se sentó entre sus dos cuñados, y Andy lo hizo frente a ella, entre sus dos cuñadas. Gayle no dejaba de hablar con él, como hacía siempre, aunque de nada en particular, quejándose del poco dinero que ganaban los médicos en estos tiempos y haciendo veladas referencias a por qué no habían tenido hijos todavía. Andy se limitaba a mostrarse agradablemente de acuerdo con ella y ocasionalmente hacía algún esfuerzo por comentar algo con Sam, que no sabía hablar de otra cosa que no fueran sus hijos y del nuevo bebé que esperaba. Luego, se comunicaron lo que sabían sobre los vecinos, quién se había casado, quién había muerto, quién iba a tener un hijo. A mitad de la cena, Diana los miró a todos con expresión irritada.

—¿Es que no sabéis hablar de otra cosa que no sean embarazos y niños? Ya estoy harta de oír hablar de partos, de hemorragias, de lo que alguien ha tardado en dar a luz, de cuántos hijos tiene tal familia y cuántos tiene tal otra. Dios santo, es un milagro que no hablemos también de sus biberones.

Su padre la miró desde el otro lado de la mesa y luego se volvió a mirar a su esposa, con el ceño fruncido y preocupado. Algo grave le estaba pasando a Diana.

—¿Qué ha sido eso? —preguntó de pronto Sam, reclinándose sobre el asiento y sujetándose los riñones con una mano y el estómago con la otra—. Dios mío..., si este bebé no deja de pegar patadas...

—¡Santo Dios! —gritó Diana, empujando la silla hacia atrás y apartándola de la mesa—. Me importa un comino que tu maldito bebé te saque los dientes a patadas. ¿No puedes dejar de hablar de él durante diez minutos siquiera?

Sam se la quedó mirando, horrorizada, y luego empezó a llorar y abandonó la mesa, pero para entonces Diana ya se había puesto el abrigo y se disculpó, dirigiéndose a sus padres por encima del hombro.

—Lo siento, mamá... papá..., no puedo soportar esto. Supongo que no debería haber venido.

Pero su hermana mayor ya había cruzado el comedor y se encontraba en el vestíbulo, con una expresión de rabia en el rostro que Diana no le había visto desde que estaban en la escuela superior, cuando le incendió los nuevos rollos eléctricos para permanente que acababa de comprar.

—¿Cómo te atreves a comportarte así en casa de tus padres y hablarnos de esa manera? ¿Quién demonios te crees que eres?

—Gayle, por favor..., no —intervino Andy—. Diana está alterada. No deberíamos haber venido.

Intentó en vano calmar a las dos mujeres. Seamus se había marchado al cuarto de baño para calmar los sentimientos heridos de Sam, que no dejaba de llorar. Sus padres se hallaban muy turbados al ver a sus hijas pelearse como fanáticos seguidores del fútbol, según dijo su madre, y los niños habían empezado a perder la compostura y se levantaban de la mesa.

Pero Gayle no estaba dispuesta a calmarse con facilidad. Se sentía furiosa y los celos que había sentido durante largos años encontraban por fin una vía de escape.

—¿Y por qué diablos tiene que estar alterada? ¿Por su trabajo? ¿Por su carrera? La ilustre señora, demasiado inteligente e importante como para tener hijos y vivir como todas las demás. No, a ella le gusta seguir una gran carrera, la graduada en Stanford. Pues muy bien, ¿sabes qué? Me importa un bledo. Así que, ¿cómo te va eso, señora dama de carrera?

—Adiós, me marcho —dijo Diana a sus padres abrochándose el cinturón de su abrigo y mirando con ira a Andy. Había oído lo que le había dicho su hermana y no confiaba en sí misma si decidía contestarle. Sabía que perdería por completo el control si intentaba hablar siquiera con ella y no quería que ocurriera—. Mamá, lo siento —gritó desde la puerta.

Vio a su padre mirarla y la expresión de su rostro le desgarró el corazón, pero no podía hacer nada por evitarlo. Él la miraba como si le hubiera traicionado.

—Deberías disculparte —exclamó Gayle en el momento en que Sam salía del cuarto de baño y entraba en el vestíbulo—. Mira lo que nos has hecho a todos en el día de Acción de Gracias —insistió acusadoramente.

Tenía razón, aunque, sin saberlo, todos la habían provocado.

—No debería haber venido —dijo Diana, ahora con suavidad, con la mano en el pomo de la puerta y Andy detrás de ella.

—¿Y por qué demonios no? Lo que tendrías que haber hecho es mantener la boca cerrada —siguió diciendo Gayle.

Y entonces, de repente, Diana estalló. Cruzó el vestíbulo como un rayo, agarró el cuello de su hermana y se lo apretó.

—Si no cierras el pico, te mato aquí mismo, ¿me oyes? No sabes nada de mí, ni de mi vida, ni de por qué tengo o dejo de tener hijos o no podré tenerlos nunca. ¿Entiendes eso, increíble estúpida, bruja insensible? No tengo hijos porque soy estéril, imbécil. ¿Lo has oído con claridad? ¿Lo has entendido? No puedo tener hijos. Mis ovarios quedaron hechos papilla hace años por un dispositivo intrauterino y yo ni siquiera lo sabía. ¿Lo has entendido ahora, Gayle? ¿Quieres hablar de mi trabajo, que ya no me importa? ¿O de mi casa, que es condenadamente grande para dos personas que nunca van a tener hijos? ¿O quizá quieras hablar de nuevo del bebé de los Murphy o de los gemelos de los McWilliam? ¿O nos quedamos todos aquí sentados contemplando la barriga de Sam? Buenas noches a todos.

Observó por un instante los rostros conmocionados de todos los presentes, que se habían levantado de la mesa, y por el rabillo del ojo vio que tanto su hermana menor como su madre estaban llorando. Pero Gayle se limitó a quedarse allí, con la boca abierta, y Diana salió precipitadamente de la casa y se dirigió al coche, mientras Andy les dirigía a todos una mirada de disculpa y se apresuraba a seguirla.

Había sido una escena, pero Diana insistió en que ya no le importaba nada. En su fuero interno, Andy pensó que quizás aquel estallido le sentaría bien. Necesitaba ventilar sus pensamientos, llorar, gritar, abalanzarse sobre alguien, y, si no lo hacía con su familia, ¿con quién iba a hacerlo? Aunque debía admitir que les había estropeado a todos la fiesta.

Mientras conducía de regreso a casa, él se volvió para mirarla, con una sonrisa en el rostro. Diana ni siquiera lloraba.

—¿Quieres ir a tomar un bocadillo de pavo a alguna parte?

Lo dijo medio en broma, pero ella se echó a reír. A pesar de todo, no había perdido por completo su sentido del humor.

—¿Crees que me estoy volviendo loca por todo esto?

Había sido una época de pesadilla para ella y quizás fuera una suerte que hubiese terminado.

—No, pero creo que necesitabas sacártelo de dentro. ¿Qué te parece si fuéramos a un psicólogo?

Últimamente, incluso había pensado en acudir él solo, aunque sólo fuera para hablar con alquien. Ya no podía hablar con ella y no le gustaba la idea de contarles a sus amigos lo que ocurría. Había intentado confiarse a Bill, pero ahora, con Denise embarazada, hubiera sido demasiado violento explicarle lo de la esterilidad de Diana. Y sus hermanos eran demasiado jóvenes para servirle de ayuda. A su manera, lo mismo que le sucedía a Diana, también se sentía aislado, deprimido y derrotado.

—También estaba pensando en tomarnos unas vacaciones —añadió.

—No necesito ningunas vacaciones —dijo ella en seguida, ante lo que él se echó a reír.

—Claro, desde luego. ¿Qué te parece si regresamos ahora mismo a Pasadena para discutirlo? ¿O prefieres esperar a las Navidades y afrontar una segunda ronda? Estoy seguro de que tus hermanas estarán encantadas de complacerte. No sé lo que piensas hacer tú —le dijo, mirándola seriamente—, pero este año no estoy dispuesto a pasar las Navidades en Pasadena.

Ella tuvo que admitir, para sus adentros, que tampoco deseaba ir a casa de sus padres.

—Creo que no podré librarme del trabajo para ir a ninguna parte.

Había estado tan distraída y aturdida durante tanto tiempo, que tenía realmente la sensación de que le debía algo a la empresa.

—Al menos podrías pedirlo. Incluso una semana nos vendría muy bien. Había pensado ir a Mauna Kea, en Hawai. La mitad de la empresa estará allí, pero ellos irán al Mauna Lani. Lo digo en serio, Di. —La miró de nuevo y ella se dio cuenta de que Andy también se sentía desgraciado—. No creo que podamos resistirlo, a menos que recarguemos las baterías, o las máquinas, o algo. Ya no sé cómo afrontar la situación o cómo relacionarme contigo, o cómo saber lo que sientes. Sólo sé que tenemos problemas.

Ella también lo sabía, pero había estado demasiado alterada para intentar comunicarse con él. Se hallaba perdida, inmersa en sus propias angustias, incapaz de hacer nada por ayudarle. Ni siquiera estaba segura de que lo más conveniente fuera tomarse ahora unas vacaciones con él, aunque pensó que la sugerencia de ir a un psicólogo era buena.

—Está bien, intentaré conseguir algo de tiempo —dijo, sin mucha convicción. Sin embargo, Andy tenía razón y ella lo sabía. Cuando llegaron a casa, se volvió a mirarle con una expresión entristecida—. Andy, si quieres marcharte..., lo comprenderé. Tienes derecho a mucho más de lo que yo podría ofrecerte jamás.

—No —dijo él con lágrimas en los ojos—. Tengo derecho a recibir lo que me prometiste..., en lo bueno y en lo malo, en la salud y en la enfermedad..., hasta que la muerte nos separe. Nunca se dijo nada de romper la unión si no podías tener hijos. Está bien, es algo horrible. Lo admito. A mí también me duele terriblemente, pero me he casado contigo y te amo. Y, si no podemos tener hijos, bueno, pues así son las cosas. Quizás podamos adoptar uno algún día, o quizás se nos ocurra algo, o inventen algún nuevo láser fantástico que cambie las cosas. O quizás no, pero nada de todo eso me importa, Di... —Ahora había lágrimas en sus mejillas, mientras le sostenía las manos—. Lo único que deseo es recuperar a mi esposa.

—Te amo —dijo ella en voz baja. Había sido una época terrible para los dos, la peor de su vida, y sabía que no había terminado todavía. Aún tendría que lamentarlo durante mucho tiempo y quizás ya nunca pudiera volver a ser la misma. Era algo que no sabía todavía—. Ya no estoy segura de saber quién soy, qué significa todo esto, qué me ha hecho...

Seguía sintiéndose una fracasada.

—Por el momento, todo esto te convierte en una mujer que no puede tener hijos, una mujer con un marido que la ama mucho, a la que le ha ocurrido algo terrible de lo que no se dio cuenta... Eso es lo que eres. Exactamente la misma persona que has sido siempre. Nada de eso ha cambiado. Lo único que ha cambiado es un pequeño fragmento de nuestro futuro.

—¿Cómo puedes decir que eso sea pequeño? —replicó, volviéndose a mirarle con expresión enojada, pero él le apretó las manos con más fuerza para hacerla volver a la realidad.

—No sigas por ese camino, Di. Se trata de algo leve. ¿Y si hubiéramos tenido un hijo y hubiese muerto? Habría sido terrible, pero ni tú ni yo hubiéramos terminado ahí. Habríamos seguido adelante, habríamos tenido que hacerlo.

—¿Y si no hubiéramos podido? —preguntó ella con tristeza.

—¿Y qué otra alternativa nos habría quedado? ¿Arruinar dos vidas, destruir un buen matrimonio? ¿Qué sentido puede tener una cosa así? Di, no quiero perderte. Ya hemos perdido bastante los dos con todo esto. Por favor..., por favor, ayúdame a salvar nuestro matrimonio.

—Está bien... lo intentaré —asintió tristemente.

Pero ya no sabía ni por dónde empezar, cómo volver a ser la que había sido. Andy se daba cuenta. Hasta el trabajo en la revista se resentía, y ella también lo sabía.

—Lo único que tienes que hacer es intentarlo, Di. Día tras día, paso a paso, centímetro a centímetro..., y de ese modo quizás uno de estos días logremos llegar a donde queremos.

Se inclinó hacia ella y la besó con suavidad en los labios, pero ni él mismo abrigaba grandes esperanzas. No habían vuelto a hacer el amor desde antes del Día del Trabajo y ya no se atrevía a aproximarse a ella. Diana le había dicho que ya no servía de nada que lo hicieran. Nada le importaba. Su vida había terminado. Aquella noche, sin embargo, Andy percibió un ligero brillo de esperanza, una diminuta sombra de lo que había sido antes de que el doctor Johnston le dijera que no podía tener hijos.

La besó de nuevo y luego la ayudó a bajar del coche y entraron en la casa cogidos del brazo. No habían estado tan cerca desde hacía meses y él hubiera deseado echarse a llorar a causa del alivio que eso le producía. Quizás hubiera un atisbo de luz para ellos, quizás lo consiguieran. Ya casi había abandonado toda esperanza, pero ahora pensaba que seguramente el día de Acción de Gracias había servido para algo. Le sonrió, le ayudó a quitarse el abrigo y ella rió al recordar el rostro de Gayle, y admitió ante Andy que se había comportado de un modo terrible, aunque una pequeña parte de sí misma había disfrutado.

—Probablemente a tu hermana le ha sentado bien —dijo él con una mueca burlona, conduciéndola hacia la cocina—. Vamos, ¿por qué no llamas a tu madre y le dices que te encuentras bien mientras yo te preparo un bocadillo de *bologna*? Algo realmente alegre.

—Te amo —dijo ella con dulzura.

Andy la besó de nuevo y luego, lentamente, Diana marcó el número de teléfono de sus padres. Su padre contestó y ella oyó el griterío de los niños al fondo.

—Papá, soy yo... Lo siento...

—Estoy muy preocupado por ti —dijo él con sinceridad—. Me siento muy mal por no saber el dolor que estabas sintiendo.

La conocía lo suficiente como para saber que aquella explosión había sido la culminación de su angustia y ello le dolía y le hacía sentirse como si le hubiera fallado como padre.

—Creo que ya estoy bien. Quizás lo de esta noche me haya venido bien. Pero siento mucho haberos estropeado el día de Acción de Gracias.

—Eso no importa —dijo su padre sonriendo a su esposa, que estaba al otro lado del vestíbulo y se acercaba para ver quién llamaba. Intentó hacerle comprender que se trataba de Diana—. Ha dado a todos algo nuevo de lo que hablar. En realidad, ha sido bastante refrescante —dijo medio en broma, y la madre de Diana miró a su marido con tristeza. Al menos, su hija les había llamado. Ella se había dado cuenta de que algo no andaba bien, pero no tenía ni idea de lo que era, y Diana no se lo había querido decir—. A partir de ahora, quiero que me llames si me necesitas..., o a tu madre. ¿Me lo prometes?

—Te lo prometo —asintió ella, volviendo a sentirse como una niña y mirando a su esposo, al otro lado de la cocina.

Se había quitado la chaqueta, remangado la camisa y andaba muy ocupado. Y, por primera vez en mucho tiempo, parecía sentirse feliz.

—Estamos aquí para ayudarte, Diana, cada vez que nos necesites.

Los ojos de Diana se llenaron de lágrimas, como los de su madre, que escuchaba al otro lado del teléfono.

—Lo sé, papá, gracias. Y dile a mamá y a las chicas que también lo siento, ¿quieres?

—Así lo haré, desde luego. Y, ahora, cuídate mucho.

Sentía los ojos húmedos. La quería mucho, y no podía soportar que estuviera sufriendo.

—Así lo haré, papá. Y tú también... Te quiero.

Al colgar, recordó de pronto el día de su boda. Ella y su padre siempre habían estado muy unidos, y aún lo estaban, a pesar de que no le hubiera contado nada de lo que le ocurría. Pero sabía que, de haberlo querido, habría podido contárselo. Y lo que le había dicho era cierto. Estaban allí para ella, y lo sabía.

—¿Lista para el salami, el pastrami y el *bologna* con centeno? —preguntó Andy ceremoniosamente, con un paño de cocina sobre un brazo y el enorme plato de bocadillos que le había preparado en una mano.

Y, de repente, experimentó la extraña sensación de que tenían algo que celebrar. En cierto modo, así era. Se habían vuelto a encontrar el uno al otro y eso no era poca cosa. Casi había sucedido demasiado tarde y, por el momento, apenas habían hecho otra cosa que retroceder un paso ante el precipicio. Feliz día de Acción de Gracias.

Charlie preparó un pavo estupendo para Barbie, y en esta ocasión ella estaba con él. No se había marchado a ninguna parte, ni había vuelto tarde a casa. Todavía se sentía culpable por lo ocurrido el día de su aniversario. Pero aquella noche, al sentarse a la mesa, Charlie también era consciente de que faltaba algo entre ellos. Lo percibía desde hacía algún tiempo, posiblemente desde que ella pasó aquel fin de semana en Las Vegas, o incluso antes. Había regresado nuevamente excitada, hablando de los espectáculos a los que había asistido, de las amigas a las que había visto y deseando que Charlie la sacara una noche a bailar. Pero, habitualmente, él estaba demasiado cansado y, además, no era un gran bailarín. No obstante, también se dio cuenta de que, de repente, empezaba a quejarse constantemente de todo lo que no hacía por ella, de lo anticuado que era e incluso de su forma de vestir, lo que no era justo, puesto que nunca se compraba ropa para él, sino siempre para Barbie. Charlie musitaba para sí mismo que quizás Mark tuviera razón y no hubiera debido permitirle marchar a Las Vegas.

Desde su regreso, no hacía más que salir con sus amigas, se iba con ellas al cine y a cenar, y de vez en cuando le llamaba y le decía que estaba demasiado cansada para volver a casa y había decidido pasar la noche en casa de Judi. Charlie nunca se quejaba, pero no le gustaba. Se lo había explicado a Mark, quien le recordó otra vez que más cuenta le tendría controlarla de cerca, antes de que llegara a lamentarlo.

Y Charlie no dejaba de decirse que, si tuvieran un hijo, todo cambiaría. Ella sería diferente, sentaría la cabeza, ya no querría el esplendor, el brillo de las luces de neón, ni siquiera ser actriz. No había vuelto a plantear el tema desde junio, pero continuaba vigilando cautelosamente los ciclos menstruales de su esposa, a pesar de que no ocurría nada. Un par de veces al mes, regresaba a casa con una botella de champán y siempre se aseguraba de hacerle el amor en una de aquellas ocasiones, cuando el momento era más adecuado. Y si ella había bebido lo suficiente, nunca le recordaba la necesidad de tomar precauciones. Sin embargo, y a pesar de sus esfuerzos, que a veces le inducían a hacerle el amor hasta dos veces en una misma noche para asegurarse, ella seguía sin quedarse embarazada. En cierta ocasión, le había preguntado si estaba tomando la píldora, como Mark le había inducido a pensar. Barbie le miró sorprendida y le preguntó si quería que se la tomara. Él le dijo que había leído un artículo sobre lo peligrosa que podía ser la píldora para las mujeres que fumaban, y, puesto que ella lo hacía, se sentía preocupado. Barbie le aseguró que no la tomaba, y, sin embargo, seguía sin quedarse embarazada.

Para entonces, Mark ya le había dado el nombre del especialista que había tratado a su cuñado y Charlie había acordado una cita para el lunes siguiente. Se sentía seriamente preocupado. Sobre él pesaba como una losa el comentario que había hecho Barbie acerca de la imposibilidad de quedar embarazada de él, sin que importara no tomar precauciones, y deseaba averiguar por qué.

—El pavo está estupendo —alabó ella.

El elogio le satisfizo. Lo había preparado relleno, con salsa de arándanos, guisantes, cebolla, patatas y setas. Había comprado pastel de manzana para el postre y lo sirvió caliente, con helado de vainilla.

—Deberías dirigir un restaurante —le halagó ella.

Charlie la miró con el rostro iluminado, y le sirvió el café mientras ella encendía un cigarrillo, pero, mientras lo fumaba, parecía tener la mente a miles de kilómetros de distancia.

—¿En qué estás pensando ahora? —le preguntó, con una mirada triste.

A veces parecía tan hermosa... Últimamente, sin embargo, mostraba una actitud distante y distraída. Era como si se estuviese alejando de él. Charlie se daba cuenta y no sabía qué hacer para impedirlo.

—En nada importante... Qué cena más buena has preparado. —Le sonrió a través de una nubecilla de humo—. Eres siempre tan bueno conmigo, Charlie...

Pero eso no parecía ser suficiente y él lo advertía.

—Intento serlo. Lo significas todo para mí, Barbie. —A ella, sin embargo, no le gustaba que le dijera esas cosas. Le suponía una carga. No quería serlo todo para él, ni para nadie. Era demasiado peso a soportar y no estaba dispuesta a ello, mucho menos ahora que lo sabía—. Sólo quiero que seas feliz.

Pero ella no dejaba de preguntarse si estaría a la altura de lo que él esperaba de ella.

—Soy feliz —dijo en voz baja.

—¿De veras? A veces, no estoy seguro. Soy un tipo bastante apagado.

—No, no lo eres —negó ella, ruborizándose—. Lo que sucede es que, a veces, quiero demasiadas cosas. —Le sonrió burlonamente—. Y hasta yo misma me vuelvo loca. Así que no me hagas mucho caso.

—¿Qué es lo que quieres, Barb?

Sabía que sólo deseaba alcanzar éxito como actriz y que no quería tener hijos. Pero, aparte de eso, jamás le hablaba de sus sueños, ni de lo que deseaba para alcanzarlos. Parecía contentarse con dejarse llevar de un día a otro, con satisfacer sus necesidades inmediatas, sin reflexionar sobre el futuro.

—A veces, no estoy segura de saber lo que quiero. Quizás sea ése el problema —admitió—. Quiero seguir mi carrera como actriz, quiero tener amigos, quiero libertad, excitación...

—¿Y qué hay de mí? —preguntó él con tristeza.

No había dicho nada de él y Barbie se ruborizó cuando oyó la pregunta.

—Pues claro que te quiero a ti. Estamos casados, ¿no?

—¿Lo estamos? —replicó él intencionadamente, a lo que ella, sin decir nada, se limitó a asentir con un gesto.

—Pues claro que lo estamos —dijo, al cabo de un rato—. No seas tonto.

—¿Qué significa el matrimonio para ti, Barb? No encaja con ninguna de las cosas que acabas de nombrar.

—¿Por qué no?

Pero, en el fondo, ella también lo sabía. Simplemente, no estaba preparada para afrontarlo todavía y no creía que él lo estuviera tampoco.

—No lo sé. No pienso en la libertad y la excitación como sinónimos de matrimonio, aunque supongo que podrían serlo si lo quisiéramos así. Me imagino que se puede hacer lo que se quiera, siempre y cuando se esté dispuesto a conseguir que funcione.

Charlie la observó: apagaba el cigarrillo y encendía otro, y deseó preguntarle si se sentía feliz con él, pero no se atrevió. Temía su respuesta. Y, mientras la miraba, no dejó de pensar que, si tuvieran un hijo, todo podría ser diferente. La presencia de un bebé podría ser el cemento que necesitaban para consolidar su matrimonio.

9

Mark le dio a Charlie el día libre y éste lo aprovechó para ir a Los Ángeles el lunes después del día de Acción de Gracias. No le dijo nada a Barb y, como aquel mismo día ella tenía una prueba para un anuncio de trajes de baño, ni siquiera se dio cuenta de cuándo se marchó, ni observó que se había puesto su mejor traje o que parecía extremadamente nervioso. Ella se estaba arreglando el cabello y las uñas, y había puesto la radio a todo volumen en el cuarto de baño. Antes de marcharse, le dijo adiós desde la puerta, levantando la voz, pero ella no le contestó.

Durante el trayecto a Los Ángeles pensó en lo mucho que le preocupaba estar perdiéndola. No decía nada, pero su mente parecía hallarse ahora en un lugar muy diferente y se mostraba más retraída de lo habitual. Sabía que no lo hacía con malicia, pero no le resultaba fácil vivir notándolo. Barbie olvidaba las citas con él, se dejaba los artículos de maquillaje por cualquier parte y el dormitorio parecía un campo de batalla lleno de sostenes y panties, con las ropas femeninas caídas por todas partes, allí donde le viniera en gana. Era una gran mujer y estaba loco por ella, pero, como le decía Mark, también sabía que la estaba mimando demasiado. No esperaba que hiciera nada por él y nunca le preguntaba qué hacía con el dinero que ganaba con su trabajo como modelo, que solía gastarse en ropa cuando salía de compras con Judi. Y, en cuanto a lo único que realmente deseaba de ella, se mostraba reacia a dárselo. El plan que había urdido para engañarla no había funcionado hasta el momento y ahora pretendía descubrir por qué y solucionar lo que pudiera estar mal. «Y, una vez que lo haya hecho, ¡espera y verás, Barbie!», se dijo con una sonrisa maliciosa, mientras aparcaba en Wilshire Boulevard.

La consulta del doctor Peter Pattengill le sorprendió por su alegre decoración. Estaba llena de luminosos grabados, plantas y brillantes colores. Ofrecía el aspecto de un lugar feliz y no de esa clase de consultas en las que uno se ve inducido a hablar en susurros. Charlie se sintió aliviado al darle su nombre a la enfermera que le atendió. No le habían dicho nada antes de acudir a la consulta y no tenía la menor idea de lo que iban a hacerle, o de si le iban a decir que se pusiera los famosos pantalones cortos con cubitos de hielo. Sonrió al pensar en ello y fingió hojear con interés algunas de las revistas de la sala de espera, aunque sin poder concentrarse en nada. Finalmente, le llamaron por su nombre y le hicieron pasar al despacho del doctor Pattengill.

El hombre que estaba sentado tras la mesa se levantó con una amplia sonrisa en cuanto entró Charlie. Era de estatura respetable, tenía anchos hombros y cabello moreno, y unos ojos negros que parecían amables y sabios para un hombre de su edad. Parecía tener poco más de cuarenta años y llevaba una brillante corbata y una chaqueta a cuadros. Antes de que dijera una sola palabra, Charlie supo que le agradaba.

—Señor Winwood, soy Peter Pattengill. —Una vez que se hubo presentado, Charlie le pidió que le llamara por su nombre de pila. Pattengill le rogó que se sentara y le preguntó si le apetecía tomar una taza de café. Pero Charlie estaba demasiado nervioso para tomar nada y rechazó el ofrecimiento. Parecía aterrorizado y joven, casi demasiado joven para ser uno de los pacientes de Pattengill, que era urólogo, especializado en desórdenes del sistema reproductor masculino—. ¿Qué puedo hacer por usted?

—No estoy muy seguro —contestó Charlie con una sonrisa vacilante, ante lo que el médico le miró cálidamente—. No sé muy bien lo que hace usted..., excepto por lo que he oído sobre una historia de pantalones cortos con cubitos de hielo...

Se ruborizó intensamente al decirlo y Peter Pattengill le sonrió.

—Tienen un propósito bastante útil, aunque debo admitir que al principio la cosa suena un poco estúpida para nuestros pacientes. Consiguen reducir la temperatura testicular, lo cual aumenta la fertilidad. —Abrió una carpeta que tenía ante sí, cogió una pluma y miró a Charlie—. ¿Por qué no empezamos por conocer su historia, señor Winwood..., Charlie?

Le preguntó si había sufrido alguna enfermedad grave o crónica, paperas de niño, alguna enfermedad venérea, y Charlie contestó negativamente a todas sus preguntas.

—Actualmente, ¿está tratando de dejar embarazada a su esposa? —le preguntó para aclarar por qué había venido a verle.

El joven era tan tímido, que ni siquiera le había explicado al médico la razón de su visita.

—Sí..., bueno, yo... sí.

Peter le sonrió ampliamente, se reclinó en el asiento y miró a Charlie.

—Quizás debamos hablar seriamente —le dijo medio en broma—. Se trata de una actividad que suele realizarse necesariamente entre dos personas, no hablamos de un deporte individual.

Charlie se echó a reír ante el comentario y procedió a explicarle la situación.

—En realidad, ella no quiere quedarse embarazada. Soy yo el que quiere tener un hijo.

—Lo entiendo. ¿Y utiliza ella algún método anticonceptivo? —preguntó Pattengill, que había dejado de tomar notas.

—No, si consigo que beba lo suficiente.

Apenas lo hubo dicho, se dio cuenta de que era una confesión terrible, pero sabía que allí podía ser sincero, que tenía que serlo con el médico.

—Eso parece premeditado.

—Sí, lo es. Y sé que suena mal, pero... sé que a ella le encantaría un bebé si lo tuviera.

—Quizás debiéramos hablar con la dama. Las cosas podrían ir mejor si ella cooperara.

—Bueno, las relaciones han ido bastante suaves, sólo que hasta el momento no ha ocurrido nada.

—¿Bebe usted también? —preguntó el médico, receloso.

Siempre cabía la posibilidad de que el hombre estuviera un poco loco, pero Charlie negó con un gesto solemne de la cabeza, ofreciendo el aspecto de un escolar perdido.

—No, no bebo. Y sé que no debería hacerle esto a ella, pero estoy convencido de que, si se queda embarazada, se sentirá contenta. Lo que ocurre es que, por el momento, no sucede nada y quería asegurarme de que yo estoy bien..., ya sabe, algo así como comprobar la calidad del esperma.

Charlie tampoco sabía cómo hacían eso y el médico sonrió ante su ingenuidad. Habría que dar unos pocos pasos más, aparte de ése, pero empezaba a hacerse una imagen clara de la situación.

—¿Cuánto tiempo llevan casados?

—Diecisiete meses, aunque en realidad no he prestado atención a esas cosas, quiero decir, a su ciclo menstrual, hasta hace sólo unos cinco meses. Pero tampoco ha significado esto una diferencia.

—Comprendo. —El médico hizo una anotación en la ficha y luego volvió a mirar a Charlie, para tranquilizarlo—. No es mucho tiempo. Con frecuencia se tarda un año, o incluso dos, en lograr un embarazo. Es posible que se esté preocupando innecesariamente. Además, lograr un embarazo no siempre resulta fácil con un cónyuge que no está dispuesto a colaborar. De hecho, para mí es insólito ver sólo a la mitad de la pareja, ya que eso sólo me ofrece la mitad de la información que necesito. El problema, si es que existe alguno, puede muy bien estar en su esposa.

—Pensé que, si me visitaba primero a mí y todo estaba correcto, quizás dentro de unos pocos meses pueda convencerla para que acuda a verle. —Todavía no sabía cómo podría hacerlo, pero éste era el primer paso a dar y estaba convencido de que ello aliviaría sus preocupaciones—. Ella misma me dijo que le parecía insólito no haber quedado embarazada a pesar de lo descuidada que es en cuanto a los métodos anticonceptivos. Lo dijo un día y desde entonces me ha tenido preocupado.

—¿Ha estado su esposa embarazada alguna vez, señor Winwood?

—No, creo que no —contestó Charlie con seguridad.

—Bien, empecemos a poner las cosas en marcha.

El médico se levantó y Charlie le siguió sin saber qué esperar. Apareció una enfermera y le condujo a una sala de pruebas en la que había unos brillantes grabados abstractos en la pared y una claraboya. Le entregó un pequeño frasco y le señaló un montón de revistas, entre las que distinguió *Hustler* y *Playboy*, así como otras de las que no había oído hablar.

—Necesitamos una muestra de su semen, señor Winwood —le explicó con amabilidad—. Tómese el tiempo que necesite y apriete este botón cuando esté preparado para que pasemos a recogerlo.

Charlie se la quedó mirando, extrañado, al tiempo que se cerraba la puerta, sin saber qué hacer a continuación. Lo sabía, pero casi no podía creerlo. Se comportaban todos de una manera muy natural. Aquí está el frasco, ahora llénelo. Pero, por otro lado, había acudido para encontrar respuestas a las preguntas que se hacía.

Se sentó con un suspiro, se bajó los pantalones y tomó una de las revistas, sintiéndose algo más que ridículo. Transcurrió un buen rato antes de que hiciera sonar el timbre para que regresara la enfermera. Esperó un poco más de lo necesario para llamarla, pues quería disponer de tiempo para tranquilizarse, y cuando la joven regresó intentó comportarse con naturalidad, mientras ella recogía discretamente el frasco, sin hacer ningún comentario.

El doctor Pattengill entró después para comprobar si tenía varicoceles, o venas varicosas en los testículos, que frecuentemente causaban esterilidad. Luego entró otra enfermera para tomarle una muestra de sangre. Iban a comprobar sus niveles hormonales en la sangre y a realizar un análisis y un cultivo de su semen, y dentro de unos días tendrían alguna información que darle. El médico le aseguró que, en principio, no veía motivo alguno de preocupación y confiaba en que Charlie se hubiera estado inquietando por nada. Sospechaba que únicamente se sentía ansioso e impaciente.

Al doctor Pattengill, la salud de Charlie le parecía buena y confiaba, por su bien, en que no hubiera ningún problema. Le pidió que acordara otra cita para la semana siguiente, que le trajera un nuevo frasco con semen, y se despidió.

Cuando Charlie salió a la calle y respiró aire fresco, se sintió inmensamente aliviado de hallarse allí. Le había gustado Pattengill, pero el hecho de haber acudido a su consulta, de sentirse tan preocupado por todo aquello, le había puesto bastante nervioso. No había disfrutado nada al producir la muestra de semen que necesitaba y le tranquilizó saber que, para la próxima vez, podía recogerla en su casa. Le habían entregado un pequeño frasco para que lo hiciera. Pero las implicaciones de hallarse allí y la perspectiva de lo que pudieran hacerle no le habían gustado demasiado.

Una vez que llegó a casa, llamó por teléfono a Mark y le dio las gracias por la recomendación.

—¿Cómo ha ido todo? ¿Te encuentras bien?

—Por el momento, muy bien. Y el médico es un tipo agradable.

—¿Te ha dicho que estás completamente bien de salud? —preguntó Mark, preocupado.

Tenía la impresión de que Charlie estaba bien, pero ¿quién podía saber una cosa así con seguridad? Su cuñado también parecía estar bien.

—Todavía no. Tengo que esperar a saber los resultados de la prueba, la semana que viene.

—¿Aún no te ha dicho que te pongas pantalones cortos con cubitos de hielo? —bromeó Mark.

Charlie se echó a reír, se sentó en el sofá y se quitó los zapatos. Se sentía exhausto.

—Quizás me diga que tengo que ponérmelos la semana que viene.

—Espero que no. Estarás bien, muchacho. Créeme, porque lo sé. Te veré mañana —se despidió alegremente, confiando en tener razón.

—Gracias, Mark... por todo.

—No hay de qué, muchacho.

Y, mientras Mark volvía de nuevo a su trabajo, confió en que a Charlie le salieran bien las cosas. Era un gran muchacho y Mark estaba convencido de que se merecía todo lo que deseara.

—Muy bien, ¿qué es lo que indica? —preguntó Brad con ansiedad mientras ella hacía la prueba.

Era como la prueba que hacía cada mes para controlar su actividad hormonal en el momento de la ovulación.

—No lo sé todavía. No ha transcurrido el tiempo suficiente.
—Lo estaba controlando con el reloj y Brad se hallaba de pie, junto a la puerta del cuarto de baño—. Anda, márchate, me estás poniendo nerviosa.

—No me voy a ninguna parte —dijo él, sonriéndole—. Quiero saber si ha funcionado ese instrumento para rehogar la carne de pavo.

—¡Oh!, eres repugnante.

Pero ella también se moría de ganas de saberlo. Apenas podía soportarlo... Faltaban otros sesenta segundos..., cincuenta y cinco..., cincuenta. La prueba casi había terminado y, hasta el momento, no había cambiado nada. Fue entonces cuando lo vio..., un color azul brillante que significaba la culminación de todas sus esperanzas, el milagro que había sucedido en su interior. Levantó la vista hacia él con lágrimas en los ojos. Brad también lo había visto y sabía que Pilar estaba embarazada.

—¡Oh, Dios mío! —exclamó ella serenamente, mirándole, y entonces, de repente, se inquietó—. ¿Y si sólo se trata de un falso resultado positivo? Creo que eso ocurre a veces.

—No lo es —dijo él sonriente, acercándose a ella y tomándola en sus brazos. Jamás se le había ocurrido pensar que la vida de ambos pudiera cambiar hasta tal punto. Y nunca había esperado estar tan enamorado de una mujer... y de querer tanto a un bebé.

—Te amo, Pilar... te amo tanto —dijo, cerrando los ojos y sosteniéndola entre sus brazos, y, cuando ella levantó el rostro para mirarle, tenía lágrimas en los ojos.

—Casi no puedo creérmelo. Nunca me imaginé que pudiera funcionar. Todas esas pastillas y los ultrasonidos..., y aquella ridícula habitación con las cintas de vídeo y las revistas pornográficas... ¡Uau!

—No creo que tengas necesidad de contarle todo eso al bebé cuando crezca. Creo que podríamos borrar esa parte y decirle, simplemente, que fue concebido en una noche de luna llena y que estábamos muy enamorados. En cuanto al instrumento para rehogar la carne de pavo, también podemos dejarlo de lado.

—Sí, quizás tengas razón —asintió ella con una sonrisa maliciosa.

Regresaron al dormitorio y, de repente, él experimentó un abrumador deseo por ella, como para hacer que aquel bebé fuera más suyo de lo que ya era.

La tendió lentamente sobre la cama, a su lado, y la besó durante largo rato, con fuerza, sintiendo sus pechos, que ahora estaban apenas un poco más hinchados. Ya lo había notado desde hacía unos pocos días y se había preguntado si estaría ya embarazada.

Permanecieron juntos mucho rato y Pilar le deseó desesperadamente. Después, tuvo remordimientos.

—¿Crees que esto será malo para el bebé? —le preguntó, sintiéndose culpable, aunque plenamente saciada.

—No, no lo creo —contestó él con voz profunda y sensual, mientras ella le pasaba la mano por el pecho y la descendía lentamente hacia aquella parte que tanto placer le producía—. Estar embarazada es algo perfectamente normal.

—¡Ja! —exclamó ella, echándose a reír—. Si es tan normal, ¿cómo es que no se consigue con facilidad?

—A veces, las cosas buenas no se consiguen tan fácilmente. Tampoco a mí me resultó sencillo atraparte.

La besó de nuevo y al cabo de un rato se levantaron para desayunar. Más tarde, se sentaron en la terraza, vestidos con unos pantalones cortos y unas camisetas. Era un hermoso día de diciembre y el bebé nacería en agosto.

—Espera a que lo sepa Nancy —dijo Pilar sonriendo, sirviéndose un poco más de los huevos revueltos que había preparado. De repente, sentía un hambre feroz—. ¿Crees que se quedará atónita?

Se echó a reír sólo de pensarlo y su esposo sonrió haciéndole una graciosa mueca. Nunca se habían sentido tan felices como en aquel momento.

—Creo que seguramente sí. Has sido tú la que no has dejado de decir durante muchos años que no querías tener hijos. Vas a tener que explicar muchas cosas, querida.

Por no hablar de lo que diría su madre. Pero Pilar ya se había acostumbrado a eso. La única persona a la que realmente deseaba comunicarle la noticia era a Marina. Sabía lo feliz que se sentiría de saberlo y el mucho apoyo que le ofrecería.

—Podemos decírselo a los chicos en Navidades —dijo Pilar con una sonrisa luminosa.

Brad le sonrió, preguntándose si no deberían esperar, aunque sólo fuera para asegurarse de que todo andaba bien. Pero no quería asustarla. Y a la mañana siguiente, cuando Pilar acudió a ver a la doctora, ésta le dijo que todo estaba bien. Podía seguir trabajando, jugar al tenis y hacer el amor, aunque sin excesos, descansar mucho y seguir una dieta sana. Pero ella ya llevaba una vida sana y habló de seguir trabajando hasta el último momento. Después, se tomaría unos pocos meses y finalmente regresaría al despacho. No podía hacerse a la idea de abandonar su trabajo o de quedarse en casa más allá de un corto período de tiempo, al principio.

Empezó a pensar en todo. Quería cuidar del bebé ella misma hasta que regresara al trabajo y luego buscaría a una agradable niñera que fuera muy dulce con el bebé. Se sometería a la amniocentesis a finales de marzo o primeros de abril, para determinar si el feto era genéticamente sano. Se trataba de una prueba mediante la que se comprobaba si había algún tipo de problema, como espina bífida o síndrome de Down. Eso también le permitiría conocer el sexo del feto, si es que quería saberlo, como así era. Y cuando realizara las compras de Navidad, compraría un montón de cosas para el bebé. Incluso encargó un cochecito de niño, de fabricación inglesa, que le gustó un día que pasó por Saks. Tenía una capota de color azul marino y una cesta esmaltada en blanco.

—Desde luego, te estás preparando, ¿eh? —exclamó Brad jocosamente.

Pilar estaba tan excitada, que creía que no podría esperar hasta agosto. Se lo comunicó a su secretaria y a sus socios durante el almuerzo de Navidad, haciéndoles casi saltar de sus asientos. Y se echó a reír, feliz, al observar la expresión de sus rostros.

—Os he sorprendido a todos, ¿verdad?

—Estarás bromeando, ¿no?

Sus socios casi no se lo podían creer. Ella siempre había defendido la causa feminista, había sido una de las primeras en apoyar la legalización del aborto en California. ¿Qué le había ocurrido? ¿Se trataba de un cambio de vida? ¿Una consecuencia de la edad? ¿La crisis de los cuarenta?

—No, creo que sólo ha sido el matrimonio —confesó—. No lo sé. Lo cierto es que empecé a pensar en lo triste que sería todo si no teníamos un hijo.

—Has tenido suerte de que no haya sido demasiado tarde —le dijo serenamente la secretaria.

Su esposo había muerto cuando ella tenía cuarenta y un años, y dos años más tarde, cuando volvió a casarse con «el hombre de su vida», se habían desesperado por tener un hijo. Ninguno de ellos había tenido hijos antes y lo intentaron todo para concebir, pero nada había funcionado. Y su esposo se mostraba inflexiblemente contrario a la adopción.

Alice y Bruce se pusieron particularmente contentos por ella y Marina estalló de alegría cuando Pilar se lo dijo.

—Me siento muy afortunada —dijo Pilar con voz suave—. Realmente, no creía que pudiera suceder, ni siquiera a partir del momento en que nos decidimos. Cuando ocurre algo así, es un verdadero milagro. De joven, no se le da mucha importancia. Una se limita a mantener su vida sexual sin preocuparse por estas cosas. Y, si no se tiene cuidado, casi se puede contar con ello. Pero, luego, ya nada es tan seguro. Te sometes a cada una de las pruebas que se te indican, haces el amor en las fechas correctas, y en el mejor de los casos cuentas con un ocho o un diez por ciento de posibilidades de quedar embarazada. Es un verdadero milagro conseguirlo.

Sonrió alegremente. Ella lo había conseguido y era feliz. Habló a todo el mundo de sus planes de seguir trabajando hasta el final y todos la escucharon animadamente. Pilar Coleman había logrado todo lo que deseaba.

A diferencia de Charlie Winwood, que ahora estaba sentado en el despacho del doctor Pattengill, con la mirada fija, incrédulo. El médico acababa de comunicarle que su recuento de esperma era ligeramente inferior a los cuatro millones. Por un momento, a Charlie le había parecido una noticia muy buena, hasta que el médico se encargó de explicarle su significado.

—Lo mínimo para alcanzar la normalidad son cuarenta millones, Charlie. —Le miró seriamente, con verdaderos deseos de servirle de apoyo—. Cuatro millones está bastante por debajo de esa cifra.

La concentración espermática era inferior a un millón por milímetro, lo que representaba aproximadamente el cinco por ciento de lo que debería ser. Y la motilidad era inferior al dos por ciento, cuando lo normal hubiera sido del cincuenta por ciento.

—¿Se puede hacer algo para solucionarlo, por decirlo de alguna manera? —preguntó él con una sonrisa, a la que el médico respondió con otra.

—Posiblemente administrar hormonas. Pero, de todos modos, es muy posible que esté bastante por debajo de lo normal. No estoy seguro de poder elevar lo suficiente sus niveles espermáticos, pero me gustaría hacerle unas pruebas antes de tomar alguna decisión. —Charlie había traído el otro frasco con la muestra—. Haremos ahora una nueva comprobación y otra la semana que viene. Y mientras esperamos esos resultados, quisiera hacerle otras pruebas. Una de azúcar para comprobar el nivel de fructosa. Teniendo en cuenta su bajo nivel espermático, podríamos encontrarnos con un conducto bloqueado, y esa prueba nos ofrecería una pista importante.

—¿Y si está bloqueado? —preguntó Charlie, con el rostro pálido por debajo de las pecas.

No esperaba aquello..., pero Barb tenía razón. Aquello explicaba por qué no quedaba embarazada: porque él tenía un bajo nivel de esperma.

—Si hay un bloqueo, existen varias posibilidades. Podemos hacer una biopsia testicular o un vasograma. Pero, para tomar esas decisiones, todavía falta mucho y dudo que sea eso lo que usted necesite. Quisiera hacerle una prueba de tintura naranja para ver por qué no se mueven bien los espermatozoides. Y también la prueba del hámster. —Le sonrió—. Probablemente ya habrá oído algo al respecto. Todo aquel que ha tenido a un amigo con un problema de fertilidad ha oído hablar de esa prueba.

—Pues no, me temo que no.

¿Qué iban a hacerle ahora?

—Utilizamos un óvulo de hámster y lo impregnamos con su esperma. De hecho, se trata de una prueba de penetración espermática. Si el óvulo de hámster queda fecundado, podemos calificar como sana la capacidad fecundadora de su esperma. En caso contrario, ello nos indica la existencia de un grave problema.

—Yo nunca he tenido un hámster de pequeño —dijo Charlie tristemente. El médico le sonrió amigablemente.

—Sabremos mucho más la semana que viene.

La semana que precedió a la de Navidad fue la peor en la vida de Charlie. Regresó a la consulta del doctor Pattengill y recibió allí lo que para él constituía una sentencia de muerte para su matrimonio. El segundo recuento de esperma había sido todavía peor que el primero, y el tercero aún fue más deprimente. En uno de ellos casi tuvo una cifra nula; la motilidad del esperma era muy pobre y no había bloqueo que explicara un volumen de semen tan bajo. Hasta la prueba del hámster había sido desastrosa. No había quedado fecundado, aunque, teniendo en cuenta las cifras de que ya disponía, a Pattengill no le pareció sorprendente. Y no había absolutamente nada que se pudieran hacer. Si sus niveles hormonales hubieran sido más altos, habría valido la pena probar con el clomifeno, pero estaba muy por debajo del nivel normal para intentarlo siquiera, y, puesto que no existía ningún bloqueo que lo explicara, tampoco podía aplicarse un método quirúrgico para solucionarlo.

—Tiene usted que pensar en planes alternativos para su familia —le aconsejó el médico con suavidad—. Con estos niveles espermáticos, no puede dejar embarazada a ninguna mujer. Lo siento de veras.

—¿No existe ninguna posibilidad?

La voz de Charlie sonó como un crujido en una habitación que, de pronto, parecía haberse quedado sin aire. Y, por primera vez desde hacía varios años, volvió a sentir el asma.

—Ninguna.

Para él era como una sentencia de muerte y ahora hasta sentía haber acudido a la consulta, aunque quizás fuera mejor saberlo que seguir confiando.

—¿Y no puedo hacer nada, doctor? ¿No existe ningún medicamento, ningún tratamiento?

—Desearía que lo hubiera. Se encuentra usted muy cerca de lo que denominamos un nivel espermático nulo. Sencillamente, no puede engendrar un hijo. Pero sí puede adoptarlo. Si su esposa está dispuesta, quizás quiera considerar la idea de utilizar un donante de esperma para practicarle a ella la inseminación artificial. Luego, ambos pueden pasar juntos por el proceso del parto. Eso funciona muy bien con algunas personas. O incluso puede considerar la idea de no tener hijos. Algunas parejas son muy felices sin ellos. Les permite disponer de más tiempo, de una mayor intimidad, de una menor tensión, en ciertos aspectos, que cuando hay niños en un matrimonio. Hasta los hijos obtenidos biológicamente pueden añadir una enorme presión al matrimonio. Usted y su esposa deberían hablar de las opciones de que disponen. Podemos ofrecerle asesoramiento para ayudarle a elegir lo que sea mejor para ambos.

«Estupendo —pensó Charlie allí sentado, mirando fijamente a través de la ventana—. Hola, Barb. Bueno, ¿sabes?, resulta que he descubierto que soy estéril. Ya no tienes que preocuparte más por tener hijos... Y ahora, ¿qué hay para cenar?» Sabía que ella jamás aceptaría adoptar un hijo y mucho menos permitir que se le hiciera la inseminación artificial. La simple idea de sugerírselo así casi le hizo echarse a reír..., de no haber sido por lo mucho que deseaba echarse a llorar.

—No sé qué decirle —dijo, volviendo a mirar al médico.

—No tiene que decirme nada. Son muchas cosas que asimilar al mismo tiempo y comprendo lo doloroso que resulta para usted. Son noticias terribles. Puede que le parezca una sentencia de muerte, pero no lo es.

—¿Cómo lo sabe? —preguntó Charlie lacónicamente, con los ojos llenos de lágrimas—. Las cosas son muy diferentes desde ese otro lado de la mesa.

—Eso es cierto y habitualmente no suelo decir esto a mis pacientes, pero debo confesarle que a mí me ocurre lo mismo que a usted. De hecho, mi problema es mucho más grave, aunque eso no implique ninguna diferencia. En mi caso se trata de una azoospermia clásica, lo que significa recuento espermático absolutamente nulo. Mi esposa y yo tenemos cuatro hijos, todos ellos adoptados. Sé muy bien cómo se siente, pero insisto en que hay otras soluciones. No conseguirá que su mujer se quede embarazada este mes, ni ningún otro mes, lo cual no significa que no pueda usted tener una familia, si así lo quiere. No obstante, es muy posible que la solución más indicada para usted sea no tener hijos. En cualquier caso, se trata de lo que a usted le parezca más conveniente. Es usted quien tiene que encontrar las soluciones.

Charlie asintió y finalmente se incorporó, estrechó la mano que le tendía el médico y se marchó. Peter Pattengill no había sido el médico milagroso que el cuñado de Mark le había prometido. Pero no había milagros para él. No había nada. Nunca los habría. Se había visto condenado a vivir sin padres y sin familia durante su infancia y adolescencia, y ahora se hallaba condenado a vivir sin hijos propios, y hasta se preguntaba si Barbie seguía con él. Parecía tan distante, tan independiente... Últimamente, apenas la veía, siempre tenía alguna prueba a la que acudir, o salía con las amigas, y él siempre estaba trabajando. Y ahora, ¿qué iba a decirle? ¿Que era estéril? Estupendo. ¿Y qué podía preguntarle a continuación? ¿Si no le gustaría someterse a una inseminación artificial con esperma de un donante? Eso sí que sería un buen golpe para ella. No podía creer que lo aceptara.

Permaneció sentado en el coche durante media hora antes de ponerlo en marcha y, mientras conducía de regreso a casa, la decoración de Navidad que veía por todas partes le parecía un insulto. Le recordaba el tiempo que había pasado en el orfanato, de niño, y la forma en que solía mirar las casas de enfrente, con sus árboles de Navidad, las luces encendidas en el jardín, las madres, los padres y los hijos. Siempre había deseado ser como uno de ellos y ahora ni siquiera podía aspirar a ello. Era como una broma cruel. Y, durante toda su vida, eso era lo único que había deseado.

Al llegar a casa, Barb no estaba, pero esta vez le había dejado una nota diciéndole que se iba a un taller de actuación y que no regresaría hasta después de la medianoche. Daba lo mismo. En estos momentos no hubiera podido mirarla a la cara sin decírselo. Se sirvió una buena copa de whisky y se acostó, y cuando ella llegó a casa, estaba tan borracho, que había perdido la conciencia.

10

Pilar telefoneó a su madre el día de Navidad. Sentía una gran tentación de comunicarle que estaba embarazada, pero logró resistirlo. Sabía que buena parte de aquel deseo de decírselo respondía a su necesidad de demostrarle lo equivocada que estaba, haciéndole saber que aún no era demasiado vieja para tener un hijo. Pero Pilar no era tan estúpida como para dejarse arrastrar por eso, de modo que no le dijo nada cuando le deseó feliz Navidad.

También llamó a Marina, que estaba en Toronto, celebrando las fiestas con una de sus numerosas hermanas.

Más tarde, ese mismo día, Brad y Pilar abrieron sus regalos en compañía de Todd, Nancy, Tommy y el pequeño Adam. Pilar había mimado a todos y especialmente al bebé. Le había comprado un enorme osito de peluche, un pequeño columpio y unas ropas preciosas que había encontrado en una tienda de Los Ángeles, así como un hermoso caballo balancín, típicamente alemán, que había pedido que le trajeran desde Nueva York. También había comprado regalos preciosos para todos. La emocionó ver a Todd, con un aspecto muy atractivo, contando historias sobre su trabajo y su novia en Chicago. Y se sintió más cerca de Nancy que nunca. Ahora tenían muchas cosas en común, aunque su hijastra todavía no lo sabía.

La comida fue estupenda y bebieron champán, y después comieron carbón dulce. En ese momento, Brad le sonrió y ella asintió con un gesto.

—Tengo que deciros a todos algo que sé os causará una buena sorpresa. Pero la vida está llena de sorpresas maravillosas —empezó Pilar.

Sonrió a Adam, que gorgoteaba en su sillita. Llevaba un pequeño traje de terciopelo rojo que ella misma le había comprado y entregado a Nancy antes de Navidad.

—¡Tú también te vas a convertir en juez! —intentó adivinar Todd, complacido—. ¡Qué familia más impresionante!

—¡Vais a comprar una casa nueva! —imaginó Nancy, confiando en que su padre les permitiera vivir en aquélla si decidían no venderla.

—Algo mejor que eso —dijo Pilar con una sonrisa—. Y también bastante más importante. No, no me van a nombrar juez. Con uno ya hay más que suficiente en la familia y esas cosas importantes prefiero dejarlas en manos de tu padre. —Le sonrió con ternura, mientras todos esperaban. Contuvo un momento la respiración y luego anunció con suavidad y orgullo—: Vamos a tener un hijo.

Se produjo un silencio total en la estancia. Luego, Nancy se echó a reír nerviosamente. No se lo creía.

—No, no puede ser verdad.

—Lo es.

—Pero si eres demasiado vieja —dijo bruscamente, haciendo que su padre la mirara.

Le recordó de repente a la muchacha mimada que era cuando se oponía a que saliera con Pilar al principio de conocerla.

—Tú misma me dijiste que tenías amigas más viejas que yo que habían tenido hijos —replicó Pilar con serenidad—. Y añadiste que debía pensármelo antes de que fuera demasiado tarde.

La obligó a recordar sus propias palabras y ello no agradó a Nancy.

—Pero nunca pensé... Yo sólo..., ¿no creéis que papá y tú sois ya demasiado viejos para tener un niño ahora? —preguntó sin tapujos, mientras su hermano y su esposo la miraban en silencio.

—No, no lo creemos —contestó su padre serenamente—, y por lo visto la madre naturaleza tampoco lo ha creído así. —Se sentía feliz sabiendo que iba a tener un hijo, por él y por Pilar, y no iba a permitir que Nancy lo estropeara. Ella tenía su propia vida, su esposo, su hijo, y no tenía ningún derecho a arrojar sombras sobre la de ellos, ni a estropear el placer de Pilar mostrándose celosa—. Estoy seguro de que es una sorpresa para todos, pero nosotros nos sentimos muy felices y esperamos que también lo seáis vosotros. Y creo que es maravilloso que el pequeño Adam tenga un nuevo tío.

Se echó a reír y Todd levantó su copa para brindar por ellos.

—Bueno, papá, vosotros dos siempre sorprendéis a todos. Pero me alegro por los dos si es eso lo que queréis —dijo con sinceridad—. Creo que tenéis mucho ánimo. Yo no me imagino teniendo hijos, sobre todo si resultan ser como nosotros —miró intencionadamente a su hermana—. Os deseo mucha suerte a los dos.

Brindó y bebió, y Tommy manifestó también sus buenos deseos. Sólo Nancy parecía molesta y, cuando llegó la hora de marcharse, todavía no se había recuperado. Habló mal a Tommy cuando éste tomó al pequeño en brazos, besó a su padre para despedirse con lágrimas en los ojos y ni siquiera le dio a Pilar las gracias por sus regalos.

—Supongo que todavía no ha madurado tanto como yo creía —dijo Pilar en voz baja cuando todos se habían marchado—. Está enfadada conmigo.

—No es más que una niña malcriada y nuestra vida y lo que queramos hacer con ella no es asunto suyo.

Se negaba a permitir que sus hijos se entrometieran en su vida, del mismo modo que él no se entrometía en la de ellos. Ya eran personas adultas como también lo eran él y Pilar, y no estaba dispuesto a que le afectara lo que pensaran sus hijos. Deseaba que Pilar tuviera al niño. Sabía lo mucho que significaba para ella y tenía derecho a tener hijos, y, si llegaban en un momento tardío en su vida, eso era asunto de ellos y de nadie más.

—Quizás crea que estoy compitiendo con ella —musitó Pilar mientras limpiaban la mesa y amontonaban los platos en el fregadero, dejándolos para la mujer de la limpieza que acudiría al día siguiente.

—Puede, pero ya va siendo hora de que aprenda que el mundo no gira a su alrededor. Tommy se ocupará de hacérselo saber y también Todd.

Durante aquellas vacaciones, Todd había decidido quedarse unos días con ellos.

—Su actitud me ha parecido maravillosa, y eso que para él también ha debido de ser una sorpresa.

—Probablemente, pero al menos es lo bastante maduro como para saber que esto no va a cambiar nada en su vida. Nancy también terminará por llegar a la misma conclusión; el hecho de que vayamos a tener un hijo no disminuye en nada el afecto que siento por ellos. Pero mientras tanto te hará sentir mal si se lo permites. —Miró duramente a Pilar y añadió—: No quiero que ella te altere precisamente ahora, ¿está claro?

Su voz sonó muy firme y ella le sonrió mientras se dirigían al dormitorio.

—Sí, su señoría.

—Muy bien. Y no quiero volver a oír nada más de esa bestezuela hasta que recupere sus buenas maneras.

—Lo hará, Brad. Ha sido una gran sorpresa para ella.

—Pues será mejor que se vaya haciendo a la idea, porque, en caso contrario, tendrá graves problemas con su padre. Hace quince años ya te hizo pasar suficientes amarguras. En esta ocasión no tiene nada que decir y, si es necesario, así se lo recordaré, aunque espero no tener que hacerlo.

—La llamaré la semana que viene, la invitaré a almorzar y veré si puedo alisarle un poco las plumas.

—Debería ser ella la que te llamara a ti —gruñó él.

Pero Nancy los sorprendió a los dos al llamarlos aquella misma noche y pedirles disculpas. Su hermano y su esposo la habían obligado a admitir que no tenía ningún derecho a desaprobar lo que ellos hicieran y que se había portado muy mal. Lloró al hablar con Pilar y decirle lo mucho que sentía haber adoptado aquella actitud con ella, hasta que al final la propia Pilar también se puso a llorar.

—Todo ha sido por culpa tuya, ¿sabes? —dijo Pilar por teléfono, muy emocionada—. Si Adam no fuera tan precioso, posiblemente nunca me hubiera decidido.

Pero en su decisión había mucho más que eso y tanto ella como Brad lo sabían.

—Lo siento..., y pensar que tú fuiste tan cariñosa conmigo cuando te dije que estaba embarazada de Adam...

—No te preocupes por eso —dijo Pilar sonriendo entre lágrimas—. Me debes una tarta de queso.

Por el momento, aquél era su único capricho.

A la mañana siguiente, al levantarse, encontraron una tarta de queso en una caja rosada, con una rosa encima, en el escalón de la puerta de la entrada. Pilar volvió a llorar al mostrársela a Brad, quien se sintió muy contento de que Nancy hubiera recuperado el buen juicio con tanta rapidez.

—Y, ahora, lo único que tienes que hacer es relajarte y tener el bebé.

Pero esperar aquellos ocho meses, hasta agosto, parecía interminable.

Diana y Andy pasaron unas tranquilas vacaciones en Hawai. Era precisamente lo que necesitaban, tumbarse al sol y broncearse día tras día en el Mauna Kea. Era la primera vez que estaban a solas y lejos de casa desde las agonías por las que habían tenido que pasar, a excepción del desastroso fin de semana que pasaron en La Jolla, a principios de septiembre. Y los dos se asombraron de lo cerca que habían estado de destruir su matrimonio. Había habido momentos en que parecía que ya no tenían nada en común, nada que decirse, que compartir, que esperar del futuro. Habían estado hundiéndose en el agua durante casi cuatro meses y a punto de ahogarse, hasta que llegó el día de Acción de Gracias y, por un momento, atisbaron un poco de esperanza.

Pasaron dos días tumbados en la playa antes de decidirse a hablar de cualquier cosa que no fuera la comida y el tiempo. Pero aquél era el lugar perfecto para ellos. No había televisión en las habitaciones, ningún sitio adonde ir, nada que ver y que hacer, excepto quedarse tumbados en la playa y empezar a recuperarse lentamente.

El día de Navidad compartieron una cena tranquila en el comedor principal y luego salieron a dar un largo paseo por la playa, cogidos de la mano, a la puesta del sol.

—Me siento como si durante este año hubiéramos estado en la luna y ahora lográramos regresar vivos —dijo Diana serenamente.

Después de año y medio de matrimonio, ya no estaba segura de saber lo que deseaba o hacia dónde se dirigían.

—Yo también me siento así —admitió Andy, sentados con ella sobre la arena blanca, contemplando el chocar de las olas. Al cabo de un rato, cuando oscureciera un poco más, las gigantescas rayas manta acudirían a la orilla para alimentarse y los clientes del hotel se dedicarían a observarlas—. Pero la cuestión es que... lo hemos logrado. No nos hemos hundido. Todavía estamos aquí, hablando el uno con el otro, cogidos de la mano, y eso significa mucho. Hemos sobrevivido.

—Pero a qué precio —dijo ella tristemente.

Había renunciado a todos sus sueños. ¿Y qué podía esperar ahora? Lo único que había deseado era tener hijos, pero también quería a Andy. Y él continuaba allí, a su lado. Lo que había perdido eran los bebés que quiso tener y resultaba duro aceptarlo; por otro lado, él tenía razón. Perder sus sueños no acababa con lo que era ninguno de los dos.

—Quizás nos permita ser más fuertes a largo plazo —dijo él reflexivamente.

Seguía amando a su esposa. Lo que ocurría era que ya no sabía quién era ni dónde encontrarla. Llevaba varios meses ocultándose emocionalmente de él y de sí misma. Se había refugiado en un caparazón, levantándose cada día más temprano para ir a trabajar y regresando cada vez más tarde a casa, metiéndose en la cama en cuanto llegaba y quedándose dormida inmediatamente. Ya no quería hablar con él, ni con nadie, apenas llamaba a sus padres, nunca a sus hermanas o a sus amigas. De repente, todos se habían convertido en extraños para ella, y aceptaba todos los viajes que podía en la oficina. Andy se había ofrecido para acompañarla en un par de ocasiones, pensando que quizás pudieran pasar unos días agradables al final del viaje, pero ella no quería pasárselo bien y tampoco quería estar con él. Y siempre decía que estaba muy ocupada.

—La gran pregunta que se nos plantea ahora es: ¿adónde podemos ir a partir de aquí? —reflexionó Andy con voz vacilante, preguntándose si no sería aún demasiado pronto para sacar a relucir el tema—. ¿Quieres seguir casada conmigo? Hemos sufrido demasiado como para volver a nuestras antiguas costumbres. Ya no sé lo que deseas —dijo, pensando en lo trágico que era tener que preguntarle si deseaba el divorcio, allí sentados, bajo aquella esplendorosa puesta de sol en Hawai.

Ella llevaba un vestido de algodón blanco y ya lucía un magnífico bronceado después de dos días en la playa; su oscuro cabello se agitaba ligeramente bajo la brisa, tentador. Pero, por muy hermosa que siguiera pareciéndole, también sabía que ella no le deseaba.

—¿Qué quieres tú? —dijo ella, replicando a su pregunta con otra—. Sigo pensando que no tengo derecho a seguir a tu lado. Te mereces mucho más de lo que yo puedo ofrecerte.

Estaba dispuesta a renunciar a él, por su bien, aunque no por el suyo propio. Viviría sola y seguiría su carrera. Sabía que nunca volvería a casarse, si él la dejaba, o eso era al menos lo que pensaba ahora. Tenía veintiocho años y ya estaba dispuesta a renunciar a todo, si eso era lo que Andy quería. Pero no, no era eso lo que él deseaba.

—Eso son tonterías y lo sabes.

—Yo ya no sé nada. Lo único que sé es lo que no puede ser. Ignoro lo que es correcto y lo que no, lo que debiera hacer o lo que deseo.

Había pensado incluso en dejar su trabajo y regresar a Europa.

—¿Me amas? —preguntó Andy con suavidad, acercándose más a ella mirándola a los ojos, ahora tan tristes, tan vacíos y rotos, como si todo lo que había dentro de su alma se hubiera quemado y desgarrado, hasta el punto de que a veces él se preguntaba si no quedarían ya más que cenizas.

—Sí, te amo —susurró Diana—. Te amo mucho... Siempre te amaré, pero eso no significa que tenga el derecho de conservarte a mi lado. No puedo dártelo todo, Andy, excepto yo misma, y ahora ya no queda mucho.

—Sí, aún queda mucho. Te has enterrado en el trabajo, en el dolor y en la pena. Puedo ayudarte a salir de eso, si tú me lo permites.

Pocas semanas antes, Andy había empezado a ver a un psicólogo y comenzaba a sentirse cada vez más fuerte.

—¿Y luego qué? —preguntó ella.

A ella le parecía un futuro totalmente infructuoso.

—Luego, nos tendremos el uno al otro, que es mucho más de lo que otros pueden decir. Somos dos buenas personas que se aman y que tienen mucho que ofrecerse, y que ofrecer al mundo, y a los amigos. La vida no gira alrededor de los niños y tú lo sabes. Y, aunque tuviéramos hijos propios, tarde o temprano crecerían y se marcharían, o quizás nos odiarían, o podrían morir en un accidente de coche o en un incendio. En la vida no existe ninguna garantía de nada. Ni siquiera los hijos están ahí para siempre.

El problema de ella era que parecía ver niños por todas partes, en las calles, en los supermercados, a veces incluso en el ascensor de su oficina; personitas menudas, con grandes ojos y corazones abiertos, agarradas a las manos de sus madres, o llorando y viéndose reconfortados de una forma que Diana sabía que ya no podría ofrecer. Encontraba mujeres con enormes vientres de embarazadas allí donde mirara, llenas de esperanza y de promesas, de una forma que Diana jamás llegaría a experimentar, jamás compartiría ni sentiría en su corazón o en su cuerpo. No resultaba fácil renunciar a todo aquello y no le parecía justo que Andy también tuviera que renunciar.

—Creo que es injusto que no haya hijos en tu vida por el hecho de que yo no pueda tenerlos. ¿Por qué tienes que soportarlo?

—Porque te amo. Y eso tampoco quiere decir que no pueda haber niños en nuestras vidas. Puede haberlos, si así lo queremos. Pero, si no, hay otras opciones.

—No estoy segura de estar preparada para eso.

—Tampoco yo. Y tampoco tenemos la obligación de tomar decisiones ahora. Lo único que tenemos que hacer es pensarlo, y hacer algo después, antes de que sea demasiado tarde y hayamos perdido también esa posibilidad. Cariño..., no quiero perderte.

—Yo tampoco quiero perderte a ti —dijo ella, y las lágrimas brotaron de sus ojos.

Se volvió a mirarle. Por encima del hombro de su esposo, allá lejos, en la playa, vio a unos niños jugando y no pudo soportarlo.

—Quiero que regreses... a mis sueños, a mi vida, a mis días, a mi corazón, a mis brazos, a mi cama y a mi futuro —dijo él—. Dios mío, cómo te he echado de menos. —La atrajo hacia sí, sintiendo el calor de su cuerpo cerca del suyo, anhelándolo—. Cariño..., te necesito.

—Yo también te necesito —dijo ella llorando.

Le necesitaba tanto... No podía soportarlo sin él, no podía renunciar a todos aquellos sueños y, sin embargo, en medio de todo el horror, tenía la sensación de haberle perdido.

—Intentémoslo, por favor, intentémoslo —le pidió él mirándola fijamente. Ella sonrió y asintió—. No siempre nos resultará fácil y quizás a veces no entienda las cosas, o quizás no siempre esté ahí para ti..., pero lo intentaré. Y, si no me encuentras cuando me busques, dímelo.

Ahora, lo único que deseaba era recuperarla.

Regresaron caminando lentamente hacia su habitación, cogidos de la mano, y aquella noche, por primera vez desde hacía varios meses, hicieron el amor, y fue todo mucho mejor de lo que ninguno de los dos recordaba.

Aquéllas fueron unas Navidades extrañas para Charlie y Barbie. Más tarde, ésa fue la única palabra que se le ocurrió a él para describirlas, peculiares, extrañas, quizás incluso singulares. Preparó la cena de Navidad, como siempre, y ella se marchó por la mañana a casa de Judi para darle su regalo. Por una vez, Charlie se sintió feliz de quedarse solo en casa. Volvía a tener una terrible resaca; últimamente bebía demasiado y lo sabía. Pero estaba tratando de asimilar lo que le había dicho el doctor Pattengill y no lo conseguía. Jamás podría dejar a su esposa embarazada. Nunca. Recuento espermático casi nulo. También recordaba lo que le había confiado el médico sobre sí mismo, pero eso no le ayudaba gran cosa. No le importaban los niños que hubieran podido adoptar los Pattengill. Él quería tener un bebé, su propio hijo, con Barb. Ahora. Y sabía que no podía. O, por lo menos, su mente lo sabía, aunque en el fondo de su corazón se negaba a admitirlo.

Ella regresó a las cuatro, un poco mareada y bastante excitada. Evidentemente, había tomado unas cuantas copas y se puso juguetona con él mientras se dedicaba a preparar el pavo, pero Charlie no sentía deseos de seguirle el juego. Le había comprado una chaqueta de piel de zorro que a ella le gustó mucho. Barbie entró en el dormitorio, se desnudó por completo, a excepción de las bragas de encaje negro, y luego salió llevando sólo la chaqueta de piel, las bragas y los zapatos de tacón alto. Al verla, lo único que se le ocurrió a él fue echarse a reír. Parecía tan divertida, tan linda, y, sin embargo, era todo tan inútil.

—Eres una tonta, ¿lo sabías? —le dijo, sonriendo. Le hizo sentarse junto a él, sobre el sofá, y la besó—. Y te amo.

—Yo también te amo —dijo ella con una expresión misteriosa, un tanto achispada.

Charlie le sirvió su champán favorito para la cena. El pavo estaba perfecto y al final de la cena se sintió un poco mejor. Sabía que tenía que reconciliarse de algún modo con lo que le sucedía. Entonces, ella se le acercó y se sentó sobre su regazo. Llevaba puesto un batín de satén rosado que él le había comprado para su cumpleaños y lo que se veía resultaba muy incitador.

—Felices Navidades, Barb.

La besó en el cuello con delicadeza y sintió el arco de la espalda bajo sus manos. Ella se apartó un poco y le miró tiernamente. Charlie observó algo en sus ojos, pero no estaba seguro de saber lo que era. Y entonces ella le besó.

—Tengo algo que decirte —susurró Barbie.

—Yo también —dijo él, con voz ronca—. Vamos al dormitorio y allí te lo cuento...

—Yo primero —insistió ella, volviendo a apartarse un poco—. Creo que te va a gustar.

Le miraba con una expresión maliciosa que a él le divirtió, así que se reclinó en el sofá, dispuesto a lo que fuera.

—Espero que se trate de algo bueno, porque, si no lo es, te voy a quitar de un manotazo ese batín y que el dormitorio se vaya al infierno.

El simple hecho de estar con ella le levantaba el ánimo.

Se produjo una larga pausa, durante la cual ella sonrió vacilando, y entonces se lo dijo.

—Estoy embarazada.

Charlie se la quedó mirando, absolutamente atónito, incapaz de hablar durante mucho rato, y palideció lentamente.

—¿Lo dices en serio?

—Pues claro que lo digo en serio. ¿Crees que bromearía contigo en una cosa así?

Quizás lo hiciera, teniendo en cuenta lo que le había dicho a él el doctor Pattengill.

—¿Estás segura? —«¿Podía haberse equivocado el médico? ¿Podían haber realizado el recuento de esperma de otro, demasiado escaso?»—. ¿Cómo lo sabes?

—¡Por el amor de Dios! —exclamó ella, con expresión molesta. Se levantó de su regazo y encendió un cigarrillo con una de las velas que había sobre la mesa—. Vamos, creía que la noticia te haría muy feliz. ¿Qué es esto? ¿Un interrogatorio? Pues sí, estoy segura. Fui a ver al médico hace dos días.

—¡Oh, cariño...! —Cerró los ojos para que ella no pudiera ver las lágrimas que pugnaban por brotar. Se levantó y la abrazó—. Lo siento... Yo sólo..., no puedo explicarlo.

La sostuvo entre sus brazos y lloró, sin que ella tuviera la más remota idea de por qué, sin saber a ciencia cierta si ponerse de rodillas y dar gracias a Dios, o maldecirla. ¿Había estado saliendo con otros? ¿Era el hijo de otro hombre? Pero no podía preguntárselo sin decirle antes lo que sabía.

Se mantuvo extrañamente sereno durante el resto del día y ella hizo unas llamadas telefónicas mientras Charlie fregaba los platos de la cena. Pero, evidentemente, Barbie no había obtenido la reacción que esperaba de él y no comprendía por qué. Finalmente, se acostaron y él la sostuvo entre sus brazos, rogando que el doctor Pattengill se hubiera equivocado. Pero, antes de poder abrir su corazón a Barbie y al niño que según ella era suyo, tenía que preguntárselo al médico.

Tuvo que esperar tres largos días antes de poder ir a ver al médico. Y durante ese tiempo apenas vio a Barbie, que salía continuamente con sus amigas, se iba de compras y hasta, según dijo, tuvo una prueba al día siguiente de Navidad. En esta ocasión, él no le preguntó nada. Y tampoco le dijo nada. Antes tenía que ver al doctor Pattengill, era lo único que deseaba. Pero, cuando finalmente se encontró sentado al otro lado de la mesa, frente al médico, éste movió la cabeza con firmeza.

—Charlie, no puede ser. Me gustaría decirle que sí y debo admitir que he visto a veces cosas más extrañas, pero no hay forma de que haya podido engendrar usted ese hijo. En otras ocasiones, algunos pacientes estériles me han sorprendido, pero créame..., no hay forma de que haya podido ser. Desearía estar en condiciones de decirle algo diferente.

De algún modo, ya lo sabía. Lo había sospechado durante todo aquel tiempo. Todas aquellas noches en las que no regresaba hasta que él estaba dormido, todas aquellas «amigas», las «salidas nocturnas con ellas», las visitas a «Judi», las misteriosas «pruebas» y los «talleres de interpretación» que nunca conducían a ninguna parte. Hacía muchos meses que no obtenía trabajo como actriz. Sencillamente, lo sabía.

Tras abandonar la consulta del doctor Pattengill, regresó a casa lentamente y casi lamentó encontrarla a ella allí. Cuando entró, estaba hablando por teléfono con alguien y se apresuró a colgar en cuanto le vio llegar.

—¿Con quién hablabas? —le preguntó con naturalidad, como si ella fuera a decírselo.

—Con Judi. Le estaba contando lo del bebé.

—¡Ah!

Se volvió hacia otro lado para que no viera la expresión de su rostro, deseando no tener que decírselo, pero sabiendo que tenía que hacerlo. Y lenta, muy lentamente, anhelando que el mundo acabara antes, se volvió de nuevo a mirarla.

—Tenemos que hablar —dijo, serenamente.

Se sentó en una silla, frente ella, que tenía un aspecto increíblemente sensual.

—¿Ocurre algo malo? —preguntó ella mirándole nerviosamente, juntando las piernas, encendiendo otro cigarrillo y quedándose luego quieta, esperando.

—Sí.

—¿Has perdido el trabajo?

Parecía sentirse muy asustada y una expresión de alivio apareció en su rostro cuando él negó con un gesto de la cabeza. ¿Qué otra cosa podía ir mal? Charlie no solía hacer bromas, lo sabía bien. Era demasiado amable para hacer una cosa así.

—No, no se trata de algo tan sencillo como eso —siguió diciendo él—. Hace un tiempo fui a ver a un médico, justo después del día de Acción de Gracias.

—¿A qué médico? —preguntó ella, mirándole nerviosamente.

—A un urólogo especialista en reproducción —dijo elevando el tono de voz—. A un especialista en fertilidad. Hace tiempo me dijiste algo sobre lo mucho que te sorprendía no quedar embarazada sin tomar precauciones. Supongo que esas palabras tuyas terminaron por preocuparme, así que decidí comprobar si ocurría algo.

—¿Y...?

Barbie trataba de aparentar indiferencia, pero percibía ya la cólera de él y los latidos de su corazón se aceleraron.

—Soy estéril.

—Ese médico no sabe de qué está hablando —replicó ella en seguida. Se levantó y se puso a pasear por la habitación—. Quizás prefiera examinarme a mí, para asegurarse de que estoy embarazada.

—¿Lo estás? —preguntó él, con desconfianza.

Existía la posibilidad de que le estuviera mintiendo. Ahora, confiaba desesperadamente en que fuera así.

—Pues claro que lo estoy. Puedo darte una prueba si lo prefieres. Estoy embarazada de dos meses. —Sus palabras le hicieron preguntarse qué había hecho ella a finales de octubre—. Ese médico está loco.

—No —negó Charlie, enfáticamente—. Pero supongo que yo sí lo estoy. ¿Qué está ocurriendo, Barb? ¿De quién es ese niño?

—Tuyo —contestó ella. Se volvió hacia otro lado, inclinó la cabeza y empezó a llorar. Luego, lentamente, se giró de nuevo hacia él—. Está bien..., no importa de quién sea y es despreciable haberte hecho una cosa así, Charlie. Lo siento.

Pero, si él no lo hubiera sabido, si no le hubiera dicho nada, ella habría seguido mintiendo, estaba seguro.

—Creía que no querías tener hijos, ¿por qué éste?

—Porque... no lo sé. —Entonces decidió que ya era demasiado tarde para seguir mintiendo. De todos modos, Charlie ya sabía la verdad, de manera que también podía conocer el resto de la historia—. Quizás porque había tenido ya demasiados abortos, quizás porque sabía lo mucho que deseabas tener un hijo, o porque me estoy haciendo vieja, o blanda, o estúpida, o algo así. Sólo pensé...

—¿De quién es?

El corazón se le desgarraba al tener que hacerle aquellas preguntas, que de todos modos eran inútiles, excepto como instrumento de tortura.

—Sólo un tipo. Alguien a quien volví a ver en Las Vegas. Le conocía desde hacía tiempo y en octubre se trasladó a vivir aquí. Dijo que podría conseguirme un trabajo, que tenía muchos contactos en Las Vegas, así que nos vimos unas cuantas veces. Sólo pensé...

Pero no pudo continuar. Estaba llorando.

—¿Le amas o sólo lo hiciste por conseguir un trabajo, o por diversión? ¿Qué significa ese tipo para ti?

—Nada —contestó ella, pero lo dijo sin mirar a Charlie a los ojos.

Y él sospechó que aquel otro hombre tenía toda la vitalidad que a él le faltaba. Pensarlo le hizo preguntarse si Barbie le habría amado alguna vez. Quizás todo aquello no hubiera sido más que una broma pesada desde el principio. Y lo único que él deseaba era una esposa e hijos, una familia verdadera. Pero quizás no tuviera derecho a ello. ¿Cómo podría haber ofrecido un buen hogar a un niño, si él ni siquiera había tenido uno? ¿Qué sabía él de eso?

—¿Por qué lo hiciste? —le preguntó, sintiéndose despreciable y llorando como un escolar.

Entonces ella le miró y contestó con sinceridad.

—Porque me asustas. Tú quieres todo..., todo aquello de lo que yo he huido. Cada vez que me acerco a ti, me asustas. Quieres tener hijos, y una familia, y todo eso no son más que tonterías que no tienen ningún significado para mí. Yo no quiero sentirme atada a nadie. Simplemente, no puedo atarme.

Él se quedó quieto, oyéndola, con las lágrimas rodando por sus mejillas, viendo cómo sus palabras hacían añicos todos sus sueños. Y ella lo sabía.

—¿Quieres saber por qué me siento así, Charlie? Quizás deberías saberlo. Yo sí tuve una familia, con hermanos y hermanas, un padre y una madre..., ¿y sabes una cosa? Mi hermano me estuvo follando durante siete años. Empezó cuando yo apenas tenía siete y lo peor de todo era que mamá se lo permitía. Era un chico tan «difícil», que tenía miedo de que se metiera en problemas con la policía si no le dejaba «desfogarse», así que eso era yo, su válvula de escape. Gracias a él, tuve mi primer aborto cuando apenas contaba trece años, y pasé por otros dos apenas un año después. Y entonces mi padre intentó participar en el juego. Una familia agradable, ¿no te parece, Charlie? ¿Crees que eso no te da ganas de echar a correr y no tener hijos? Pues eso fue lo que me pasó a mí. Así que me marché de casa. Me fui a Las Vegas y sobreviví como pude durante un año, hasta que conseguí trabajo en un espectáculo, y también allí tuve un par de abortos más. Y luego otro más aquí, cuando fui violada por un agente. Así que no, Charlie, no quiero tener este hijo, pero imaginaba que tú sí lo querrías.

Y quería un hijo, pero no de otro. Permaneció allí sentado, mirándola fijamente, con un inmenso dolor por todo lo que le acababa de contar.

—No sé qué decir, Barb. Lo siento por todo, por el pasado, por nosotros. Supongo que los dos empezamos mal desde el principio.

—Sí —asintió ella con un bufido, encendiendo otro cigarrillo—. Nunca tendría que haberme casado contigo. Tú querías tener todas esas estupideces familiares. Debí decirte desde el principio que eso no son más que tonterías, pero deseaba creer que podía conseguirlo. ¿Y sabes qué? Pues que no puedo. Simplemente, no puedo ser quien tú deseas que sea, una dulce y agradable mujercita. Ésa no soy yo. Ha habido momentos en que creía volverme loca, aquí sentada en este apartamento, hablando de tener hijos, viendo la televisión mientras tú cocinabas. Condenadas cenas, Charlie. ¡Lo que yo quería era ir de fiesta!

Cerró los ojos mientras la escuchaba. Casi no podía creer lo que le estaba diciendo, pero todo era cierto y lo sabía. Abrió los ojos y la miró, preguntándose si había llegado a conocerla alguna vez.

—¿Qué quieres hacer ahora?

—No lo sé. Supongo que lo mejor será irme a vivir con Judi.

—¿Y qué me dices del bebé?

—Eso no es importante. Sé muy bien lo que tengo que hacer —contestó ella, encogiéndose de hombros, como si no importara. Él hizo un esfuerzo por no pensar en lo dulce que le había parecido cuando le dio la noticia.

—¿Qué me dices del tipo ese? ¿Es que no quiere a su hijo?

—No se lo he dicho. De todos modos, tiene esposa y tres hijos en Las Vegas. Estoy segura de que no se sentirá precisamente muy entusiasmado con éste.

—No sé qué decir. —Charlie sentía que, de repente, su vida había quedado patas arriba. Apenas podía pensar, y mucho menos tomar decisiones importantes—. ¿Por qué no me das unos días de tiempo?

—¿Para qué? —preguntó ella, extrañada.

—Para asimilar todo esto en mi cabeza y reflexionar un poco. Ahora no sé qué pensar o sentir. No sé qué decirte.

—No tienes por qué decirme nada —replicó ella con suavidad, lamentándolo por primera vez en su vida—. Lo comprendo.

Charlie se echó a llorar, sintiéndose increíblemente estúpido. La actitud de Barbie era tan mundana, tan endurecida y envejecida...; y a él no se le ocurría otra cosa que ponerse a llorar, como le había sucedido cada vez que, después de estar un año con una familia, decían que no podían aceptar a un niño con asma.

—Lo siento...

No podía dejar de llorar y ella le tomó en sus brazos y le sostuvo durante un rato. Luego entró en el dormitorio y metió unas pocas cosas en una maleta. Poco después, llamó un taxi por teléfono y se marchó a casa de Judi.

Charlie se quedó allí sentado, llorando durante todo el día. Apenas podía creer lo que había ocurrido. Ni siquiera tuvo valor para telefonear a Mark, sabiendo lo que le diría, que ella era el problema y que iba a estar mucho mejor sin su compañía. Pero, si eso era cierto, ¿por qué no se encontraba mejor ahora? Jamás se había sentido tan mal en toda su vida. Era estéril y la mujer a la que amaba acababa de abandonarle.

11

Brad y Pilar pasaron la noche de fin de año con unos amigos y todos se quedaron atónitos cuando Pilar les dijo que estaba embarazada. Desde luego, en el último año había trazado el círculo completo, pasando de ser una inveterada solterona a una mujer casada y, ahora, a una futura madre. Era un largo recorrido desde lo que sentía por la vida dos décadas antes, pero ahora su evolución le sentaba a la perfección.

Después de la cena, el grupo bailó al son de viejas melodías y a medianoche se besaron y brindaron con champán. Brad y Pilar regresaron a casa hacia la una y media. Ella se sentía más cansada de lo habitual; le gustaba acostarse tarde pero también había sido agotador explicar a todo el mundo sus nuevas circunstancias. Y desde que estaba embarazada había observado que tenía más sueño.

—La gente resulta muy divertida a veces, ¿no te parece? —dijo Pilar con una burlona sonrisa—. Me ha encantado observar la expresión de sus rostros cuando les he dado la noticia. Primero creyeron que estaba bromeando, luego no supieron qué decir y finalmente se entusiasmaron. Me ha encantado.

—Tú sí que eres divertida —dijo Brad, sonriéndole. Al ayudarla a bajar del coche, observó que hacía un gesto involuntario de dolor—. ¿Te encuentras bien?

—Sí..., sólo que acabo de tener un extraño calambre, eso es todo.

—¿Dónde?

—No lo sé, en alguna parte de mi vientre —contestó ella vagamente.

Unos días antes también había tenido contracciones, pero había llamado a la doctora Ward y ésta le dijo que era normal y que probablemente se trataba de los dolores que le producía el útero al empezar a ensancharse. Más tarde, mientras se hallaba colgando la ropa en el armario, sintió otra contracción y supuso que se trataba de lo mismo, a pesar de que era algo más fuerte. Y luego llegó otra..., y otra, sintió algo caliente resbalándole por la pierna y al bajar la vista se dio cuenta de que estaba sangrando.

—¡Oh, Dios mío! —gimió.

Llamó a Brad con voz ronca y se quedó de pie, goteando sangre sobre la alfombra, demasiado asustada para moverse o hacer nada. No sabía lo que significaba aquello, pero estaba segura de que no era nada bueno. En cuanto Brad lo vio, la hizo entrar en el cuarto de baño. La tendió sobre la moqueta y le colocó unas toallas debajo, intentando elevarle las caderas para detener la hemorragia, pero para entonces sangraba profusamente y ella se sentía aterrorizada y no dejaba de mirarle.

—¿Estoy perdiendo al bebé?

—No lo sé. No te muevas, cariño, voy a llamar a la doctora.

Salió precipitadamente al dormitorio para llamar por teléfono y regresó varios minutos más tarde. Los Ángeles estaba demasiado lejos para llamar a la doctora Ward, así que había llamado al antiguo ginecólogo de Pilar, quien le dijo que la llevara al hospital lo antes posible, prometiéndole encontrarse allí con ellos al cabo de diez minutos. Fue lo bastante amable para asegurar a Brad que había visto a más de una mujer sangrar terriblemente y, a pesar de todo, conservar el embarazo. El doctor Parker era un hombre chapado a la antigua, contaba con poco más de setenta años y siempre le había caído muy bien a Brad.

Se lo contó a Pilar mientras la envolvía en toallas y le ponía una chaqueta por encima de los hombros, pero, al abandonar la casa, fueron dejando tras de sí un reguero de sangre. La instaló en el asiento de atrás del coche, envuelta en una manta y varias toallas. Luego condujo todo lo rápidamente que se atrevió colina abajo, en dirección al hospital. Cuando llegó, ella estaba pálida y lloraba a causa del dolor y del temor de estar perdiendo al bebé. Decía que era lo peor que había sentido nunca y, cuando el médico trató de examinarla, gritó. El doctor se volvió a mirar a Brad y movió la cabeza, explicándole que no sólo estaba sangrando, sino perdiendo tejido.

El doctor Parker intentó explicarle a Pilar con mucha delicadeza lo que estaba ocurriendo, mientras ella desviaba aterrorizada la vista de él a Brad.

—¿El bebé? ¿Se está muriendo?

—Probablemente, ya no sea viable —explicó el médico, sosteniéndole una mano, mientras Brad le asía la otra con suavidad—. A veces, no puede hacerse nada en estos casos.

Varias semanas antes, Helen Ward ya le había advertido que las madres de avanzada edad eran las que corrían mayor riesgo de sufrir un aborto espontáneo.

Pero ella sollozaba sangrando y sintiendo dolor y no podía creer que estuviera perdiendo al bebé que tanto habían querido. No era justo. ¿Por qué tenía que sucederle esto a ella?

—Dentro de poco vamos a llevarla arriba y le practicaremos un raspado. Servirá para limpiarlo todo y debería bastar para detener la hemorragia, pero quiero esperar un poco más porque Brad me dice que han comido ustedes bastante. Creo que dentro de una hora o dos todo estará bien y mientras tanto le administraré algo para calmar los dolores.

Pero el «algo» que le ofreció la enfermera no fue suficiente para calmar el dolor del todo y durante las dos horas siguientes permaneció en la cama, apretando los dientes y tratando de no gritar al sentir las contracciones. No creía que hubiera nada tan doloroso. Se sentía completamente agotada e histérica cuando se la llevaron y no dejaba de preguntarle a Brad qué pasaría si el bebé no estaba realmente muerto. ¿Y si le hacían el raspado y el feto estaba bien? Entonces sería un aborto provocado. Él intentó tranquilizarla asegurándole que, como había dicho el médico, el feto se había perdido y ahora tenían que limpiarle el tejido muerto del útero.

—Eso no es tejido muerto —gritó ella, incontrolablemente—. ¡Es nuestro bebé!

—Lo sé, cariño, lo sé.

La acompañó hasta la puerta del quirófano, donde la pusieron sobre la mesa. El médico permitió a Brad esperarla en la sala de recuperación. En cuanto salió de la sala de operaciones, empezó a llorar. No le dijo una sola palabra. Simplemente, permaneció allí tumbada, sollozando durante toda la noche, mientras Brad permanecía de pie a su lado, observándola con impotencia.

—Va a ser bastante duro para ella —le dijo el médico antes de marcharse—. El aborto espontáneo es una de las grandes desgracias poco valoradas de nuestros tiempos. Se trata de una muerte, de eso no cabe la menor duda. Antes pensábamos que sólo era «una de esas cosas que ocurren» y esperábamos que las mujeres se recuperaran en unos pocos días. Pero no sucede así. Tardan meses en hacerlo y a veces incluso años..., o nunca. Y, a la edad de Pilar, no puede estar segura de concebir otro hijo.

—Seguiremos intentándolo —aseguró Brad, casi hablando más consigo mismo que con el médico—. Volveremos a intentarlo y esta vez lo conseguiremos.

—Dígaselo así a ella. Se va a sentir fracasada durante un tiempo. Una parte de lo que sienta será real y otra parte se deberá a las hormonas.

Pero Brad se daba cuenta de que lo que él mismo sentía era algo muy real; y, cuando volvió a la habitación, lloró por ella, por el bebé que habían perdido y por el dolor que los dos sentían tan vívidamente.

A la tarde siguiente la condujo de nuevo a casa y la metió en la cama. Quería que se quedara allí unos días. Esa misma noche Nancy llamó para hablarle de un fabuloso parque nuevo que había visto para el bebé.

—Yo..., no puedo hablar contigo ahora...

Pilar tendió el teléfono a Brad, que tampoco se sentía mejor que ella, con el rostro anegado en lágrimas. Él se marchó a la otra habitación y le explicó lo que había ocurrido; Nancy colgó el teléfono, conmocionada, lamentándolo por ellos, pensando que quizás Pilar fuera demasiado mayor para volver a intentarlo.

Pasaron un día de Año Nuevo largo y triste, sin dejar de pensar en el hijo que habían perdido, en los sueños que habían compartido, sentados juntos, lamentándose en silencio.

El día de Año Nuevo, Charlie se despertó a las seis y cuarto. Se había pasado despierto la mitad de la noche y se había quedado dormido hacia las cuatro, pero llevaba muchos días sin dormir. Había tomado una decisión acerca de lo que deseaba hacer con Barbie. No le gustaba lo que le había hecho y tendría que prometerle que no volvería a ocurrir, pero no podía abandonarla ahora. Ella le necesitaba y él la amaba. ¿Cómo podía dejarla en estos momentos? Y quizás aquel bebé fuera lo que ambos necesitaban para salvarse.

Era demasiado pronto para llamar por teléfono, así que se levantó, se duchó, se afeitó, leyó el periódico y paseó por la habitación hasta que por fin, a las nueve, se dirigió a casa de Judi. No había hablado con Barb desde hacía tres días y no había sabido qué decirle cuando se marchó. En aquellos momentos se sentía demasiado impresionado por la noticia de su embarazo. De una forma extraña, lamentaba incluso haber acudido a ver al doctor Pattengill. De no haberlo hecho, no habría sabido que era estéril, y en ese caso hubiera creído que el niño era suyo. Pero las cosas habían dejado de ser tan sencillas. ¿O acaso nunca lo habían sido?

Llamó al timbre y un minuto más tarde le abrieron la puerta de abajo. Judi se hallaba ante la puerta del apartamento y pareció sorprenderse al verle. Empezó a decir algo, pero lo pensó mejor y se calló. En el piso estaba un tipo con el que salía de vez en cuando desde junio y una nueva compañera de apartamento que había ocupado el lugar de Barbie cuando ella y Charlie se casaron. De repente, Judi pareció sentirse violenta y lo mismo le sucedió a Charlie. Ambos sabían lo que estaba ocurriendo y a estas alturas él también sabía que Judi había ayudado a Barbie a buscar excusas cada vez que se veía con el tipo de Las Vegas. Le había traicionado, aunque su única y verdadera lealtad se la debía sólo a Barbie. Ahora, lamentaba que las cosas hubieran tomado aquel cariz. Barbie le había dicho que estaba embarazada en cuanto lo supo y Judi le había aconsejado que se librara del feto y no dijera una sola palabra a nadie, puesto que el padre del niño ya estaba casado. Al principio, Barbie lo había pensado así, pero luego se dejó arrastrar por la idea de lo mucho que Charlie deseaba tener un hijo y, de forma alocada, pensó que podía convencerle de que el hijo era suyo, para de ese modo no tener que someterse a otro aborto.

—Hola, Charlie —saludó Judi con suavidad—. Voy a avisar a Barbie.

Pero Barbie ya había salido al vestíbulo. Parecía cansada, pálida y con aspecto desgraciado.

—Hola —la saludó Charlie, sintiéndose como un muchacho en su primera cita, mientras Judi y los demás desaparecían en dirección a la cocina—. Siento no haber venido antes, necesitaba tiempo para pensar.

—Yo también.

Había lágrimas en los ojos de Barbie y trató de contener un sollozo. Ver a su esposo le hacía todo más duro. Se daba cuenta ahora de lo que le había hecho, del error que había cometido al mentirle.

—¿Podemos sentarnos a hablar en alguna parte?

De repente, Charlie parecía más viejo y más maduro. Durante los últimos días había tenido que pasar por muchas cosas. De hecho, se sentía como si hubiera envejecido desde que le habían comunicado que era estéril.

Barbie había dormido en el sofá del salón y no quería que los otros los oyeran desde la cocina, así que entraron en el dormitorio de Judi. Se sentó en la cama, todavía sin hacer, y Charlie se instaló algo incómodo en el borde de la única silla, mirando a la mujer con la que se había casado. Habían recorrido un largo camino en aquellos dos últimos años y casi todo el camino había sido desagradable. No se había parecido gran cosa a un matrimonio, pero Charlie estaba seguro de que las cosas cambiarían ahora. Y, con un niño, tendrían más cosas para estar unidos.

—Quiero el niño, Barb. He pensado mucho en ello y creo que podemos hacerlo funcionar. Demonios, si alguien me hubiera adoptado a mí, no hubiera tenido que relacionarme con todas aquellas familias. Y este bebé no tiene por qué saber nunca que yo no soy su padre. Su certificado de nacimiento dirá que lo soy y eso es suficiente para mí.

Le sonrió dócilmente. Estaba dispuesto a perdonárselo todo y, mientras él hablaba, ella se puso a llorar, sintiéndose miserable. Durante un rato, sólo pudo mover la cabeza. Era un momento difícil para los dos, y Charlie extendió una mano hacia ella y le tomó la suya, pero ella sólo le permitió sostenerla un instante. Charlie intentó decirle que, a partir de ahora, todo saldría bien, pero ella no quería escucharle.

—Ayer me practicaron un aborto —se las arregló para decirle al cabo de un rato.

Charlie se sintió como si le hubieran dado un mazazo. No se le había ocurrido pensar que ella pudiera hacer algo así con tanta rapidez.

—¿Bromeas? —Pero ¿quién bromearía sobre una cosa así? No supo qué más decirle y permanecieron así, sentados, mirándose el uno al otro, en un silencio sobrecogedor—. ¿Por qué?

Sonaba como una locura y una estupidez, pero también sabía que sus propios pensamientos eran emocionalmente muy desordenados.

—Charlie, no podía tener a ese niño. No habría sido justo para ti, ni para mí, ni para el bebé. Durante toda su vida, tú recordarías que te había engañado. Su presencia te lo habría recordado día tras día, cada vez que le vieras. Y yo... —Levantó la vista hacia él, con una expresión de dolor en los ojos—. La verdad es que, sin que importe lo culpable que pueda sentirme por lo que he hecho, o lo mucho que lamentara o aborreciera otro aborto..., no quiero tener un hijo. Ni tuyo ni de nadie más.

—¿Por qué? Un bebé podría haber sido lo mejor que nos hubiera podido ocurrir a los dos. Y ahora tendremos que adoptar uno —dijo, sintiéndose desgraciado.

Aquel bebé podría haber sido la solución perfecta y ahora ni siquiera existía como alternativa. Una parte de sí mismo se sentía aliviada, pero otra parte de su ser estaba desolada.

—Charlie... —Su voz era suave, apenas audible en la pequeña habitación—. No voy a regresar a tu lado.

Después de haberlo dicho, bajó la cabeza, incapaz de mirarle a los ojos.

—¿Qué? —El rostro de Charlie se puso blanco debajo de las pecas—. ¿Qué quieres decir?

Ella hizo un esfuerzo por volver a mirarle.

—Charlie, te amo... eres todo lo que una mujer desearía como esposo. Pero... no quiero estar casada. No me había dado cuenta hasta ahora. Durante todo el tiempo que he pasado contigo, sentada todas las noches en casa, me sentía como muerta. Pensé que podría soportarlo, pero no pude. Supongo que eso fue lo que sucedió. Al principio, después de casarnos, me sentí muy aliviada de tener a alguien decente que me cuidara. —Las lágrimas le resbalaban incontenible mente por las mejillas mientras hablaba—. Pensé que era todo como un sueño, pero, al final, el sueño se convirtió para mí en una verdadera pesadilla. No quiero tener que responder de nada ante nadie. No deseo quedarme encerrada en casa todo el día, ni vivir con un hombre. Y lo único que sé con seguridad es que no quiero tener un hijo, ni tuyo ni de nadie, y también puedo asegurarte con toda firmeza que tampoco quiero adoptar uno. Ayer hablé con el médico y dentro de unas semanas me harán una ligadura de trompas. Tampoco quiero tener más abortos.

—¿Por qué has hecho algo así sin hablar siquiera conmigo? —preguntó él, obsesionado nuevamente por el niño, como si hablar de ello pudiera hacer que lo que ella había dicho no hubiese sucedido.

Le había comunicado que no estaba dispuesta a regresar a su lado, pero no podía ser que lo dijera en serio. Estaba alterada y no sabía lo que decía.

· —Charlie, no era hijo tuyo. Y yo no lo quería.

—Eso no ha sido justo —dijo él, llorando también.

Nada lo era. Nada de lo ocurrido era justo, pero nada lo había sido nunca para él, desde el principio de su vida, cuando le abandonaron sus padres. Y ahora también estaba siendo abandonado. Ella era como toda aquella gente de los hogares de adopción, que le tuvieron en casa durante un tiempo y finalmente decidieron que era un muchacho agradable, pero que no le querían. ¿Qué pasaba con él?, se preguntó mientras las lágrimas rodaban por sus mejillas y sollozaba como un niño. ¿Por qué nunca le había querido nadie?

—Lo siento... —dijo, intentando disculparse por lo que sentía, por las lágrimas, pero Barbie se limitó a sacudir la cabeza. Su presencia la hacía sentirse peor, pero estaba absolutamente segura de lo que hacía. Se daba cuenta de que debía haberlo hecho muchos meses antes, incluso antes de tener aquella relación con el hombre de Las Vegas—. ¿Por qué no regresas a casa durante un tiempo y lo volvemos a intentar? Podemos tener un matrimonio abierto o algo parecido, que te permita entrar y salir como gustes, sin preguntas ni explicaciones.

Pero, al decir estas palabras, hasta él mismo se preguntó cómo podía haberlas pronunciado. Sabía que una situación así le volvería loco y ella aún lo sabía mejor. Pero, en definitiva, Barbie ya se había decidido y nada de lo que dijera iba a cambiar su decisión.

—No puedo hacer eso, Charlie. No sería justo para ninguno de los dos.

—¿Qué vas a hacer?

También se sentía preocupado por ella. Necesitaba de alguien que la cuidara, pues no era tan dura como aparentaba.

—Judi va a dejar su trabajo y las dos regresaremos a Las Vegas.

—¿Para hacer qué? ¿Para pasarte otros cinco años como corista? ¿Y luego qué? ¿Qué harás cuando seas demasiado vieja para anunciar trajes de baño o enseñar los pechos?

—Supongo que me los operaré y los enseñaré durante algún tiempo más. No lo sé, Charlie, pero sí sé que no puedo ser lo que tú quieres y lo que te mereces. Prefiero morirme en Las Vegas como chica de espectáculo.

—No lo puedo creer. —Se levantó, cruzó la habitación y miró fijamente por la única ventana. La calle estaba desierta, como lo estaba ahora todo en su vida—. ¿De verdad no vas a regresar a casa conmigo?

Se volvió a mirarla de nuevo y ella movió la cabeza con firmeza. Habían dejado de llorar, pero a él le parecía que un gigante le había dado un puñetazo en el pecho.

—Te mereces algo mucho mejor de lo que yo puedo darte —dijo ella, con tristeza—. Una mujer agradable, que sea capaz de apreciar todo lo que puedes ofrecerle, que quiera quedarse en casa y cocinar para ti; puedes adoptar a un par de niños y ser muy feliz.

—Gracias por haberlo planeado todo por mí —dijo él con expresión derrotada.

Sabía que jamás volvería a intentarlo con ninguna otra mujer. No podía obligarla a regresar a su lado, pero, de lo que estaba seguro era de que nunca volvería a casarse.

—Charlie, lo siento —volvió a decir ella, verdaderamente apenada, y abandonó la habitación.

Luego, le vio bajar lentamente la escalera y salir del apartamento de Judi. No se volvió a mirarla. No pudo. Le habría recordado demasiado todas aquellas veces tan terribles en que sus posibles padres adoptivos le llevaban de regreso al orfanato.

12

Durante el resto del mes de enero, a Charlie le pareció estar caminando bajo el agua. Aquel día fue a trabajar, después recogió todas las cosas de Barbie, se desprendió de ellas, se trasladó a un pequeño apartamento en Palms y se pasó toda la noche pensando. Quería comprender por qué había salido todo tan mal, pero no estaba seguro de saberlo. ¿Acaso había pedido demasiado? ¿Habría sido su deseo de tener hijos? ¿Qué la había impulsado a ella a saltar por el precipicio? Le resultaba imposible admitir que no quisiera estar casada. A finales de mes, Barbie presentó la demanda de divorcio y pocos días más tarde le llamó para decirle que se marchaba a Las Vegas. Le dijo que le comunicaría dónde se alojaba para poder cumplir el resto del papeleo. Al hablar, su voz sonó con un acento práctico y controlado, algo que Charlie no podía decir de sí mismo. Después de colgar el teléfono, estuvo llorando durante una hora y ni siquiera Mark pudo consolarle. Le decía continuamente que había muchos peces en el mar, que ella no era la única mujer que existía y que estaría mucho mejor con una que se pareciera un poco más a él. No deseaba decirle que desde el principio había dudado de ella. ¿De qué serviría eso ahora? Y también le recordaba continuamente que él había pasado por lo mismo cuando su esposa le abandonó por otro hombre y se trasladó a vivir a California.

—¡Y yo tenía hijos! —dijo, como para subrayar que lo suyo había sido mucho peor.

239

Pero eso no hacía más que recordar a Charlie lo desierta que estaba su vida y lo vacío de su futuro. Se negaba a salir con nadie y todos los esfuerzos que hizo Mark por conseguir que se distrajera y por presentarle algunas amigas fueron totalmente inútiles. Incluso se negó a ir a jugar a los bolos. Todavía era demasiado pronto y deseaba reflexionar sobre su vida.

Empezó a pensar incluso que estaba mejor sin hijos, que su esterilidad era una bendición. De todos modos, ¿qué sabía él de niños? Nunca había tenido una infancia normal, ¿cómo podía esperar entonces convertirse en un padre decente? Se lo comentó así a Mark, quien le dijo que estaba loco. A su amigo le dolía verle tan destrozado, y hasta le sugirió que visitara a un psiquiatra que conocía, pero Charlie tampoco quiso hacerlo.

—Mira, muchacho —intentó explicarle Mark una noche, cuando salían del trabajo—, no estás pensando correctamente. Probablemente serías el mejor padre del mundo porque entiendes lo que necesita un niño, puesto que tú nunca lo tuviste. Elegiste a la mujer equivocada y eso es todo. Así de sencillo. Era una mujer agradable, cierto, pero quería disfrutar de las luces de neón y pasárselo en grande. Tú, en cambio, quieres cocinar, quedarte en casa y sacar adelante una familia. Así que... encuentra a la mujer adecuada, forma un nuevo hogar y vivirás feliz durante el resto de tu vida. Deja de pensar que la vida ha terminado para ti, porque no es cierto. Sólo necesitas algo de tiempo. Las heridas todavía están demasiado recientes y aún sangran.

Así era, en efecto. Todo lo que Mark le decía era cierto, pero Charlie no quería escucharle.

—No quiero encontrar a nadie y tampoco quiero volver a casarme. Demonios, pero si todavía no me he divorciado.

—¡Ah...!, ¿de modo que ésa es la razón por la que ya no quieres ir a jugar a los bolos? Pero bueno, ¿por qué no podemos ir a tomar una cerveza y una pizza? Vamos, muchacho, ¿qué te crees? ¿Que te estoy pidiendo una cita? Mira, no dejas de tener atractivo, pero resulta que no eres mi tipo. Además, la pequeña Gina podría enojarse bastante, ya sabes... —Charlie no pudo evitar echarse a reír y Mark le propinó un amigable empujón—. Sólo tienes que tomarte las cosas tal y como vienen, ¿de acuerdo?

—Sí, sí, lo intentaré —dijo, sonriendo por primera vez en lo que le parecía ser mucho tiempo.

Pocos días más tarde, salió a cenar con Mark y el fin de semana siguiente aceptó ir a jugar a los bolos. Fue un proceso largo y lento, pero finalmente empezó a curar. Todavía le hacía daño pensar en ella y aún no podía creer lo que había hecho para acabar con su matrimonio, pero poco a poco fue asomando y saliendo del caparazón. Y, algo más tarde, empezó a jugar a béisbol los fines de semana con un puñado de huérfanos de unos doce años.

Después de su aborto, Pilar se pasó un mes sumida en una profunda depresión. Cogió un permiso en el trabajo, se negó a hablar con nadie y se quedó en casa, envuelta en un batín, meditando tristemente. Brad intentó animarla para ver a los amigos, pero hasta la propia Marina tuvo que intentarlo varias veces antes de que ella consintiera en verla.

Llegó a casa con un puñado de libros sobre el dolor, sobre la pérdida del embarazo y sobre el duelo. Creía que la información era la mejor herramienta, pero Pilar no quería saber nada de todo aquello.

—No quiero saber lo desgraciada que me siento, o lo desgraciada que debería sentirme —le dijo, observando a su amiga con la mirada encendida y rechazándola, tanto a ella como a los libros que le había traído.

—Pero quizás quieras saber cómo podrías sentirte mejor y cuándo puedes esperar que tu vida se normalice —le dijo Marina en voz baja.

—¿Hasta qué punto se normalizará? Soy una mujer de edad madura que ha tomado un montón de decisiones estúpidas en su vida, como resultado de las cuales ya nunca podrá tener hijos.

—Vaya, vaya, ahora resulta que nos autocompadecemos —replicó Marina, bromeando con una sonrisa.

—Tengo derecho a la autocompasión.

—Sí, lo tienes, pero no como estilo de vida. Piensa en Brad, piensa en lo duro que esto está siendo también para él.

Había sido precisamente Brad quien había rogado a Marina

que acudiera a casa a ver a Pilar, que ya no contestaba al teléfono ni aceptaba las llamadas cuando estaba él.

—Él tiene hijos propios. No sabe nada de todo esto.

—No, pero hay otras muchas personas que sí saben. Hay grupos de ayuda para casos así. Otras mujeres han perdido también sus embarazos. No estás sola, Pilar, aunque tú creas lo contrario. Otras mujeres han perdido a sus bebés, éstos han nacido muertos o han perdido a hijos a los que han conocido y amado durante años. Tiene que ser el peor golpe que pueda sufrirse nunca —dijo tristemente, lamentándolo por su amiga, mientras Pilar empezaba a llorar de nuevo.

—Lo es —asintió ella con las lágrimas corriéndole por las mejillas— y me siento como una estúpida. Sé que esto debe de parecerle ridículo a todos, pero me parece haber perdido un hijo al que conocía, una personita a la que amaba, y que ahora está muerta y nunca llegaré a conocer.

—Es posible, pero también puedes tener otro hijo. No cambiará esto, pero puede ayudarte.

—Creo que eso sería lo único que me ayudaría —admitió Pilar con sinceridad—. Quisiera quedarme embarazada de nuevo.

Se sonó la nariz con un montón de pañuelos de papel y Marina le sonrió con comprensión.

—Quizás lo consigas.

No le gustaba ofrecer falsas esperanzas y la verdad era que no había forma de saber si Pilar volvería a concebir.

—Sí y quizás no lo consiga. ¿Y luego qué?

—Pues vuelves a intentarlo. Tienes que hacerlo. Antes llevabas una vida agradable, y puedes seguir haciéndolo igual. Los bebés no lo son todo en la vida y tú lo sabes. —Y, al decirlo, recordó un incidente que había ocurrido varios años antes y lo compartió con Pilar—. ¿Sabes una cosa? Ya casi se me había olvidado y acabo de acordarme ahora. Mi madre perdió a su noveno hijo cuando debía de estar embarazada de dos meses, o quizás un poco más. Después de haber tenido ocho hijos, podrías pensar que no le afectó demasiado, pero, si la hubieras visto, habrías creído que se sentía como si se hubiese muerto su hijo mayor. Se desmoronó por completo y se puso muy triste. Mi padre no sabía qué hacer para ayudarla.

Se quedaba en la cama, sin dejar de llorar, y sus ocho hijos se desbandaron, excepto cuando yo estaba presente para mantenerlos a raya, pero mi pobre madre estaba hecha un lío. Estuvo deprimida durante varios meses y entonces, naturalmente, quedó embarazada de nuevo. Tuvo otros dos hijos después del que perdió, a pesar de lo cual y hasta el momento de su muerte, no dejó de hablar de lo terrible que había sido, y lo mucho que echaba de menos a aquel hijo perdido antes de nacer. Tenía amigas que habían perdido a un hijo mayor, pero creo que para ella fue casi tan horrible, y siempre hablaba del bebé que había muerto como si hubiera llegado a conocerle.

—Así es como me siento yo —dijo Pilar con la sensación de haber encontrado por fin a alguien que la comprendía.

Experimentó un repentino lazo de unión con la madre de Marina y lo que había sentido por su hijo perdido.

—Debe de ser uno de esos extraños misterios de la vida que nadie comprende, a menos que lo haya vivido.

—Quizás sea así —asintió Pilar, nuevamente triste—. Es lo peor que me ha pasado nunca —añadió.

Y lo era. Cada vez que pensaba en ello sentía como que el corazón se le desgarraba y no había un solo momento en todo el día en que se le quitara de la cabeza.

—Pues entonces piensa en mi madre. Como ya te he dicho, después de eso tuvo otros dos hijos. Creo que tenía unos cuarenta y siete años cuando perdió al bebé.

—Me das esperanzas.

Marina era la primera persona que había conseguido transmitirle un poco de esperanza, como una enviada del cielo, como siempre, a diferencia de su propia madre, a la que Pilar nunca llamaba. Ni siquiera le había dicho que estaba embarazada. De haberse enterado, no hubiera dejado de recordarle que ya le había advertido que era demasiado vieja. Y, ahora, no cabía la menor duda, así era como se sentía.

Después de su conversación con Marina y ante la desesperación de Brad, pasó varias semanas más sumida en una profunda tristeza. Alice y Bruce se encargaban de sus casos en la oficina, aunque tuvieron que cambiar algunas de las fechas de los juicios, y a sus clientes les dijeron que estaba enferma. Todo el que la conocía estaba seriamente preocupado por ella.

Nancy acudió a verla para tratar de animarla, pero trajo consigo a su hijo, lo cual empeoró las cosas. Pilar estaba casi histérica cuando Brad regresó a casa y le dijo que no quería volver a ver a ningún niño, y que no deseaba que Adam volviera por casa hasta que hubiera crecido.

—Pilar, tienes que parar de una vez —le dijo él, sintiéndose angustiado e impotente—. No puedes seguir haciéndote eso a ti misma.

—¿Por qué no?

Apenas comía, ni dormía. Había perdido cinco kilos y parecía tener cinco años más.

—No es sano. Volveremos a intentarlo el mes que viene. Vamos, cariño, tienes que hacer un esfuerzo por recuperarte. —Pero la verdad era que no podía hacerlo. Desde que se despertaba hasta que se acostaba sentía un peso aplastante sobre el corazón y en algunas ocasiones no deseaba siquiera seguir viviendo—. Por favor, cariño, te lo ruego...

Finalmente, confiando en animarla un poco, la llevó a pasar un fin de semana a San Francisco, pero, como si la mala suerte lo hubiera querido así, fue la semana en que tuvo la regla. Lo único que pudo hacer para animarla fue recordarle que dos semanas después volverían a la consulta de la doctora Ward, con el instrumento para rehogar carne de pavo y las películas eróticas.

—¡Oh, Dios mío! —exclamó ella con un mohín, sonriendo a pesar de todo—. No me lo recuerdes.

—Pues entonces será mejor que disfrutes ahora.

Bromeó con ella durante el resto del viaje, diciéndole que iba a llevarla a Broadway para comprar «ayudas maritales» que añadir a la colección de la doctora.

—Eres un pervertido, Bradford Coleman. Si alguien sospechara qué mente tan sucia tienes, mientras estás sentado ahí, en el juzgado, te echarían de la judicatura.

Pilar sonrió, volviendo a sentirse un poco ella misma, por primera vez en varias semanas.

—Bien, en ese caso podría quedarme en casa y hacerte el amor durante todo el día.

Pero ni siquiera eso la atraía demasiado en aquellas últimas semanas. Había intentado explicárselo al psicólogo y a Brad. Tenía la sensación de que el aborto había sido su fracaso definitivo como mujer.

—Perdí al bebé... Es como si lo hubiera dejado en un autobús o en cualquier parte, o como si lo hubiera olvidado en el parque..., o me lo hubiera comido. Perdí al bebé —había dicho, con lágrimas en los ojos, sintiendo que aquello era su fracaso definitivo como madre.

Resultaba difícil razonar con ella. Lo que sentía no procedía de su mente, sino de su corazón. Su cabeza sabía que podía tener otra oportunidad y Brad le había dicho una y otra vez que continuarían intentándolo, pero su corazón no sabía otra cosa, excepto lo que había perdido, el hijo que tanto había querido tener. Y cada vez que pensaba en ello, la pena que sentía le producía dolor en el pecho.

Diana se mostró cauta cuando ella y Andy regresaron de sus vacaciones. No quería tentar la suerte. Las cosas habían sido maravillosas en Hawai y regresaron a casa renovados, no como las personas que habían sido antes, ya que en cierto modo se sentían incluso mejor. Pero, consciente de lo duro que había sido el camino, no quería añadir más presión. Había decidido no ver a su familia durante un tiempo, ni contestar ninguna de sus preguntas. Y habían transcurrido dos meses desde la última vez que viera o hablara con Sam, pero le resultaba imposible afrontar la evidente realidad del embarazo de su hermana. Le resultaba demasiado doloroso.

Lo único que ambos pretendían por el momento era evitar el dolor. Y Diana hacía todo lo humanamente posible para ello. La invitaron a dos bautizos y rechazó ambas invitaciones. Ella y Andy acordaron que, al menos durante algún tiempo, no hablarían sobre las posibles soluciones para tener un hijo. Ambos acudían a sesiones de terapia, por separado, y eso parecía ayudarlos.

Su trabajo volvía a funcionar bien y empezaba a disfrutarlo de nuevo. Le encantaba charlar con Eloise de vez en cuando, pero la amistad entre ellas parecía haberse enfriado bastante. Eloise pensaba en trasladarse a otra parte y Diana todavía se hallaba sumida en los esfuerzos por salvar su vida y su matrimonio. Durante la semana siguiente al viaje, disfrutó más que nada de estar en casa cada noche. Anhelaba volver a ver a Andy y pasar tiempo a su lado. Y él se acostumbró a llamarla tres o cuatro veces al día desde su despacho, sólo para saludarla y preguntarle cómo iban las cosas. Se sentía más cerca de él que de nadie y su vida en común seguía siendo bastante apacible. Todavía no se sentía preparada para volver a ver a los amigos y Andy no quería presionarla. Tampoco los amigos los presionaron. Bill y Denise no les habían llamado desde hacía varios meses. Finalmente, Andy le había explicado a Bill que a Diana le resultaba muy difícil ver a Denise por el simple hecho de que estaba embarazada. Pareció comprenderlo y los dos hombres iban juntos a jugar al tenis cuando podían, lo que no era muy frecuente. Ahora, los dos tenían otras responsabilidades y se veían sometidos a otras presiones.

Al regresar a casa, Diana casi nunca se molestaba en comprobar el contestador automático. Ya no les llamaba nadie, excepto su madre de vez en cuando.

Pero a mediados de enero, una noche que volvió pronto a casa, puso en marcha el contestador automático y escuchó los mensajes mientras encendía el horno y empezaba a preparar la cena. Como era habitual, su madre había llamado, lo cual la hizo sonreír. También había una llamada de una mujer que vendía revistas y tres mensajes para Andy, uno de Bill hablando de un torneo de tenis en el club, uno de su hermano Nick, y el otro de una mujer. Tenía una voz sensual y sólo dijo que el mensaje era para Andy y que él sabría por qué le había llamado. Y luego, con una voz profunda y ronca, añadió: «Dígale que me llame». A continuación, dio su número y su nombre, Wanda Williams. Diana enarcó una ceja y se echó a reír. Jamás había sospechado que él la engañara, ni siquiera en los peores momentos del año anterior. Sabía que algunos hombres engañaban a sus esposas, sobre todo cuando afrontaban las tensiones por las que ellos habían pasado, pero no creía que él lo hubiera hecho. Por otro lado, suponía que tampoco sería lo bastante estúpido como para que sus amigas le dejaran mensajes en casa. No le preocupó el asunto, sólo le extrañó, y aquella noche, durante la cena, bromeó con él al respecto. Imaginaba que sería una de las actrices de alguno de los espectáculos de los que él se ocupaba en la cadena de televisión.

—¿Quién es la mujer con voz sensual que te ha llamado hoy?

—¿Qué?

Frunció el ceño y alargó la mano para coger otro trozo de pan, con aspecto distraído.

—Ya me has oído. ¿Quién es?

Diana sonreía. Le encantaba jugar con él, que, por lo regular, se lo tomaba bien, pero en esta ocasión evidentemente no lo hizo así.

—¿Qué significa esto? Es una de las amigas de mi hermano. Creo que está pasando aquí una temporada y quería que la ayudara a comprar un coche o algo así.

—¿Un coche? —Diana se echó a reír de él abiertamente—. Es la peor excusa que he oído jamás. Vamos, Andrew..., ¿quién es? ¿Quién es Wanda Williams? —preguntó, imitando la voz de la mujer. Pero a Andy no pareció divertirle en absoluto.

—No sé quién es, ¿de acuerdo? Sólo es un nombre, ni siquiera la conozco personalmente.

—Pues a mí me pareció que trataba de concertar una cita contigo —dijo Diana, y, volviendo a imitar la voz ronca del teléfono, añadió—: «Llámame...».

—Está bien, está bien, ya lo entiendo.

Ya se había comido tres trozos de pan y parecía realmente nervioso, lo cual asombró un poco a Diana.

—¿Así que vas a llamarla...? Por lo del coche, claro.

Estaba jugando con él, y Andy empezaba a enfadarse de veras.

—Quizás, ya veremos.

—Tú no verás nada. —Ella también empezó a alterarse. Había algo en aquella historia que no encajaba—. Andy, ¿qué está pasando?

—Mira, se trata de algo que estoy haciendo por mi cuenta, ¿de acuerdo? ¿O es que no tengo derecho a un poco de intimidad?

—Sí —asintió Diana, mirándole con vacilación—. Quizás, pero no con mujeres.

—No te estoy engañando, ¿vale? Te lo juro.

—Entonces, ¿qué estás haciendo? —preguntó ella en voz baja.

No comprendía por qué se mostraba tan reservado con respecto a aquella mujer. ¿Qué demonios le estaba ocultando?

—Es amiga de un amigo mío. Conoce a uno de los abogados con los que trabajo y quiere que hable con ella sobre un proyecto.

No quería explicarle que era una de las viejas amigas de Bill Bennington, y que éste le había sugerido a Andy que la llamara.

—Entonces, ¿por qué me has mentido diciéndome que era una amiga de tu hermano?

—Mira, Diana, no sigas por ahí, ¿de acuerdo? No me presiones.

—Pero, ¡cómo! —exclamó ella levantándose de un salto de la mesa, recelosa. Quizás la estaba engañando y ella no lo sabía—. ¿Qué estás tramando?

—Mira, ¡maldita sea!... —Había hecho todo lo posible por no decírselo, pero ahora comprendía que tenía que hacerlo—. No quería hablarte de esto ahora. Sólo quería hablar con ella primero y ver qué me parecía cuando la conociera.

—Estupendo... ¿y qué es eso? ¿Es que te estás citando con otra mujer?

—El año pasado tuvo un hijo para una pareja. Es una madre de alquiler. Y quiere hacerlo de nuevo. Pensé que podía enterarme y hablar con ella. Luego, pensaba contártelo todo y ver qué opinabas tú de ello.

Lo dijo con voz muy serena, tratando de prepararse para la explosión de su esposa, que intuía seguiría después.

—¿Qué? ¿Pretendías verte con una madre de alquiler para comprobar cómo era y ni siquiera pensabas decírmelo? ¿Y qué piensas hacer? ¿Acostarte con ella para ver si funciona? Por el amor de Dios, Andy, ¿cómo has podido hacer una cosa así?

—Sólo pretendía hablar con ella. El procedimiento se haría por inseminación artificial, si es que decidíamos seguir adelante. Lo sabes muy bien.

—¿Por qué? ¿Por qué haces esto? Habíamos acordado no discutirlo durante los próximos meses.

—Lo sé, pero el asunto surgió la semana pasada y no resulta fácil encontrar personas así. Y, cuando tú estuvieras dispuesta a hablar, ella ya podría estar engendrando al hijo de otra persona.

—¿Quién es?

—Es una especie de actriz. No cree en el aborto y dice que se queda embarazada con mucha facilidad y que hace algo bueno por otras personas al ofrecer sus servicios.

—Qué amable de su parte. ¿Y cuánto cobra por eso?

—Veinticinco mil.

—¿Y si decide quedarse con el bebé?

—No puede. Se firma un contrato con todo estipulado. Además, el año pasado no planteó ningún problema a la pareja a la que ofreció sus servicios. Ya he hablado con el marido y están los dos entusiasmados. Tienen una niña pequeña a la que adoran. Cariño, por favor..., déjame al menos hablar con ella.

—No. ¿Y si consume drogas? ¿Y si tiene alguna enfermedad? ¿Y si luego no nos entrega al niño? ¡Oh, Dios mío!, no me pidas que haga esto.

Dejó caer la cabeza sobre la mesa y se echó a llorar. Hubiera querido gritarle. ¿Por qué la hacía pasar de nuevo por todo aquello? Apenas habían dado un primer paso para recuperar su matrimonio y todavía no estaba preparada para una cosa así.

—Cariño, fuiste tú la que dijiste que deseabas un hijo mío, que no era justo que yo no tuviera «mi» hijo. Pensé que esto sería mejor que la adopción porque, de ese modo, el bebé sería al menos medio nuestro. No quisiste saber nada de un trasplante de óvulo de donante cuando el médico lo sugirió y ésta parece una solución alternativa viable.

—¿Qué es esto? ¿Un experimento científico? ¡Por el amor de Dios! —exclamó, levantando la cabeza para mirarle, con los ojos llenos de odio—. Te odio, Andrew Douglas. ¿Cómo te atreves a hacerme pasar por esto?

—Yo también tengo derecho a tener un hijo. Los dos lo tenemos. Y sé lo mucho que tú lo deseas.

—Pero no así. ¿Sabes la tensión por la que tendríamos que pasar antes de haber terminado? Y no quiero que tu esperma entre en el cuerpo de otra mujer. ¿Y si ella se enamora de ti y del niño?

—Pero, Di, es una mujer casada.

—¡Oh, por el amor del cielo!, estáis todos locos, tú, ella y su esposo.

—¿Y tú eres la única cuerda entre nosotros? —preguntó él, enojado.

—Quizás.

—Pues debo decirte que no lo pareces. —Estaba descompuesto y angustiado, casi a punto del desmoronamiento—. Mira, voy a hablar con ella algún día de esta semana. Eso es todo. Sólo quiero saber cuáles son sus condiciones, cómo es ella y qué podría ocurrir. Quiero conocer las posibilidades que tenemos, por si queremos hacerlo ahora o en cualquier otro momento. Y, ahora que lo sabes, Diana, quisiera que me acompañaras.

—No deseo tener nada que ver con esto. No puedo. Me empujaría por el borde del precipicio.

Y en aquellos momentos apenas acababa de lograr detenerse e incorporarse. No quería volver a correr más riesgos.

—Creo que eres más fuerte de lo que tú misma admites —dijo él, con voz pausada.

Quería hacer aquello. Lo había pensado mucho durante los últimos meses, y deseaba tener un hijo. Amaba a Diana, pero también quería formar una familia y, si podía tener un hijo propio, tanto mejor.

—Creo que eres un hijo de puta —le espetó ella.

Se encerró en el cuarto de baño, y, cuando volvió a salir, Andy ya había llamado a Wanda Williams y acordado una cita con ella para la tarde siguiente, en Spago. El lugar le pareció un tanto extraño, pero así lo quiso Wanda.

—¿Quieres acompañarme? —le preguntó a Diana a la mañana siguiente. Ella negó con un gesto de la cabeza.

Antes de marcharse a trabajar volvió a preguntárselo, presionándola, pero ella no contestó. Esa mañana, en el trabajo, Bill le preguntó cómo había ido y Andy le contó tensamente que Diana casi había parecido volverse loca. No tenía ni idea de si iba a aceptar conocer a la madre de alquiler y Bill le deseó buena suerte antes de salir apresuradamente para asistir a una reunión importante.

Aquel mediodía, Diana se quedó sentada en su despacho, pensando en ellos, preguntándose cómo sería aquella mujer. Finalmente, no lo pudo resistir. Pidió un taxi por teléfono y bajó la escalera. Acudió al restaurante con media hora de retraso, pero ellos todavía estaban cómodamente sentados en una mesa del fondo, incluido el esposo de la mujer. Andy pareció sorprendido al verla cruzar la sala, y se apresuró a presentarle a los Williams, John y Wanda. Diana sólo pidió una taza de café.

Parecían personas cuerdas y sanas, vestidas decentemente, y en modo alguno drogadas o estúpidas. Wanda era una mujer bonita, que hablaba mucho sobre lo importante que era para ella hacer algo «significativo» por alguien, y a John no parecía importarle mucho, ni en un sentido ni en otro. Según dijo él mismo, «el dinero es el dinero». Ellos tendrían que hacerse cargo de todas las facturas médicas, de comprar alguna ropa y de una pérdida de salario de dos meses, período en el que la mujer no podría trabajar. Además, abonarían sus «honorarios», como ella dijo, que ascendían a veinticinco mil dólares. Ella, por su parte, firmaría un contrato por el que se comprometía a no beber alcohol ni tomar drogas o correr riesgos innecesarios, y en el hospital, una vez nacido el niño, se lo entregaría sin el menor problema.

—¿Y si decide usted quedarse con él? —preguntó Diana a bocajarro.

—No lo haré —contestó Wanda con toda claridad, añadiendo algo sobre la necesidad de no violar su propio karma.

Su esposo les explicó que Wanda estaba muy relacionada con las religiones orientales y después añadió:

—No siente tantas ganas de tener hijos propios. Jamás se le ocurrió quedarse con el último.

—¿Y qué me dice de usted? —le preguntó Diana—. ¿Qué siente sabiendo que su esposa puede quedar embarazada con el esperma de mi marido?

—Me imagino que él no tendría que hacer esto si no hubiera necesidad —contestó, mirándola intencionadamente, y Diana sintió aquella flecha hundírsele en el corazón, a pesar de lo cual no se inmutó—. No sé, supongo que es cosa de ella, si es eso lo que quiere hacer.

Diana tuvo la impresión de que los dos estaban locos, aunque, desde luego, no apreciaba nada realmente extraño en su comportamiento. Simplemente, el proyecto entero le parecía algo horrible.

Después del almuerzo, dejaron el asunto pendiente y Andy les dijo que los llamaría en los próximos días, después de que él y Diana lo discutieran más a fondo.

—Tengo que entrevistarme con otro candidato —explicó Wanda—. Voy a verle mañana mismo.

—Ella sólo lo hace por personas que le caigan bien —añadió su esposo, mirando acusadoramente a Diana, dándole a entender que no había sido demasiado «amable» y que podía haber puesto en peligro todo el proyecto.

A Diana le enfureció el simple hecho de pensar que estaba siendo «entrevistada» por aquellos oportunistas.

Se marcharon antes de que lo hicieran los Douglas y Diana se quedó un momento sentada, mirando con enojo a su esposo.

—¿Cómo has podido hacer esto?

—¿Por qué te has mostrado tan brusca con él, preguntándole qué sentía sobre mi esperma? Por el amor de Dios, Diana, pueden rechazarnos.

—¡Oh! —Se reclinó sobre el respaldo del asiento y puso los ojos en blanco, con expresión de enojo—. No lo puedo creer. Ella estaba ahí sentada, hablándote de su karma, y tú pretendes que conciba a nuestro hijo. Creo que todo este asunto es asqueroso y lo mismo me ha parecido su marido.

—Llamaré al doctor Johnston para ver cómo podemos hacerlo.

—No quiero participar en nada de lo que hagas, y quiero que lo sepas —le dijo con toda claridad.

—Eso es asunto tuyo. No te estoy pidiendo que intervengas.

Diana sabía que Andy tendría que pedir prestado el dinero a sus padres y se preguntó cómo se lo explicaría.

—Creo que estás enfermo, y me parece patético lo que unas personas como nosotros pueden llegar a estar dispuestas a hacer para tener un hijo.

Pero existía una solución mucho más sencilla y, mientras estaba allí sentada, comprendió que debía haberlo hecho mucho antes. Se levantó, le miró, movió la cabeza con expresión de pesar y abandonó el restaurante. Fuera, encontró un taxi, lo tomó y dio la dirección de su casa. Cuando Andy salió del restaurante después de haber pagado la cuenta, ya había desaparecido. Aquella noche, al regresar a casa, también habían desaparecido todas las cosas de Diana. Se había marchado, dejándole una nota sobre la mesa de la cocina:

«Querido Andy: Tenía que haber hecho esto hace meses. Lo siento. Ahora me parece todo muy estúpido. No necesitas una madre de alquiler, lo que necesitas es una esposa, una verdadera esposa que pueda tener hijos. Te deseo buena suerte. Te amo. Le pediré a mi abogado que te llame. Con cariño, Diana.»

Se quedó de pie un rato, mirando fijamente la hoja de papel azul que sostenía en la mano, aterrorizado y aturdido. No podía creer que ella hubiera hecho aquello.

Aquella misma noche llamó a los padres de Diana, aparentando naturalidad, para preguntarles si había ido por allí. Pero no, no la habían visto. Su madre sospechó en seguida que algo grave ocurría, pero no quiso preguntar. No habían vuelto a ver a Diana desde la escena del día de Acción de Gracias, a pesar de que hablaban regularmente con ella por teléfono, y su padre había mantenido una larga conversación con su hija aquel mismo fin de semana.

Al final, Diana había decidido marcharse a un hotel. El fin de semana siguiente, alquiló un apartamento para vivir. No valía la pena seguir engañándose a sí misma. Era una locura. El almuerzo en el Spago le había permitido comprender lo que necesitaba saber, lo desesperados que se sentían, lo irracionales y estúpidos que eran. Le parecía ridículo que Andy tuviera que pensar en fecundar a aquella mujer. ¿Qué demonios estaba haciendo?

Él la llamaba cada día a la oficina, pero Diana no permitía que le pasaran las llamadas. Y cuando apareció por allí, no quiso recibirle. El sueño había terminado y con él también desaparecía la pesadilla. Para Diana y para Andy, todo había acabado.

13

—Muy bien —dijo Pilar, con una sonrisa vacilante—. Allá vamos de nuevo.

Echó una ojeada al video, y vio cómo dos mujeres se lamían mutuamente los genitales, mientras Brad la miraba a ella con una sonrisa dócil, sintiéndose increíblemente estúpido.

—No estoy muy seguro de que hayas elegido bien las películas.

—¡Oh, cállate! —exclamó ella, echándose a reír.

Hacía todo lo posible por tomarse las cosas con naturalidad, pero la doctora Ward ya les había advertido que podían necesitarse hasta diez o doce intentos antes de conseguir concebir de nuevo y que incluso en tal caso podía perderlo. En esta ocasión, lo intentarían con supositorios de progesterona durante tres meses, pero, a pesar de todo, no había garantías. Y, a cada minuto de cada día que pasaba, Pilar no era precisamente más joven.

Lentamente, fue desnudando a Brad, que seguía viendo la película. Luego, se desnudó ella misma y le frotó con suavidad el pene. Poco tiempo después habían conseguido el deseado semen. La enfermera se lo llevó y Pilar no pudo evitar burlarse un poco.

—Tendremos que comprar esa película para verla en casa, creo que te gusta.

El camino que habían elegido no resultaba fácil de recorrer. Esta vez, la inseminación artificial volvió a desarrollarse con delicadeza, y la doctora Ward volvió a advertirles que era muy improbable que se quedara embarazada al primer intento. Pilar tomó otra vez clomifeno, lo que no hizo sino ponerla extremadamente nerviosa y deprimirla aún más. Fue una época dura para ella y se preguntó si se recuperaría alguna vez del aborto. Seguía pensando constantemente en eso y, aunque el dolor parecía haberse aminorado, cualquier cosa era suficiente para despertarlo de nuevo, como ver a alguien llevando un niño en brazos, o a una mujer en avanzado estado de gestación, o las ropas de un bebé colgadas en una ventana, o como cuando algunos amigos, que no estaban enterados de lo del aborto, la felicitaban por su embarazo. Ahora sabía muy bien la gran tontería que había cometido al anunciar su estado tan pronto. Tardaría meses en decirles a todos que no estaba embarazada. Y cada vez que se veía obligada a explicarlo, le decían lo mucho que lo sentían o le hacían preguntas increíblemente insensibles, como si había podido ver si se trataba de un niño o de una niña, o qué tamaño tenía cuando lo perdió.

Aquel día, Brad la llevó de compras para animarla un poco y se alojaron en el hotel Beverly Wilshire. Resultaba agradable estar lejos de casa, a su lado, y Brad intentó convertir la salida en una ocasión festiva. Al día siguiente era San Valentín y, cuando regresaron al hotel, él hizo que le enviaran dos docenas de rosas rojas.

«A mi amor, siempre, Brad», decía la tarjeta, y ella lloró al leerla. Últimamente había empezado a preguntarse si no sería una tontería esperar más que esto; quizás fuera un error o hubiera demasiada avidez en sus deseos. Quizás había tenido razón durante toda su vida y tener un hijo no era lo más importante. Ahora le resultaba difícil renunciar a aquel sueño, pero empezaba a pensar que se había dejado engañar al perseguirlo. Quizás no fuera posible y tuviera que terminar por renunciar a la idea de tener hijos. Aquella noche se lo comentó a Brad, diciéndole que se dedicaba a explorar sus pensamientos sobre el asunto.

—¿Por qué no esperamos un tiempo a ver qué pasa? Y, si eso te hace desgraciada, lo interrumpimos cuando quieras.

—Eres demasiado bueno conmigo —dijo Pilar abrazándose a él, todavía dolida, pero agradecida por su presencia.

Alquilaron una película erótica y la vieron en el vídeo, riendo y comiendo los chocolates que el hotel dejaba en las habitaciones.

—¿Sabes? Esto podría convertirse en un hábito —dijo Brad sonriéndole maliciosamente.

—¿Te refieres al chocolate? —replicó ella, fingiendo inocencia.

—¡No, a las películas! —exclamó él, riendo.

Hicieron el amor una vez terminada la película y luego se durmieron, uno en brazos del otro, sin saber todavía las respuestas.

El día de San Valentín, Charlie fue a comprar flores para la señora que le ayudaba a preparar los informes en la oficina. Era una mujer enorme, con un gran corazón. Le compró un ramo de claveles rosas y rojos y ella le echó los brazos al cuello y lloró conmovida cuando se lo entregó. Era un joven tan agradable, pobre muchacho; sabía que estaba en pleno proceso de divorcio y a veces daba la impresión de sentirse muy solo.

A la hora del almuerzo, salía, compraba un bocadillo y se iba al parque situado cerca de Westwood Village, donde observaba pasear a la gente, a las parejas que se besaban, a los niños que jugaban. Le gustaba ir por allí a veces, sólo para ver a los niños.

Observó a una niña pequeña, con unas largas trenzas rubias, unos grandes ojos azules y una preciosa sonrisa, y sonrió al verla jugar con su madre. Jugaba al «tócame», a la «pata coja» y a saltar a la comba, y su madre era casi tan bonita como ella. Era una rubia pequeña, de cabello largo, grandes ojos azules y figura de niña.

Finalmente, se pusieron a jugar a lanzarse una pelota, que ninguna de las dos sabía lanzar o coger bien. Charlie ya hacía rato que había terminado de comer su bocadillo y seguía allí sentado, sonriendo y observándolas. De repente, se encogió un poco cuando, en uno de sus lanzamientos, la pelota le alcanzó. Se la devolvió y ellas le dieron las gracias. Al hacerlo, la niña le miró y le sonrió. Le faltaban todos los dientes delanteros.

—Dios mío, ¿quién te ha arrancado los dientes? —le preguntó Charlie.

—El hada de los dientes —contestó la pequeña, sin dejar de sonreír—. Y luego me pagó un dólar por cada diente que me había quitado, así que conseguí ocho dólares.

—Eso es mucho dinero —dijo Charlie, bromeando.

La madre de la niña le dirigió una sonrisa. Tenía el mismo aspecto que la pequeña, a excepción de los dientes, que a ella no le faltaban. Cuando Charlie se lo comentó, la mujer se echó a reír.

—Sí, supongo que soy muy afortunada porque el hada de los dientes no se me haya llevado los míos también. Me temo que reponerlos hubiera sido mucho más caro.

En realidad, se sentía agradecida porque su esposo no se los hubiera arrancado a puñetazos antes de abandonarla, aunque, naturalmente, no le dijo eso a Charlie.

—Voy a comprarle a mamá un regalo con ese dinero —anunció la pequeña.

Entonces le preguntó a Charlie si no quería unirse a ellas en el juego. Vaciló un instante, pues no quería molestar a la madre.

—Está bien, pero yo tampoco sé tirar muy bien la pelota. Y, a propósito, me llamo Charlie.

—Yo soy Annabelle —anunció la pequeña—, pero todos me llaman Annie.

—Yo soy Beth —informó la madre serenamente, mirando con atención a Charlie.

Parecía mostrarse un tanto recelosa, pero amistosa.

Pasaron un rato tirando la pelota y jugando luego al «tú la llevas», hasta que, de mala gana, Charlie tuvo que regresar al trabajo para seguir vendiendo telas.

—Os veré otro día —les dijo antes de marcharse, sabiendo que probablemente no volvería a verlas.

No les había pedido ni su número de teléfono ni su nombre completo. Le habían gustado las dos, pero no tenía ningún interés por dedicarse a perseguir a una mujer desconocida y a su hija. No había tenido una sola cita con ninguna mujer desde que Barbie le abandonó y se imaginó que, de todos modos, la mujer debía estar casada. Pero, desde luego, le había parecido muy guapa.

—¡Adiós, Charlie! —exclamó Annie, saludándole con la mano al abandonar el parque—. ¡Feliz día de San Valentín!

—Gracias —replicó él antes de alejarse, sintiéndose bien.

Había en ellas algo que pareció iluminar el resto del día, hasta mucho después de haberlas dejado.

Andy tardó casi un mes en descubrir dónde vivía Diana. Al principio, una vez que consiguió la dirección, no supo muy bien qué hacer. El abogado de ella le había dicho al suyo, en términos muy claros, que la señora Douglas había dado por terminado el matrimonio. Habían sido dieciocho meses y se habían derramado muchas lágrimas y no quería volver a ver a Andy. Le deseaba lo mejor, pero había dejado bien claro que todo había terminado entre ellos.

Después de eso, siguió llamándola al trabajo en varias ocasiones y ella siguió negándose a que le pasaran sus llamadas. Andy no podía dejar de recordar aquel estúpido almuerzo con la madre de alquiler y su esposo. Allí había terminado todo. Resultaba una forma patética de dar por finalizado un matrimonio. Los dos se habían comportado ridículamente, los «buscadores de esperma», a la búsqueda desesperada de hijos. A él ya no le importaba no tener nunca un hijo. Lo único que deseaba en su vida era a Diana.

Y entonces, inesperadamente, una vez que se encontró con Seamus y Sam, éstos le dijeron dónde vivía. Había alquilado una vieja casa en Malibú y vivía junto a la playa. Era uno de los primeros lugares donde habían mirado antes de casarse y él sabía lo mucho que a ella le gustaba el mar.

Obtuvo la dirección, por su hermana y su cuñado, argumentando que necesitaba devolverle algunas de sus cosas, y ellos le dijeron lo mucho que sentían lo ocurrido.

—Fue una combinación de mucha estupidez más mala suerte —explicó Andy con tristeza—. Ella tuvo la mala suerte y yo fui el estúpido.

—Quizás logre superarlo —dijo Sam en voz baja.

Parecía estar a punto de dar a luz en cualquier momento y, de hecho, se dirigían a ver al médico para efectuar un control. Por un instante, Andy los envidió, pero luego recordó que eso tampoco era una opción.

Durante dos días, estuvo reflexionando sobre qué hacer con la información que le habían proporcionado. Si iba a visitarla, no le dejaría entrar. Quizás fuera mejor ir a dar un paseo por la playa y esperar a que saliera a tomar el aire, pero ¿qué haría si no salía? Entonces, el día de San Valentín, decidió no pensárselo más, compró una docena de rosas y se dirigió a Malibú en el coche, rezando para encontrarla allí. Pero no, no estaba. Dejó las rosas cuidadosamente sobre uno de los escalones de la entrada, junto a una nota en la que no se atrevió a decir demasiado, sólo: «Te amo, Andy». Volvió al coche y en ese preciso instante llegó Diana. Al verle, no bajó del coche.

Andy bajó del suyo y se acercó para hablar con ella. De mala gana, Diana bajó la ventanilla.

—No debías haber venido aquí —le dijo con firmeza, haciendo esfuerzos por no mirarle.

Parecía más delgada y hermosa de lo que la recordaba. Llevaba un vestido negro que le daba un aspecto muy sensual y elegante. Se bajó del vehículo y se quedó cerca de la portezuela, como si necesitara protegerse.

—¿Por qué has venido?

Había visto las flores en los escalones de la entrada, aunque no sabía que eran de él. Pero, si lo eran, no las quería. Estaba harta de seguir torturándose a sí misma y deseaba que él también lo estuviera. Tenían que dejar las cosas como estaban.

—Quería verte —dijo él con expresión entristecida, con el mismo aspecto del muchacho con quien ella se había casado, sólo que mejor.

Era atractivo, joven, rubio y sólo tenía treinta y cuatro años. Y seguía amándola.

—¿Acaso mi abogado no te ha comunicado mis intenciones?

—Sí, pero no suelo hacer mucho caso de los abogados —replicó él con una sonrisa, y ella también sonrió a pesar de todo—. En realidad, no le hago mucho caso a nadie. Quizás tú lo sepas.

—Pues deberías hacerlo. Puede que eso te siente bien. Podrías ahorrarte un montón de dolores de cabeza.

—¿De veras? ¿Cómo?

Fingía inocencia. Se sentía feliz sólo de verla. Deseaba que siguiera hablando, aunque sólo fuera para estar más tiempo a su lado. A pesar de la brisa del mar, percibía el aroma de su perfume. Se ponía Calèche, de Hermès, que a él siempre le había gustado.

—Podrías dejar de darte cabezazos contra la pared, para empezar —dijo ella suavemente, intentando no dejarse afectar por su presencia.

Era la prueba por la que tenía que pasar, estar cerca de él y no ceder.

—Me encanta darme cabezazos contra la pared —replicó Andy con la misma voz.

—Pues no lo sigas haciendo, porque no sirve de nada, Andy.

—Te he traído unas flores —dijo, sin saber qué más podía decir, sin querer apartarse de su lado.

—Eso tampoco deberías haberlo hecho —repuso ella con tristeza—. Realmente, has de dejar esas cosas ahora. Dentro de cinco meses estarás libre y podrás empezar una nueva vida sin mí.

—No es eso lo que deseo.

—Los dos lo deseamos —replicó ella con firmeza.

—No me digas lo que yo deseo —le espetó Andy—. Sólo te deseo a ti, maldita sea. Eso es lo que quiero. No quiero a ninguna estúpida y condenada madre de alquiler. Casi no puedo creer lo estúpido que fue por mi parte... Ni siquiera deseo un hijo. No quiero volver a oír esa palabra. Sólo te deseo a ti, Di... Por favor, concédenos otra oportunidad. Te lo ruego... te amo tanto...

Hubiera querido decirle que no podía vivir sin ella, pero las lágrimas se le agolparon en la garganta y no pudo continuar.

—Yo tampoco quiero un hijo —dijo ella, mintiendo, aunque los dos lo sabían. Si en ese preciso instante alguien hubiera podido tocarla con una varita mágica y dejarla embarazada, habría aprovechado la oportunidad en un abrir y cerrar de ojos. Pero ya no podía permitirse pensar en ello—. No quiero estar casada, no tengo derecho a estarlo —añadió, tratando de que sus palabras parecieran convincentes.

Casi había llegado a creérselas.

—¿Por qué? ¿Sólo porque no puedes quedar embarazada? ¿Y qué? No seas tan estúpida. ¿O crees que sólo las mujeres fértiles tienen derecho a estar casadas? Eso es lo más estúpido que he oído jamás.

—Deberían casarse con personas como ellas mismas, para que nadie sufriera.

—¡Qué gran idea! ¿Cómo no se me había ocurrido antes? ¡Oh,

por el amor de Dios!, sé un poco madura, Diana. Hemos tenido mala suerte, pero esto no es el fin del mundo. Todavía podemos lograrlo.

—No, no la hemos tenido —le corrigió ella—. Yo la he tenido.

—Sí y yo me he dedicado a ir por ahí como un lunático, entrevistándome con una corista budista como madre de alquiler. Muy bien, los dos hemos estado un poco locos. ¿Y qué? Fue duro. En realidad, fue algo brutal. Lo peor por lo que he tenido que pasar en mi vida, pero ya está superado. Ahora tenemos toda la vida por delante. No puedes renunciar a nuestra convivencia sólo porque nos volvimos un poco locos.

—No quiero más locuras —dijo ella, muy en serio—. Hay un montón de cosas que ya no estoy dispuesta a tolerar de mí misma, cosas que antes solía pensar que «debía» hacer. Ya no voy a bautizos, ni a salas de maternidad de los hospitales. Sam tuvo a su hijo ayer y la llamé para decirle que no iría. ¿Y sabes una cosa? Eso está bien. Es lo que tengo que hacer para sobrevivir en estos momentos y quizás algún día pueda superarlo, y, si no puedo, bueno, será duro, pero así serán las cosas. Ya no voy a permitir sentirme incómoda o miserable, o estar casada con alguien que debería tener hijos y no los tiene porque soy su esposa y estéril. Y tampoco estoy dispuesta a contratar a una madre de alquiler o a tomar prestados unos óvulos de donante. Al infierno con toda esa mierda, Andy. Ya no estoy dispuesta a hacerme eso a mí misma. Sólo quiero vivir mi vida y seguir adelante. Tengo mi trabajo y en la vida hay otras cosas además de los niños y el matrimonio.

La miró, pensando en lo que decía. Una parte tenía sentido y otra no. Y el trabajo no era un sustituto adecuado para los hijos y un marido.

—No te mereces estar sola el resto de tu vida. No te castigues, Di. Tú no has hecho nada. Sencillamente, te ha ocurrido; ya es algo bastante malo, no lo empeores quedándote sola.

Mientras hablaba, se le llenaron los ojos de lágrimas.

—¿Y qué te hace pensar que estoy sola? —preguntó ella, irritada por sus suposiciones.

—Porque te has estado mordiendo las uñas. Jamás hacías esas cosas cuando te sentías feliz.

—¡Oh, vete al infierno! —exclamó, sonriendo a pesar de sí misma—. Últimamente he tenido mucho trabajo.

Entonces, le miró atentamente. Llevaban ya casi una hora hablando y seguían junto a su coche, en el camino de entrada a la casa. No sería nada malo permitirle pasar un rato. Al fin y al cabo, habían estado casados durante dieciocho meses y antes de eso habían convivido juntos durante más tiempo. Sin duda, podía dejarle entrar en el salón, aunque sólo fuera unos minutos.

Le invitó a entrar y él pareció sorprenderse. Diana colocó las rosas en un jarrón y le dio las gracias.

—¿Quieres beber algo?

—No, gracias. ¿Sabes lo que realmente me gustaría?

—¿Qué? —preguntó ella, casi con miedo.

—Salir a dar un paseo por la playa contigo. ¿Te parece bien?

Ella asintió. Se cambió de zapatos, se puso una chaqueta más gruesa y le prestó a él uno de sus viejos jerseys, que se había llevado consigo.

—Me preguntaba adónde habría ido a parar este jersey —comentó él con una sonrisa, mientras se lo ponía.

Lo tenía desde hacía mucho tiempo y le gustaba.

—Me lo diste cuando éramos novios.

—En aquel entonces creo que era bastante más listo de lo que soy ahora.

—Quizás los dos lo éramos —concedió ella.

Bajaron los escalones de la terraza que había al otro lado del salón, que daban a la playa que tanto les gustaba. Andy se preguntó por qué no habrían buscado con más ahínco una casa por aquella zona. La playa era muy hermosa y a ambos les encantaba, y ahora había en ella algo tranquilizador. Era todo tan sencillo, tan cercano a la naturaleza...

Pasearon en silencio durante mucho rato, contemplando el mar, sintiendo la brisa en el rostro, y luego, sin decir una palabra, él la tomó de la mano y siguieron caminando así. Al cabo de un rato, Diana se volvió a mirarle, como si tratara de recordar quién era. Ahora le resultaba fácil, caminando a su lado. Era el hombre al que había amado tanto, que la había hecho tan feliz..., antes de que todo se estropeara.

—Ha sido bastante duro, ¿verdad? —dijo él tras sentarse contra una duna, lejos ya de la casa.

—Sí, lo ha sido. Y tenías razón..., me siento muy sola, pero estoy aprendiendo cosas sobre mí misma, cosas que no sabía hasta ahora. Siempre estaba tan obsesionada por tener hijos, que nunca me detuve a pensar quién era yo o qué deseaba.

—¿Y qué es lo que deseas, Di?

—Una vida completa, un verdadero matrimonio, con una persona entera, que no dependa de tener hijos para estar a mi lado. Todavía desearía haber podido tenerlos, pero ahora ya estoy más segura de lograr sobrevivir sin ellos. Quizás fuera eso lo que necesitaba aprender, antes que nada. No lo sé. En realidad, todavía no he reflexionado lo suficiente. —Pero, desde luego, había recorrido un largo camino desde que le abandonara—. Siempre me he sentido confusa acerca de quiénes eran mis hermanas, quién es mi madre y quién soy yo. Y sobre si soy diferente a ellas, o no. Ellos dicen que sí lo soy, pero yo no estoy tan segura de que sea así. Me atraen las mismas cosas que a ellas: la familia y los niños. Pero también otras, y en ese sentido sí que soy diferente. Siempre he trabajado más que cualquiera de ellas, necesitaba conseguir algo, ser «la mejor». Quizás eso explique en parte por qué me ha dolido tanto lo ocurrido. Porque en esta ocasión he fallado, no he ganado, no he logrado conseguir lo que deseaba.

Se trataba de una valoración sincera y Andy no dejó de admirar su franqueza.

—Tú eres alguien muy especial —le dijo en voz baja, mirándola—. No has fallado en nada. Lo hiciste lo mejor que pudiste y eso es lo único que importa.

Diana asintió con un gesto, tratando de creer en sus palabras, y Andy tuvo que hacer un gran esfuerzo para no tocarla. A pesar de las promesas que se había hecho a sí mismo para dominarse cuando la viera, se inclinó hacia delante y la besó. Ella no se apartó y tenía los ojos húmedos cuando acabó el beso.

—Todavía te amo, ¿sabes? —susurró Diana, sentada muy cerca de él—. Eso no cambiará nunca. Sólo que no creí que fuera bueno seguir viviendo juntos. —Entonces, repentinamente, al recordar a Wanda, se echó a reír—. Lo de Wanda fue lo peor, ¿no te parece?

263

Pero entonces había olvidado por completo mi sentido del humor. Sólo hace un par de días empecé a pensar en lo divertido y horrible que fue. Y sólo de pensarlo me entraron ganas de llamarte.

—Ojalá lo hubieras hecho. —Había estado desesperado desde que ella se había marchado y le hubiera conmovido que le hubiese llamado—. Pero debo decirte que lo echaste todo a perder, porque Wanda eligió al otro tipo. Su esposo me dijo que no se sentía cómoda con tu karma.

—Me encanta oírlo, y espero que tenga por lo menos cuatrillizos. ¿Por qué hace la gente cosas así? —preguntó, contemplando el mar.

Sobre el horizonte se extendía una calina gris y el sol se ponía lentamente.

—¿Te refieres a lo de contratar a madres de alquiler? Pues porque se sienten desesperados, como nos pasó a nosotros. Y, en el caso de Wanda, supongo que se ve a sí misma como una especie de madre Teresa.

—Creo que el dinero tiene mucho que ver en todo esto. Es algo nauseabundo, porque los compradores se sienten desesperados y los vendedores lo saben.

—Supongo que así es la historia de la vida. En cualquier caso, me alegro de que tu karma fuera tan horrible durante aquel almuerzo. Seguir adelante hubiera sido un desastre.

—Creo que estaba medio fuera de mí, o posiblemente más.

Ahora, en cambio, parecía cuerda y serena, y nunca la había amado tanto como en aquel momento.

Regresaron lentamente a la casa y hablaron durante horas de otras cosas que no tenían que ver con la esterilidad o los hijos. Tenía que haber algo más en sus vidas y quizás ahora pudiera haberlo. Pero lo que habían pasado en el tiempo que había durado su matrimonio había sido agotador.

Aquella noche, ni siquiera se molestaron en cenar y, cuando Andy se levantó finalmente, dispuesto a marcharse, a ambos les sorprendió darse cuenta de que ya era medianoche.

—¿Quieres que salgamos juntos mañana por la noche? —preguntó Andy, aterrorizado por la idea de que ella se enojara con él y le rechazara.

Pero Diana asintió con un lento movimiento de cabeza.

—Me gustaría.

—¿Qué te parece si vamos al Chianti? —Era un sencillo restaurante italiano en Melrose, donde servían una comida estupenda y que les encantaba a los dos—. Y quizás podamos ir luego a ver una película.

—Eso parece muy agradable.

La volvió a besar y los dos se sintieron como adolescentes cuando se marchó. Diana se quedó ante la puerta, viéndole alejarse, y le despidió con la mano. Luego, volvió a entrar en la casa, salió a la terraza y, durante mucho rato, contempló el océano.

14

Charlie volvió varias veces al parque Palms, confiando en volver a encontrar a Annabelle y a Beth, y así fue. Charlaron y jugaron a la pelota, pero no se atrevió a pedirle a Beth su número de teléfono. No encontraba forma de saber si estaba casada; no llevaba anillo, pero tampoco había dicho que estuviera divorciada. A Charlie le agradaba verlas y Annie era adorable, con sus dientes mellados y el interés que demostraba por todo. En cuanto a su madre, siempre le resultaba agradable hablar con ella. Le gustaba observarlas; formaban una familia y disfrutaban la una en compañía de la otra. Tenía la sensación de que eran viejas amigas y a la tercera ocasión en que se las encontró, a principios de marzo, Beth empezó a mostrarse más abierta con él. Le explicó que Annabelle todavía iba al jardín de infancia y que ella trabajaba en el cercano centro médico de la Universidad de California, Los Ángeles, como ayudante de enfermería. Había querido ser enfermera diplomada, pero no había podido terminar los estudios. Sólo se conocían desde hacía unas pocas semanas, pero Charlie se sentía sorprendentemente cómodo con ella, sentados en un banco viendo jugar a Annabelle, a quien le había llevado un pirulí, por si acaso las encontraba. Ahora almorzaba todos los días en el parque sólo por si podía verlas.

—Estoy resfriada —anunció Annie, acercándose a donde ellos estaban sentados.

Pero parecía sentirse muy animada y al cabo de un momento

regresó al columpio, lo que a él le dio ocasión de hablar con su madre.

—Es una niña maravillosa —dijo, cálidamente.

—Lo sé, es una gran muchachita. —Se volvió a mirarle con una sonrisa tímida—. Gracias por ser tan amable con ella..., por los caramelos y el chicle. Deben de gustarte mucho los niños.

—Así es —asintió él.

—¿No tienes hijos?

—Yo..., todavía no. —Al darse cuenta de lo que había dicho, hizo un esfuerzo por cambiarlo—. No, no los tengo y probablemente no los tendré nunca —dijo misteriosamente—, pero eso es una larga historia. —Beth se preguntó si su esposa no podría tenerlos, o si era que no estaba casado, pero no se atrevió a decir nada, y él no se explicó—. Algún día me gustaría adoptarlos. Yo fui huérfano y sé muy bien lo que significa necesitar una familia y no tenerla. —No le habló de los numerosos hogares donde había estado, ni de cuántas parejas le habían devuelto al orfanato debido a sus alergias y a su asma. La familia más agradable con la que había estado tenía un gato y él no podía vivir allí; y ellos argumentaron que se les rompería el corazón si tenían que desprenderse del gato, y devolvieron a Charlie al orfanato—. Eso es bastante duro para un niño... me gustaría ayudar a alguien...

Le sonrió. Recientemente, había meditado mucho en ello. Incluso pensaba en la posibilidad de adoptar un niño, aunque no estuviera casado. Sabía que algunas personas lo hacían y, cuando tuviera ahorrado algo más de dinero, estaba dispuesto a informarse. Mientras tanto, tenía a sus muchachos de la liga infantil, con los que jugaba todos los fines de semana.

—Eso es muy generoso —asintió Beth sonriendo—. Yo también fui huérfana. Mis padres murieron cuando yo tenía doce años. Crecí con mi tía, me marché a los dieciséis años y me casé. Fue estúpido hacerlo, pero pagué por ello. Me encontré con un hombre que bebía, me engañaba, mentía y me pegaba a cada ocasión que se le presentaba. No sé por qué me quedé con él, pero lo cierto es que, cuando quise abandonarle, ya estaba embarazada. Annie nació cuando yo sólo tenía dieciocho años.

Lo que significaba que entonces debía de tener veinticuatro. Le resultó extraño, pues le parecía más madura que la mayoría de jóvenes de su edad y, evidentemente, era una buena madre.

—¿Qué ocurrió? ¿Cómo lograste alejarte de él?

Le horrorizaba la idea de que alguien fuera capaz de golpear a una mujer, sobre todo a una joven tan agradable como ella.

—Fue él quien se alejó de mí. Se marchó y no volví a saber de él. Supongo que se lió con alguien; seis meses más tarde murió en una pelea en un bar. Annie tenía un año. Entonces regresé aquí, y aquí hemos estado desde entonces. Trabajo en el hospital, en el turno de noche, y de ese modo puedo estar con la niña la mayor parte del día. Mi vecina se encarga de tener el oído atento por si le ocurre algo por la noche. De ese modo no tengo que pagar a una canguro.

—Parece un arreglo bastante bueno.

—Al menos, a nosotras nos funciona. Me gustaría volver a la escuela, para sacarme el diploma de enfermera algún día.

Mientras la escuchaba, Charlie deseó hacer todo lo que pudiera por ayudarla.

—¿Dónde vives?

De repente, sintió curiosidad por saber más de ella.

—A unas pocas manzanas de distancia, en Montana.

Le dio la dirección y él asintió. Era uno de los barrios más pobres de Santa Mónica, pero respetable, y probablemente allí estaban seguras.

—¿Quieres que salgamos a cenar alguna vez? —le preguntó, después de observar a Annie columpiándose durante un rato—. Puedes traer a Annabelle si quieres. ¿Le gusta la pizza?

—Le encanta.

—¿Qué te parece mañana por la noche?

—Me parece estupendo, no tengo que ir al hospital hasta las once. Salgo de casa hacia las diez y regreso a las siete y media de la mañana, a tiempo para prepararle el desayuno y llevarla al colegio. Luego, duermo unas pocas horas antes de pasar a recogerla. Funciona bastante bien.

Habían organizado un estilo de vida y les iba bien. Pero le dolía que Beth tuviera tanta responsabilidad sobre sus hombros y que nadie la ayudara.

—Me da la impresión de que no puedes dormir mucho —comentó, con suavidad.

—La verdad es que no necesito dormir mucho, ya estoy acostumbrada. Duermo unas tres horas por la mañana, mientras Annie está en la escuela, y por la noche, después de acostarla, me echo una pequeña siesta, antes de irme a trabajar.

—Eso no deja mucho tiempo libre para divertirse —comentó, con comprensión.

Annie se les acercó. Parecía encontrarse mejor y Beth le dijo que estaban invitadas a comer una pizza.

—¿Con Charlie? —preguntó la niña, sorprendida y complacida. Y, cuando su madre asintió con un gesto, también pareció alegrarse. Ella era una mujer bonita y joven; hacía tiempo que en su vida no había lugar para un hombre, pero la aparición de Charlie la hacía sentirse de repente otra mujer—. ¡Uau! ¿Podremos tomar también un helado? —le preguntó a Charlie, haciéndole reír.

—Pues claro.

Estar con ellas le hacía sentirse bien y se quedó observando a la pequeña, que regresó a los columpios. Viéndola, deseaba en parte tener un hijo propio y en parte comprendía que, en realidad, no tenía por qué ser propio. Había en el mundo otros niños que podían cruzarse en su camino y dar calor a su corazón, como hacía la pequeña Annie. Además, últimamente había empezado a experimentar la sensación de que era algo muy agradable tener libertad. Mark había intentado hacérselo comprender así, pero ahora lo descubría por sí mismo. Miró de nuevo a Annabelle y luego él y Beth intercambiaron una cálida sonrisa, preguntándose los dos qué les reservaría el futuro.

En esta ocasión, Pilar no tuvo valor para llevar a cabo la prueba del embarazo cuando comprobó que su regla se retrasaba un poco. Temía que el resultado fuera negativo; probablemente, su cuerpo todavía se hallaba alterado a causa del aborto. La doctora les había dicho que las posibilidades de éxito eran muy reducidas la primera vez que practicaban la inseminación artificial y se limitó a esperar. Y esperó. Y, al cabo de una semana de retraso, el propio

Brad la amenazó con efectuar la prueba él mismo si no lo hacía ella.

—No quiero saberlo —dijo ella, sintiéndose desgraciada.

—Pues yo sí.

—Estoy convencida de que no he quedado embarazada.

Pero él no estaba tan seguro; la veía siempre cansada, y sus pechos habían aumentado de tamaño y parecían más suaves. Además, había algo en ella que le hacía sospechar.

—¡Haz esa prueba de una vez!

Pero ella dijo que no podría soportarlo y que quería abandonar el clomifeno. No lo había tomado desde la última regla y no quería volver a empezar a tomarlo en caso de que no estuviera embarazada. Empezaba a pensar que la tensión que le producía era demasiado molesta.

Brad llamó finalmente al doctor Parker, el ginecólogo de la ciudad, y ambos llegaron a la conclusión de que Pilar estaba asustada. Le dijo a Brad que la llevara a su consulta y que la examinaría allí. Y, en cuanto la vio, el médico sospechó que, en efecto, había vuelto a quedarse embarazada. Hicieron la prueba de la orina y dio positivo. Definitivamente, Pilar estaba esperando un bebé.

Parecía débil de tan feliz como se sentía y Brad estaba entusiasmado. Después de todo lo que habían pasado, deseaba que tuviera el niño. Le recetaron supositorios de progesterona para mantener alto su nivel y ayudar así al proceso del embarazo, dejando el resto en manos de la madre naturaleza. Le advirtieron que podía volver a sufrir un aborto y que seguía existiendo la posibilidad de que el embarazo no llegara a término. Nadie podía decirle con seguridad qué iba a ocurrir.

—Me quedaré en la cama los tres próximos meses —dijo ella, con una expresión aterrorizada en los ojos.

Pero el doctor Parker insistió en que no tenía por qué hacerlo. Luego, llamaron a la doctora Ward para comunicarle que la inseminación había sido un éxito y, durante el trayecto de vuelta a casa, Brad insistió en que todo se debía a la película.

—Eres incorregible —dijo ella, asustada y excitada al mismo tiempo.

Y feliz. Pero tenía mucho miedo de volver a perderlo y en esta ocasión acordaron no decírselo a nadie hasta que hubieran transcurrido por lo menos doce semanas de embarazo y estuviera fuera de peligro. Sin embargo, aquella noche, ella misma le recordó a Brad que había otras muchas cosas que podían salir mal. Podía sufrir un aborto tardío o incluso dar a luz un bebé muerto. El feto podía morir en el útero, estrangulado por el cordón o debido a otras muchas causas. O podía tener el síndrome de Down, ya que, como consecuencia de la edad de ella, existía un elevado riesgo de sufrir eso o de espina bífida. Por su mente pasaban innumerables ideas mientras examinaba las posibles desgracias y Brad sacudió la cabeza mientras la oía.

—Lo mejor que puedes hacer es cerrar el pico y tranquilizarte. ¿Y si tiene los pies planos, o un bajo coeficiente intelectual, o la enfermedad de Alzheimer cuando tenga la edad suficiente? ¿Por qué no te relajas, cariño? Si no lo haces, estarás histérica cuando llegue el momento de dar a luz.

Pero cinco semanas más tarde, cuando la sometieron a un sonograma, los dos se pusieron histéricos; el doctor Parker les anunció con entusiasmo que iban a tener gemelos; no cabía la menor duda, pues había dos sacos amnióticos y dos placentas.

—¡Oh, Dios mío! ¿Y qué vamos a hacer ahora? —exclamó ella, aturdida—. Tendremos que comprarlo todo doble —dijo, totalmente abrumada al tener conciencia de que iba a parir dos bebés.

—Lo que debemos hacer ahora es conseguir que una sola mamá se mantenga en pie durante los próximos ocho meses —dijo el médico con firmeza—. Espero que eso les parezca bien a los dos, porque, en caso contrario, tendremos problemas. Y no queremos perder a esos pequeños.

—¡Dios mío, no! —exclamó Pilar cerrando los ojos, sabiendo muy bien que esta vez no podría soportarlo.

15

En el mes de marzo, Andy empezó a quedarse cada vez más tiempo en la playa, con su esposa. Finalmente, Diana le permitió pasar la noche con ella, un mes después de su reencuentro.

—No quiero volver a casa —dijo ella en voz baja.

Andy lo comprendió. Todavía no, al menos de momento. Necesitaba tiempo y, además, se sentían muy felices juntos en la pequeña casita de Malibú.

Cada tarde, al terminar el trabajo, se dirigía directamente allí, siempre con pequeños regalos y flores. A veces, ella le preparaba la cena y con frecuencia salían a cenar en sus locales favoritos. Fue un período especial de recuperación para los dos, de redescubrimiento de quiénes eran y de lo mucho que significaban el uno para el otro.

A principios de abril, ella regresó de nuevo a la casa común y le sorprendió darse cuenta de lo mucho que la había echado de menos.

—Es una casa muy agradable, ¿verdad? —dijo mirando a su alrededor y sintiéndose una extraña.

Habían transcurrido tres meses desde que se marchó de allí.

—Creo que eso pensamos cuando la compramos —dijo Andy con cautela.

Pasaron allí el fin de semana. Pero el fin de semana siguiente se dieron cuenta de que también echaban de menos Malibú, así que volvieron a la casa que ella había alquilado. Estaban pasando una buena época, se sentían jóvenes y libres. Era un tipo de vida perfecto y, a mediados de abril, Diana le sorprendió una noche al decirle que, en realidad, le gustaba no tener hijos.

—¿Lo dices en serio? —preguntó él.

Habían pasado juntos todas las noches durante el último mes y Andy se sentía más feliz que nunca, mientras que ella parecía relajada y complacida, como una persona totalmente diferente.

—Sí..., creo que lo digo en serio —contestó ella lentamente—. Somos tan libres... Podemos hacer lo que queramos, ir adonde nos plazca, cuando nos plazca. No tenemos que pensar en nadie más, excepto en nosotros mismos y en nuestro trabajo. Puedo ir a la peluquería sin tener que preocuparme de buscar una canguro, podemos cenar a las diez de la noche si queremos y marcharnos a pasar fuera el fin de semana con sólo decidirlo en un instante. No sé, quizás sea egoísta pensar así durante toda una vida, pero, por el momento, creo que me gusta bastante.

—¡Aleluya! —exclamó Andy.

En ese momento sonó el teléfono. Contestó Andy y, cuando colgó, miró a Diana de una forma extraña.

—¿Quién era?

—Alguien de mi oficina —contestó.

Pero estaba pálido y parecía preocupado.

—¿Ocurre algo malo?

—No lo sé —dijo con sinceridad, y ella se preguntó a qué vendría la expresión de su rostro.

—Por un momento pensé que era la encantadora Wanda —dijo ella con una sonrisa. Él la miró dócilmente.

—No andas muy desencaminada —dijo recorriendo la habitación con una expresión extraña mientras ella le observaba, repentinamente preocupada.

—¿Qué significa eso? —Ahora parecía francamente asustada—. ¿Otra madre de alquiler? Oh, Andy, no... No podemos volver a pasar por eso. Creía que habíamos quedado de acuerdo en dejar atrás esa parte de nuestra vida, al menos por ahora, y quizás para siempre.

Todavía no habían tomado ninguna decisión al respecto, pero, en algunas ocasiones, ella se sentía realmente cómoda con la idea de no tener hijos.

—Creo que esto es diferente. —Andy se sentó y la miró—. El pasado mes de septiembre, cuando descubrimos..., cuando el doctor Johnston...

—Dijo que yo era estéril —le interrumpió ella con naturalidad.

—Hablé con un viejo amigo mío de la Facultad de Derecho que se ocupa de adopciones privadas en San Francisco. Le dije que no quería hacer nada precipitado, pero que, si alguna vez encontraba a alguien en buenas condiciones, procedente de una madre en buen estado de salud, podríamos estar interesados. El que ha llamado ahora era él. Yo ya lo había olvidado.

Andy la miraba fijamente. No quería obligarla a hacer nada, pero tenían que decidirse con rapidez. Había otras muchas parejas a la espera de un niño y el amigo de Andy se lo ofrecía a ellos en primer lugar, siempre y cuando le comunicaran su decisión a la mañana siguiente. Era un viernes por la noche y el bebé iba a nacer en cualquier momento. La mujer acababa de decidir entregarlo en adopción.

—¿Qué te ha dicho? —preguntó Diana, sentada con la espalda muy recta y con actitud serena, a la espera de oír lo que tuviera que decirle.

La madre era una joven de veintiún años. Se trataba de su primer hijo y había esperado demasiado tiempo para someterse a un aborto. Estudiaba último curso en Stanford y sus padres no sabían nada de su embarazo. El padre estudiaba en la Facultad de Medicina y ninguno de los dos creía poder tener un hijo en aquellos momentos. Estaban dispuestos a entregarlo, pero sólo a las personas adecuadas. Y Eric Jones, el amigo de facultad de Andy, sabía que él y Diana eran la pareja perfecta.

Los padres naturales habían discutido sobre la alternativa de darlo en adopción hasta que decidieron hacerlo, aquella misma mañana.

—¿Y si cambian de opinión? —preguntó Diana, con expresión de terror.

—Tienen derecho a hacerlo durante seis meses —le dijo Andy con sinceridad. Ella sacudió la cabeza.

—No podría soportarlo. Imagínate lo que sería que finalmente decidieran llevárselo. Andy, no puedo...

Los ojos de Diana se llenaron de lágrimas y él asintió en silencio. La comprendía perfectamente y no quería presionarla.

—Está bien, cariño. Sólo quería explicártelo, no hubiera sido justo no hacerlo.

—Lo sé, pero ¿me odiarás si no lo aceptamos? Realmente, no creo que pueda. Los riesgos son enormes.

—Jamás podría odiarte. Creo que, si optáramos por la adopción, ésta sería la oportunidad ideal, pero nadie nos obliga a hacerlo. Ni ahora, ni más tarde. Depende por completo de ti.

—Tengo la sensación de que apenas he logrado ponerme en pie, de que todavía no hemos recuperado más que un poco nuestro matrimonio. No quiero echar a perderlo todo, ni arriesgarme a una terrible desilusión.

—Lo comprendo —asintió él.

Y, en efecto, lo entendía. Pasaron una noche muy tranquila, el uno en brazos del otro, y al despertarse, a la mañana siguiente, no la encontró a su lado. Se levantó y fue a buscarla. Estaba sentada en la cocina, con un horrible aspecto.

—¿Te encuentras bien?

Estaba intensamente pálida y él se preguntó cuánto tiempo llevaría levantada, o si había dormido algo.

—No, no me encuentro bien —contestó.

—¿Estás enferma? —le preguntó, preocupado.

Ella sonrió débilmente, negó con un gesto de la cabeza y él se sintió aliviado.

—No estoy muy segura todavía y me siento mortalmente asustada. —Y entonces él lo supo y le sonrió sin dejar de mirarla—. Pero, Andy, deseo hacerlo.

—¿Lo del bebé?

Contuvo la respiración y esperó. También él lo deseaba, pero no había querido presionarla. Ahora que ella se había recuperado un poco y volvía a encontrar su camino, estaba seguro de que el bebé sería algo maravilloso para su matrimonio.

—Sí, llámalos —dijo ella en voz muy baja.

Estaba muy nerviosa cuando él marcó el número de Eric Jones, en San Francisco. Su amigo contestó al segundo timbrazo, con voz soñolienta. Eran las ocho de la mañana.

—Queremos al bebé —dijo Andy concisamente.

Confiaba en que estuvieran haciendo lo correcto y en que el bebé fuera sano, y rezaba para que los padres naturales no cambiaran de opinión en los siguientes seis meses, o antes. Sabía que eso destruiría a Diana y posiblemente su matrimonio.

—En tal caso será mejor que vengáis rápidamente —dijo Eric con voz alegre—. Los dolores de parto se han iniciado hace apenas una hora. ¿Podéis coger un avión ahora mismo?

—Desde luego —asintió Andy tratando de mantener la calma, pero sintiéndose loco de emoción. Colgó el teléfono, se volvió hacia Diana y la besó—. El parto ha empezado y tenemos que volar a San Francisco.

—¿Ahora? —preguntó, atónita, mientras él volvía a descolgar para llamar a las compañías aéreas.

—¡Ahora!

Le hizo señas de que saliera de la cocina y preparara una maleta para los dos. Cinco minutos más tarde estaba en la habitación de arriba, sacando del armario la ropa que iba a ponerse con una mano mientras se afeitaba con la maquinilla eléctrica con la otra.

—¿Qué estamos haciendo? —preguntó ella riendo, sin dejar de mirarle—. Anoche te decía lo feliz que me sentía por no tener hijos y ahora echamos a correr como dos locos para ir a San Francisco a recoger un bebé. —Y entonces, de repente, pareció volver a sentirse muy asustada—. ¿Y si los odiamos? ¿Y si ellos nos odian a nosotros? ¿Qué haremos entonces?

—En tal caso, regresaremos a casa y te recordaré lo que me dijiste anoche sobre lo agradable que resulta no tener hijos.

—Dios santo, ¿por qué tenemos que pasar por todo esto? —gimió mientras sacaba del armario un par de pantalones grises y unas zapatillas negras.

Su vida volvía a convertirse en una marejada incontenible y no estaba segura de que le gustara. Y, sin embargo, ahora sabía que lo quería. Sentía cómo las puertas de su corazón volvían a abrirse lentamente, algo que le producía terror y dolor al mismo tiempo. No había forma de protegerse contra el riesgo de salir herida. Si quería amar al bebé, tenía que abrir aquellas puertas por completo.

—Considéralo de este modo —dijo Andy guardando la maquinilla de afeitar en la maleta y besándola—. Esto nos evita tener que almorzar de nuevo con alguien como Wanda.

—Te amo, ¿lo sabías? —dijo ella sonriéndole mientras él cerraba la maleta.

—Estupendo. Entonces, súbete esa cremallera y ponte la falda.

—No me empujes, que estoy a punto de tener un bebé.

Se puso una falda de seda y una vieja chaqueta ligera, de color azul oscuro.

Era un momento muy dulce en sus vidas y ninguno de los dos deseaba olvidarlo. Llegaron al aeropuerto en un tiempo récord, justo para coger el avión, y a las once de la mañana ya se encontraban en San Francisco.

Eric les había indicado cómo llegar al hospital. La mujer estaba en la sala de maternidad del Hospital Infantil de California Street, y Eric los esperaba en el vestíbulo, como les había prometido.

—Todo va saliendo bien —los tranquilizó.

Los acompañó a la sala de espera de la sección de partos y los dejó allí. Andy no podía dejar de dar vueltas de un lado para otro, mientras que Diana se quedó sentada, muy quieta, mirando fijamente la puerta, sin saber muy bien qué esperaba. Unos minutos más tarde, Eric regresó acompañado de un hombre joven y le presentó simplemente como Edward, el padre del bebé. Era un joven de aspecto atractivo y, extrañamente, se parecía mucho a Andy.

Era rubio, atlético, tenía unos rasgos atractivos y, cuando empezó a hablar con ellos, se mostró agradable e inteligente. Les dijo que Eric ya le había hablado de ellos y que a él y a Jane les entusiasmaba la idea de que fueran ellos los que se hicieran cargo del bebé.

—¿Está usted seguro de que después no querrán quedárselo? —le preguntó Diana sin ambages—. No quiero soportar todo esto para que después me destrocen el corazón como con una trituradora —dijo, y todos se dieron cuenta de que hablaba muy en serio.

—No haremos nada de eso, señora Douglas... se lo juro. Jane sabe que no puede tener a este niño. Lo quiso al principio, pero no puede. Desea terminar su carrera y yo estudio en la Facultad de Medicina. Nuestras familias nos mantienen y no estarían dispuestas a apoyar esa decisión. Yo, por mi parte, ni siquiera me atrevería a pedírselo. La verdad es que no deseamos un hijo ahora. No tenemos nada que ofrecerle, ni emocional ni materialmente. No es el momento adecuado para nosotros y más tarde ya tendremos tiempo de tener muchos hijos. —Sus palabras parecían muy sinceras, o así se lo pareció a Diana, a quien siempre le impresionaban las personas que se mostraban seguras de su futuro. ¿Cómo podía saber aquel joven que todo saldría bien más tarde? ¿Cómo podían desprenderse de un bebé y suponer que después podrían engendrar otro? Si supieran lo que le había sucedido a ella...—. Estamos seguros de lo que hacemos —volvió a prometerle el joven.

Los Douglas le creyeron, parecía hablar en serio.

—Espero que sea así —se limitó a decir Andy.

A continuación, le hicieron algunas preguntas sobre su salud, si era drogodependiente, y también le preguntaron por sus familias. Edward, por su parte, les preguntó por su estilo de vida, sus creencias, su vida doméstica y sus actitudes respecto a los niños. Finalmente, por lo que todos y cada uno de ellos pudieron ver, Eric había acertado. Se trataba de un acuerdo perfecto.

Y, entonces, Edward los sorprendió:

—Creo que a Jane le encantará conocerlos.

—Nos complacería mucho —dijo Andy.

Había esperado conocerla después del parto, pero Edward parecía invitarlos a pasar más allá de la puerta donde un letrero anunciaba: «SALA DE PARTOS. PROHIBIDA LA ENTRADA».

—¿Quiere decir ahora? —preguntó Diana, horrorizada.

Le parecía como permitir a un extraño presenciar una de sus pruebas médicas, y, aunque admitió en su fuero interno que se trataba de una ocasión muy feliz, no dejaba de parecerle algo muy íntimo.

—No creo que le importe.

Según les dijo Edward, Jane llevaba ya seis horas de parto, pero, por lo visto, el proceso se había retrasado, y estaban pensando administrarle pitocina para acelerarlo.

Demostraba toda la confianza propia de un estudiante de medicina y los condujo hacia el vestíbulo, haciéndoles entrar después en la sala de partos, donde había dejado a Jane, mientras Eric aguardaba fuera.

Era una joven muy bonita, con el cabello moreno, extendido sobre las almohadas, tendida en la cama de hospital. Jadeaba furiosamente, acompañada por una enfermera. Al terminar la contracción que sufría, se detuvo y los miró fijamente. Sabía quiénes eran, Edward le había dicho que estaban allí, y ella deseaba conocerlos.

—Hola —saludó tímidamente, sin que pareciera importarle su presencia.

Edward se encargó de hacer las presentaciones, demostrando una actitud muy protectora con ella. Parecía más joven de lo que era en realidad y tenía algo suave e infantil. Su piel era exactamente del mismo color que la de Diana y había en los ojos de ambas una similitud que sorprendió a Andy.

Cuando se disponían a hablar, las contracciones empezaron de nuevo y Diana pensó que sería mejor abandonar la sala. Pero Jane les hizo señas para que se quedaran a su lado. Andy se sentía un poco incómodo, pero la joven pareja parecía estar muy a gusto con ellos y, en realidad, ni él ni Diana estaban violentos.

—Éste ha sido bastante fuerte —dijo Jane mirando a Edward, que comprobó la pantalla y asintió con un gesto de aprobación.

—Están aumentando de intensidad. Quizás no tengan que administrarte la pitocina.

—Espero que no —dijo la joven sonriendo a Diana.

Como si en ese momento se hubiera establecido un vínculo entre ellas, la muchacha extendió la mano para agarrarse a los dedos de Diana en cuanto le sobrevino la siguiente contracción. Las cosas continuaron del mismo modo hasta las cuatro de la tarde. Diana y Andy se quedaron y para entonces Jane parecía ya muy cansada. El dolor empezaba a poder con ella, sin que el parto avanzara.

—Dura una eternidad —se quejó.

Diana le acarició suavemente la frente, como si fuera su madre, y le ofreció unos paños de agua fría. Ni siquiera tuvo tiempo de pensar en el hecho extraordinario de que apenas hacía unas pocas horas que conocía a esta joven y, sin embargo, Jane le iba a entregar a su bebé. Edward había mantenido una conversación privada con Jane y más tarde había comunicado a Eric que, definitivamente, deseaban que los Douglas adoptaran al niño que estaba a punto de nacer. Por lo que a ellos se refería, era un trato concluido, y cuando Eric se lo preguntó a Diana y Andy, para ellos también. Ahora, lo único que faltaba era que naciera el niño.

A las cinco de la tarde acudió el médico para comprobar de nuevo el estado de Jane. Andy salió al vestíbulo a charlar un rato con Edward, pero Jane pidió a Diana que se quedara con ella. Diana se sentía muy protectora y maternal con la joven.

—Resiste —le aconsejó con suavidad—. Sólo resiste, Jane. Todo habrá terminado pronto.

Preguntó por qué no le daban nada para calmar el dolor, pero la enfermera le explicó que las contracciones todavía no eran suficientemente seguidas y que sólo había dilatado cinco centímetros después de diez horas de parto.

—Cuidará mucho de mi niño, ¿verdad? —preguntó de repente la joven, nerviosa, al sobrevenirle otra contracción, cuando el médico había salido.

El doctor les había dicho que todavía faltaba mucho.

—Lo prometo. Le querré como si fuera mi propio hijo.

Hubiera querido decirle que podría venir a visitarlos y a verle cuando quisiera, de tan cruel como le parecía llevarse a su hijo después de todo lo que estaba pasando, pero sabía que ni ella ni Andy querrían que le visitara.

—Te quiero, Jane —le susurró cuando tuvo la siguiente contracción, y, efectivamente, sentía que la quería—. Y también quiero a tu bebé.

Jane asintió con la cabeza al oír sus palabras y luego empezó a llorar. Los dolores eran brutales.

Le rompieron aguas a las seis de la tarde y entonces empezaron los dolores de verdad. Jane ya había perdido el control y Diana creía que ni sabía quién se hallaba a su lado. Había sido una tarde agotadora, pero, cuanto intentó salir un rato, Jane la sujetó frenéticamente de la mano, como si necesitara su presencia.

—No se marche..., no se marche —fue todo lo que pudo jadear entre los dolores, mientras Edward permanecía a un lado y Diana al otro.

Y entonces, finalmente, la enfermera le indicó que empezara a empujar. El médico apareció poco después y, de repente, les entregaron unas batas verdes a Edward, Diana y Andy.

—¿Para qué es esto? —preguntó Andy a la enfermera, en un susurro.

—Jane quiere que ustedes dos estén presentes en el momento del alumbramiento —explicó Edward.

Se pusieron las batas en el pequeño cuarto de baño y luego siguieron la camilla de Jane por el pasillo, hasta la sala de operaciones. La depositaron con rapidez sobre la mesa, la envolvieron, le colocaron los pies sobre los apoyapiés y le cubrieron las piernas con papel azul. Y, de pronto, todo lo que los rodeaba pareció adquirir un ritmo frenético. Jane se puso a gritar y los médicos y las enfermeras entraron precipitadamente. A Diana le aterrorizó que algo estuviera saliendo mal, pero todos los presentes se mostraban serenos, aunque atareados. Ella también lo estaba, hablándole suavemente a Jane, mientras Edward la sostenía por los hombros y le decía que empujara, siguiendo las indicaciones del médico. La muchacha empujó con todas sus fuerzas y entonces, de pronto, Diana vio que alguien introducía una pequeña cuna portátil y se dio cuenta de que todo aquello era verdaderamente real. Levantó la vista para ver la hora en el reloj de pared y le sorprendió comprobar que ya casi era medianoche.

—Ya casi está a punto, Jane —dijo el médico—. Vamos, continúa así, un par de fuertes empujones más...

Al decir esto, hizo una seña a Diana. Sabía por qué estaban allí, y le parecía algo muy bonito. Le hizo señas para que acudiera a mirar entre las piernas de Jane y, cuando miró, vio al bebé coronando. Era una cabeza diminuta, con el pelo oscuro, que se abría paso lentamente, mientras Jane seguía empujando, empujando. Y entonces, de repente, se oyó un grito y la niña salió de su madre al mundo y se quedó mirando a Diana, extrañada. La propia Diana emitió un grito, mientras Andy se echaba a llorar.

El médico envolvió cuidadosamente a la niña y se la entregó a Diana, sin cortar todavía el cordón que la seguía uniendo a Jane, y Diana sintió que verdaderos ríos de lágrimas le corrían por las mejillas, hasta que apenas pudo ver nada, y, cuando levantó la vista, sólo distinguió a Andy.

Permanecieron el uno junto al otro, contemplando aquel milagro y luego, en cuanto cortaron el cordón, Diana le entregó la niña a Jane. Había sufrido tanto para dar a luz, que tenía derecho a sostenerla en sus brazos. Pero Jane apenas la tuvo un instante. La apretó dulcemente contra su pecho, la besó y luego se la entregó a Edward. Jane también lloraba y parecía completamente exhausta. Edward miró a su hija durante mucho rato, aparentemente sin dejar traslucir emoción alguna, y después se la entregó a la enfermera. Pesaron a la niña y la examinaron y todos los datos fueron perfectos. Pesó tres kilos y quinientos sesenta gramos, y midió cincuenta y tres centímetros.

Y finalmente, tras casi dos años de agonía, Diana tuvo su bebé. Se quedó de pie, contemplando amorosamente a la niña, a quien habían dejado en la cuna con ruedas de la clínica. Tenía unos ojos grandes, enormes, y una mirada de asombro, con la que parecía contemplar fijamente a sus recién estrenados padres. Ellos la observaban cogidos de la mano, impresionados por el milagro de la vida, sintiéndose inenarrablemente agradecidos a Jane y Edward.

16

Al día siguiente, Andy y Diana corrieron como locos de una tienda a otra, comprando pañales, diminutas camisetas y pijamas, pequeños calcetines y botitas, cálidos gorritos y mantas, y toda la infinidad de cosas que, según les dijeron, necesitarían cuando recogieran al bebé el lunes por la mañana. Esa misma tarde volvieron a reunirse con Edward y Jane y firmaron los primeros documentos.

Jane tenía mejor aspecto que la noche anterior, pero parecía algo débil todavía por la dolorosa experiencia. Se emocionó mucho al ver a Diana e intentó darle las gracias por todo lo que había hecho y por querer a su pequeña hijita. Pero al final sólo pudo echarse a llorar, sostenida por los brazos de Diana.

—Lo siento tanto... —dijo Diana, también con lágrimas en los ojos, sintiéndose como si les estuviera robando a la pequeña, hasta el punto de que, por un instante, estuvo a punto de flaquear su propia resolución—. Os prometo que la cuidaremos mucho..., y será muy feliz.

Diana abrazó de nuevo a Jane, y cuando Andy la sacó finalmente de la habitación, todos lloraban. Después pasaron por la sección de recién nacidos, contemplaron a la niña y supieron que habían hecho lo correcto. Era tan hermosa y tan diminuta, allí dormida... Hablaron con el pediatra de la clínica antes de marcharse y éste les explicó el tipo de alimentación que debían darle y con qué periodicidad, así como la forma de curarle el cordón umbilical.

También les sugirió que acudieran a su pediatra a la semana siguiente. Entonces, Diana miró a Andy y pensó en sus hermanas.

—Llamaré a Sam —dijo, sonriendo de pronto. No había hablado con su hermana desde hacía muchas semanas. Apenas se trataban, debido, en buena medida, a que ella no quería saber nada de su bebé—. ¡Menuda sorpresa se va a llevar!

Reía cuando salieron del ascensor del hospital y fueron a la calle Sacramento para comer algo. Habían sido dos días agotadores pero maravillosos. Pasarían a recoger al bebé a la mañana siguiente. A Jane también la darían de alta, pero había decidido no volver a ver a la niña para no hacer las cosas más difíciles.

—No creerás que va a cambiar de opinión, ¿verdad? —le preguntó Diana a Andy aquella noche, nerviosa, y él reflexionó un momento antes de contestar.

—No, no lo creo. Pero pienso que ésa es una posibilidad que debemos considerar durante los próximos seis meses. Al final, podrían hacerlo, aunque a mí me han parecido unos jóvenes bastante seguros. Edward lo es, desde luego, y creo que Jane también, a pesar de que son unos momentos muy difíciles. Esto tiene que haber sido muy duro.

Diana no lograba imaginar lo que sería entregar a otro un hijo, y se alegró de no haber tenido que afrontar nunca una situación así, aunque sabía instintivamente que no habría sido capaz de hacerlo. Luego, hablaron de otras cosas, como del nombre que iban a ponerle. Todavía no lo habían decidido definitivamente, aunque Hilary era el favorito.

Esa mañana, los dos llamaron a sus despachos respectivos y justificaron su ausencia por motivos de «enfermedad». Andy quería quedarse en casa por lo menos otro día y Diana sabía que deseaba tomarse una larga temporada de vacaciones, o incluso renunciar a su trabajo, aunque todavía no había tenido tiempo de pensar seriamente en ello.

Eric Jones acudió al hospital a entrevistarse con ellos, llevándoles más documentos que firmar. Ya había visto a Edward y a Jane y dijo a los Douglas que acababan de abandonar el hospital, lo cual los alivió. Querían dejar atrás aquella parte de los trámites de adopción, sólo deseaban a su bebé.

Diana estaba ansiosa cuando subieron en el ascensor, con un moisés forrado con encaje blanco. Habían traído también un asiento especial para instalarlo en la limusina que habían alquilado para ir después al aeropuerto. Para ellos, era un gran acontecimiento. Finalmente, se iban a llevar a su bebé a casa. Y ahora la niña ya tenía nombre. Aquella misma mañana habían decidido llamarla Hilary Diana Douglas.

La pequeña dormía profundamente cuando la enfermera la tomó en brazos, y permitieron a Diana y Andy entrar en la sección de recién nacidos, después de haberse puesto unas batas sobre la ropa. La enfermera le enseñó a Diana cómo tenía que cambiarla y vestirla, le dijo cuándo tenía que alimentarla y cuándo debía darle glucosa con agua. También le explicó que, si Hilary hubiera sido su hija natural, todavía no le habría subido la leche, por lo que era mejor no exagerar la dosis de alimentación hasta por lo menos un día más. Apenas tenía dos días de vida.

Al entregársela, la pequeña abrió la boca, bostezó y luego miró soñolienta a Diana y a Andy. Luego, volvió a cerrar los ojos, mientras Diana la vestía. Al hacerlo, Diana experimentó algo que no había sentido por nadie, ni siquiera por Andy. Era una oleada de amor y alegría que casi la abrumó. Las lágrimas le corrían por las mejillas mientras vestía a la pequeña con un vestido rosa, una chaqueta y unas diminutas botitas, también de color rosa. Tenía un gorrito a juego, con unas pequeñas rosas bordadas, y estaba adorable cuando Diana la cogió en brazos. Observándola, Andy pensó que Diana nunca le había parecido más hermosa que en aquel momento.

—Vamos, mamá —le dijo en voz baja.

Diana sostuvo a la pequeña contra su hombro mientras salían al vestíbulo para encontrarse con Eric. La niña ya había sido dada de alta en el hospital. Ahora, era de ellos.

Abrazaron a Eric y le dieron las gracias, y él los acompañó para despedirlos en la limusina que los esperaba. Diana se ajustó con nerviosismo el cinturón de seguridad. En el portamaletas llevaban tres maletas con ropas de niño y un enorme oso de peluche que había comprado Andy.

—Gracias por todo —agradeció Diana a Eric en el momento de arrancar, y él los despidió agitando la mano y sonriendo.

Había sido maravilloso verlos a los tres.

Luego, Diana se reclinó en el asiento, cerca del bebé, y miró a Andy. Resultaba difícil creer en todo lo que les había ocurrido en apenas cuarenta y ocho horas.

—¿No es increíble? —le preguntó con una sonrisa feliz, todavía temerosa de pensar que, en efecto, había ocurrido.

Pero los diminutos dedos de la niña, cerrados alrededor de uno de los suyos, le confirmaban que todo era real. Y, al mirar a la pequeña Hilary, todo le pareció perfecto.

—Todavía no me lo puedo creer —admitió Andy en un susurro, temeroso de despertarla. Mientras conducía hacia el aeropuerto, miró a Diana y sonrió—. ¿Qué vas a hacer con tu trabajo?

Ella había vuelto a tomarse en serio su profesión y ahora, de repente, todo había quedado patas arriba.

—Supongo que cogeré un permiso por maternidad, aunque todavía no lo he pensado.

—Eso les va a encantar —bromeó Andy.

Pero él también tenía la intención de tomarse por lo menos una semana de vacaciones para ayudar a Diana y conocer a su hija..., la hija de ambos, su hija... Las palabras todavía les parecían extrañas cuando las pronunciaban. Y, cada vez que lo pensaba, a Diana le dolía la pérdida sufrida por Jane y lo mucho que ella había ganado con ello. Parecía una forma dura de conseguir un bebé, causar tanto daño a otra persona quitándole a su hija. Pero eso Jane lo había querido así, y todos se habían mostrado de acuerdo en que fuera de este modo.

Hilary despertó poco antes de subir al avión. Diana la cambió y le dio algo de glucosa. Luego, volvió a quedarse dormida enseguida, en cuanto Diana la instaló de nuevo en su capazo. Durante el vuelo de regreso a casa la sostuvo en brazos, sintiendo el agradable calorcillo de su cuerpo contra su pecho, mientras el bebé seguía durmiendo profundamente. Era una impresión que no había experimentado nunca, una abrumadora sensación de amor, paz y calor que sólo se experimenta sosteniendo en los brazos a un bebé dormido.

—No sé quién de las dos parece más feliz, si tú o la señorita Hilary —dijo Andy sonriendo. Pidió una copa durante el vuelo. Realmente, creía merecérsela.

A la hora de cenar ya estaban en casa. Diana miró a su alrededor, con la impresión de haber estado ausente toda una vida. Les habían ocurrido tantas cosas y había cambiado todo tanto desde aquella decisiva llamada telefónica del viernes por la noche... ¿Habían transcurrido sólo tres días? Ninguno de ellos podía creerlo.

—¿En qué habitación la pongo? —preguntó Andy con un susurro, sosteniendo el capazo.

—Creo que en la nuestra, quiero que esté cerca de nosotros. Y, de todos modos, me tengo que levantar por la noche para darle el biberón.

—Sí, sí, lo sé —bromeó él—, no quieres estar alejada de ella ni un minuto.

Pero no podía culparla, él también quería tenerla cerca. Y, al depositar suavemente el capazo cerca de la cama de matrimonio, empezó a preguntarse si sería muy difícil adoptar otro niño.

Aquella misma noche, Diana llamó a su hermana Sam y le pidió el nombre de un buen pediatra para una amiga. Sam no pudo ver la sonrisa burlona que había en el rostro de su hermana mayor. Le dio el nombre y Diana le preguntó cómo estaba el bebé, y si le gustaría pasar a hacerle una visita al día siguiente.

Pero Sam había comprendido por fin lo sensible que era Diana y respondió categóricamente.

—No tengo a nadie con quien dejar al bebé, Di. Seamus está trabajando en un nuevo cuadro. Podría ir cuando lleve a la guardería a los otros dos, pero tendría que llevarme al pequeño conmigo.

Sabía que eso no le gustaría a Diana, que sólo había visto al niño una vez desde su nacimiento y a una distancia considerable.

—Me parece bien, no me importa —dijo Diana con naturalidad, y Sam frunció el ceño desde el otro lado del hilo telefónico.

—¿Estás segura?

—Absolutamente —contestó con voz que parecía sincera.

—¿Te encuentras ya mejor? —preguntó Sam con prudencia.

Le había alterado mucho la explosiva reacción de su hermana el día de Acción de Gracias. Pero en los meses transcurridos desde entonces había terminado por comprender lo abrumador que era su dolor y lo insensibles e inconscientes que se habían mostrado todos respecto a sus problemas.

—Estoy mucho mejor, Sam —dijo Diana—. Ya hablaremos mañana.

Luego, llamó a su madre. Su padre había salido de la ciudad, y eso la desilusionó, pero invitó a su madre a tomar café a la hora que había acordado con Sam. Después, llamó también a Gayle. Las tres estaban libres y a ninguna le dijo por qué las invitaba. Al colgar el teléfono después de haber hablado con Gayle, sonreía de oreja a oreja. Finalmente, era igual que ellas, lo había conseguido, se había convertido en un miembro más de la sociedad secreta. Ahora, tenía un niño.

—Me alegra mucho verte tan feliz, cariño —le susurró Andy aquella noche.

Nunca la había visto así y se daba cuenta, más que nunca, de lo mucho que había deseado tener un hijo. Le sorprendió ver que no le importaba en absoluto que el bebé no estuviera biológicamente relacionado con él. Pensaba que la niña era una verdadera delicia, y aquella noche, cuando los despertó por primera vez, los dos saltaron de la cama al unísono, tratando de coger el biberón. A partir de entonces, se fueron turnando y por la mañana Andy miró a Diana, que parecía cansada pero feliz.

—Anoche olvidaste llamar a alguien —le dijo él con ojos soñolientos, regresando a la cama.

Acababa de llamar al despacho para decirles que aquel día no acudiría a trabajar y que probablemente tampoco podría hacerlo al día siguiente porque todavía se sentía enfermo; más tarde les explicaría todo.

—¿A quién se me ha olvidado llamar? —preguntó Diana confundida, tratando de adivinarlo. Había telefoneado a sus dos hermanas y a su madre. Se pondría en contacto con su padre en cuanto él regresara de su viaje—. No se me ocurre de quién puede tratarse.

Quizás de Eloise, pero últimamente no estaban tan unidas.

—No, me refiero a Wanda..., ya sabes, Wanda Williams.

—¡Oh!, bromista —exclamó Diana echándose a reír, y el bebé empezó a llorar.

Le dio el biberón a Hilary, la bañó y la vistió con su ropa nueva, antes de que llegara su familia. Pero, de repente, mientras miraba a la pequeña antes de que ellas llegaran, se dio cuenta de lo importante que era ahora su familia, de cómo habían reaccionado ante ella, o de lo que pensarían de Diana ahora que tenía una hija; lo importante era el bebé, la personita que era, la mujer en la que terminaría por convertirse, y todo lo que significaba y llegaría a significar para Andy y para ella misma. Era alguien a quien habían esperado durante lo que les había parecido una vida entera. Habían rezado para que llegara, habían luchado por ella y casi se habían destruido mutuamente cuando creyeron que no podrían tenerla. Significaba para ellos mucho más de lo que jamás podrían decirle, y lo que los demás pensaran no tenía importancia. Diana esperaba que su familia quisiera a Hilary y estaba segura de que así sería, ¿cómo podría ser de otro modo? Pero, si no la aceptaban..., no importaría. También se dio cuenta de que no había fracasado a la hora de tener hijos. Simplemente, había hecho las cosas de un modo diferente. Había tenido que afrontar un problema insuperable, enfrentarse con el demonio que había en su alma y sobrevivir. Problema resuelto, la vida continúa. Aquí no había ni victorias ni derrotas, sino sólo la vida, con toda su riqueza, su alegría y desesperación, y con sus dones infinitamente preciosos. Hilary era uno de ellos, quizás el mayor que jamás pudiera recibir Diana, pero ahora sabía también que la llegada de Hilary a su vida no era una victoria suya, sino una bendición.

Y, mientras contemplaba a la pequeña dormida y sonreía, sonó el timbre de la puerta. Era su madre.

—¿Cómo estás, cariño? —le preguntó, preocupada, y Diana observó en sus ojos lo asustada que estaba.

—Estoy muy bien.

—¿No has ido hoy a trabajar?

Se sentó en el sofá apretando las rodillas, con su traje Adolfo azul marino, el cabello recién peinado y apretando el bolso con las dos manos.

—No pongas esa cara de preocupación, mamá. Todo está bien. Me he tomado unas vacaciones.

—¿De veras? No me dijiste que estuvieras de vacaciones. ¿Vais a salir a alguna parte, Andy y tú?

Sabía que habían estado separados durante un tiempo, pero

Diana le había dicho que se habían reconciliado. En general, hacía ese tipo de cosas, para no causarles ninguna preocupación indebida. Sólo el hecho desgarrador de su infertilidad había seguido siendo un secreto doloroso. Pero su madre no habló de eso con ella. No quería entrometerse, ni hacer preguntas embarazosas, aunque Sam le había dicho que no había esperanza alguna de que Diana pudiera tener hijos, y su yerno, Jack, se lo había confirmado.

Estaba a punto de decirle a su madre que ella y Andy no iban a marcharse a ninguna parte, sino que se quedaban en la ciudad, cuando volvió a sonar el timbre de la puerta. Esta vez era Sam con su bebé. Tenía dos meses de edad y estaba adorable, profundamente dormido en el cochecito. Al mirarle, Diana se dio cuenta de que apenas unos días antes hubiera experimentado un gran dolor sólo de verle. Ahora, en cambio, era para ella un bebé precioso.

—¿Ocurre algo malo? —preguntó Sam en cuanto cruzó el umbral.

Diana se limitó a reír y la ayudó a entrar el coche. Sam la observó, consternada. Algo le había sucedido a su hermana, parecía mucho menos nerviosa que antes, mucho más segura de sí misma y, desde luego, en absoluto alterada por la presencia del pequeño. Por un momento, Sam se preguntó si no estaría embarazada, pero nunca se hubiera atrevido a decirle nada.

—No, no ocurre nada malo. Mamá me ha hecho la misma pregunta, ella creía que me habían despedido, porque estoy en casa. —Sam vio entonces a su madre, sentada en el salón, y aún se sorprendió más—. Estoy de vacaciones esta semana y pensé que sería divertido reunirnos. Es muy agradable volver a verte, Sam —añadió Diana con una sonrisa.

Las dos hermanas intercambiaron una mirada que emocionó el corazón de su madre.

Gayle llegó diez minutos más tarde, quejándose por el tráfico de la autopista, por su coche y por la falta de aparcamientos.

—¿Y a qué viene la fiesta? —preguntó mirando con recelo el salón, al ver a su madre y a su hermana—. Esto parece una reunión familiar.

—Bueno, no lo es —dijo Diana, sonriendo con naturalidad—. Quiero presentaros a alguien —añadió con serenidad—. La traeré inmediatamente. Siéntate, Gayle.

Sam ya se había sentado junto a su madre en el sofá y mecía a su bebé.

Diana desapareció durante unos minutos y, sin despertar a Hilary, la levantó cuidadosamente del capazo y se la apoyó sobre el hombro. La sostuvo así, amorosa y cálidamente, apretándola con suavidad, dándole besitos en la cabeza, mientras regresaba al salón. Y, cuando entró, ellas la miraron fijamente. Sam sonrió, su madre empezó a llorar y Gayle no dejó de mirarla, atónita.

—¡Oh, Dios santo...!, pero si tienes un niño.

—Lo tenemos, en efecto. Se llama Hilary —informó Diana sentándose junto a Sam y colocando al bebé en su regazo para que todas pudieran verlo.

Era una hermosa y pequeña niña, con una piel perfecta, unos rasgos encantadores y unas diminutas manos de dedos largos y gráciles.

—Es muy bonita —dijo su madre entre lágrimas, inclinándose para besar a su hija—. Querida, me siento tan feliz por ti...

—Yo también lo soy, mamá —sonrió Diana, devolviéndole el beso.

Sam la abrazó y las dos se echaron a reír y a llorar a la vez, mientras Gayle se inclinaba para contemplar a la pequeña más de cerca.

—Es una ricura —dijo mirando a Diana—. Tienes mucha suerte. Has seguido el camino más fácil, nada de dolores de parto, ninguna necesidad de perder diez kilos, ni de cuidarte las varices, sólo una niña maravillosa y un cuerpo delgado. Si no me sintiera tan alegre por ti, te odiaría. Quizás ahora podamos volver a ser amigas. Lo que ha ocurrido tampoco ha sido fácil para ninguna de nosotras, ¿sabes? —dijo hablando por todas, aunque, como siempre, la tensión había sido mayor entre ella y Diana.

Sam siempre se mantenía un poco al margen de sus peleas, como antes. Al fin y al cabo, era la menor.

—Lo siento —se disculpó Diana contemplando a su hijita—. Ha sido una época horrible, pero ahora ya ha pasado.

—¿De dónde la has sacado? —preguntó Sam con curiosidad, fascinada por los delicados rasgos de la niña.

—De San Francisco. Nació a las doce y media de la noche del domingo.

—Es preciosa —declaró su recién estrenada abuela.

Apenas podía esperar a contárselo a su marido, para salir y comprarle un regalo. No podía imaginar lo que diría el padre de Diana, pero sabía que se aliviaría y alegraría después de lo que había sufrido Diana.

Se quedaron durante casi dos horas y al final se marcharon, lamentándolo, después de haber besado repetidas veces a Diana y a la pequeña. Andy regresó de los recados a los que había salido justo cuando Sam ya se marchaba. Había ido al despacho para recoger unos documentos y explicar que necesitaba tener libre el resto de la semana. Se sorprendieron al conocer la buena noticia, y no sólo no pusieron objeción alguna a que se tomara la semana libre, sino que le dijeron que, si lo creía necesario, podía tomarse también la siguiente. Había pasado a ver también a Bill Bennington para comunicarle la noticia de la llegada del bebé.

—¿Quiere eso decir que podemos volver a salir a jugar al tenis? —le preguntó Bill en broma.

Comprendía que Diana tenía que haberlo pasado mal afrontando el embarazo de Denise, quien, de todos modos, estaba confinada últimamente en la cama, pues las cosas no habían ido bien. Temían que el bebé naciera prematuro o incluso perderlo. Pero ahora el embarazo era más seguro y esperaban el parto para dentro de ocho semanas.

—¿Cuándo podremos verla? —preguntó Bill, excitado.

Ellos también iban a tener una niña y le gustaba la idea de que él y Andy pudieran salir a pasear con sus hijas.

—Quizás dentro de unos pocos años podamos jugar dobles —sugirió. Andy se echó a reír.

Bill le hizo prometer que pasarían por su casa para ver a Denise, cuando ésta se sintiera con ánimos para recibir la visita.

—Te llamaremos —le prometió Andy.

Luego, volvió a casa, junto a Diana y la niña. Diana le había entregado una larga lista de compras y él también necesitaba algunas cosas, pero, cuando volvió, se dio cuenta en seguida de que lo había pasado muy bien en compañía de su madre y de sus hermanas.

—¿Misión cumplida con éxito? —preguntó, con aire misterioso. Ella sonrió—. ¿Cómo se ha portado la princesita?

Estaba profundamente dormida, muy bien acomodada en el capazo.

—Estupendamente. Y les ha encantado a todas.

—¿A quién no le encantaría? —La contempló, fascinado por cada uno de sus movimientos, por su diminuto cuerpo. La adoraba. Y entonces recordó algo más—. ¿Has llamado al despacho?

—Lo he intentado, pero no he encontrado a las personas que buscaba. Creo que será mejor ir personalmente a explicárselo.

Tenía muchas cosas que decirles y les debía una explicación por no haberlos avisado de nada.

Y esa misma tarde, cuando fue a verlos, le impresionó lo comprensivos que se mostraron. Le dijeron que se tomara toda la baja por maternidad, que era de cinco meses, a partir de aquel mismo momento. En cuanto la terminara, recuperaría su puesto de trabajo. Todavía deseaba seguir trabajando, aunque siempre se había preguntado qué haría en el caso de tener un hijo. Al principio, había pensado dejar su trabajo, y más tarde le había parecido mejor volver a trabajar, o encontrar otro empleo a tiempo parcial. Sin embargo, en este último caso no podría conservar su puesto de editora, aunque sí podría hacer un montón de cosas interesantes para ellos. Todavía no estaba segura de lo que haría. Disponía de cinco meses para pasarlos con Hilary y decidirlo.

Agradeció su generosidad al editor jefe y fue a recoger las cosas de su despacho. Lo necesitarían para alguien, mientras ella estuviera ausente. Sólo le llevó una hora meterlo todo en una caja y llamar al portero para que se lo bajara al coche. Antes de irse a casa, pasó a ver a Eloise, que acababa de sacar un suflé del horno.

—Eso sí que tiene buen aspecto.

Olía al aroma de lo que había cocinado, y, al verla, Eloise sonrió.

—Tú también lo tienes. Hace mucho tiempo que no te veo. ¿Dispones de un momento para tomar una taza de café?

—Sólo una y rápida.

—En seguida lo preparo.

Diana se sentó ante la barra y Eloise no tardó en ofrecerle una taza humeante de café y un pequeño plato en el que sirvió un poco del suflé que acababa de hacer.

—No estoy segura de conocer bien esta receta, pruébalo y dime lo que te parece.

Diana tomó una cucharada y cerró los ojos extasiada.

—Esto es pecaminoso.

—Bueno —asintió Eloise, complacida—. ¿Qué hay de nuevo? —le preguntó a continuación. Sabía la época tan dura por la que había pasado Diana durante el último año; se habían visto ocasionalmente y Diana le había comentado algunas cosas. Su aspecto era bastante triste durante todo ese tiempo. Ella y Eloise se habían distanciando un poco, pero Diana le seguía cayendo bien—. Tienes realmente muy buen aspecto —la alabó de nuevo.

De hecho, su aspecto había mejorado desde que volvió al lado de Andy. Por lo visto, había rehecho su vida, y su felicidad ya no parecía depender de tener o no un hijo. Pero se la veía más seria que en otros tiempos. Inevitablemente, lo sufrido había dejado sus cicatrices.

—Gracias. —Diana la miró con expresión maliciosa mientras bebía el café a pequeños sorbos—. Hemos tenido una niña este fin de semana —anunció de pronto, dejando a Eloise con la boca abierta.

—¿Qué has dicho? ¿He oído bien?

—Desde luego —asintió Diana, sonriendo alegremente—. Una niña llamada Hilary. Nació el domingo y la vamos a adoptar.

—¡Vaya! ¡Me alegro muchísimo por ti!

Eloise parecía contenta. Era el regalo definitivo para Diana, sabía lo mucho que disfrutaría con aquella niña.

—Acaban de concederme cinco meses de permiso por maternidad, pero volveré. Puedes venir a visitarme cuando quieras y estaré de vuelta a finales de año. Sobre todo, no dejes de cocinar.

—No lo haré —dijo Eloise, mirándola con tristeza—. Pero ya no será aquí. Acabo de aceptar un puesto de trabajo en Nueva

York. Les he avisado de mi baja esta misma mañana. Me marcho dentro de dos semanas. Iba a decírtelo en cuanto te viera.

—Voy a echarte mucho de menos —dijo Diana en voz baja.

Sentía mucho respeto por Eloise y lamentaba no haberla conocido mejor, pero en su vida habían ocurrido tantas cosas durante el último año, que le había sido imposible hacerlo. No había dispuesto de mucho tiempo para dedicarlo a las amistades, y Eloise lo comprendía.

—Yo también te echaré de menos. Tendrás que venir a visitarme a Nueva York, pero, antes de marchar, quisiera conocer a la niña. Te llamaré esta semana.

—Fantástico.

Terminó de tomarse el café, le dio un abrazo y Eloise prometió ir a su casa el fin de semana. Durante el trayecto de vuelta, Diana pensó en ella y en lo mucho que echaría de menos la revista durante aquellos cinco meses. Pero, cuando llegó a su hogar, todos sus pensamientos se centraban en el bebé y parecía que la revista, que en otra época había consumido cada instante de su tiempo, estuviera en otro planeta.

En mayo, Charlie y Beth ya hacía tres meses que se conocían, aunque tenían la sensación de haberse conocido toda la vida. Podían hablar de cualquier cosa y él se pasaba mucho tiempo contándole cómo había sido su infancia y cómo le había llevado a desarrollar unos sentimientos muy fuertes con respecto a la vida familiar y el hogar. Le habló de la gran desilusión que había experimentado con Barbara y de cómo le dolía que le hubiera abandonado. Pero ahora lo comprendía mejor. Pensaba mucho en ello y empezaba a darse cuenta de que había sido un matrimonio equivocado.

Pero había una cosa que todavía no le había contado y no estaba seguro de contarle alguna vez. Lo único que sabía era que no tenía derecho a casarse con ella, aunque, mientras no llegaran a aquel punto, no tenía que explicarle nada. No necesitaba saber que era estéril.

Le gustaba demasiado para explicarle la verdad, pues temía perderla y ya había perdido demasiadas cosas en la vida, a demasiada gente que le importaba, como para arriesgarse a perder ahora a Beth y Annie.

Pasaron juntos el Día de la Madre y las llevó a almorzar. Antes, salió con Annie para comprarle unas flores a Beth y la pequeña le dio una bonita felicitación que le había preparado en la escuela. Por la tarde, fueron a la playa y rieron, jugaron y charlaron. Se sentía maravillosamente bien con la pequeña y, en un momento en que Annie jugaba en la playa con otros niños, Beth le miró y le hizo la pregunta esperada.

—¿Cómo es que no has tenido hijos, Charlie?

Hizo la pregunta con naturalidad, apoyando la cabeza contra su pecho, sobre la arena, y, al hacerla, notó que su cuerpo se ponía rígido.

—No lo sé. Por falta de tiempo, de dinero.

No parecía propio de él; ya le había contado que uno de los puntos de desacuerdo con su esposa era que ésta no deseaba tener hijos. También le había explicado que había quedado embarazada de otro hombre y que eso había terminado con su matrimonio. No llegó a explicarle que había estado dispuesto a aceptar el niño y que ella ya había abortado cuando se lo propuso.

—Creo que nunca volveré a casarme —dijo pausadamente—. De hecho, lo sé.

Ella se volvió a mirarle con una sonrisa. No había hecho la pregunta persiguiendo el propósito de pescarle. Simplemente, sentía curiosidad por su pasado y le interesaba todo lo que estuviera relacionado con él.

—No era eso lo que te preguntaba; no te pongas tan tenso. No pretendía declararme. Sólo te he preguntado por qué no has tenido hijos.

Beth estaba muy tranquila, pero observó que él no lo estaba. Se preguntó si habría dicho algo inconveniente y luego, lentamente, se sentó en la arena y le miró. No servía de nada engañarla. Le gustaba demasiado. Y habría sido erróneo por su parte hacerle concebir falsas esperanzas para luego desaparecer un buen día, algo que ya había pensado hacer. Decidió que era un buen momento para contárselo. Tenía derecho a saber con quién estaba desperdiciando su tiempo.

—No puedo tener hijos, Beth. Lo descubrí hace seis meses, justo antes de Navidad. Me hicieron un montón de pruebas y, en resumidas cuentas, resultó que soy estéril. Fue una verdadera conmoción para mí.

Todavía le destrozaba confesarlo y por un momento le aterrorizó la idea de lo que ella pudiera hacer ahora. Probablemente, le abandonaría, como habían hecho todos los demás. Pero había sido correcto por su parte decírselo, y lo sabía.

—¡Oh, Charlie...! —exclamó ella, comprensivamente, lamentando habérselo preguntado.

Le acarició la mano, pero esta vez él no se la apretó y pareció distante.

—Quizás debiera habértelo dicho antes, pero no es precisamente la clase de cosas que uno suele contar en cuanto se conoce a alguien.

O que no se cuentan a nadie.

—No, desde luego. —Le sonrió con simpatía y bromeó un poco—. Sin embargo, podías haber dicho algo. Nos habríamos ahorrado muchos problemas en cuanto a las precauciones. —Habían estado utilizando preservativos, algo que ambos consideraban una buena idea cuando se trataba de iniciar una nueva relación; pero ella también se había hecho implantar un diafragma y él nunca le había dicho que no lo hiciera, algo que a Beth ahora le parecía divertido, aunque no a Charlie—. Pero no importa —añadió dulcemente. Entonces frunció el ceño y preguntó—: Sin embargo, ¿qué significa esa tontería de que no volverás a casarte nunca? ¿A qué viene eso?

—No creo tener derecho a casarme, Beth. Fíjate en ti, tienes una niña maravillosa y deberías tener más hijos.

—¿Y quién te dice a ti que yo los quiera, o que pueda tenerlos? —le preguntó, mirándole con serenidad.

—¿No querrías tenerlos? ¿No puedes?

Estaba sorprendido. Quería tanto a Annie, que le resultaba difícil imaginar que no deseara tener más hijos.

—Sí, puedo tener más hijos —contestó ella con sinceridad—. Supongo que eso dependería de con quién decidiera casarme, si es que lo hago. Pero, si quieres que te diga la verdad, no estoy segura de querer más. Annie es suficiente para mí, y, en realidad, nunca pensé en tener más hijos. Me sentiría completamente feliz teniendo sólo a Annie. Yo también fui hija única y no me hizo ningún daño. En cierto modo, todo es mucho más sencillo. De todas formas, ahora no podría tener otro. A veces, apenas dispongo de lo suficiente para alimentar a Annie.

Charlie lo sabía y había hecho todo lo posible por llevarle pequeños regalos y alimentos, y sacarlas a comer o cenar cuando podía.

—Pero, si volvieras a casarte, querrías tener más hijos, como cualquiera. Yo querría, desde luego —dijo, con tristeza—. Algún día me gustaría adoptar varios. Llevo todo este año ahorrando dinero para poder adoptar a un niño pequeño. Ahora permiten la adopción a una sola persona y quisiera encontrar a un pequeño que se hallara en las mismas condiciones en que yo estuve, encerrado en alguna institución miserable, sin nadie que le quiera. Quisiera cambiar su vida y quizás hacer lo mismo con otros chicos, si puedo.

—¿Y cuántos pensabas adoptar? —preguntó ella, nerviosa.

—Dos..., tres..., no lo sé. Ése es mi sueño. Solía pensar en eso incluso antes de saber que no podía tener hijos propios.

—¿Estás seguro de que no puedes tener hijos propios? —le preguntó, con un tono solemne.

—Absolutamente. Acudí a la consulta de un tipo importante de Beverly Hills y me dijo que no existía la menor posibilidad. Y estoy convencido de que tiene razón. He corrido bastantes riesgos en mi vida en ese sentido, sobre todo cuando era joven, y nunca ocurrió nada.

—No tiene importancia, ¿sabes? —dijo ella, con serenidad.

Lo lamentaba por él, pero no le parecía ni mucho menos el fin del mundo, y confiaba en que a él tampoco se lo pareciera. Y eso, desde luego, no alteraba la alta opinión que tenía sobre su masculinidad.

—Hubo un tiempo en que me destrozó saberlo —explicó Charlie—. Siempre quise tener hijos propios e hice todo lo que pude por dejar embarazada a Barb para salvar nuestro matrimonio. —Entonces, de repente, se echó a reír al pensar en lo irónico que había sido todo—. Pero al final, alguien se me adelantó y me derrotó.

Ahora, sin embargo, eso ya no le importaba tanto. Le entristecía que no hubiera funcionado su unión con Barb, pero durante los últimos meses había empezado a tomárselo con filosofía, sobre todo desde que conocía a Beth y a Annie. Lo único que le importunaba ahora era que el amor que sentía por Beth no pudiera conducir a ninguna parte. Al margen de lo que ella dijera, estaba convencido de que no debía casarse con ella y privarla de la posibilidad de tener más hijos. Era una mujer joven y podía desear tenerlos más tarde.

—Creo que no debes preocuparte por eso —le dijo con sinceridad—. Cualquier mujer que te amara lo comprendería y no le importaría en absoluto que pudieras tener hijos o no.

—¿Lo crees así? —preguntó él, mirándola sorprendido. Ella volvió a tumbarse en la arena y apoyó la cabeza sobre su hombro—. No sé si tienes razón —añadió en voz baja, después de pensarlo un momento.

—Sí, la tengo. A mí, por ejemplo, no me importaría nada.

—Pues debería importarte —dijo él con voz paternal—. No limites tu futuro, eres demasiado joven —añadió con firmeza. Ella se incorporó y le miró con dureza.

—No me digas lo que tengo que hacer, Charlie Winwood. Puedo hacer lo que quiera, y te lo digo ahora mismo. A mí no me importa que seas estéril.

Lo dijo en voz alta, con firmeza, y él parpadeó y miró a su alrededor, pero nadie parecía prestarles ninguna atención y Annie no se hallaba cerca.

—¿Por qué no lo anunciamos en la prensa?

—Lo siento —dijo ella, bajando el tono de voz y volviendo a tumbarse a su lado—. Pero lo digo muy en serio.

Charlie se giró y se tumbó boca abajo, sobre la arena, apoyando el rostro entre las manos y observándola, tumbada a su lado.

—¿Lo dices realmente en serio, Beth?

—Desde luego que sí.

Eso cambiaba muchas cosas para él y le hizo pensar seriamente en su futuro juntos. Pero le parecía un error casarse con una joven como ella y no poder ofrecerle hijos. Sabía que había donantes de esperma, claro está. Pattengill le había sugerido emplear ese método con Barb, pero también sabía que no lo aceptaría. Sin embargo, si Beth hablaba en serio, quizás Annie fuera suficiente para ella, o quizás pudieran adoptar a otros niños. Permaneció tumbado sobre la arena un rato, sonriendo a Beth, y luego, sin añadir una sola palabra, se acercó a ella y la besó.

17

Aquel año, en el día de su segundo aniversario, Andy y Diana se quedaron en casa, porque no podían dejar a nadie de confianza con el bebé y porque se sentían igualmente felices sin salir.

—¿Estás segura? —preguntó Andy, sintiéndose un poco culpable por no llevarla a ningún sitio, aunque tuvo que admitir que a él tampoco le importaba quedarse en casa con su esposa y su hija.

Diana disfrutaba de su permiso en el trabajo y se pasaba todo el tiempo con Hilary, tratando de decidir qué hacer una vez que terminara la baja. Le gustaba estar en casa, pero empezaba a pensar que también podía volver al trabajo, quizás a tiempo parcial. Incluso pensó en la posibilidad de buscar otro empleo en el que pudiera disfrutar de un horario más flexible. No obstante, todavía le quedaban tres meses para decidirse.

Andy andaba más ocupado que nunca en la oficina, con nuevas series, nuevas estrellas y contratos.

Y Bill Bennington se había tomado un largo permiso. Denise había tenido a su hija prematuramente, a finales de mayo, y habían tenido complicaciones, pero la pequeña estaba ahora en casa y ambos se sentían extasiados con ella.

Diana la visitó y trató de ayudarla. Ahora, después de dos meses, ya era casi una experta. Había recibido muchos consejos de Gayle y Sam, y también obtuvo mucha ayuda de un excelente pediatra. Por lo demás, seguía sus propios instintos. En realidad, ocuparse de un niño sólo parecía exigir una buena dosis de sentido común, como le dijo su padre la primera vez que acudió a ver a la niña. Y, en esa primera ocasión, lloró. Para él significaba mucho saber que su hija se encontraba en paz consigo misma. Sostuvo a Diana mucho rato entre los brazos, mientras las lágrimas rodaban por sus mejillas, y luego sonrió a la pequeña.

—Has hecho un buen trabajo —dijo.

Por un momento, Diana se preguntó si habría olvidado que ella no la había dado a luz, y eso la preocupó. Habría sido la primera señal de que su mente empezaba a fallar, pero no se trataba de nada de eso.

—Papá, yo no la he tenido —le recordó con prudencia, y él se echó a reír.

—Eso ya lo sé, tontuela, pero la has encontrado y la has traído a casa. Es una bendición para todos nosotros y no sólo para ti y para Andy.

Permaneció de pie, mirándola atentamente durante mucho rato, y luego se acercó para besarla. Se marchó poco después, tras asegurar a los padres de Hilary que era el bebé más hermoso que había visto nunca. Y parecía decirlo muy en serio.

Bautizaron a la pequeña a principios de junio y lo celebraron en casa de los padres de Diana, en Pasadena. Últimamente, todo parecía girar alrededor de la niña, hasta el punto de que a Andy le pareció que Diana se sentía agotada. Ello se debía en parte a la falta de sueño, ya que cada noche se levantaba tres y cuatro veces porque, durante el primer mes, Hilary había tenido muchos cólicos. Pero ahora se encontraba perfectamente. La que no lo estaba tanto era Diana. La noche de su aniversario, cuando se quedaron en casa, Andy observó que su esposa ni siquiera se había molestado en maquillarse. Verla tan agotada casi le hizo lamentar haber dejado la casa de la playa, que ella había alquilado durante su separación. Les encantaba aquella casa, pero ahora, con Hilary, no podían pagarla.

—¿Te encuentras bien? —le preguntó, con preocupación, aunque le parecía feliz.

—Estoy bien, sólo un poco cansada. Anoche, Hilary se despertó cada dos horas.

—Quizás deberías conseguir a alguien que te ayudara, ya sabes, una buena niñera.

—No importa —dijo, fingiendo mirarle con el ceño fruncido.

No permitiría que nadie cuidara de su bebé. Había esperado demasiado y estaba dispuesta a pagar incluso con su alma antes que dejar que cualquier otra mujer la tocara. La única persona a la que permitía ayudarla era su marido.

—Yo me encargaré de darle esta noche los biberones, mientras tú duermes. Lo necesitas.

Esa noche, Andy le preparó la cena mientras ella atendía al bebé. Después, hablaron largo rato sobre cómo había cambiado su vida y lo lejos que habían llegado en apenas dos años. Ahora, incluso les resultaba difícil recordar un tiempo en el que Hilary no hubiera estado con ellos.

Se acostaron temprano y Andy quiso hacerle el amor, pero Diana se quedó dormida antes de que él saliera del cuarto de baño. Permaneció de pie junto a la cama, sonriendo. Luego, suavemente, colocó el capazo de la niña junto a su lado de la cama, para poderla oír cuando se despertara pidiendo su biberón.

Pero a la mañana siguiente, después de una buena noche de sueño, Diana presentaba peor aspecto. Su piel tenía un tono verdoso cuando él le sirvió una taza de café.

—Creo que he pillado un resfriado —se quejó, preocupándose ante la posibilidad de contagiárselo a la niña—. Quizás debiera ponerme una mascarilla —dijo, haciéndole reír.

—Es bastante fuerte y, si estás resfriada, ya se habrá contagiado —la tranquilizó Andy.

Era sábado y se ofreció para encargarse de la niña durante todo el día. Diana se pasó la tarde durmiendo, pero por la noche, mientras preparaba la cena, parecía sentirse exhausta y él observó que no comía nada. Simplemente, no tenía apetito.

Sin embargo, el lunes la situación no había cambiado. No tenía fiebre, pero su aspecto no era bueno. Antes de marcharse a trabajar, le aconsejó que llamara al médico.

—Ni hablar —respondió ella, nuevamente exhausta. Además, no la había visto comer casi nada durante el fin de semana—. No quiero volver a ver a otro médico durante el resto de mi vida.

—No he dicho que llames al ginecólogo, sino a un médico.

Pero ella se negó en redondo. A partir de entonces, algunos días parecía estar bien y otros peor; a veces, dependía de lo que dormía, en otras, no. La preocupación que sentía por ella hacía que Andy se subiera por las paredes, pero Diana se negaba en redondo a escucharle.

—Mira, no seas tonta —le dijo él finalmente en el mes de julio, antes del picnic familiar que iban a organizar en Pasadena para celebrar la fiesta nacional del Cuatro de Julio—. Hilary y yo te necesitamos. Te encuentras mal desde hace un mes, de modo que ya va siendo hora de que te cuides. Probablemente estás anémica por culpa de dormir tan poco por las noches y de no comer apenas.

—¿Cómo lo hacen las otras madres? A ellas parece irles muy bien, Sam no anda por ahí arrastrándose.

La deprimía sentirse tan mal, pero se veía obligada a admitir que así se encontraba la mayor parte del tiempo. Al día siguiente, durante el *picnic* familiar, Andy habló con Jack, su cuñado, y le pidió que presionara un poco a Diana para que acudiera a un médico.

Jack se las arregló para quedarse unos momentos a solas con ella, después del almuerzo, cuando le daba el biberón a Hilary.

—Andy está muy preocupado por ti —le dijo directamente.

—No debería estarlo, me encuentro bien.

Trató de restar importancia a su estado de salud y quitárselo de encima, pero Jack insistió como le había pedido Andy.

—Pues no pareces estar muy bien, teniendo en cuenta que eres joven y hermosa, y que tienes una niña maravillosa —bromeó.

Estaba muy contento por ello y había experimentado un alivio inmenso cuando Gayle le dijo que habían adoptado una niña. Había observado la época tan difícil que había pasado Diana y estaba muy preocupado por ellos.

—¿Por qué no te haces un análisis de sangre? —intentó de nuevo, tal y como le había prometido a Andy.

Pero Diana se mostraba tozuda.

—¿Y qué demonios me va a decir eso, Jack? ¿Que estoy cansada? Eso ya lo sé. Me he hecho ya análisis de sangre suficientes para toda mi vida.

—Esto no es lo mismo, Diana, y tú lo sabes. Estoy hablando de que te sometas a un examen médico. Eso no es nada.

—Puede que no lo sea para ti, pero sí lo es para mí.

—Entonces, ¿por qué no vienes a verme a la consulta? Puedo hacerte un sencillo análisis para asegurarnos de que no tienes ninguna infección que te baje las defensas y, si estás anémica, recetarte unas vitaminas. Nada importante.

—Bueno, quizás lo haga —asintió ella, vacilando.

Pero por la tarde, antes de que se marcharan, Jack volvió a presionarla.

—Quiero verte en mi consulta mañana mismo.

A ella le parecía una tontería, pero a la mañana siguiente, después de que Andy se marchara a trabajar, se sentía tan mal, que terminó vomitando durante una hora, echada y aturdida sobre el suelo del cuarto de baño, mientras la pequeña Hilary lloraba a pleno pulmón en el dormitorio.

—Está bien —susurró, todavía tumbada en el suelo, sintiéndose a punto de morir—. Iré..., iré...

Una hora más tarde, ella y Hilary aparecieron por la consulta de Jack.

De mala gana admitió lo que le había ocurrido por la mañana y también confesó que ya le había sucedido lo mismo otros días. Tenía la vaga sospecha de que, después de todas las angustias que había sufrido el año anterior, había terminado por desarrollar una úlcera.

Jack la observó atentamente mientras se lo explicaba. Luego le hizo algunas preguntas sobre el color del vómito, si parecía como posos de café, si había observado manchas de sangre, a todo lo cual contestó negativamente. Él entonces asintió.

—¿A qué viene todo esto? —preguntó ella con ansiedad mientras Hilary dormía pacíficamente en su canasto.

—Sólo quiero comprobar tu teoría sobre la úlcera y asegurarme de que no has vomitado sangre vieja o fresca. —Jack era ginecólogo, pero conocía todos los síntomas médicos—. Si sospechamos la existencia de una úlcera, tendrás que hacerte unas radiografías. Pero no nos preocupemos por eso todavía. —Le extrajo un poco de sangre, tomó unas notas y le auscultó el pecho. Luego le palpó el estómago y el bajo vientre. Y entonces la miró, por encima de las gafas—. ¿Qué es esto? —preguntó, palpando una pequeña masa de tejido en el bajo vientre—. ¿Lo habías notado antes?

—No lo sé. —Le miró, asustada, y bajó la mano para palparlo ella misma. Lo había visto hacía tiempo, pero no recordaba si se trataba de semanas, meses o días. Estaba tan cansada, que no le había prestado atención cuando lo notó por primera vez—. No hace mucho. Quizás desde que tenemos a la niña.

Jack frunció el ceño, la palpó un poco más y luego se sentó en una silla, frente a ella, con expresión extraña.

—¿Cuándo tuviste la última regla? —preguntó.

Ella trató de recordarlo. Ya hacía algún tiempo, aunque eso no representaba la menor diferencia.

—No lo sé —contestó, intentando recordar—. Quizás no la tengo desde que llegó Hilary, hace un par de meses. ¿Por qué? ¿Ocurre algo malo? —Quizás ahora, además del mal estado de sus ovarios, hubiera desarrollado un tumor—. ¿Crees que puede ser un tumor o algo así?

¡Oh, Dios!, sólo le faltaba eso. Quizás tuviera cáncer. ¿Qué podría decirle a Andy? «Cariño..., lo siento mucho, pero voy a morir y a dejarte con nuestra hijita.» Sólo de pensarlo, los ojos se le llenaron de lágrimas. Su cuñado le dio unas palmaditas en la mano.

—Creo que podría ser algo así, pero de naturaleza muy distinta. ¿Qué posibilidades crees que tienes de quedarte embarazada?

—¡Oh, vamos! —exclamó ella echándose a reír e incorporándose en la camilla—. No juegues a eso conmigo, Jack. Eso son tonterías. ¿Qué dijo el médico? Que sólo tenía una posibilidad entre diez millones de quedar embarazada. ¿O acaso dijo una entre cien millones? Ya no lo recuerdo.

—Creo que es una posibilidad, y, si no fueras mi cuñada, yo mismo te haría el examen. ¿Qué te parece que le pida a uno de mis colegas que venga a examinarte? Podemos hacerte una prueba rápida de orina y al menos descartaríamos esto. No quiero que te alteres, pero la verdad es que eso explicaría todos tus síntomas.

—Claro... —dijo ella, mirándole con enojo—. Y también lo explicaría que fuera cáncer.

—Ése sí que es un pensamiento alegre.

Le dio unas palmaditas más y abandonó la habitación mientras ella se sentía furiosa con él por haber sugerido siquiera aquella posibilidad. Ya había pasado suficientes tormentos en su vida como para volver a pensar en algo así. Embarazada..., ¡qué tontería! Se sintió enojada incluso consigo misma. Poco después, Jack regresó en compañía de una mujer joven y atractiva. Se la presentó a Diana, quien no se mostró muy cortés con ella.

—Sólo queremos descartar la posibilidad de un embarazo —le explicó Jack—. En realidad, se le ha diagnosticado anteriormente un caso grave de esterilidad y un supuesto embarazo no parece una posibilidad, o, en todo caso, muy remota. Pero he descubierto unos síntomas que no me parecen claros.

—¿Ha practicado ya una prueba del embarazo? —le preguntó la mujer.

Jack negó con un gesto de la cabeza. La doctora le pidió a Diana que volviera a tumbarse en la camilla y Jack le mostró lo que había palpado en el bajo vientre. Al apretar, Diana experimentó una extraña sensación de contracción.

—¿Duele? —preguntó Jack.

—Sí —contestó ella, mirando la pared.

No tenían derecho a hacerle aquello. Era como levantarse de entre los muertos y no era justo. No quería saber nada de aquello.

—Compruébalo, ¿quieres, Louise?

—Desde luego.

Jack le dio las gracias y salió de la habitación. Louise ayudó a Diana a colocar las piernas sobre los apoyapiés y sólo de colocarse así se echó a temblar. Louise fingió no darse cuenta. Se puso unos guantes de plástico e inició el examen.

—¿A qué médico vio usted por lo de la esterilidad? —preguntó, tratando de entablar conversación mientras palpaba el interior de Diana hasta lo que a ella casi le pareció las amígdalas.

—A Alexander Johnston.

—Es el mejor. ¿Y qué le dijo?

—Esencialmente, que soy estéril.

—¿Le explicó por qué?

—A causa de un dispositivo intrauterino que utilicé cuando estaba en la universidad, o eso al menos creía él. Nunca tuve síntomas de ninguna clase, pero mis trompas están bloqueadas y los dos ovarios tienen graves adherencias.

El examen continuó y Diana se preguntó cuánto tiempo duraría.

—Supongo que eso descartaba la posibilidad de una fecundación in vitro —comentó Louise cortésmente, a lo que Diana asintió—. ¿Sugirió una donante de óvulo? —preguntó.

Diana hizo un gesto de dolor y negó con la cabeza, respondiendo así tanto a la pregunta como a lo que le estaba haciendo. No eran recuerdos felices para ella.

—Sí, me lo sugirió, pero no me interesó. Adoptamos a una niña recién nacida en abril.

Louise dirigió la vista hacia el capazo donde dormía Hilary y sonrió.

—Ya veo, es preciosa.

Y, tras decir esto, dio por terminado el examen. Sonrió a Diana y, antes de que pudiera decir nada, Jack entró en la habitación, con cara de expectación.

—¿Y bien?

Louise miró un momento a Diana y luego a su compañero.

—No me gusta contradecir a mis colegas —empezó, con cautela, mientras Diana esperaba que emitiera un diagnóstico de cáncer—, pero diría que el doctor Johnston se ha equivocado. Lo que he palpado me da la impresión de ser un útero de diez semanas. Si no me hubieras dicho que había habido problemas anteriores, no lo hubiera dudado ni por un instante. Podría ser incluso de más tiempo. ¿Cuándo ha tenido su última regla?

Al oír de nuevo la pregunta, Diana cerró los ojos, mareada.

—La tuvo a finales de marzo o primeros de abril, no lo recuerda —contestó Jack.

—Pues eso hace que esté embarazada aproximadamente de tres meses.

—¿Qué? —Diana se la quedó mirando, atónita—. ¿Está bromeando? Jack, no me hagas esto, por favor.

—No estoy bromeando, Diana, te lo aseguro.

Louise se disculpó y abandonó la habitación, y Jack pidió a

Diana que fuera al cuarto de baño y orinara en un frasco para hacerle una prueba de embarazo. Una vez hecha la prueba, confirmó el diagnóstico. Definitivamente, Diana estaba embarazada.

—No lo estoy... no puede ser... —repetía ella una y otra vez.

Pero lo estaba, y, cuando abandonó la consulta, aturdida, le hizo prometer a Jack que no se lo diría a nadie.

Se dirigió directamente a los estudios de televisión para ver a su marido. Estaba en una reunión. Ella llevaba unos pantalones vaqueros y a Hilary en el capazo, profundamente dormida.

—Tengo que verle —le explicó a la secretaria—. ¡Ahora mismo!

Había algo en su rostro que indicó a la mujer que ocurría algo grave. Desapareció tras una puerta y, apenas dos minutos más tarde, Andy salió corriendo por la misma puerta.

—¿Qué sucede? ¿Está bien la niña?

Parecía asustado de verla allí, mortalmente pálida y muy seria.

—La niña está muy bien, necesito hablar contigo..., a solas.

—Ven a mi despacho. —Tomó el capazo y le siguió hacia un despacho recubierto de madera y cristal, con una vista extraordinaria—. ¿Qué ocurre, Di?

Evidentemente, tenía que haber sucedido algo terrible, y no se atrevía ni a imaginárselo.

Pero ella no dio ningún rodeo, le miró con una expresión totalmente confundida y dijo:

—Estoy embarazada.

—¿Qué dices? —Él la miró fijamente y sonrió—. ¿Estás bromeando?

No dejaba de sonreír y ella sacudió la cabeza, todavía aturdida.

—De tres meses, ¿puedes creértelo?

—No, pero, cariño..., me siento tan feliz por ti... y por mí, y por Hilary. Dios mío, de tres meses. Entonces tuvo que ocurrir justo cuando la trajimos a casa desde San Francisco. Qué extraño.

Pero había oído contar historias similares con anterioridad, sobre parejas que habían concebido instantáneamente en cuanto adoptaron a un niño, después de años de intentarlo infructuosamente. Diana se sentó, tímidamente pero con aspecto feliz.

—Me sentía tan cansada... Ni siquiera recuerdo si hicimos el amor entonces.

—Bueno, pero, al menos, espero que fuera yo —bromeó él—. ¿Quién sabe? Podría tratarse de una concepción celestial.

—No es muy probable.

—Dios mío, casi no me lo puedo creer. ¿Cuándo nacerá?

—No lo sé, hacia enero. Estaba demasiado atónita para oír lo que me decía Jack. Creo que el diez de enero o algo así.

—No puede ser, deberíamos llamar a Johnston y decírselo.

—Al infierno con Johnston —dijo ella con gesto malhumorado, levantándose para besarle.

Andy la cogió en brazos, la levantó del suelo y le dio vueltas por el despacho, entusiasmado.

—¡Hurra por nosotros! ¡Hurra por ti! ¡Estamos embarazados! —Y luego, de repente, se puso serio—. ¿Cómo te sientes? Dios mío, no me extraña que te encontraras tan mal.

—Sí, y lo más divertido es que Jack dice que lo peor del embarazo ya ha pasado, y que dentro de una semana o dos empezaré a estar mucho mejor.

—Bien, esta noche saldremos a cenar para celebrarlo. Iremos a L'Orangerie. Dejaremos a Hilary en el guardarropa, si es necesario.

La besó de nuevo y luego volvió a la reunión. Diana se quedó en el despacho un rato, contemplando la vista y pensando con asombro en lo ocurrido.

Aquel verano, Pilar se tomó las cosas con tranquilidad. En junio le habían practicado la amniocentesis y se había asustado mucho, pero todo transcurrió bien. Tuvieron que tomar fluido de los dos sacos, con dos enormes agujas por separado. Pero ya disponían de los resultados y ahora sabían que se trataba de un niño y una niña, y que estaban sanos.

En cuanto conoció los resultados, Pilar creyó que había llegado el momento de llamar a su madre. La telefoneó el sábado por la tarde, casi con la esperanza de que hubiera salido fuera el fin de semana, pero estaba en casa y contestó la llamada al primer timbrazo. Se había quedado por si la necesitaban en el hospital, a la espera de la evolución de dos niños muy enfermos.

—¡Oh, eres tú! —exclamó, con sorpresa—. Creía que era del hospital. ¿Cómo estás?

Pilar recordó de repente cómo se sentía de niña, siempre como una intrusa en cuestiones mucho más importantes en la vida de su madre. Pero ahora tenía algo importante que comunicarle y se preguntó cómo se lo tomaría.

—Estoy muy bien, mamá, ¿y tú?

—Muy bien, siempre ocupada. ¿Y Brad?

—Estupendamente —contestó Pilar, sintiéndose nerviosa—. Mamá, tengo algo que decirte.

—¿Estás enferma? —preguntó, con un acento de preocupación que conmovió a Pilar.

—No, no, estoy bien. Yo..., mamá, estoy embarazada —anunció por fin en voz baja, con una suave sonrisa, repentinamente convencida de que a su madre le parecería algo tan maravilloso como a ella misma.

Se produjo un largo silencio al otro lado del hilo y luego Elizabeth Graham habló con su tono de voz más frío.

—Qué estupidez. Ya te lo advertí cuando te casaste con Brad. Los dos sois demasiado viejos para pensar en tener hijos.

—No es eso lo que nos han dicho los médicos. Lo hablamos con ellos antes de quedarme embarazada.

—¿Quieres decir que ha sido planeado? —preguntó, como si se sintiera asombrada.

—Sí, lo ha sido.

—Es increíblemente estúpido.

Tenía sesenta y nueve años y sus ideas no eran precisamente modernas. Pilar sintió la reacción de su madre como una bofetada en la cara. Hablar con ella ahora no representaba ninguna diferencia con respecto a lo sucedido en otras ocasiones. Siempre se trataba del mismo juego, Pilar esperando ridículamente a que su madre se comportara como no era, nunca había sido y nunca sería.

—Todavía hay más —añadió. Asombrar a su madre empezaba a gustarle—. Son gemelos.

—¡Oh, Dios mío! ¿Has tomado hormonas?

—Sí, las he tomado —asintió Pilar con una sonrisa malévola.

Brad entró en aquel momento en la habitación, oyó parte de la conversación y le hizo una seña de advertencia con un dedo. Estaba torturando a su madre y parecía disfrutar mucho, como una niña rebelde que se divirtiera con sus travesuras.

—Por el amor del cielo, ¿quién ha sido el estúpido que te ha aconsejado una cosa así?

—Mamá, es lo que queríamos, acudimos a una especialista en reproducción con muy buena reputación, que nos recomendaron mucho.

—¿Cómo se llama? Yo no estoy familiarizada con ese campo, pero puedo preguntar.

—Helen Ward, pero no tienes necesidad de preguntarle a nadie. Ya lo hicimos nosotros y sólo recibimos buenos informes de ella.

—Pues no puede ser muy brillante si se dedica a animar a las mujeres de cuarenta y cuatro años a quedarse embarazadas. Yo me dedico a hacer todo lo que puedo para disuadirlas. Veo los resultados de esos errores y, créeme, son verdaderos desastres.

—No todos tus pacientes tienen madres con edades superiores a los cuarenta años, ¿verdad? Seguro que algunos tienen madres mucho más jóvenes.

—Eso es cierto, pero no puedes forzar a la naturaleza, Pilar. Hacerlo significa pagar un precio terrible.

—Bueno, por el momento todo va muy bien. El resultado de la amniocentesis ha sido normal y los dos bebés están perfectamente, al menos desde el punto de vista genético.

—¿Te han advertido de que con esa prueba se corre riesgo de infección, o de que los puedes perder?

Era como una voz de condena que le llegaba desde Nueva York. Ni una sola palabra de felicitación. Pero, a aquellas alturas, Pilar ya no esperaba nada de ella. Le había dado la noticia a su madre, la forma en que se lo tomara era cosa suya.

—Nos han advertido de todo eso, pero el peligro ya ha pasado y todo transcurrió con normalidad.

—Me alegra saberlo. —Hubo un prolongado silencio entre ellas, hasta que Elizabeth Graham suspiró y finalmente dijo—: Realmente, no sé qué decir, Pilar. Desearía que no lo hubieras hecho. Supongo que ahora ya es demasiado tarde, pero, desde luego, te han aconsejado mal. Lo que has hecho es arriesgado y poco maduro. Imagínate cómo te habrías sentido si hubieras perdido a esos bebés. ¿Qué necesidad tenías de arriesgarte así?

Pilar cerró los ojos, pensando todavía en su aborto espontáneo. Volver a quedar embarazada había llenado su corazón de alegría, pero también había en él un lugar que jamás olvidaría la pérdida.

—No digas eso, por favor —dijo Pilar, serenamente—. Todo va a salir bien.

—Espero que tengas razón. —Y luego, para redondearlo, dio el golpe de gracia—. Brad debe de estar sintiéndose senil.

En esta ocasión, sin embargo, Pilar no pudo evitar una carcajada. Después de despedirse y colgar informó a su esposo del diagnóstico emitido por su madre y a él le divirtió tanto como a ella.

—Esperaba que no te hubieras dado cuenta hasta ahora.

—Bueno, mi madre te ha descubierto. ¡No se puede engañar a la buena doctora Graham!

—Mira, le has hecho pasar un trago muy duro. Tienes que haberla impresionado hasta lo más hondo y lo has disfrutado de verdad. La pobre creía estar libre de sustos y de repente la sorprendes no con uno, sino con dos nietos. Resulta bastante duro de asimilar para alguien como ella.

—¡Oh, por el amor de Dios!, no la justifiques ahora. Esa mujer es inhumana.

—No, no lo es —la defendió Brad—, y estoy seguro de que es una doctora muy buena. Simplemente, no comparte tus ideas, o las mías o la de ser abuela. No es lo suyo. Pero hay en su vida otros aspectos que pueden convertirla en un auténtico ser humano que valga la pena.

—Hablas como mi conciencia —dijo Pilar, con disgusto.

Luego le besó pensando que, al menos, le había dado ya la noticia a su madre. Ahora podía concentrarse por entero en Brad y en sus futuros hijos.

Celebraron el primer cumpleaños de Adam en julio. Pilar ya estaba embarazada de cinco meses, aunque parecía encontrarse de ocho. De momento, todo parecía seguir su curso normal. La mayor parte del tiempo, sin embargo, se veía obligada a guardar cama y descansar. Tratándose de gemelos, no querían correr ningún riesgo de parto prematuro.

—¿Cómo te sientes? —le preguntó Marina un día en que acudió a visitarla.

Pilar se echó a reír e hizo esfuerzos por sentarse en la cama. Era como forcejear con un rinoceronte.

—Como el estadio de los Yanquis, y bien lleno. Continuamente parece que ahí dentro se libra la tercera guerra mundial. No estoy muy segura de que estos niños vayan a ser buenos compañeros. Se pasan todo el día pegándose patadas en las espinillas y dejándome a mí sin aliento.

Hasta cruzar la habitación empezaba a costarle esfuerzo. Se sentía enorme y muy extrañada por la enormidad de su vientre.

—Desde luego, cuando te pones a hacer las cosas no las haces a medias —comentó Brad con una sonrisa un día en que la observó en la bañera.

Su aspecto era verdaderamente enorme, casi inhumano, y, si se la miraba con atención, muchas veces se veía rodillas, brazos, codos y pequeños pies dando patadas y moviéndose. Durante un tiempo, aquello le había parecido maravilloso a Pilar, pero mediado el verano empezó a resultarle muy incómodo.

En septiembre ya se sentía absolutamente desgraciada. Tenía una acidez constante y el vientre a punto de explotar, con la piel tirante y agrietada; la espalda la torturaba, los tobillos tenían el doble de su tamaño normal, y, si hacía cualquier esfuerzo superior a andar hasta la terraza, experimentaba contracciones. No podía ir a ninguna parte y no se atrevía a salir de casa. Se suponía que ni siquiera debía abandonar la habitación por temor a que el útero se «irritara» y se iniciara un parto prematuro. Sus socios le enviaban trabajo a casa, pero no se sentía muy útil confinada allí. A final de mes ya se preguntaba cuánto tiempo más podría soportarlo.

Aún faltaban seis semanas para la fecha prevista y le parecieron las seis semanas más largas de su vida, pero, aunque se quejara continuamente, estaba segura de que valía la pena.

—Que me aspen si vuelvo a ver películas sucias contigo —le

gruñó a Brad una noche en que se sentía particularmente incómoda.

Brad se echó a reír y le masajeó pacientemente, los hinchados tobillos.

—Eso te pasa por jugar con grandes tipos como yo.

—Vamos, deja de fanfarronear.

—No fanfarroneo —sonrió él. Se inclinó sobre ella y le frotó el vientre con suavidad. Su mano percibió enseguida una fuerte patada y observó el movimiento—. Desde luego, no están tranquilos ni un momento, ¿eh?

—No, si pueden evitarlo. Parece que sólo duermen cuando yo me muevo y sólo Dios sabe lo poco que lo hago.

Brad se echó a reír al observar un nuevo movimiento, tan ilusionado como ella. Pero a veces se sentía muy preocupado por Pilar. Parecía terriblemente incómoda y él podía hacer bien poca cosa por ayudarla.

También le preocupaba el parto, aunque no se lo había comentado a ella. Pero había mantenido varias conversaciones serias con el doctor Parker. Por el momento, éste no veía necesidad de practicar una cesárea, pero pensaba hacerlo si cualquiera de los gemelos cambiaba de posición y dejaba de estar cabeza abajo, o si alguno presentaba problemas durante el parto.

Ella había previsto que acudiera una matrona a casa en octubre, para prepararla, y, cuando Brad la observaba, no podía dejar de preguntarse si lo conseguiría. Ya llevaba treinta y cuatro semanas de embarazo y el doctor Parker confiaba en que alcanzara por lo menos las treinta y seis para dar a luz.

18

Octubre fue un mes infernal para Andy y Diana. Ya estaba embarazada casi de seis meses y Jane y Edward tenían que firmar los documentos definitivos para la adopción de Hilary. Recientemente, Eric había hablado con ellos y le había asegurado a Diana que no había el menor problema.

Hasta que un martes por la mañana Eric llamó temprano y pidió hablar con Andy. Éste permaneció en silencio, escuchando al teléfono, sin levantar los ojos ni siquiera para mirarla. Diana supo instantáneamente que había ocurrido algo terrible. Sostuvo cerca de sí a la pequeña de cinco meses y, al hacerlo, el bebé percibió la tensión y empezó a llorar, como si supiera que algo andaba mal. En cuanto Andy colgó el teléfono, Diana lo supo antes de que se lo dijera.

—¿Qué ocurre? No han querido suscribir los documentos, ¿verdad?

Andy la miró, con lágrimas en los ojos, y negó con un gesto de la cabeza.

—No, no lo han hecho. Quieren pensárselo unos días más, y es posible que quieran venir a ver a la niña.

Odiaba tener que decírselo, odiaba entristecerla precisamente ahora, pero tenía que saberlo, sobre todo si iban a tener problemas. Jane ya no estaba segura de lo que quería. No sabía si seguiría estudiando, no estaba segura de haber hecho lo correcto entregando a su bebé, todo lo cual eran preocupaciones lógicas, excepto para Diana y Andy.

—Edward sigue queriendo firmar, pero Jane quiere disponer de unos días más y le ha dicho a Eric que, a lo mejor, quiere verla.

—No puede —dijo Diana, poniéndose en pie de un salto, nerviosa—. Ellos la entregaron..., ahora no pueden recuperarla.

Se echó a llorar en cuanto lo hubo dicho.

—Cariño... —Él intentó razonar con ella lo más dulcemente que pudo—. Pueden hacer cualquier cosa que deseen, hasta que hayan firmado los documentos.

—No puedes permitirles que nos hagan esto.

Diana lloraba desconsoladamente, sosteniendo a la niña, y Andy la tomó con suavidad en los brazos y se la apoyó contra el hombro.

—Intenta serenarte. —No quería que perdiera a su bebé por Hilary, a pesar de lo mucho que quería a la pequeña—. No tenemos más remedio que esperar y ver qué sucede.

—¿Cómo puedes decir eso? —le gritó Diana.

Quería a Hilary como a hija propia y sabía que, por mucho que quisiera al hijo que esperaba, nunca superaría el amor que sentía por la pequeña. Era su primera hija, su primer bebé, y no estaba dispuesta a entregárselo a nadie.

—No quiero que Jane la vea.

Pero, cuando Eric volvió a llamar, les comunicó que Jane y Edward iban a ir a ver a la niña. Les explicó que Jane parecía muy turbada cuando habló con ella por teléfono, y aconsejó a Andy y a Diana que conservaran la serenidad y que le permitieran ver al bebé.

—Lo comprendo —le dijo Andy a su amigo—, pero Diana no lo entiende. Está histérica con todo este asunto.

También tuvo que explicarle que estaba embarazada. Y eso también sería un problema ante Jane. Posiblemente pensaría que, ahora que iban a tener un hijo propio, podían preferirle a él más que a su hija.

—¡Oh, Dios! —exclamó Andy al oír sus palabras—. ¿Por qué la vida es siempre tan complicada?

—Porque, si no, no sería nada divertida, ¿no te parece? —replicó Eric.

Andy suspiró, todo aquello no iba a resultar fácil para Diana.

Al final, Edward y Jane se quedaron dos días en Los Ángeles. Se alojaron en un motel cercano, justo al otro lado de la autopista, y acudieron a la casa en repetidas ocasiones. Jane quería verlos, e insistió en tener al bebé en brazos, lo que casi puso fuera de sí a Diana. Tenía miedo de que echara a correr llevándose a Hilary, pero no lo hizo. Se limitó a quedarse allí sentada, llorando casi todo el tiempo, mientras que Edward no decía nada. La relación entre ambos parecía mucho más tensa que cuando nació Hilary, y Jane también estaba mucho más nerviosa. Y luego, al segundo día, Diana lo comprendió todo cuando Jane le explicó que recientemente había tenido un aborto. No habían querido pasar por un nuevo parto, pero eso había alterado su pensamiento sobre la adopción. De repente, se preguntó si había actuado correctamente entregando a Hilary cinco meses y medio antes. Y estaba convencida de que la única razón por la que había vuelto a quedarse embarazada era el sentido de culpabilidad y que deseaba tener un hijo.

—De modo que ahora quieres el mío —explotó Diana, finalmente—. Ahora es nuestra hija. Hemos estado con ella cuando estaba enferma, nos hemos levantado cuatro veces por la noche para darle el biberón, la hemos llevado a todas partes, sostenido y querido.

—Pero yo la he cargado durante nueve meses —dijo Jane horrorizada, mientras los dos hombres las observaban, sintiéndose impotentes.

—Sé que lo hiciste —asintió Diana, tratando de recuperar la compostura—. Y siempre te estaré agradecida por habérnosla entregado, pero ahora no puedes llevártela. No puedes decir: «Tomad, queredla siempre», y luego: «No, lo siento, he cambiado de opinión porque he tenido un aborto». ¿Qué me dices de ella? ¿Qué me dices de su vida? ¿Qué puedes ofrecerle tú? ¿Qué ha cambiado en los cinco últimos meses? ¿Qué te hace pensar que serías para ella mejor de lo que podemos ser nosotros?

—Quizás sólo sea porque soy su madre —dijo Jane en voz baja. Se sentía culpable haciéndoles aquello, pero tenía que saber si deseaba realmente a la niña—. No quiero tener que lamentar esto el resto de mi vida —añadió con sinceridad.

Pero Diana también fue sincera con ella y, además, tenía más años y era más madura.

—Lo lamentarás, Jane, siempre lo lamentarás. Siempre pensarás cómo podrían haber sido las cosas, lo diferente que podría haber sido la vida. A todos nos pasa eso. Y entregar un bebé es lo más grande que puede hacer una mujer. Pero, hace cinco meses, pensabas que eso era lo que deseabas.

—Los dos lo pensábamos —añadió Edward, con serenidad—, y todavía lo pensamos así. Lo que sucede es que Jane lo está reflexionando.

En su opinión, ella debía haberse sometido a un aborto desde el principio, pero, puesto que no lo había hecho así, eso no era razón para conservar al bebé. Así se lo había dicho, pero ella sentía ahora verdadero pánico ante la perspectiva de tener que entregar a la niña.

—No sé qué hacer —dijo Jane antes de marcharse.

Diana hubiera querido gritarle, rogarle que ya no los torturara más. No podía soportarlo. Y había tenido contracciones durante todo el día, lo que preocupó a Andy.

Edward los aterrorizó otra vez aquella misma noche, al llamarlos desde el motel, a medianoche, y preguntarles si podían pasar por su casa. Jane tenía algo importante que decirles.

—¿Ahora? —preguntó Andy, asustado. Diana pareció enfermar cuando le dijo que venían.

—Se va a llevar a la niña, ¿verdad? ¿Es..., es eso lo que te ha dicho?

—Ya basta, Diana. No me ha dicho nada, sólo que Jane quiere decirnos algo.

—¿Por qué nos hace esto?

—Porque para ella también es una decisión importante.

Y ambos sabían que tenía que ser horrible. No se imaginaban a sí mismos entregando a Hilary y, sin embargo, esperaban que Jane lo hiciera para siempre. No parecía justo y, no obstante, todos sabían que la vida no era justa. Lo único que podían hacer era rezar para que mantuviera su primera decisión.

La espera les pareció interminable y finalmente, a las doce y media de la noche, llamaron al timbre de la puerta. Jane estaba alterada y pálida, y era evidente que había estado llorando. Edward, por su parte, parecía sentirse molesto con ella. Después de los dos últimos días, su paciencia estaba a punto de agotarse y se mostraba ansioso por regresar a San Francisco.

Diana los invitó a entrar, pero Jane se quedó en la puerta, negando con un gesto de cabeza, y empezó a llorar.

—Lo siento —dijo en un susurro. Los miró y Diana se preparó para lo peor e, inconscientemente, se sostuvo el abultado vientre de embarazada, como para salvar al menos al bebé que todavía no había nacido—. Lo siento —repitió Jane—. Sé que esto también ha sido duro para ustedes —siguió diciendo, balbuceante—, pero tenía que estar segura. Sé que no podía..., que no puedo... Supongo que siempre he sabido que no puedo conservarla. —Por un momento, Diana creyó que se iba a desmayar y se agarró al brazo de Andy, quien la rodeó con el suyo para asegurarse de que no lo hiciera—. Regresamos a San Francisco ahora. —Y le entregó un sobre a Diana—. He firmado los documentos.

Diana empezó a llorar, pero, de repente, Jane pareció controlarse mejor de lo que lo había hecho varios días y se quedó mirando a Diana y Andy.

—¿Puedo verla una vez más? Prometo no volver a intentarlo nunca más. Ahora, es de ustedes.

Parecía tan patética, allí de pie ante ellos, que Diana no pudo negarse. La condujo serenamente escalera arriba para ver al bebé. Hilary se hallaba profundamente dormida en una nueva cuna, colocada en una esquina del dormitorio matrimonial. Disponía de su propia habitación en el piso superior, llena de muñecos de peluche y de todos los regalos que le habían hecho, pero a ellos les gustaba tenerla cerca. Todavía no se habían decidido a sacarla de su dormitorio e instalarla en su propia habitación.

Jane se quedó de pie, contemplándola, con el corazón hendido y los ojos anegados en lágrimas. Puso suavemente los dedos sobre la mejilla de la pequeña, como si le diera su bendición.

—Duerme, cariño —susurró a la niña dormida, mientras las dos mujeres lloraban—. Siempre te querré.

Permaneció inmóvil otro minuto más, contemplándola. Luego, se inclinó y la besó, y Diana sintió que se le hacía un nudo en la garganta que le impedía respirar. Jane todavía permaneció indecisa un momento más, observada de cerca por Diana. Después, bajó despacio la escalera, sin decir una sola palabra, con los brazos vacíos. Estrechó la mano de Diana antes de marcharse y se dirigió hacia el coche seguida por Edward. Y, cuando cerraron la puerta tras ellos, Diana no pudo dejar de llorar. Se sentía culpable y triste, lo lamentaba por Jane, pero, al mismo tiempo, le aliviaba mucho saber que, ahora, Hilary era de ellos. Experimentaba un verdadero alud de sentimientos a los que no sabía enfrentarse y se apretó contra Andy.

—Vamos —dijo él, conduciéndola lentamente escalera arriba, sosteniéndola, abrumada por las emociones.

Ya eran casi las dos de la madrugada y los dos se sentían exhaustos por las emociones de los últimos días. A Andy le parecía un milagro que Diana no hubiera sufrido un parto prematuro.

Al día siguiente, la hizo guardar cama y él mismo se encargó de cuidar a la pequeña. Eric Jones voló personalmente para recoger los documentos. Todo había sido firmado. Todo había terminado: Hilary Diana Douglas estaba a salvo y era suya para siempre.

—Casi no puedo creer que todo haya terminado —dijo Diana en voz baja cuando Eric se fue.

Ahora, ya nadie podría apartar a su hija de ella, nadie podría regresar diciendo que había cambiado de opinión. Nadie podría arrebatársela.

19

El parto de Pilar estaba previsto para principios de noviembre y durante el último mes no pudo levantarse de la cama, excepto para ir al cuarto de baño. Y, cada vez que lo hacía, tenía contracciones. Estaba aburrida de permanecer allí tumbada, hecha un manojo de nervios ante la posibilidad de que algo saliera mal, que uno de los fetos se estrangulara con el cordón o hiciera daño al otro.

Practicó los ejercicios Lamaze de respiración con Brad y, la víspera de Todos los Santos, los fetos habían dejado casi de moverse. Ahora ya disponían de muy poco espacio para hacerlo y ella ofrecía el aspecto de un personaje de cómic que se hubiera tragado un edificio. A veces, se levantaba y se miraba en el espejo, y no podía evitar echarse a reír ante la increíble distorsión de su figura. Parecía llevar un bebé encima de un bebé encima de otro bebé.

—Eso es todo un logro —le dijo Brad bromeando, una noche que la ayudaba a salir del baño.

Ya no podía hacer nada sola. No podía bañarse sin la ayuda de su esposo, ni ponerse los zapatos o las zapatillas, y en la primera semana de noviembre tampoco podía levantarse de la taza del váter sin la ayuda de alguien. Marina venía cada vez que podía y Nancy también acudía con frecuencia para hacerle compañía, mientras Brad estaba trabajando. Y siempre felicitaba a Pilar por tomarse las cosas tan bien, asegurándole que no se habría cambiado por ella por nada del mundo, ni por amor ni por dinero. Tal y como le comentó a su esposo cuando regresó a casa, las demás personas proseguían con sus vidas, salían a cenar y a divertirse, mientras la pobre Pilar estaba tan hinchada como un globo, a punto de explotar por los bebés.

Su madre la llamaba con frecuencia y parecía haberse adaptado a la idea de que estuviera embarazada. En varias ocasiones le ofreció volar desde Nueva York, pero Pilar no quería tenerla cerca.

Se quejaba de que ni siquiera podía ir a la peluquería desde hacía seis meses, pero, cuando se sentía demasiado deprimida, Brad le recordaba que valía la pena. Y ella también lo sabía. Simplemente, le parecía increíble tener que permanecer allí tumbada, a la espera de que se iniciara el parto.

Los dos fetos parecían estar bien colocados y, en una de sus visitas a la casa, el médico le dijo que uno de ellos era ligeramente mayor en tamaño que el otro; sospechaba que, probablemente, sería el chico. Habitualmente sucedía así, aunque no siempre. También le dijo que un equipo de médicos la ayudaría en el parto. Debido a su edad y al hecho de tratarse de un parto múltiple, quería que un equipo de obstetras trabajara con él, y que hubiera presentes dos pediatras para los niños.

—Eso parece más bien una fiesta —observó Brad, alegrando el momento con su comentario.

Se dio cuenta de que Pilar se había preocupado cuando le hablaron de «un equipo» y de lo que sucedería si había que practicarle una cesárea. Todavía no lo creían necesario, pero querían estar preparados para cualquier eventualidad. Sin embargo, durante las dos últimas semanas, a medida que se acercaba el momento del parto, Brad observó que Pilar empezaba a mostrarse muy nerviosa.

El doctor Parker también le comunicó que no le permitiría sobrepasar el límite de tiempo establecido. Había demasiadas cosas en juego, sobre todo teniendo en cuenta que se trataba de dos niños. Una semana antes de la fecha prevista, Pilar empezó a tener contracciones a primeras horas de la mañana. El médico dijo que podía levantarse y caminar un rato por la casa, para intentar acelerar el proceso. Ella se extrañó mucho al ver lo débil que se sentía, después de haber permanecido acostada durante tanto tiempo, y de cómo le temblaban las piernas. Y le desilusionó comprobar que no podía caminar mucho. No tenía fuerzas para hacerlo y el vientre le pesaba demasiado.

A últimas horas de la tarde, los dolores se presentaban con regularidad. Y Brad le preparó una taza de té. Entonces, todo se detuvo de nuevo. La cercanía del momento crucial parecía tenerlos hipnotizados.

—Dios mío, quisiera haber terminado ya —le dijo a Brad.

Por la tarde no volvió a suceder nada notable, hasta que, de pronto, rompió aguas justo después de cenar. A pesar de ello, no tenía contracciones. De todos modos, el médico le pidió que acudiera al hospital. Quería ingresarla y vigilarla.

—Pero ¿qué hay que vigilar? —se quejó ella mientras Brad la llevaba en coche al hospital Cottage—. No sucede nada, ¿por qué vamos al hospital? Esto es estúpido.

Su aspecto, sin embargo, era tan enorme, que Brad no pudo evitar echarse a reír, contento de dejarla en manos de los médicos. No tenía el menor deseo de recibir su primera lección como comadrona ayudando a nacer a los gemelos en casa. Por lo que a él se refería, ya era bastante haber acordado estar presente en el momento del parto. Sólo de pensarlo sentía un poco de aprensión, pero sabía que Pilar le necesitaba y aceptó estar presente cuando ella se lo pidió.

El doctor Parker le hizo una revisión en cuanto ingresó en el hospital y después tuvo unas suaves contracciones. Al médico le complació comprobar que las contracciones que había tenido por la mañana ya habían empezado a dilatar el cuello del útero.

—Creo que las cosas se pondrán en marcha muy pronto —prometió, y se marchó a casa diciendo que volvería inmediatamente en cuanto le avisaran.

Ella y Brad se quedaron viendo la televisión un rato y luego, Pilar, dormitó un poco, hasta que de repente se despertó con una extraña sensación. Percibía una enorme presión.

Llamó a Brad y éste la miró con una ligera expresión de pánico y en seguida avisó a la enfermera.

—Creo que el parto ha empezado, señora Coleman —dijo la enfermera, sonriendo.

Salió a llamar al doctor y un rato más tarde acudió un médico de guardia. Pilar planteó alguna objeción a que la reconociera, pero, mientras discutía con él, tuvo una fuerte contracción. Todo su enorme vientre pareció quedar atrapado en un tremendo torno que la apretaba hasta sacarle la última burbuja de aire y casi no podía soportarlo. Apretó la mano de Brad, intentó recordar los ejercicios de respiración y alguien a quien no pudo ver subió la parte superior de la cama con una manivela.

—¡Oh, Dios mío...!, ha sido horrible —musitó, una vez que hubo pasado el dolor.

Tenía el cabello húmedo y sentía la boca seca. Y eso sólo después de una contracción. Pero su cuerpo sabía que le quedaba mucho trabajo por hacer y, antes de que pudiera seguir hablando con el médico de guardia, tuvo otra contracción. La enfermera salió apresuradamente para llamar al doctor y avisarle de que Pilar Coleman había iniciado el parto.

El segundo obstetra acudió a examinarla. Al hacerlo, la intensidad de las contracciones aumentó y ella trató de forcejear con el médico. De repente, estaba perdiendo el control de la situación; llegaron otros dos doctores, y dos enfermeras se ocuparon del goteo intravenoso que le habían puesto. Otra le aplicó un monitor sobre el vientre para comprobar los latidos fetales y la intensidad de las contracciones. Pero la presión del cinturón del monitor empeoró los dolores.

Era horrible. Se sentía como un animal atrapado, estirado y empujado en todas direcciones. Sucedían demasiadas cosas y no podía controlar nada.

—Brad..., no puedo..., no puedo. —Intentaba alejarse de todos, pero el enorme vientre y los feroces dolores le imposibilitaban hacerlo—. ¡Brad, haz que paren!

Quería que todos la dejaran sola, que le quitaran el cinturón y el goteo intravenoso, que dejaran de hacerle daño. Pero no podían dejarla sola; estaba en ello el bienestar de los dos niños y Brad la observó con impotencia.

Intentó decirle algo a la enfermera jefe y finalmente al médico de Pilar, cuando éste apareció por fin.

—¿No podemos hacer nada para facilitarle las cosas? —preguntó Brad, esperanzado—. Ese monitor le resulta muy incómodo y creo que los reconocimientos empeoran las cosas.

—Ya sé que es así, Brad —replicó el médico, comprensivo—, pero lleva dos bebés ahí dentro y, si no queremos practicarle una cesárea, necesitamos saber lo que está sucediendo. Y si la practicamos, tanto más. No podemos andarnos con tonterías.

Luego, el médico dedicó toda su atención a Pilar.

—¿Qué tal vamos? —le preguntó.

—Hecha una porquería —contestó ella.

Y de repente sintió náuseas. Se encogía con cada uno de los dolores, y a cada contracción experimentaba una mayor presión y también una mayor urgencia de apretar hacia abajo. Quizás hubiera llegado ya el momento de empujar, pensó esperanzada; quizás fuera eso lo que sentía, lo peor de todo, y ya estaba casi todo a punto de terminar. Pero cuando le preguntó a la enfermera, ésta le dijo que todavía faltaba mucho para llegar a ese punto, y que aquello no era más que el principio.

—Calmantes —gimió cuando el médico se le acercó más. Ahora ya casi no podía ni hablar, tan angustiada se sentía—. Quiero calmantes.

—Hablaremos de eso dentro de un rato —aseguró el médico, tratando de ganar tiempo.

Ella empezó a llorar de nuevo y se agarró a la manga del médico.

—Los quiero ahora —gritó, haciendo esfuerzos por incorporarse. Pero el monitor la mantenía sujeta, y también el siguiente dolor, que la dejó exhausta, agarrada a la mano de Brad—. ¡Oh, Dios...!, escuchen..., que alguien me escuche.

—Yo te escucho, cariño —le dijo Brad.

Pero apenas podía verle. Había tanta gente en la habitación y estaban ocurriendo tantas cosas... ¿Por qué estaban todos tan ocupados? ¿Por qué no la escuchaban? Lo único que podía hacer era permanecer allí tumbada y sollozar entre una contracción y otra, cuando no gritaba.

—Diles que hagan algo, por favor... Que paren...

—Lo sé, cariño..., lo sé...

Pero no, no lo sabía. Y empezaba a lamentar todo aquello,

todas las hormonas y los medicamentos y las visitas a la consulta de la doctora Ward, cuyos resultados padecía Pilar ahora. Agonizaba de verla sumida en tanto dolor, de no poder hacer nada para ayudarla. Nunca se había sentido más inútil que en aquel momento.

—Quiero llevarla a la sala de partos —dijo el segundo obstetra al doctor Parker—. Si hemos de practicarle una cesárea, me gustaría estar preparado para actuar.

—De acuerdo —asintió el doctor Parker.

Y, de repente, hubo más acción en la habitación, entró más gente y aparecieron más máquinas, y le hicieron más reconocimientos a Pilar, y ésta experimentó más contracciones.

Empujaron la camilla por el pasillo, aunque ella les pedía que se detuvieran y que la movieran sólo entre un dolor y otro, pero querían tenerla instalada lo antes posible. Según le dijo el médico a Brad, las cosas empezaban a acelerarse y querían estar preparados. Tenían que pensar en la seguridad de los bebés y no en la comodidad de la madre. Era ya la una de la madrugada y Brad tenía la impresión de llevar allí una eternidad.

Ya en la sala de partos, la trasladaron desde la camilla a la mesa de operaciones, le colocaron las piernas en los apoyapiés, la cubrieron con sábanas, le ataron los brazos y le conectaron el goteo intravenoso al brazo, mientras ella se quejaba amargamente entre las contracciones. Decía que se le desgarraban la espalda y la nuca, pero nadie parecía hacerle el menor caso. Estaban todos más ocupados por otras cosas. Había presentes tres obstetras, un grupo de enfermeras y sus dos médicos.

—¡Dios! —gimió con voz ronca entre un dolor y otro—, ¿qué están haciendo? ¿Vendiendo entradas?

Todavía tenía puesto el monitor y alguien parecía comprobar el cuello del útero cada vez que respiraba. Según la enfermera, había alcanzado los diez, lo que significaba que había dilatado diez centímetros y ahora ya podía empujar.

—¡Muy bien! —exclamaron varios de los presentes.

Pero a Pilar ya no le importaba nada, y era evidente que no le iban a administrar calmantes.

—¿Por qué no pueden darme algo? —gimió.

—Porque no sería bueno para los bebés —contestó con firmeza una de las enfermeras.

Pero, un momento más tarde, Pilar ya no pudo preguntar nada de tanto dolor como sentía, y entonces empezó a empujar.

Todo aquello le parecía a Brad una pesadilla. Los médicos le gritaban, ella empujaba, luego gritaba y, casi en cuanto terminaba el dolor, empezaba de nuevo, y ellos volvían a gritar, igual que ella. No podía comprender por qué no le administraban algo para calmar el dolor, excepto porque el médico insistía en que eso delibitaría a los bebés.

Transcurrieron horas de esfuerzos aparentemente inútiles sin que sucediera nada. Y cuando Brad miró el reloj de la pared, casi no pudo creer que fueran ya las cuatro de la madrugada. Se preguntó cuánto más podría resistir ella antes de caer en la más completa incoherencia. Y entonces, de repente, se produjo una renovada animación entre los presentes y el círculo de rostros cubiertos por mascarillas se acercó más. Pilar parecía incapaz de dejar de gritar, en una especie de prolongado gemido que no tenía principio ni fin. De repente, todo el mundo se puso a gritar también, a animarla, y Brad pudo ver la cabeza del primer bebé abrirse paso hacia el mundo, con un largo y lento vagido al unísono con el de su madre.

—¡Es un niño! —exclamó el médico.

Brad se asustó al observar su color azulado, pero la enfermera le explicó que no había por qué preocuparse. Y, un momento después, el pequeño pareció adquirir mejor aspecto. Se lo tendieron un momento a Pilar para que pudiera verle, pero estaba demasiado exhausta para prestarle atención. Los dolores continuaban como antes y el médico tuvo que utilizar los fórceps para mover al siguiente bebé y colocarle en mejor posición. Brad ya no era capaz de mirar lo que hacían a su esposa; rezaba en silencio, mientras le apretaba las manos, rogando que sobreviviera.

—Resiste, cariño... todo terminará pronto.

Confiaba en no estar mintiéndole, pero la verdad era que no tenía la más remota idea y ella seguía gritando, aferrándose a su mano.

—¡Oh, Brad...!, es tan horrible...

—Lo sé..., lo sé..., pero ya casi ha acabado.

Aquel bebé, sin embargo, parecía más testarudo que el primero y, a las cinco de la mañana, Brad vio a los médicos conferenciando entre sí.

—Es posible que tengamos que practicarle una cesárea si la niña no nace rápidamente —le explicaron a Brad un momento más tarde.

—¿Sería eso más fácil para ella? —se apresuró a preguntar, confiando en que no le oyera.

Pero estaba tan sumida en el dolor y empujaba con tal fuerza, que ya no podía oír nada de lo que hablaban.

—Podría serlo. Le aplicaríamos anestesia general, naturalmente, pues no podría ser epidural ahora. Para ella sería doblemente agotador un parto vaginal con episiotomía, seguido de una cesárea. No tendrá una recuperación fácil. Todo depende de lo que ese bebé haga en los próximos minutos.

El primero en nacer ya había sido examinado y ahora se encontraba en una cuna, llorando con fuerza.

—No me importa lo que hagan —dijo Brad, aturdido—. Hagan lo que les parezca mejor y más fácil para ella.

—Primero quisiera intentar sacar al bebé vaginalmente —dijo el médico.

Se acercó de nuevo a ella con los fórceps. Actuó, empujó y apretó, y cuando ya casi estaban a punto de abandonar sus intentos, el bebé se movió y, lentamente, empezó a descender entre las piernas de su madre. Para entonces ya eran las seis de la mañana y Pilar estaba casi inconsciente. Luego, de repente, apareció allí el bebé, con su dulce carita. Un diminuto bebé. Tenía casi la mitad del tamaño de su hermano y miró a su alrededor con asombro, como si buscara a su madre. Y, casi como si se hubiera dado cuenta de ello, Pilar alzó la cabeza y la vio: era una niña.

—¡Oh, qué hermosa es! —exclamó.

Volvió a dejar caer la cabeza y sonrió a Brad a través de las lágrimas. Había sido verdaderamente agotador, pero había valido la pena. Ahora tenía dos hermosos hijos y, mientras la miraba, dos enfermeras se llevaron a la pequeña en cuanto le hubieron cortado el cordón y la dejaron en la segunda cuna para que el pediatra la examinara. Pero esta vez no oyeron más llanto y, de repente, todo en la sala de partos pareció quedar inmóvil y en silencio.

—¿Está bien? —preguntó Pilar, sin dirigirse a nadie en particular.

De pronto, todo el mundo pareció estar muy ocupado. Brad vio a su hijo en la cuna, dejada en una esquina de la sala de partos, con dos enfermeras viéndole mover las piernas y llorar desconsoladamente, buscando algo de comodidad. Pero no podía ver a su hija, y se apartó un paso de Pilar para intentar verla. Y entonces los vio, apretándola desesperadamente, tratando de hacerla respirar. Un médico le hizo la respiración artificial y luego le comprimió el pequeño pecho, pero el bebé permanecía inmóvil. Brad contempló con expresión horrorizada la cara del médico, mientras Pilar yacía sobre la mesa, a su espalda, haciéndole preguntas. Sintió que se le paraba el corazón. ¿Qué demonios podía decirle?

—¿Están bien los dos? ¿Brad? No los oigo.

—Están bien —contestó él, aturdido.

Alguien le puso una inyección a Pilar. Parecían haberlo hecho a destiempo, pero se quedó instantáneamente adormilada y Brad miró al médico, que estaba de pie delante de él.

—¿Qué ha ocurrido? —le preguntó Brad, preocupado.

Había sido una triste experiencia y ni siquiera el nacimiento de su hijo le servía de consuelo.

—Resulta difícil decirlo. No ha podido respirar por su cuenta. Sospecho que tenía los pulmones insuficientemente desarrollados o era demasiado pequeña para sobrevivir a tanto trauma. Quizás debería haber practicado la cesárea —dijo abatido.

Brad se volvió a mirar a su esposa, dormida tranquilamente en la sala de partos después de habérsele administrado por fin un calmante, ignorante de lo que había ocurrido. No sabía cómo se lo diría. Tanta alegría convertida en agonía tan rápidamente.

Pero los pediatras se mostraron de acuerdo con el obstetra; sin que nadie lo hubiera advertido o sospechado, en los pulmones del bebé, algo había ido mal. Sus latidos habían sido constantes durante el parto, pero había sido incapaz de sobrevivir fuera del útero, sin su madre. Habían hecho todo lo posible por reanimarlo, pero no lo habían logrado.

Brad lo sabía, pero le resultaba imposible comprender por qué había sucedido. Y, cuando se llevaron a Pilar a la sala de recuperación, se quedó mirando fijamente a su hija, con lágrimas en las mejillas. Parecía tan dulce y tan perfecta... Todavía estaba tan hermosa como recién nacida, y daba la impresión de estar sólo dormida.

Su hermano seguía llorando, sintiéndose infeliz, como si se diera cuenta de que algo había salido mal. Estaba acostumbrado a estar cerca de la niña, a darle patadas, y ahora, de repente, había desaparecido, junto con su madre.

Sin pensar en lo que hacía, Brad extendió una mano hacia la cuna y la tocó. Todavía estaba caliente. Se quedó mirándola fijamente, sintiendo deseos de cogerla en brazos. ¿Qué iba a decirle a Pilar? ¿Cómo podía decirle que uno de los dos había muerto? Despertaría esperando encontrar dos pequeños milagros y en lugar de eso se vería instantáneamente afectada por la tragedia. Era una broma cruel, después de haberlos esperado a los dos. Permaneció allí mucho rato, contemplando lo que parecía un bebé dormido.

—Señor Coleman —le dijo con suavidad una enfermera. Querían llevarse al bebé muerto, y alguien le dijo que había que hacer los preparativos para enterrarlo—. Su esposa ha despertado, seguramente querrá usted verla.

—Gracias —asintió, con expresión entristecida. Volvió a tocar la mano diminuta y luego la dejó, sintiendo de algún modo que no debía hacerlo, que todavía le necesitaba, aunque, desde luego, no era así—. ¿Cómo está mi esposa? —preguntó a la enfermera siguiéndola a la sala de recuperación, con la cara pálida.

—Bastante mejor que hace un rato —contestó la enfermera con una sonrisa.

«No será por mucho tiempo», pensó Brad, tratando de controlar sus sentimientos.

—¿Dónde están? —preguntó Pilar débilmente en cuanto le vio.

Había perdido mucha sangre y sufrido mucho, y ahora tendría que ser más fuerte que nunca. Brad casi no podía soportarlo, y la miró con lágrimas en los ojos.

—Te quiero mucho, has sido muy valiente —le dijo, tratando de contener las lágrimas, sin conseguirlo, deseando que las cosas fueran diferentes y no queriendo asustarla.

—¿Dónde están los niños? —volvió a preguntar ella.

—Están todavía en la sala de partos —contestó, mintiéndole por primera vez desde que vivían juntos. No estaba todavía en condiciones de saberlo. Era demasiado cruel haber visto aquel rostro de ángel diminuto y saber después que se había marchado para siempre con rapidez. Su hermano parecía mucho más robusto, mucho mejor preparado para la vida que la niña—. Los sacarán pronto —volvió a mentirle Brad, y ella se durmió de nuevo.

Pero a la mañana siguiente ya no hubo forma de ocultarle la verdad. El médico acudió con Brad para decírselo y, por un momento, Brad pensó que la impresión acabaría con ella. Se puso mortalmente pálida, cerró los ojos y se desmayó, sentada en la cama; Brad se acercó a tiempo para sostenerla.

—¡No..., no, dime que no es cierto! —gritó ella—. ¡Estáis mintiendo!

Le gritó a su esposo y al médico. Le había dado la noticia el médico y él había hecho lo propio, con palabras muy sencillas. La niña había fallecido poco después del parto, debido a unos pulmones insuficientemente desarrollados. Sencillamente, no había podido sobrevivir.

—¡Eso no es cierto! —seguía gritando ella histéricamente—. ¡Usted la ha matado! ¡Yo misma la vi! Estaba viva... me miró...

—Sí, la miró, señora Coleman —dijo el médico, tristemente—. Pero no pudo empezar a respirar adecuadamente, no llegó a absorber aire en los pulmones. No pudo llorar, e hicimos todo lo que pudimos por salvarla.

—Quiero verla —dijo Pilar, sollozando. Trató de levantarse de la cama, pero estaba demasiado débil y no pudo—. Quiero verla ahora. ¿Dónde está?

Los dos hombres intercambiaron una rápida mirada, pero el médico no se mostró contrario a enseñarle el bebé a Pilar. Ya lo habían hecho así en muchas otras ocasiones y el hecho de poder ver al niño y despedirse de él ayudaba a veces a la familia. Habían dejado a la pequeña en la morgue, a la espera del funeral, pero no había razón alguna por la que su madre no pudiera verla.

—Quiero que me lleven a verla —insistió ella.

—La llevaremos a una habitación dentro de un rato —dijo el

médico con dulzura, mientras Pilar se apoyaba en su esposo, sollozando y tratando de asimilar lo que había ocurrido. Se había sentido tan feliz la noche anterior, aunque sólo fuera por un momento, a pesar de todo el dolor, y ahora ella se había marchado para siempre. Ni siquiera había tenido ocasión de tenerla en sus brazos—. ¿Quiere ver a su hijo ahora?

Empezó a negar con un gesto de la cabeza, pero entonces miró a Brad y asintió. Su marido estaba desolado, abrumado por lo ocurrido. Sabía que no tenía derecho a empeorarle las cosas a él, pero sólo deseaba, en el fondo de sí misma, morir, reunirse con su bebé.

—Se lo traeremos —dijo el médico. Y regresó un momento más tarde con su robusto hijo.

Había pesado cuatro kilos cien gramos, lo que era mucho para tratarse de un gemelo. Pero su diminuta hermana había pesado menos de dos kilos. Había recibido todo lo que necesitaba para sobrevivir, pero no lo suficiente. Era un caso clásico de supervivencia del más fuerte.

—Es guapo, ¿verdad? —exclamó Pilar con tristeza, casi como si el niño no estuviera allí.

No extendió los brazos para cogerle, sólo le miró, preguntándose por qué él había vivido y su hermana no. Brad le sostuvo mientras le contemplaban y luego le depositó con suavidad en los brazos de su madre, que lloró copiosamente mientras le besaba.

Y, cuando finalmente se le llevó la enfermera, pidió de nuevo ver a su hija.

La colocaron en una silla de ruedas y la llevaron a una habitación situada en el primer piso. Era una habitación vacía, y hacía frío, daba la impresión de crudeza y esterilidad. Al cabo de un momento, se la trajeron, todavía en la cuna, envuelta en una manta, con su diminuto rostro tan dulce y tan puro. A Brad todavía le parecía que estaba dormida.

—Quiero tenerla en brazos —le dijo Pilar.

Brad la cogió cuidadosamente y la colocó en los brazos de su madre, donde todavía no había estado, y Pilar la sostuvo con serenidad. Le tocó con los labios los ojos, la boca, las mejillas, las diminutas manos; le besó cada uno de los pequeños dedos, como si esperara infundir vida en ella, como si pudiera cambiar lo ocurrido la noche anterior, porque no podía aceptarlo.

—Te quiero —le susurró suavemente—. Siempre te querré. Te quise antes de que nacieras, y te quiero ahora, mi dulce bebé.

Levantó los ojos hacia Brad y le vio llorar incontrolablemente, de pie, hundido por el dolor, mientras le observaba sostener al bebé.

—Lo siento... —dijo él—. Lo siento tanto...

—Quiero llamarla Grace —dijo Pilar serenamente tocando la mano de su marido—. Grace Elizabeth Coleman.

Elizabeth era por su madre. De algún modo, ahora le parecía correcto hacerlo así. Brad sólo pudo asentir con un gesto de la cabeza. No podía soportar la idea de que, en medio de tanta tristeza, tuvieran que enterrar a aquel bebé.

Pilar permaneció allí sentada mucho rato, con la niña en brazos, contemplando su rostro, como si necesitara estar segura de que siempre la recordaría, y quizás algún día, volverían a encontrarse en el cielo. Finalmente, la enfermera volvió por la niña, y tuvieron que dejarla para que pudieran llevarla al tanatorio al que Brad había llamado a primeras horas de la mañana.

—Adiós, dulce ángel mío —se despidió Pilar volviendo a besarla.

Al abandonar la habitación, sintió que el corazón se le desgarraba con un dolor que nunca volvería a experimentar con tanta intensidad. Era como si un trozo de ella misma se le arrancara de las entrañas para ser enterrado junto con su hija.

Al regresar a la habitación que ocupaba en el piso de arriba, el niño dormía profundamente en la cuna que habían instalado junto a su cama. Otra enfermera aguardaba con expresión triste, pues sabía de dónde venían. Ayudó a Pilar a acostarse y le tendió a su hijo dormido.

—No lo quiero ahora —negó Pilar con un gesto de la cabeza, tratando de apartarlo.

Pero la enfermera no le hizo caso y depositó al niño en sus brazos mirándole a los ojos con expresión firme.

—El niño la necesita, señora Coleman..., y usted también le necesita a él.

334

Tras decir estas palabras, abandonó la habitación y dejó al pequeño con sus padres. Habían luchado mucho tiempo y con dureza por él, y el pequeño había traído consigo tanto la tragedia como la bendición. Pero no era responsable de la muerte de su hermana. Y, mientras Pilar le sostenía en brazos, sintió que su corazón se ablandaba. Era tan dulce, tan redondito, tan diferente a como había sido Grace... Tenía los rasgos masculinos, mientras que la niña parecía como un pequeño ángel, como un simple susurro de bebé..., un susurro que había regresado junto a Dios para siempre.

Fue un día extraño para ellos. Un día de alegría y de dolor, de cólera y de entusiasmo, mezclado con pena y desilusión, como un arco iris de emociones que no comprendían. Pero al menos estaban juntos. Nancy llegó y se echó a llorar en brazos de Pilar, incapaz de decirle lo mucho que lo sentía, aunque sus lágrimas hablaban por sí solas. Tommy también se condolió y les dijo lo mucho que lo lamentaba. Todd telefoneó sin saber todavía lo ocurrido con Grace, y Brad no pudo evitar contárselo. En un momento en que se quedó sola, Pilar llamó a su madre y se lo explicó. Y, por primera vez en su vida, su madre la sorprendió. No se comportó como acostumbraba la buena doctora Graham, sino como la abuela de una niña que había muerto, como la madre de una mujer que sufría un terrible dolor. Estuvieron hablando y llorando juntas durante casi una hora y entonces casi le cortó la respiración a Pilar al hablarle del hijo que había tenido, que había fallecido de muerte súbita antes de que Pilar naciera.

—Tenía cinco meses y creo que desde entonces nunca fui la misma. Siempre me culpé, porque había estado muy ocupada después de que nació y no pasé el tiempo suficiente a su lado. Y luego me quedé embarazada de ti y no me atreví a unirme demasiado a ti. Tenía tanto miedo de que murieras de repente, como le había sucedido a él... No quería volver a preocuparme nunca más de ningún ser humano. Pilar, querida..., lo siento tanto.. —Su madre sollozaba al otro lado del hilo telefónico y Pilar lloraba incontrolablemente—. Espero que sepas lo mucho que siempre te he querido.

Apenas podía hablar a causa de las lágrimas y, oyéndola, Pilar se sintió casi sofocada por las emociones de más de cuarenta años.

—¡Oh, mamá...! Te quiero... ¿Por qué nunca me lo contaste?

—Tu padre y yo nunca hablábamos de eso. Las cosas eran diferentes en aquellos tiempos. Se suponía que una no debía hablar de cosas dolorosas, resultaba embarazoso. Éramos todos tan estúpidos... Fue lo peor por lo que tuve que pasar en mi vida y no tenía a nadie con quien hablar, hasta que al final aprendí a vivir con el dolor. Tu llegada me sirvió de ayuda y me alegró que fueras una niña. Al menos, eras diferente... Él se llamaba Andrew —dijo, con suavidad—. Le llamábamos Andy.

Su voz sonaba triste y joven. El corazón de Pilar hubiera querido transmitirle lo que sentía. Su madre había vivido con aquel dolor durante casi cincuenta años y ella no lo había sabido hasta ahora. Eso explicaba muchas cosas, y, aunque fuera demasiado tarde para la niña pequeña que ella había sido, significaba mucho para ella conocer lo que había ocurrido.

—El dolor no desaparecerá con facilidad —siguió diciéndole su madre con suavidad—. Durará mucho tiempo, mucho más de lo que creas poder soportar. Y nunca desaparecerá por completo. Vivirás con ello cada día de tu vida, Pilar, o quizás llegues a olvidarlo durante un día o dos, pero entonces sucederá algo que te lo recordará. Sin embargo, tienes que seguir adelante, día tras día, momento tras momento, por el bien de Brad, por tu propio bien y por el de tu hijo. Tienes que continuar y el dolor empezará a desvanecerse. Aunque la cicatriz quedará para siempre en tu corazón.

Lloraron juntas durante un rato y, finalmente, esta vez muy a su pesar, Pilar tuvo que colgar el teléfono. Por primera vez en su vida tenía la impresión de haber conocido por fin a su madre. Se había ofrecido para acudir y asistir al funeral, pero Pilar le pidió que no lo hiciera. Ahora sabía lo doloroso que hubiera sido para ella, y no deseaba hacerle pasar aquel trago tan amargo. Y, por una vez, Elizabeth Graham no discutió con su hija.

—Pero, si me necesitas, estaré contigo en apenas seis horas. Recuérdalo, sólo estoy a una llamada telefónica de distancia. Te quiero —volvió a decirle antes de colgar.

A Pilar le pareció haber recibido un gran regalo de ella. Era una pena que hubiera tenido que provocarlo tanta tragedia.

Continuamente su hijo se despertaba y volvía a quedarse dormido y lloraba solicitando a su madre, y cada vez que ella o Brad le cogían en brazos, se calmaba y tranquilizaba. Era como si ya los conociera.

—¿Cómo le llamaremos? —le preguntó Brad aquella noche.

Habían decidido un nombre para Grace, pero todavía no lo habían pensado para su hermano.

—Me gusta el nombre de Christian Andrew, ¿qué te parece? —apuntó ella, con tristeza.

El segundo nombre era por el hermano cuya existencia ni siquiera había conocido hasta aquel mismo día, y del que le había hablado a Brad después de que se lo contara su madre.

—Me gusta —asintió Brad, sonriendo entre lágrimas.

Daba la impresión de que se habían pasado el día entero llorando, como había sido en realidad. El día que llevaban aguardando durante tanto tiempo se había convertido en un día de luto.

—La vida es una mezcla de rosas y espinas ¿no te parece? —dijo ella serenamente aquella noche, mientras Brad se hallaba sentado a su lado.

No quería dejarla sola, aunque a ella le parecía que debía regresar a casa. Parecía agotado. Pero él insistió en no dejarla, y una enfermera entró en la habitación una cama plegable, por si decidía quedarse, pensando que quizás necesitaran permanecer juntos.

—Resulta todo tan extraño... Una espera una cosa y recibe otra. Supongo que en la vida se paga un precio por todo..., por lo bueno, lo malo, los sueños, las pesadillas..., todo va rodando junto. A veces, resulta difícil separar una cosa de la otra; y eso es lo más duro.

Christian iba a ser su alegría y Grace su pena, pero ambos habían llegado juntos. Había deseado mucho tener hijos y ahora había perdido a uno de ellos incluso antes de que empezara a vivir. Eso parecía matizarlo todo y, sin embargo, cada vez que miraba a Christian, que dormía apaciblemente a su lado, le parecía que merecía la pena vivir la vida. Y cuando Brad la miraba a ella, se preguntaba cómo había logrado soportarlo. Había sido la peor agonía que él había padecido jamás, y al final habían perdido a uno de los bebés.

—La vida está llena de sorpresas —dijo Brad, filosóficamente—. Cuando murió Natalie, hubo momentos en que creí que no me recuperaría nunca. —Era la madre de Nancy y Todd—. Luego, de repente, apareciste tú, cinco años más tarde..., y he sido muy feliz contigo desde entonces. La vida tiene la manera de bendecirnos después de habernos castigado. Me imagino que con Christian también será así. Hemos sufrido mucho, pero quizás él sea la mayor alegría que podamos compartir durante el resto de nuestras vidas.

—Así lo espero —asintió ella en voz baja, mirando a su esposo y tratando de olvidar el diminuto rostro que ya nunca más volvería a ver..., el del bebé que siempre recordaría.

20

Christian lloró a pleno pulmón el día que abandonaron el hospital y le llevaron a casa. Pilar le vistió antes de salir con un pequeño traje de lana de color azul que le había comprado. Le envolvió cuidadosamente en una manta azul y le sostuvo cerca de su pecho, mientras una enfermera empujaba la silla de ruedas, acompañándola a la salida, seguida por una ayudante que hacía rodar una mesa llena de flores. La gente sólo sabía que había dado a luz, nadie sabía que uno de los niños había muerto. Así, pues, recibieron regalos dobles de casi todo, en colores rosa y azul, así como pequeñas muñecas y ositos de peluche.

Brad los condujo a casa en el coche y dejaron a Christian suavemente en el capazo, que instalaron en el dormitorio. Brad ya había sacado el segundo capazo y lo había dejado en el garaje para que Pilar no lo viera. Pero ella sabía que había estado allí y, al abrir los armarios para guardar la ropa del niño, vio también la ropa de color rosa y sintió que una mano cruel le estrujaba el corazón. Casi no podía soportar tanta tristeza y tanta alegría al mismo tiempo. Era imposible olvidar que había habido dos bebés y que ahora sólo quedaba uno. ¿Cómo podría olvidarlo alguna vez?

Christian era un bebé tranquilo, fácil de alimentar. La subida de la leche había sido copiosa, como si el cuerpo de Pilar no fuera todavía consciente de que ya no había dos bebés que alimentar. Y ella le sostenía en sus brazos, amorosamente, dándole de mamar, sentada en la mecedora de su habitación, mientras Brad la observaba.

—¿Te encuentras bien? —le preguntó, con expresión serena.

Se sentía preocupado por ella. No era la misma desde que habían nacido los bebés y Grace había muerto, y casi lamentaba haberlos tenido. Era demasiado doloroso.

—No lo sé —le contestó ella con sinceridad, sosteniendo en los brazos al niño ya dormido. Le miró, extrañada de que fuera tan perfecto y tan pequeño, tan rollizo y sano. Era todo lo que no había sido Grace, con sus diminutos rasgos en un rostro en miniatura. La niña también le había parecido perfecta, pero infinitamente más pequeña—. Sigo intentando comprender por qué ocurrió. ¿Fue por culpa mía? ¿Fue por algo que hice? ¿Comí lo que no debía, o acaso dormía siempre de un costado...? ¿Por qué? Tenía los ojos llenos de lágrimas y miró a su marido. Los dos bajaron la vista hacia Christian.

—Debemos tener cuidado en no culparle a él —dijo Brad—. En no hacerle sentir más tarde que, de algún modo, su presencia no fue suficiente para nosotros y que deseábamos más. Supongo que eso es lo que podría suceder.

Se inclinó, la besó y luego besó también a Christian. Era un niño muy hermoso y tenía derecho a una vida llena de alegría y no a soportar la carga de haber llegado al mundo como una especie de bendición contrapuesta.

—No le culpo de nada —dijo Pilar con tristeza, llorando abiertamente—. Simplemente, desearía que ella estuviera también aquí.

Pero quizás lo estaba, de algún modo, como una dulce presencia, como un espíritu amoroso. Aunque eso representaba muy poco para agarrarse a ello.

Pilar durmió a intervalos y a la mañana siguiente se despertó con la sensación de que alguien le había colocado un peso enorme sobre el pecho. Recordó entonces lo que iban a hacer ese día.

Se duchó y dio de mamar al bebé en cuanto se despertó. Sentía los pechos enormes y estaban tan llenos de leche que, al poner al niño junto a ellos, le rociaba la cara, y el pequeño la miraba con una expresión tan divertida que no pudo evitar echarse a reír, a pesar de lo que sentía. Brad oyó su risa.

—¿Qué está pasando ahí? —preguntó, entrando en la habitación vestido con un traje negro.

Era la primera vez que oía reír a su esposa en varios días y sintió alivio. Ella le mostró al niño y él también se rió.

—Parece uno de esos pequeños y raros actores de vodevil al que echan un chorro de una botella de sifón, ¿verdad? Como una especie de pequeño Harpo Marx.

—En realidad, creo que se parece más a Zeppo —opinó Brad, sonriendo.

Le sorprendía darse cuenta de lo que sentía por el pequeño, de lo mucho que ya le quería y de cuánto lamentaba que hubiera llegado al mundo sin su hermanita. Parecía tan inocente y tan dependiente de ellos... No recordaba que sus otros hijos hubieran sido tan pequeños, o tan necesitados. O quizás lo que ocurría era que el bebé sentía que algo terrible había ocurrido. ¿Dónde estaba ella? Había vivido junto a su hermana durante nueve meses y ahora, de pronto, ella había desaparecido. Para él, también tenía que haber sido traumático. Ni siquiera él se veía libre del dolor que ellos sentían.

—¿Te vestirás pronto? —le preguntó Brad con dulzura.

Ella asintió con un gesto, dejando al bebé en el capazo, una vez que hubo mamado. Habría sido perfecto si sólo le hubiera engendrado a él, habría experimentado en tal caso un éxtasis inconmensurable, y ahora, sin embargo, todo era diferente. Era medio feliz, medio triste, medio horrible y medio hermoso, y todo parecía tener una calidad agridulce y tierna al tacto. Ya no podía soportarlo más. Se quedó allí de pie, contemplándole durante mucho rato, pensando en lo mucho que ya le quería. Pero también había querido a Grace..., eso era lo más extraño de todo. Había conocido su rostro diminuto en el momento en que llegó y se le había quedado grabado en el corazón para toda la vida, lo mismo que su nombre.

Se puso un sencillo vestido negro de lana, que le caía desde los hombros, sin cintura; lo había llevado antes en el despacho, al principio de quedar embarazada. De ese modo, vestida de luto, miró tristemente a su marido.

—De algún modo, parece disparatado, ¿no crees? Tendríamos que estar celebrándolo, y, en lugar de esto, estamos de duelo.

Y había mucha gente a la que decírselo. Todos sus conocidos

sabían que iban a tener gemelos y ahora tenían que explicarles que no los tenían.

Brad llevó al niño hasta el coche y el pequeño ni siquiera se despertó cuando le dejó en el asiento. Luego, sumidos en silencio, se dirigieron a Todos los Santos, la iglesia episcopaliana de Montecito. Pilar ya no podía decirle nada capaz de aliviar su dolor o hacer diferentes las cosas. Él le dio unas palmaditas en la mano al aparcar el coche, y se acercaron a Nancy y Tommy, que los esperaban en la acera con Marina. Tommy se había puesto un traje oscuro, como Brad, y Nancy mostraba un aspecto abatido con el niño en brazos. No habían podido encontrar una canguro, así que al final había decidido llevarse a Adam. Y el niño gritó de alegría en cuanto vio a Pilar y a Brad, haciendo, por un instante, menos tenso el momento.

El sacerdote también los estaba esperando y los condujo al interior de la iglesia. Pero Pilar no estaba preparada para lo que vio allí, el diminuto ataúd rodeado de lirios del valle aguardando en el altar. Era una parodia, una mentira, una broma cruel que le había gastado la naturaleza, prometiéndole primero tanto para luego quitarle la mitad, y un sollozo se agolpó en su garganta en cuanto lo vio.

—No puedo soportarlo —susurró a Brad, ocultando el rostro entre las manos.

Nancy empezó a sollozar suavemente, y Tommy le cogió el bebé de los brazos. Christian seguía durmiendo pacíficamente en su canasto. El sacerdote les recordó que era facultad de Dios dar y retirar, hacer reír o llorar, mezclar la alegría con la pena, pero el dolor de todo aquello resultó casi insoportable cuando bendijo a la pequeña que había sido suya sólo un momento.

Más tarde, Pilar se sintió como si estuviera en un sueño, o más bien en una pesadilla, cuando siguió a Brad hacia el exterior de la iglesia para ir detrás del coche fúnebre hasta el cementerio. Allí todos permanecieron silenciosos y abatidos ante la tumba, bajo la lluvia.

—No puedo dejarla aquí... —balbuceó Pilar, agarrada con fuerza al brazo de Brad. Su yerno estaba junto a Marina, a una distancia discreta. Nancy se había quedado en el coche con los dos pequeños, pues le había dicho a su esposo que no se sentía con fuerzas para verlo. Era demasiado terrible, demasiado triste ver aquel ataúd diminuto y los rostros apesadumbrados. Fue un momento trágico para todos, sobre todo para Pilar y Brad. Él parecía haber envejecido de pronto y Pilar dio la impresión de estar a punto de desmoronarse cuando el sacerdote bendijo por última vez a la pequeña Grace.

Pilar depositó un pequeño ramo de rosas rojas sobre el ataúd y lo miró fijamente, sollozando en silencio. Luego, Brad la condujo al coche, aunque ella no parecía saber hacia dónde se dirigían. Durante el trayecto a casa, permaneció mirando fijamente hacia delante, sin decir nada. Brad y Marina le cogían las manos, pero no tenía nada que decir, ni a ellos ni a nadie.

Brad tampoco sabía qué hacer, cómo consolarla o qué podía decirle. Aun cuando había sentido la pérdida de Grace, la pequeña era una completa extraña para él. Pilar, en cambio, la había llevado en sus entrañas durante nueve meses y, en cierto modo, la conocía íntimamente.

—Quiero que te acuestes —le dijo cuando entraron en casa, después de haberse despedido de todos.

Y el bebé empezó a agitarse cuando le dejó en el capazo.

Ella asintió y subió al dormitorio, donde se acostó con el vestido negro, sin decir nada, mirando fijamente al techo, preguntándose por qué no habría muerto ella y así ellos dos hubieran podido vivir. ¿Por qué no se presentaban alternativas diferentes? Supo en ese instante que habría sacrificado con gusto su propia vida para salvar la de sus dos hijos. Intentó explicárselo así a Brad y él la miró con horror. Por mucho que lamentara la pérdida de la niña, jamás habría aceptado perder a su esposa y se sintió molesto ante la simple sugerencia.

—Pero ¿no te das cuenta de lo mucho que te necesitamos?

—No, tú no me necesitas —replicó ella con franqueza.

—¿Y qué me dices de él? —preguntó, señalando la habitación contigua—. ¿No crees que tiene derecho a una madre? —Ella se encogió de hombros, incapaz de contestar—. No hables así —añadió Brad.

Pero Pilar estuvo deprimida todo el día, no quiso comer ni beber nada, lo cual no tardó en afectar a su leche y poner nervioso al bebé. Era como si todos quisieran echarse a llorar y oponerse a lo que les había ocurrido sin saber cómo, y mucho menos Pilar, que sólo deseaba gritar hasta no poder respirar más. En lugar de eso, sin embargo, se limitó a quedarse sentada, mirando fijamente a Christian.

—El niño te necesita, y yo también —le recordó Brad una vez más—. Tienes que hacer un esfuerzo por sobreponerte.

—¿Por qué? —preguntó ella, mirando por la ventana.

Brad consiguió hacerle beber algo de té y luego una taza de caldo, y al final tuvo leche suficiente para alimentar al bebé.

Por la noche, se levantó varias veces para darle de mamar, mientras Brad dormía. Para él también había sido un día agotador y se sentía desesperadamente preocupado por Pilar. Cuando salió el sol, ella estaba sentada en la mecedora, sosteniendo a Christian y pensando en sus dos bebés. Habían sido entidades separadas, dos personas distintas, con vidas aparte, cada una de ellas con su propio destino y su futuro. Christian tenía que seguir el suyo, mientras que la misión de Grace había quedado cumplida en un instante. Quizás fuera todo así de sencillo, quizás la pequeña sólo hubiera estado destinada a permanecer con ellos un momento. Y entonces, de repente, Pilar se dio cuenta de que tenía que dejarla marchar, de que podía recuperar su recuerdo de vez en cuando pero no podía llevarla siempre consigo. Brad tenía razón, Christian la necesitaba. Confiaba en tener al pequeño siempre con ellos y deseaba estar a su lado. Por primera vez en cinco días se sintió en paz, sosteniendo al pequeño en los brazos. La bendición era suya. No era lo que habían esperado, pero así eran las cosas y tenía que aceptarlo.

—¿Ya te has levantado? —preguntó Brad con voz soñolienta, ante la puerta. Al despertar, no la había encontrado en la cama—. ¿Va todo bien?

Ella asintió con un gesto y le sonrió, con serenidad. Él estaba muy triste, pero era maravilloso.

—Te amo —le dijo, en voz baja.

Y Brad se dio cuenta de que algo había cambiado en ella, que en lo más profundo, algo se había roto y desgarrado, casi desgarrándola a ella misma, y ahora empezaba a curarse lentamente.

—Yo también te amo.

Hubiera querido decirle otra vez lo mucho que lo sentía, pero ya no sabía cómo. Ya no quedaban palabras, sólo sentimientos muy profundos.

Y entonces, de pronto, Christian se agitó. Bostezó, abrió los ojos y los miró a los dos intensamente.

—Es todo un muchachote —dijo Brad, con orgullo.

—Tú también lo eres —le dijo Pilar, y se besaron a la luz del sol de la mañana.

21

Aquel año, Todd pasó con ellos el día de Acción de Gracias. Quería ver al bebé, que ya tenía dos semanas y media, y también sabía el martirio por el que habían pasado, y deseaba acompañarlos.

Pilar ya ofrecía mejor aspecto, aunque todavía tenía que perder bastante peso y aún no salía de casa. Seguía sintiéndose débil y agotada por tanto dolor, y no tenía ánimos para ver a los amigos y empezar a explicar lo ocurrido. Todavía era demasiado amargo.

Al principio, Todd no supo qué decirle hasta que finalmente expresó lo mucho que sentía la pérdida de la pequeña.

—Qué desgracia, tener que sufrir por una cosa así.

Cuando su padre le llamó para comunicarle el nacimiento de Christian y la muerte de Grace, le había encontrado desmoronado, pero para Pilar estaba resultando aún más duro.

—Ha sido horrible —admitió ella, serenamente.

Pero las heridas empezaban a curarse lentamente. Todavía experimentaba un dolor punzante cuando pensaba en la pequeña, pero se permitía disfrutar de la presencia de Christian, hablaba más frecuentemente con su madre y lo que ésta le había contado sobre su propia experiencia la ayudó bastante. Tenía la posibilidad de hablar con alguien que había pasado lo mismo, aunque seguía negándose a permitir que viniera a verla. No se sentía con ánimos para ver a nadie, ni siquiera a su madre.

—Las cosas nunca son tan sencillas como parecen —dijo Pilar a Todd, con voz serena, pensando en la agonía que había significado para ella quedar embarazada y luego abortar..., y ahora perder a Grace—. Una cree que todo será fácil, como lo has planeado, y luego no lo es. He tardado cuarenta y cuatro años en aprenderlo y, créeme, no ha sido fácil.

Quedar embarazada no había sido precisamente lo más sencillo que había hecho hasta el momento. Su carrera había sido mucho más sencilla, e incluso tomar la decisión de casarse con Brad. Pero, de algún modo, en lo más profundo de su corazón sabía que había valido la pena. No cambiaría a Christian por nada en el mundo, y, a pesar del precio que había tenido que pagar por ello, sabía que había sido maravilloso aunque hubiera tenido que pagar el doble. Aquel pensamiento la dejó extrañada.

—¿Qué estáis haciendo vosotros dos? ¿Solucionar los problemas del mundo? —preguntó Brad bromeando, sentándose a su lado.

—Estaba a punto de decirle lo mucho que le quiero —contestó Pilar sonriendo a su hijastro y a su esposo—. Es una persona muy especial.

—Eso es un verdadero cambio, después de haber sido un muchacho bastante travieso —dijo él, sonriendo burlonamente.

Era un joven muy atractivo y se parecía mucho a Brad.

—No te portaste tan mal —admitió Brad sin mucho convencimiento, también con una sonrisa burlona—. Y tampoco te portas mal ahora. ¿Cómo está Chicago?

—Muy bien, pero estoy considerando volver de nuevo a la Costa Oeste. Quizás encuentre un trabajo en Los Ángeles o en San Francisco.

—¡Eso sí que sería una condenada suerte! —exclamó su padre, nuevamente burlón, y Pilar sonrió ampliamente.

—Nos encantaría que volvieras.

—Podría quedarme a cuidar del bebé los fines de semana.

—No creas que es ninguna ganga —le dijo su hermana a Pilar, uniéndose a ellos—. Cada vez que se queda con nosotros, duerme a pierna suelta sin hacer caso de los llantos de Adam, le deja jugar con el teléfono y hasta le da un poco de cerveza para «mantenerle tranquilo».

—Sí, y a él le encanta, ¿a que sí? ¿Quién es su tío favorito?

—En ese aspecto, no tiene mucho donde elegir, ¿no te parece? —replicó su hermana, sonriéndole.

Poco después se despertó Christian y llamó a su madre con un llanto sonoro. Pilar acudió para darle de mamar y, al regresar, los jóvenes ya se disponían a marcharse. Todd la besó y le dio un fuerte y cálido abrazo.

—Tienes un aspecto estupendo y mi hermano es maravilloso.

—Tú también lo eres. Me alegra que hayas venido.

Todd la miró y asintió con un gesto. Sí, él también se alegraba. Parecían haber sufrido mucho, sobre todo su padre, que estaba bastante desmejorado y que, evidentemente, seguía muy preocupado por ella. Pero salían adelante. Pilar estaba triste, pero también se las arreglaba para afrontarlo.

—¿Crees que volverán a intentarlo? —preguntó Todd a su hermana cuando la acompañaba en el coche hasta su casa.

—Lo dudo —contestó Nancy, y luego, confidencialmente, añadió—: Unos amigos míos acudieron a un especialista de Los Ángeles y me dijeron que los vieron allí. No me han dicho nada, pero no creo que Pilar lo pasara bien durante el embarazo. Actuaron como si se tratara de una gran sorpresa, aunque no creo que lo fuera para ellos. A mí me parece que fue una época muy dura y ahora lo han pasado muy mal con la muerte de la niña.

Todd asintió con un gesto. Lo sentía mucho por Pilar, que siempre le había agradado.

—No sé —dijo al cabo de un rato—, supongo que para ellos debe de haber valido la pena. —Y, al decirlo, miró por encima del hombro a su encantador y pequeño sobrino, acomodado en el asiento especial para él—. Y quizás lo sea..., ¿quién sabe?

Nancy se volvió a mirar a su hijo dormido y asintió con un gesto.

En Santa Mónica, Beth había cocinado un pavo enorme y lo estaba rehogando por última vez cuando Charlie llegó trayendo un gran pavo de chocolate para Annie y flores para ella. Se las dio para que las colocara en un jarrón, como centro de mesa para la comida del día de Acción de Gracias.

—¡Uau! ¿Qué es todo esto? —exclamó ella, sorprendida y conmovida.

Charlie era siempre muy atento. Se conocían desde hacía nueve meses y nunca había estado con nadie como él. Guisaba, le traía regalos, compraba comida para ellas, las sacaba a divertirse y le leía cuentos a Annie. Era justo la clase de persona con la que Beth siempre había soñado y que nunca había encontrado. Era como un sueño hecho realidad, y a Annie también le encantaba.

—Feliz día de Acción de Gracias a las dos —dijo, sonriente, dejando las flores.

Annie empezó a quitar inmediatamente el papel de brillantes colores que envolvía el pavo de chocolate.

—¿Me lo puedo comer ahora? —preguntó, excitada.

Su madre le dijo que podía comer un bocado y guardar el resto para después de la cena. La niña aprovechó bien el bocado y arrancó la mitad de la cabeza del pavo, mientras Charlie besaba a Beth.

—¿Puedo ayudar? —se ofreció, pero Beth le dijo que ya estaba todo hecho.

Esta vez había querido cocinar para él y era la comida más elaborada que había preparado desde hacía muchos años. Habitualmente, ella y Annie salían a comer fuera, o iban a casa de unos amigos, pues le deprimía cocinar para ellas dos solas el día de Acción de Gracias. Pero aquel año tenía muchas cosas por las que dar las gracias. Había sido todo maravilloso desde que Charlie había aparecido en sus vidas. Su presencia parecía haber dejado atrás los malos tiempos y logrado que todo se solucionara. Las hacía sentirse como si, en efecto, a alguien le importara su bienestar, y ella ya no se sentía tan sola, ya no tenía la sensación de soportar sobre sus hombros el peso entero del mundo.

Cuando Annie estaba enferma, Charlie acudía y la ayudaba a cuidarla, y, cuando tenía problemas con el casero, hablaba con él e incluso en cierta ocasión, durante una huelga en el hospital, llegó a prestarle dinero, que ella le había devuelto entero una vez que empezó a trabajar de nuevo. No quería aprovecharse de él, pero lo cierto es que era una persona increíblemente amable.

Aquel otoño, Charlie había empezado a colaborar con un orfanato y seguía jugando cada sábado por la mañana con un grupo de muchachos. Después, le hablaba de lo mucho que significaban para él y de cómo le gustaría adoptar a un niño pequeño, una vez que ahorrara suficiente dinero.

Beth nunca había estado tan enamorada de nadie en toda su vida. Y Charlie se mostraba muy bueno con ella, pero nunca hacía la más pequeña alusión a la posibilidad de un futuro en común. Seguía pensando que no tenía derecho a casarse con nadie, puesto que no podía tener hijos. Ella le decía que eso no le importaba y que, aun cuando no se casara con ella, debería saber que había mujeres que se sentirían muy felices de estar a su lado, con o sin hijos.

—¿Qué importancia puede tener eso? —le había dicho la última vez que lo habían hablado, una noche, después de haber acostado a Annie y de hacer el amor. Funcionaba muy bien sexualmente, y resultaba difícil creer que no pudiera engendrar hijos. Pero ella también sabía que una cosa no garantizaba necesariamente la otra—. No sé por qué le das tanta importancia —siguió reprendiéndole—. Hay mucha gente que no puede tener hijos, ¿y qué? ¿Y si fuera yo la que no pudiera tenerlos? ¿Sentirías tú algo diferente por mí?

Por primera vez pensó en sus palabras y tuvo que admitir que eso no cambiaría sus sentimientos.

—Lo lamentaría, porque sirves para tenerlos. Deberías tener hijos..., pero te seguiría amando —le dijo, con suavidad.

Luego, pasaron a hablar de otras cosas. Siempre parecían tener mucho que decirse.

El día de Acción de Gracias, los tres charlaron constantemente durante toda la cena. El pavo estaba exquisito, igual que el puré de patatas, los guisantes y el relleno. Beth había echado la casa por la ventana, como solía hacer él con ellas, pero tuvo que admitir humildemente que él cocinaba mejor.

—En modo alguno —dijo Charlie sonriendo—. Estaba fantástico.

Y lo mejor de todo era que estaban juntos.

Después, salieron a dar un largo paseo; Annie caminaba delante de ellos, y después corría para alcanzarlos otra vez. Para cuando regresaron a casa, la niña se sentía agradablemente exhausta.

La acostaron a las ocho de la noche y luego se quedaron viendo la televisión; Charlie preparó unas deliciosas palomitas de maíz, y a mitad del espectáculo que estaban viendo, empezó a sentirse amoroso. Se tumbaron en el sofá y jugaron como dos jovenzuelos, hasta que se olvidaron por completo del televisor. Annie ya estaba profundamente dormida y entraron de puntillas en el dormitorio de Beth. Cerraron la puerta sin hacer ruido y un momento más tarde se encontraban desnudos en la cama, uno en brazos del otro, abrumados por la pasión.

—¡Dios mío, Charlie...! —exclamó Beth tratando de recuperar la respiración—. ¿Cómo puedes hacerme esto?

Nunca había sido así con nadie. Y para él también era maravilloso porque la amaba y la deseaba, y además esta vez sabía que había depositado su confianza en alguien que valía la pena y que no iba a hacerle daño. Tres años antes se había dejado cegar por Barbie, pero no era mujer para él y ahora lo sabía. También sabía otras muchas cosas y veía la vida de un modo diferente a como la veía hacía apenas seis meses. Beth había cambiado su vida e incluso sus puntos de vista sobre la paternidad. Le había obligado a darse cuenta de cómo se sentiría él respecto a ella si las cosas fueran a la inversa y fuese ella la que no pudiera tener hijos. Y, de repente, había comprendido que eso no le importaría en absoluto, que la amaría de todos modos y que ella tendría derecho a una vida plena, tanto con hijos como sin ellos. Aquello ya no parecía importar tanto y empezó a dejar de sentirse culpable por algo que no podía hacer, ni tener, ni darle. Había otras muchas cosas que sí podía ofrecerle y ahora lo quería hacer más que nunca.

—Quiero preguntarte algo —le dijo aquella noche, abrazado a ella en la cama. Beth se volvió a mirarle y él sonrió pensando en lo mucho que se parecía a Annie—. Antes que nada, quiero que sepas lo mucho que te amo.

Al oírlo, Beth experimentó un temblor en el cuerpo. Sabía que él tenía la sensación de que no podía casarse con ella, ni con nadie, y se preguntó si iría a decirle que se marchaba, que todo había sido muy bonito, pero que ya había terminado. Sintió el temblor de su cuerpo y aparecieron lágrimas en sus ojos, pensando que no deseaba oír lo que él tenía que decirle.

—No tienes por qué decir nada —le indicó, con la esperanza de desanimarle—. Sabes que yo también te quiero.

Se quedó así, entre sus brazos, rezando para que él no dijera lo que tanto temía, pero Charlie parecía muy sereno vuelto hacia ella, sobre la cama.

—Quiero preguntarte una cosa.

—¿Por qué? —dijo ella, mirándole con sus grandes ojos azules.

—Porque eres importante para mí y no tengo derecho a determinar tu vida, como si me pertenecieras.

—Oh, no seas tonto... yo..., lo hemos pasado muy bien juntos. Preferiría estar contigo antes que en ninguna otra parte... Charlie, no...

—No, ¿qué? —la interrumpió él, asombrado.

—No me dejes.

Le echó los brazos al cuello y empezó a llorar como una niña, mientras él la miraba extrañado.

—¿Es que doy la impresión de querer marcharme? No iba a hablar de marcharme, sino de quedarme —dijo, sonriendo, conmovido por la reacción de Beth.

—¿Vas a quedarte? —preguntó ella, mirándole atónita, apartándose de él, con el rostro cubierto de lágrimas y una expresión llena de emoción en sus ojos.

—Me gustaría, y también me gustaría que tú te quedaras. Iba a preguntarte... —Vaciló un instante, antes de poder continuar—. ¿Quieres casarte conmigo, Beth?

Ella sonrió de oreja a oreja y le besó con tanta fuerza que hizo crujir la cama.

—Sí, me casaré contigo —contestó al fin, con la respiración entrecortada cuando se apartó de él para respirar.

Y Charlie se tiró sobre ella en la cama, riendo de excitación.

—¡Uau! —exclamó—. ¡Te amo! ¿Cuándo...? —Entonces se detuvo y la miró con preocupación—. ¿Estás segura? ¿Aunque no podamos tener hijos?

Quería estar convencido; aunque sólo fuera por última vez, ella tenía derecho a rechazarle.

—Creía que íbamos a adoptarlos —contestó ella, con mucha serenidad.

—¿De veras? ¿Cuándo hablamos de eso?

—Tú has dicho que querías adoptar a un niño pequeño, o quizás a dos.

—Pero eso era en caso de vivir solo. Ahora te tengo a ti y a Annie. ¿Estarías dispuesta a adoptar a algún niño, Beth?

—Sí, creo que me gustaría —asintió ella pensativamente, mirándole de nuevo—. Podríamos ofrecer un hogar a alguien que lo necesitara realmente, en lugar de añadir otro niño al mundo. Sí, me gustaría.

—Pero hablemos antes de casarnos. ¿Cuándo?

—No lo sé —contestó ella con una sonrisa maliciosa—. Mañana, la semana que viene. Dispongo de una semana de vacaciones antes de Navidad.

—Para Navidad entonces —decidió él, regocijado—. Y no te preocupes por las vacaciones. Quiero que dejes el trabajo. Después de casados, no quiero que sigas trabajando por las noches. Puedes trabajar a horas en algún sitio, mientras Annie esté en la escuela, o estudiar para conseguir el título de enfermera que tanto deseas. —Sólo necesitaría estudiar un año y él se encargaría de todo, pues ahora ganaba buenas comisiones—. Entonces, nos casamos en Navidad —dijo, mirándola sonriente y abrazándola con fuerza.

Y, un momento más tarde, sus cuerpos, a su manera, confirmaron sus palabras.

22

Charlie y Beth se casaron el día de Navidad en la Iglesia Metodista Unida de Westwood y sólo Annie asistió a la boda. Luego celebraron una pequeña recepción en un restaurante, con unos pocos amigos. Mark estaba allí, naturalmente, en compañía de su nueva amiga, y todo salió exactamente como habían deseado. No fue, como la otra vez, un acontecimiento espectacular en el Bel Air, ni hubo invitados desmedidamente alegres. Ahora no había nadie ante quien aparentar. Tenía a su lado a una mujer real, una vida real y una pequeña que se había convertido en su hija. Ya habían hablado de la posibilidad de que Charlie la adoptara y la pequeña dijo que quería llamarse Annie Winwood.

Los tres se marcharon de luna de miel a San Diego. Fueron al zoológico, visitaron la base naval y dieron largos paseos por la playa, alojándose en un hotel pequeño y agradable que Charlie conocía. Fue exactamente lo que siempre habían soñado y nunca habían encontrado hasta entonces.

Beth había dejado su trabajo y había obtenido otro en las oficinas de la escuela a la que asistía Annie. Todo había salido perfectamente.

—¿Te sientes tan feliz como yo? —le preguntó Charlie al día siguiente de Navidad, mientras paseaban por la playa, descalzos.

Hacía un día fantástico y la arena estaba fría, pero todavía bastante caliente para que Annie también pudiera caminar descalza.

La pequeña se lo estaba pasando muy bien, corriendo por delante de ellos y regresando a su lado como un perrito fiel.

—Creo que soy más feliz —contestó Beth sonriendo—. Nunca había tenido nada igual en toda mi vida. Mi matrimonio anterior fue muy desgraciado. Era una tonta demasiado joven y él era un bastardo. No saqué nada decente de aquello.

—Sí, sí que sacaste algo —replicó él, sonriendo, recordándoselo—. Obtuviste a Annie.

—Eso es cierto. Supongo que en todo hay siempre una bendición, aunque a veces se tarde mucho tiempo en comprenderlo.

Él todavía no estaba seguro de qué bendición podía haber obtenido de su matrimonio con Barbie. Para él había representado una gran desilusión. Pero eso había quedado atrás y ahora tenía ante sí una vida que esperar en compañía de Beth, una vida que le ofrecía todo aquello que deseaba, compañía, ternura, sinceridad, amor.

—Sólo espero poder hacerte tan feliz como tú me has hecho a mí —le dijo, pasándole una mano por los hombros, y ella sonrió, sintiéndose segura al tenerle a su lado.

—Ya me has hecho muy feliz —le dijo con dulzura mientras Annie les hacía señas.

—¡Vamos! —les gritó desde lejos—. ¡Venid a ver las conchas marinas!

Sonrieron y echaron a correr hacia donde se encontraba la niña, persiguiéndose unos a otros por la playa, riendo, mientras el sol se levantaba sobre el cielo invernal y parecía sonreírles también.

Las Navidades en casa de los Goode fueron caóticas, como siempre, sólo que aquel año lo parecían un poco más de lo habitual. Estaban presentes Gayle, Sam, sus esposos y sus hijos, y Andy y Diana también acudieron, llevando consigo a Hilary, naturalmente. Diana ya estaba embarazada de ocho meses y medio. Intentaba seguir a Hilary, que empezaba a sostenerse en pie, arriesgando su vida con todo lo que encontraba sobre la mesa de café.

—Tiene mucho que hacer, ¿verdad? —comentó su madre con admiración.

La niña era muy hermosa y feliz, y una fuente infinita de alegrías para Andy y Diana. Todos recordaron que apenas un año antes no habían acudido; su matrimonio se hallaba a punto de deshacerse y se marcharon a Hawai para intentar salvarlo. Unos días antes, Diana había recordado a Andy, con una mirada enojada, que, apenas un año atrás, Wanda, la madre de alquiler, había entrado en sus vidas y desaparecido de ellas con la misma rapidez. Pero la separación que había provocado había terminado por sentarles bien a los dos, y luego, de repente, había aparecido Hilary, y ahora su propio bebé. Sólo pensarlo le producía mareos, pero Diana nunca se había sentido tan feliz en su vida. El embarazo le sentaba muy bien y tenía un aspecto magnífico.

Había ampliado su permiso por maternidad, naturalmente, y ahora la revista le daba de tiempo hasta el mes de junio para regresar al trabajo.

—¿Cómo van las cosas? —le preguntó Jack afablemente, observándola a ella y a su esposa, sentadas ante la mesa.

Sam trataba de apaciguar una violenta disputa entre sus dos hijos mayores.

—Estupendamente —contestó ella, con una sonrisa.

Todavía recordaba el día en que le había comunicado que estaba embarazada, y ella había pensado que se había vuelto loco.

—Supongo que puede nacer en cualquier momento.

—No está previsto hasta dentro de casi tres semanas —dijo ella, sabiendo a qué se refería.

Jack movió la cabeza y frunció el ceño, valorando el bulto de su vientre; luego lo palpó, con suavidad, como si fuera una sandía.

—Pues yo diría que estás más cerca de lo que crees, Di, lo tienes prácticamente entre las rodillas. ¿Cuándo fue la última vez que viste al médico?

—¡Oh, Jack, por el amor de Dios! —le gruñó su esposa—, deja ya de jugar a médico el día de Navidad.

—Sólo le estoy diciendo que las cosas parecen más cercanas de lo que se imagina. El bebé está bastante caído y apostaría cualquier cosa a que ya tiene encajada la cabeza.

—Sí, lo mismo me dijiste a mí y el parto tardó dos semanas y media en producirse.

—Está bien —asintió él encogiéndose de hombros y levantando las manos—. Eso quiere decir que soy humano. —Luego, volviéndose a Diana, añadió—: Te lo digo en serio. Deberías ir al médico pronto para que te haga un examen. Creo que ya está encajado, nunca he visto un bebé tan bajo en una mujer que no esté de parto.

—Quizás esté de parto y no me haya enterado —dijo ella riéndose, tranquilizándole después y asegurándole que acudiría al médico al lunes siguiente.

—Cosas más extrañas han sucedido —añadió él riendo también.

Se marchó después a tomar una copa con su suegro.

Las chicas ayudaron a su madre, como siempre, y, una vez servido el pavo, los hombres se encargaron de trincharlo y empezaron a desfilar grandes platos de comida de la cocina en dirección al comedor. Aquel año todos estaban de muy buen humor; los niños se mostraban muy animados, pero se portaban bien; no había peleas familiares y todos habían perdonado a Diana su estallido del día de Acción de Gracias del año anterior. Cuando supieron lo que sucedía, todos la habían comprendido. Incluso Gayle parecía haber suavizado su actitud con su hermana.

—No estás comiendo nada —le dijo su hermana mayor, mirando a Diana desde el otro lado de la mesa.

—No me queda espacio —contestó ella sonriendo.

Miró Después a Andy, que charlaba afablemente con Seamus.

Su cuñado irlandés siempre contaba historias extrañas sobre alguien. Habitualmente, no eran ciertas, pero resultaba divertido escucharlas.

Cuando su madre fue a la cocina para servir más comida, Diana la siguió para ayudarla porque le dolía la espalda y necesitaba levantarse un rato. Al caminar hacia la cocina, Andy observó que parecía cansada. Entonces, se dio cuenta de que Jack también la miraba y se preguntó si ocurriría algo. Al regresar, Diana volvía a frotarse la espalda. Hizo varios viajes más a la cocina para ayudar a su madre y Sam susurró en voz baja a Jack:

—Está muy inquieta.

Su marido asintió, pero se concentró en la cena y en hablar con todo el mundo. Pocos minutos más tarde, Diana había vuelto a sentarse y parecía encontrarse bien. Reía y hablaba cuando, de pronto, se detuvo y miró a su esposo, pero éste no se dio cuenta. Luego se disculpó y subió al primer piso. Regresó al poco rato y no dijo nada.

Después del postre le dijo a Sam que no se encontraba muy bien y que iba a subir a una de las habitaciones para tumbarse un rato, pero le pidió que no se lo dijera a nadie. Probablemente, se trataba sólo de una ligera indigestión.

Una hora después, Andy miró a su alrededor buscándola y no la encontró.

—¿Ha visto alguien a Di?

—Está arriba, vomitando —informó su sobrina mayor.

Andy subió presurosamente la escalera.

—¿No crees que tú también deberías subir? —le preguntó Gayle a su esposo.

—Creía que me habías dicho que me metiera en mis asuntos —replicó él en tono de broma.

—Quizás estuviera equivocada.

—Probablemente ha comido demasiado, ya me llamarán si me necesitan. Y, aunque se haya iniciado el parto, es su primer hijo. Podría ir andando al hospital y todavía le sobraría tiempo.

—Muy divertido, ya sabes lo que me pasó a mí.

Gayle apenas había tenido tiempo de llegar al hospital cuando tuvo sus dos primeros hijos y él mismo se había visto obligado a ayudarla a tener el último en la cocina de su casa.

—Cada persona es diferente —le recordó.

Desde luego, Diana había demostrado serlo, después de que le diagnosticaran que era estéril. Pocos minutos más tarde, Andy bajó la escalera con expresión preocupada.

—Dice que se siente mal —le dijo a Jack—. Ha vomitado y ahora siente fuertes calambres. Creo que sería mejor llevarla a casa, pero no quiere moverse. Dice que le ha dolido la espalda mientras ayudaba a mamá en la cocina.

Jack le escuchó con atención. Después, subió los escalones de dos en dos, seguido por Andy.

—Hola —saludó entrando en la habitación—. He oído decir que has sido atacada por un pavo salvaje.

—Me siento terriblemente mal —admitió Diana, y en ese momento se encogió un poco y se sujetó el enorme vientre.

—¿Qué clase de mal es ése? —preguntó Jack solícito con voz serena.

Sin embargo, ya lo sabía y se quedó asombrado al palparle el estómago. Estaba duro como una piedra y se advertía una gran contracción.

—Siento náuseas y he tenido horribles calambres..., y mi espalda... —En ese momento se giró de costado y se agarró a la cama al sentir otro acceso de dolor—. Creo que me he intoxicado..., pero no se lo digas a mamá.

Se volvió para mirarle, pálida y haciendo esfuerzos por sonreír.

—Pues yo no creo nada de eso, más bien me parece que el parto ha empezado.

—¿Ahora? —preguntó, atónita y un poco asustada—. Pero si todavía no es el momento.

—Pues a mí me lo parece. —Y, en cuanto lo dijo, ella tuvo otra contracción. Jack controló el tiempo que duraba y comprobó que era larga y fuerte. Se preguntó con qué rapidez se producirían. Al cabo de apenas dos minutos obtuvo la respuesta. Frunció el ceño y se volvió a mirar a Andy—. ¿Cuánto tiempo hace que tienes estas contracciones?

—No lo sé —contestó Diana, vagamente—. He tenido como una especie de pequeños calambres durante todo el día. Pensaba que sólo era algo que había comido...

Parecía sentirse violenta, al darse cuenta de que no se había enterado de que estaba de parto.

—¿No hay señales de que hayas roto aguas?

Estaba mucho más avanzada de lo que se había imaginado, y deseaba examinarla, pero no sabía si ella se lo permitiría.

—No —contestó Diana con firmeza—. Sólo un pequeño goteo de algo desde ayer por la mañana, pero no mucho líquido —contestó, ansiosa por demostrarle que estaba equivocado.

Aún recordaba lo que había tenido que pasar Jane para dar a luz a Hilary y se sentía asustada. Jack miró de nuevo a Andy y luego sonrió a Diana.

—Cariño, por lo que veo, ya has roto aguas. No tiene por qué aparecer de pronto y en grandes cantidades. Creo que sería mejor llevarte al hospital ahora mismo.

Pero, en cuanto lo dijo, ella se agarró a su brazo casi gritando.

—¡No, no! Esto no es nada...

Sin embargo, sintió tanto dolor, con una nueva contracción, que no pudo hablar durante un momento, y ya casi parecía incapaz de escucharlos. Al terminar la contracción, jadeaba, con la respiración entrecortada, y la siguiente contracción se produjo apenas un minuto más tarde. Gritó y trató de forcejear.

—¡Oh, Dios mío...!, ¿qué es esto? Andy..., Jack.

Jack entró rápidamente en el cuarto de baño para lavarse las manos y volvió trayendo un montón de toallas que colocó rápidamente debajo de ella. Luego, la reconoció con delicadeza, aunque ella ni siquiera se dio cuenta, agarrada al brazo de Andy y gritando. Luchaba por superar cada acceso de dolor y ya no podía controlar lo que sentía. Y entonces, de repente, experimentó una terrible sensación de quemazón y una presión insoportable, como si un tren expreso tratara de abrirse paso en su interior.

—¡Oh, Dios mío...!, está viniendo... ya.

Miró a un lado y a otro, dominada por el pánico, primero a su marido y después a Jack. Éste asintió con un gesto y se volvió hacia Andy.

—Sí, ya está llegando, Di... —Sin duda alguna, Diana estaba a punto de tener a su hijo. Jack habló con serenidad a Andy—: Llama al novecientos once, que venga en seguida una ambulancia. Diles que hay aquí una mujer de parto y que está presente un médico. Se encuentra bien, todo está funcionando con normalidad. Probablemente, haya tenido ligeros dolores de parto desde ayer y no se ha enterado.

—No me dejes —gritó Diana a Andy cuando éste se disponía a salir.

Pero Jack le hizo un gesto firme con la cabeza, urgiéndole a llamar por teléfono. En cuanto Andy salió de la habitación, Diana experimentó otra poderosa contracción y el tren expreso pareció querer atravesarla de nuevo. Para entonces, Jack le había abierto mucho las piernas y ya observaba al bebé coronando.

—Empuja, Di..., vamos, empuja y saca a ese niño...

—No puedo... duele mucho... ¡Oh, Dios mío..., no para! ¡No quiere parar!

Deseaba que el dolor cesara, pero no había forma. Andy regresó a su lado y le dijo a Jack que la ambulancia ya estaba en camino y que, abajo, nadie se había enterado aún de lo que estaba pasando. No había tenido tiempo de decírselo.

—Empuja, Diana —insistió Jack al iniciarse una nueva contracción.

Ahora se producían con casi un minuto de intervalo. Y entonces, de repente, ella gritó horriblemente y Jack le sostuvo las piernas abiertas, mientras Andy la sujetaba por los hombros. El bebé salió casi volando de su interior y cayó sobre las manos de Jack.

Era un niño enorme, cubierto por una pelusilla rubia. Miró a su alrededor extrañado, como había hecho su hermana. Diana le miró, atónita, y el pequeño también la miró a ella, mientras Andy se echaba a reír. Era el espectáculo más maravilloso que había visto jamás.

Diana dejó caer la cabeza sobre la almohada, sonrió a su marido y le dijo lo mucho que la amaba.

—Es un niño tan hermoso..., y se parece a ti. —Después, miró a Jack con una tímida sonrisa—. Supongo que tenías razón...

Los tres se echaron a reír y el bebé emitió un vagido mientras su tío le sujetaba. Y en ese preciso momento oyeron la sirena de la ambulancia, que acababa de llegar.

—Será mejor que bajes a explicar lo que pasa —dijo Jack a Andy, todavía conmocionado por lo que acababa de suceder.

Habían acudido a una cena de Navidad y se marchaban a casa con un bebé. Realmente, nada sucedía nunca según se había plateado.

Bajó apresuradamente diciendo a todo el mundo que acababan de tener un hijo, justo en el momento en que su suegro abría la puerta a los enfermeros de la ambulancia.

—Ella está aquí arriba —les gritó Andy, y todo el mundo se volvió a mirarle con expresión de asombro.

—¿Se encuentra bien? —le preguntó su padre, mientras su madre y sus hermanas echaban a correr escalera arriba y Seamus le daba unas palmaditas en la espalda.

—Desde luego, no haces las cosas a medias, ¿eh, muchacho?

—Parece que no.

Para entonces, Jack ya se había encargado de limpiarla. Cortó el cordón umbilical con el instrumental que trajeron los enfermeros y un momento más tarde madre e hijo se encontraban bien colocados y sujetos a una camilla, camino de la puerta, hacia la ambulancia, acompañados por todos los presentes, que no dejaban de felicitarlos. Andy dio las gracias a Jack y Diana los saludó agitando la mano. Había sido peor de lo que creía, pero, en cierto sentido, mucho mejor. Al menos, había sido muy rápido, aunque tan intenso, que la había dejado sorprendida y aturdida.

Subieron a la ambulancia y Sam les prometió que se llevaría a casa a Hilary, hasta que Diana volviera del hospital con el recién nacido.

—Desde luego, chicos, hacéis las cosas muy animadas en esta casa —murmuró su padre cerrando la puerta, cuando se marcharon.

Destapó una botella de champán y les sirvió a todos, incluso a los niños mayores.

—Por Andrew, por Diana y por sus hijos —brindó con solemnidad.

Su esposa tenía lágrimas en los ojos, consciente de lo duro que había sido para ellos. Pero ahora tenían dos hijos.

—Es la personita más maravillosa que he visto en mi vida —susurró Diana a Andy en la ambulancia, sosteniendo al bebé contra su pecho, envuelto en mantas.

El pequeño miraba a todas partes con unos ojos enormes, llenos de curiosidad e interés. Parecía muy despierto y, al mismo tiempo, muy tranquilo.

—Espera a que lo vea Hilary —dijo Andy.

Intercambiaron una sonrisa. Habían tenido dos niños en nueve meses, pasando así de la mayor escasez a una gran abundancia en casi un momento.

Diana y el bebé sólo pasaron aquella noche en el hospital y al día siguiente volvieron a casa con Hilary. Le pusieron al pequeño el nombre de William, como su padre.

—Billy y Hillie —dijo Diana en son de broma, contemplándole mientras dormía en el capazo que habían colocado en un rincón del dormitorio.

De repente, se vieron rodeados por los pequeños que habían deseado tener durante tanto tiempo y les pareció un verdadero torrente de bendiciones.

—Eres maravillosa —le susurró Andy, besándola.

—Tú también.

Le devolvió el beso, olvidadas ya las agonías del pasado, el vacío y la pena. Y, sin embargo, sabía que todo aquello hacía aquel momento infinitamente más precioso.

23

Andy y Diana pasaron su tercer aniversario en Hawai, en la playa de Waikiki, junto con sus hijos.

Hilary ya tenía para entonces catorce meses y caminaba por todas partes, descubriéndolo todo. Le encantaba la arena de la playa y la compañía de sus padres y su hermano William, que era un niño regordete y sano de cinco meses y medio, siempre gorjeando y riendo. Y los dos daban mucho quehacer. Diana estaba ocupada día y noche, y después de dos semanas regresaría a su trabajo en *Today's Home*, aunque esta vez a jornada parcial. Significaría sacrificar algunos de los lujos que tanto les agradaban, pero los dos estaban de acuerdo en que merecía la pena. A ella le encantaba estar con sus hijos, pero también le gustaba trabajar. Y un trabajo a jornada parcial le permitiría disfrutar de lo mejor de ambos mundos. Había contratado a una persona para que se quedara al cuidado de los niños los días en que tuviera que trabajar.

Aquel año, Andy obtuvo un ascenso en la cadena de televisión y tenía mucho trabajo en la oficina, pero le encantaba regresar a casa, al lado de su familia, y ver la expresión de alegría en el rostro de su esposa, sabiendo que sus sueños se habían convertido en realidad, incluso aunque se estropeara la lavadora, hubiera pañales por todas partes y Hilary hubiera pintado nuevas «obras de arte» en las paredes de su habitación utilizando el pintalabios de Diana.

La vida estaría llena de cosas así durante unos años, pero ambos eran plenamente conscientes de lo maravilloso que era y de lo fugaz que sería el tiempo.

—¡Qué hermosos hijos tienen! —les dijo una mujer de Ohio aquella misma tarde, en la playa—. ¿Qué tiempo tienen?

—Catorce y cinco meses —contestó Diana con una sonrisa. La mujer se la quedó mirando, con extrañeza.

Habían nacido mucho más juntos que los suyos, que se llevaban trece meses de diferencia y que la habían mantenido muy atareada.

—No saben lo afortunados que son al poder tener hijos con tanta facilidad —les dijo, muy seria—. Tienen una familia maravillosa. Que Dios los bendiga.

—Gracias —dijo Diana, dirigiéndole a su esposo una larga y amplia sonrisa.

En junio, Charlie llevó una tarde a Beth y Annie a Rosemead. Conducía el coche por una calle tranquila, en dirección a un edificio de ladrillo de aspecto un tanto siniestro. Había esperado mucho a que llegara aquel día y no dijo nada mientras aparcaba el coche. Pero Beth le tocó la mano. Lo sabía y Annie se daba cuenta de que se trataba de un momento importante. Sabía lo que estaba sucediendo y por qué habían ido allí, pero no estaba muy segura de comprenderlo.

Les hicieron entrar en el edificio y les pidieron que se sentaran. El papeleo se había iniciado seis meses atrás, y todo parecía estar en orden. La institución estaba dirigida por unas monjas que todavía llevaban el hábito tradicional. El simple hecho de hallarse allí despertó en Charlie dolorosos recuerdos del pasado. No había estado nunca en aquel orfanato, pero sí en otros similares. Todavía recordaba el sonido que producían las cuentas del rosario de las monjas cuando caminaban y las noches frías y oscuras en la estrecha cama, las terribles pesadillas que sufría y el constante temor a ahogarse por el asma. El nuevo hecho de encontrarse allí le dificultaba la respiración y, mientras esperaba, extendió las manos instintivamente para coger entre ellas las de Beth y Annie.

—¿Habías estado aquí antes? —le preguntó Annie con un susurro. Él negó con la cabeza—. No me gusta.

—A nadie le gusta, cariño. Y ésa es precisamente la razón por la que estamos aquí.

Iban a salvar a uno de los niños de aquella prisión solitaria.

Aún no conocían al niño, pero habían visto fotografías suyas. Tenía cuatro años y, según habían dicho las monjas, era muy pequeño. Tuvo problemas respiratorios desde su nacimiento y sentían decirle al señor Winwood que padecía asma. Naturalmente, añadieron, si eso no le parecía bien, había una niña pequeña..., pero las monjas se quedaron asombradas cuando los Winwood les aseguraron que aquel niño era perfecto.

Las asistentas sociales se habían interesado por el tipo de vida de Beth y Charlie, e incluso habían hablado con Annie, mostrándose satisfechas por el hecho de que el niño pudiera encontrar un buen hogar. Ya no era un bebé, claro está, y eso podía dificultar las cosas, por lo que tendrían que pasar un período de adaptación.

—Ya sabemos todo eso —dijo Charlie con suavidad.

Él lo conocía demasiado bien, sabía con qué desesperación lo había intentado, cómo había cocinado y limpiado para ellas, y les había rogado que le quisieran, para, finalmente, verse siempre rechazado, para volver a verse de regreso a la cama de hierro, sobre el colchón desigual, en los fríos y enormes dormitorios comunes que tanto temía.

Se abrió una puerta y dos monjas aparecieron por ella. Charlie oyó el sonido de las cuentas de sus rosarios pero, al levantar la vista, vio unos rostros de expresión amable, y al oscilar su hábito de dominicas apareció un niño pequeño avanzando justo detrás de ellas. Era un niño delgado y pálido, vestido con unos pantalones de pana, un viejo suéter azul marino y unas zapatillas descoloridas. Tenía un brillante cabello rojizo y los miró a ambos con una serena consternación. Le habían dicho por qué le llevaban allí y quiénes eran los Winwood, pero no entendía nada. Sólo sabía que iban a llevarle a algún sitio, aunque no sabía adónde, ni por cuánto tiempo se quedaría en su casa.

—Éstos son los Winwood —presentó la más alta de las monjas, con voz firme.

—¡Oh! —exclamó el niño, mirando interrogativamente a Annie—. ¿Quién es ella?

—Me llamo Annie —contestó tímidamente la pequeña, con una expresión repentinamente madura, al niño del suéter azul marino.

—Yo soy Bernie —dijo el pequeño en voz tan baja que apenas pudieron oírlo—. Tengo asma —confesó, como si estuviera seguro de que eso representaría una diferencia.

—Yo también —le dijo Charlie con lágrimas en los ojos. En seguida, tendió los brazos hacia él y el niño se le acercó poco a poco—. Queremos llevarte a casa con nosotros, para que te quedes siempre a nuestro lado. Quisiera ser tu papá..., y ésta tu mamá, y Annie tu hermana.

—¿Como una familia? —preguntó el pequeño mirándole con los ojos muy abiertos, lleno de recelo.

—Como una familia —asintió Charlie con calma, sintiendo que su corazón se agitaba.

Recordaba muy bien cómo eran aquellas cosas, aunque a él nunca se lo habían dicho así. Solamente le decían que iba a pasar una temporada con ellos y que luego volverían a traerle. Nunca se comprometían.

—Yo no tengo familia, soy huérfano.

—Eso ya no es así, Bernie. Nunca más.

Estaban dispuestos a comprometerse totalmente con él. Las monjas les habían dicho que era un niño maravilloso, muy brillante, bondadoso y cariñoso. Había sido entregado en el momento de nacer y ya había pasado por varios hogares de acogida, aunque ninguno de ellos le había adoptado debido al asma que padecía. Siempre les parecía un problema demasiado grande.

—¿Puedo llevar mi osito? —preguntó Bernie con cautela, volviendo a mirar a Annie, que le observaba también, sonriente.

—Pues claro, puedes traer todas tus cosas —le dijo Charlie con dulzura.

—En casa tenemos muchos juguetes —añadió Annie animándole.

Y el pequeño pelirrojo se adelantó un poco más hacia Charlie, como si se sintiera atraído hacia él, como si percibiera que ambos tenían muchas cosas en común y que a su lado se sentiría a salvo.

—Me gustaría ir con vosotros —dijo mirando al hombre que le decía que quería ser su padre.

—Gracias —repuso Charlie.

Le cogió dulcemente en sus brazos, deseando decirle que le quería, pero se limitó a sostenerle así. Bernie le echó los brazos al cuello y luego, con voz baja y susurrante, el pequeño pronunció la palabra que Charlie siempre había anhelado escuchar.

—Papá —dijo, hundiendo el rostro en el pecho de Charlie.

Y Charlie cerró los ojos y sonrió a través de las lágrimas, mientras Beth y Annie los observaban a ambos.

Aquel año, Pilar y Brad pasaron tranquilamente su aniversario. Sabían que había muchas cosas por las que sentirse agradecidos, muchas cosas en las que pensar. Christian era un niño maravilloso. Ya tenía siete meses y era para ellos una bendición.

Pilar había contratado a una canguro y había vuelto al trabajo después de cuatro meses, aunque sólo lo hacía por las mañanas; le gustaba presentarse por los juzgados empujando el cochecito donde llevaba a Christian. Brad mostraba a su hijo a todo el mundo y, finalmente, la gente dejó de preguntar dónde estaba su hermano gemelo.

Habían recorrido un trayecto muy largo y penoso que les había costado mucho, pero Brad siempre decía que estaba contento de haberlo hecho, aunque no estuviera dispuesto a repetirlo. Pilar bromeaba con él, diciéndole que echaba de menos las películas pornográficas de la doctora Ward. Le habían enviado una nota cuando nacieron los gemelos, diciéndole que uno de ellos había muerto, y ella les había contestado con una carta muy afectuosa. Pilar siempre recordaría lo que les decía en ella: que no había garantías para nada y que, a veces, tanto la fertilidad como la esterilidad podían ser benéficas. Habían pasado por momentos terribles, pero durante los últimos meses el fiel de la balanza se había inclinado hacia el lado bueno. Christian se había convertido en una fuente constante de alegría para ellos y Pilar agradecía a cada momento haber decidido tener una familia antes de que fuera demasiado tarde.

Su madre ya la había visitado para conocer al niño y le adoraba. Había sido la primera visita agradable que le hizo su madre y las dos disfrutaron mucho.

Nancy se había vuelto a quedar embarazada y esta vez confiaba en tener una niña. Pilar le había hablado de sus tratamientos contra la esterilidad, y casi no podía creer por todo lo que habían tenido que pasar. Les había exigido muchísima fortaleza, valor y perseverancia.

—Y también un poco de locura. Eso llega a convertirse en una especie de obsesión, como aguantar en la mesa de la ruleta hasta que se pierde todo o se gana una fortuna.

—Pues a mí me parece que tú has ganado —observó Nancy.

Sin embargo, las dos sabían lo que le había costado y el dolor que había sufrido por la pérdida de Grace. Al principio, no podía disfrutar de la presencia de Christian, al pensar en la pequeña. Sólo ahora, con el transcurso del tiempo, disfrutaba de verdad.

—A veces me siento como si me hubiera perdido sus primeros meses de vida —le dijo en cierta ocasión a Brad—. Me sentía tan abatida, que no recuerdo nada.

Había sacado de la habitación todas las cosas compradas para su hija, las había metido en una gran caja marcada con su nombre, «Grace», y Brad la guardó en la buhardilla. Pilar no quería desprenderse de ellas, no quería olvidar, no estaba preparada todavía para hacerlo, cuando por fin lo hizo.

Al llegar su aniversario, volvía a ser ella misma y tenía el aspecto de siempre.

—Bueno, no podemos decir que la vida haya sido aburrida este año —comentó, con una sonrisa.

El año anterior habían sabido que tendrían gemelos y que estaba embarazada.

—Este año, al menos, no estás embarazada —dijo Brad.

Pilar, sin embargo, seguía sin querer salir. Prefería quedarse en casa con él. Se había sentido muy cansada de las dos últimas semanas, preparando un caso difícil en el que estaba trabajando, y, al comentárselo a Brad, éste le dijo que se estaba volviendo débil.

—En otros tiempos solías destrozarme en el tribunal y luego querías salir a bailar conmigo —añadió.

—¿Qué quieres que te diga? —replicó ella, encogiéndose de hombros con una sonrisa—. Ahora ya tengo dos mil años de edad.

—En ese caso, ¿cuántos tendría yo? —preguntó él en voz baja, y se echaron a reír.

Pilar tenía cuarenta y cinco años y Brad sesenta y cuatro, aunque no los aparentaba. Ahora andaba más ocupado que nunca. Ella tenía la sensación de haber envejecido mucho en un año, pero él insistía en que no lo aparentaba. Sólo últimamente parecía sentirse más cansada, lo que achacaba al hecho de tener que amamantar a Christian y trabajar al mismo tiempo. Había esperado demasiado tiempo para tener a su hijo y deseaba saborear cada momento que pasaba con él.

Dos semanas después de su aniversario, continuaba cansada y había aceptado otros tres casos nuevos. Uno de ellos trataba de un difícil asunto de adopción que le interesó, mientras que los otros dos eran un pleito contra un restaurante y una disputa sobre una gran propiedad de Montecito. Los tres casos eran interesantes y variados, y los clientes se mostraban extraordinariamente exigentes.

Una noche habló de los casos a Brad y éste se sintió preocupado por ella. Parecía realmente agotada y en plena conversación tuvo que amamantar al bebé.

—¿No crees que te estás agotando? —le preguntó cuando regresó y se sentó a su lado—. Quizás debieras dejar de darle el pecho, o reducir algo el trabajo.

Era extraño que Pilar pareciera tan cansada.

—El hecho de amamantarle me sirve de control de natalidad —dijo ella sonriéndole, aunque no era del todo cierto. La verdad era que le agradaba hacerlo—. Preferiría dejar el trabajo antes que esto —añadió con sinceridad, mientras él la observaba.

Existía un maravilloso vínculo, entre madre e hijo, que le conmovía.

—Pues, entonces, quizás deberías dejar de trabajar hasta que Christian sea un poco mayor.

—No puedo hacer eso, Brad —negó ella con la cabeza—. No sería justo para mis socios. He permanecido sentada sin hacer nada durante más de un año y ahora sólo trabajo por las mañanas.

Pero se llevaba los expedientes a casa y también trabajaba en otra serie de casos.

—De todos modos, parece que hagas horas extras. Deberías ir a ver al médico.

Finalmente, en el mes de julio, fue a la consulta del doctor y le explicó sus síntomas. Le recordó la edad que tenía Christian y el hecho de que todavía le estaba amamantando. Desgraciadamente, no se planteaba la cuestión de un nuevo embarazo, pues ella y Brad ya habían decidido no hacer más heroicidades y la doctora Ward le había dicho que, después de los cuarenta y cinco años, era casi imposible concebir.

De todos modos, no había vuelto a tener la regla desde el parto, algo que, según le dijeron, se debía a la lactancia. A veces se preguntaba si no sería que estaba entrando en la menopausia; un poco raro, pero cosas más extrañas habían sucedido.

El médico le hizo unas pruebas sencillas y la convocó en su consulta para decirle que estaba anémica, probablemente a causa del parto. Le recetó unas pastillas de hierro, lo que hizo que Christian se quejara por la calidad de su leche, y ella decidió no tomárselas y se olvidó del asunto. El médico no le había descubierto nada serio y empezó a sentirse mejor al cabo de una semana, hasta que un día fueron a ver unas regatas y, estando de pie junto a Brad, le miró con una expresión extraña y se desmayó.

Brad se espantó. Y Pilar tuvo que volver al médico. Éste le hizo más pruebas y esta vez, cuando supo los resultados, se quedó tan asombrada, que guardó silencio durante un rato. Jamás lo hubiera creído posible, nunca se hubiera atrevido a soñar en tener otro hijo, pero lo cierto era que volvía a estar embarazada. El médico la había llamado para darle la noticia antes de salir del despacho y dirigirse a casa para dar el pecho a Christian. Le dijo que tendría que dejar de amamantarle. También le advirtió del riesgo de aborto que corría a su edad y de todos los demás peligros que conocía tan bien: síndrome de Down, defectos cromosómicos, que el bebé naciera muerto y todo un verdadero campo de minas que tendría que atravesar a su edad para conseguir finalmente un bebé sano. En último término, todo dependía de la suerte y de si estaba destinada o no a tener otro hijo.

Estaba de pie en el juzgado, mirándole, cuando él hizo sonar el mazo y anunció un descanso para almorzar. Presidía un caso criminal y el acusado fue conducido adentro por los alguaciles. Al levantar la vista, Brad se sorprendió de verla allí, de pie, en el extremo más alejado de la sala.

—Puede usted aproximarse al estrado —anunció con voz sonora mientras los presentes se retiraban.

Pilar avanzó lentamente hacia él recordando los tiempos que habían pasado juntos en los tribunales. Había conocido a Brad diecinueve años antes y habían llegado juntos hasta allí, compartiendo tantas cosas, tantas tragedias, tantos éxtasis y momentos preciosos.

—¿Tiene algo que declarar en su defensa? —preguntó él con expresión dura, mirándola fijamente.

Pilar sonrió, volviendo a sentirse repentinamente joven, y pensó en lo divertida que era la vida.

—Tienes un aspecto muy elegante con esa túnica de juez —le dijo. Él se limitó a sonreír.

—¿Quieres hacerme una visita en mi despacho? —le preguntó con una sonrisa maliciosa. Ella se echó a reír.

—Es posible, pero antes quiero decirte algo.

Estaba segura de que le parecería imposible.

—¿De qué se trata? ¿Una confesión? ¿O una declaración?

—Posiblemente ambas cosas..., y una especie de broma, y quizás un *shock* cuando lo sepas..., y, al final de todo, una verdadera bendición.

—¡Oh, Dios! Has estrellado el coche y tratas de convencerme de que sólo era un viejo trasto y necesitábamos cambiarlo.

—No, aunque eso es muy imaginativo. Lo recordaré la próxima vez que necesite un argumento así.

De repente, la veía resplandeciente, pero no podía sospechar ni por un instante lo que tenía que decirle.

—¿Qué has hecho esta vez? —preguntó Brad con firmeza, sintiendo unos deseos repentinos de inclinarse y besarla ahora que todos se habían marchado dejándolos a solas.

—Creo que no he sido yo la única en hacerlo... Creo que tú también has ayudado un poco. —Brad frunció el ceño y la miró, confuso ante sus palabras—. Por lo visto, te has dedicado a ver nuevamente películas sucias y no me has dicho nada —añadió ella, levantando hacia él un dedo acusador.

—¿Y qué significa eso? —preguntó Brad intrigado, mirándola y sonriendo.

—Significa, su señoría..., que, sin necesidad de hacer heroicidades, ni tomar hormonas, ni ninguna otra ayuda que no sea la tuya... he vuelto a quedar embarazada.

—¿Que has vuelto a... qué? —preguntó él atónito, mirándola fijamente.

—Ya me has oído.

Bajó inmediatamente del estrado y se acercó a ella con una amplia sonrisa en el rostro, sin saber muy bien lo que sentía o por qué, o si deseaba volver a pasar de nuevo por todo aquello y, sin embargo, de una forma extraña, sintiéndose muy feliz.

—Creía que no íbamos a volver a hacerlo —le dijo, mirándola con ternura.

—Yo también lo creía, pero parece que alguien ha dispuesto las cosas de un modo diferente.

—¿Es eso lo que deseas? —le preguntó, con suavidad.

No quería que volviera a pasar por ello si no lo deseaba.

Ella le miró fijamente, durante mucho rato, con una expresión dura. Había reflexionado mucho sobre ello antes de decidir ir al juzgado a verle.

—Creo que, como todo lo demás en la vida, y tal como dijo la doctora Ward, es una especie de toma y daca, pero sí, deseo hacerlo.

Cerró los ojos al decirlo y él la abrazó y la besó durante mucho rato, pensando que eso era lo que siempre había deseado hacer con ella, allí mismo, en el juzgado. Había tardado diecinueve años en conseguirlo, pero finalmente lo había logrado.

Esta obra, publicada por
EDICIONES GRIJALBO, S.A.,
se terminó de imprimir en los talleres
de Novagrafik, S.L., de Barcelona,
el día 27 de noviembre
de 1993